古典文學研究輯刊

二二編

曾永義 主編

第1冊

〈二二編〉總目

編輯部編

陸雲文學思想研究

廉水杰 著

國家圖書館出版品預行編目資料

陸雲文學思想研究／廉水杰 著 -- 初版 -- 新北市：花木蘭文
化事業有限公司，2020〔民109〕
序 12+ 目 4+236 面；19×26 公分
（古典文學研究輯刊 二二編；第1冊）
ISBN 978-986-518-171-0（精裝）
1. 陸雲 2. 文學 3. 學術思想
820.8   109010539

ISBN-978-986-518-171-0

古典文學研究輯刊
二二編 第一冊   ISBN：978-986-518-171-0

陸雲文學思想研究

作　　者　廉水杰
主　　編　曾永義
總 編 輯　杜潔祥
副總編輯　楊嘉樂
編　　輯　許郁翎、張雅淋　美術編輯　陳逸婷
出　　版　花木蘭文化事業有限公司
發 行 人　高小娟
聯絡地址　235 新北市中和區中安街七二號十三樓
　　　　　電話：02-2923-1455／傳真：02-2923-1452
網　　址　http://www.huamulan.tw 信箱 hml810518@gmail.com
印　　刷　普羅文化出版廣告事業
初　　版　2020 年 9 月
全書字數　209672 字
定　　價　二二編 9 冊（精裝）台幣 22,000 元

〈二二編〉總目

編輯部　編

《古典文學研究輯刊》二二編　書目

《古典文學研究輯刊》二二編
各書作者簡介・提要・目次

第一冊　陸雲文學思想研究

作者簡介

廉水杰，女，文學博士，博士畢業於中國人民大學國學院，現為河北經貿大學文化與傳播學院教師，主要研究中國古典詩文批評，致力於從個體思想出發探究主體的精神氣韻與詩文作品。自 2005 年碩士畢業以來，獨立發表十多篇學術論文，比較有代表性的有《鍾嶸詩學視域下顏延之的詩歌創作》（《中國詩歌研究》2013）、《西晉文學對話與文學審美論析》（《中國文化研究》2010），其中後者被人大複印報刊資料全文轉載。

提　要

本書以《與兄平原書》為基點，結合《陸士龍文集》，全面考察西晉文士陸雲的文學思想。分兩部分，第一部分主要論析陸雲的文學思想，第二部分附錄七篇與之相關的論文：「『二陸』美文觀探究」「論陸雲文學思想對鍾嶸《詩品》的影響」「劉勰《文心雕龍》對陸雲文學思想的汲取」「西晉思想對話與文學批評探析」「鍾嶸《詩品》『顏延論文，精而難曉』考釋」「論顏延之的風雅才性與文士精神」「論『清』的審美理想在唐代詩論中的發展」。單篇論文自成邏輯體系，對陸雲及西晉至唐代的文學審美進行了較為細緻的研究。

在中國文學批評史上，陸雲把人生際遇與文學思想完美地融在一起，具獨特性。作為昆弟，「二陸」乃大雅之才，探究陸雲的文學思想也是從另一個

層面洞見陸機的文學思想。晉宋之際的文學名家顏延之，其詩文的「錯彩鏤金」之美與陸雲文學思想的「清新自然」之美是古典文學的兩種基本審美形態。本書在廣闊的文學批評背景下，探析陸雲諸多具文學批評意識的概念，並進一步明晰其與西晉文學批評及南朝評論家鍾嶸、劉勰文學思想的關聯。陸雲重詩文的「清」美，這種審美理想不僅對唐代詩歌「芙蓉出水」之美起了先導作用，也與「錯彩鏤金」之美一起豐富了古典文學的「美文」論。

目　次

第二冊　學為通儒：焦竑與明代隆慶、萬曆年間文學思潮

作者簡介

楊敏，女，1986 年生。首都師範大學中國古代文學博士，湖南師範大學中國古代文學博士後（在站）。師從左東嶺先生治中國文學思想史。現就職於雲南民族大學文學與傳媒學院。

提　要

本文以在明代隆慶、萬曆時期對思想界與文壇有重要影響力的學者型文人焦竑為研究對象。焦竑，字弱侯，江蘇南京人，在明代中後期以博學著稱。在整個明代學術史上，以博學著稱者，除楊慎外當首推焦竑。焦竑在為學上表現出「淹雅」的特點，在為人上則體現出一種「學為通儒」的人格類型。他出生於嘉靖二十年，而自嘉靖四十五年開始對思想界、文壇等產生影響。本文採用文學思想史的研究方法，對其人格心態、學術思想、文學思想以及其對隆慶、萬曆年間文學思想的影響進行全面探析。

本文共分為四章。

第一章首先是在整體上梳理隆慶、萬曆年間政局與士風的演變，其次是通過對焦竑與當時不同士人群體交遊狀況的考證來說明其與隆慶、萬曆年間時代思潮的扭結點，探尋其是如何參與到時代思潮的演變中的，找到其與時代思潮的關聯所在。

第二章分析焦竑「學為通儒」的人格特徵與學術思想。首先，焦竑對於道德性命之學頗有研究。其次，其亦有經世治國之志向與建樹。在學風日趨空疏，士人日益追求自我解脫的中晚明，焦竑之通儒人格，特別是其經世情懷，具有十分重要的意義。焦竑的學術思想呈現出尊德性與道問學並存，三教會通的總體特徵。析言之，又體現在其心學、性空理論與經世實學幾個方面。

第三章分析焦竑的文學思想。焦竑的文學思想是其在學為通儒的人格心態與學術思想的共同作用下形成的，呈現出一種複雜性，並非之後的性靈文學所能涵蓋。本章擬從大文觀、文章觀與詩學觀三個層面探討焦竑的文學思想。

第四章分析焦竑與隆慶、萬曆年間文壇的關係。焦竑與隆慶、萬曆年間文壇的聯繫，主要是通過與李贄和袁宗道之間的交往來體現的。另外，南京是焦竑的重要活動場所之一，其與金陵文人亦有交往。本章擬從這三個方面揭示焦竑與隆慶、萬曆年間文壇的關係。

目　次

第三冊　羅根澤文學批評史研究

作者簡介

　　王波，男，1986 年出生於山東省鄄城縣，2015 年畢業於清華大學中文系，獲文學博士學位。現任職於國防大學軍事文化學院，主要從事中國文學理論研究。在《文學評論》、《中國現代文學研究叢刊》、《中外文化與文論》等期刊發表論文 20 餘篇，主持國家社會科學基金項目一項。

提　要

　　本書主要以羅根澤文學批評史為研究對象，從學術理路、材料蒐羅、敘解方法、文學觀念、批評史觀、《文心雕龍》、唐古文運動、宋詩話、1950 年代調整等方面對其進行全面考察，並從「文學批評」的自覺、中國文學史的編纂、「整理國故」及鈴木虎雄《支那詩論史》之影響、早期課程與講義等因素探討作為一門學科和著作體例的中國文學批評史的發生問題。

　　具體而言，從以下三個方面展開相關研究：首先，歷史化地展現文學批評史發生的豐富過程以及羅根澤文學批評史的真實面貌，透視陳鍾凡、郭紹虞、朱東潤、方孝岳等學者研治文學批評史的動機與歷程，還原文學批評史學科在半個世紀裏的存在樣態；其次，反思以西方文學批評標準衡量傳統詩文評之「以西格中」的學術模式，以及以現代文學觀念與史觀書寫系統化文學批評史的研究範式，窺測現代學人在古今中西之間文化選擇的曲折心路；

再次，重申早期文學批評史撰著者「印證文學史」的研究目的，特別是羅根澤「求歷史之真」的學術追求，討論文學批評史或者古代文論研究的目的、對象、方法等。這些問題對於文學批評史的重新書寫、古代文論的現代轉化、現代學術史的構建具有參考意義。

目　次

第四冊　北宋前期貶謫文化與文學

作者簡介

趙雅娟（1978～ ）籍貫：陝西蒲城，文學博士，廣東潮州韓山師範學院文學與新聞傳播學院講師，研究方向：唐宋文學；貶謫文學。發表文章有：《「觀象」與「表徵」：莊子與本雅明的寓言理論比較》，《「弱德之美」——秦觀詞的文化意義探究》，《「屈於身不屈於道」——論「三黜」對王禹偁文化人格形成的影響》等。

提　要

本書以北宋前期貶謫文化與文學為研究對象，將貶謫制度與貶謫文學的研究相結合，採用文史互證、定量分析與文本細讀的方法，注重還原北宋前期貶謫制度之制定、實施的文化背景及其特點，關注其對貶謫官員與貶謫文學的影響，考察此階段貶謫文學的內容及其藝術特色。由此兩方面之關聯溝通，揭示北宋前期貶謫制度、文化與北宋前期貶謫文人主體精神的重塑、政治節操的作成之間的關係。北宋前期貶謫文人在理論與實踐上較為有效地解決了「道」與「位」、「進身」與「行己」的問題，他們在面對貶謫時所表現出的鮮明的主體意識與高尚的政治氣節，給宋代後期經歷貶謫的士大夫們以思想和行動上的借鑒與支持。

本文共分六章，第一章著力於北宋前期政治文化背景的梳理，以及在此

背景下貶謫制度的制定、實施及影響。北宋在統治初期就採用右文政策,「以文立國」。宋朝歷代君主都注重科舉制度的實施,並致力於拔擢寒門,培養和使用通過科舉制度脫穎而出的士人,並立下了「不殺士大夫及上書言事人」的祖宗家法。在此種情況下,貶謫成為懲罰官員失職和過錯的唯一選項。而貶謫制度的制定既嚴密,又有很大程度上的人性化,所謂「以仁義為本,綱紀為輔」。大部分官員在被貶謫之後會很快得到量移,或者重新恢復使用,正是「以寬大養士人之正氣」。真宗統治時期又實施了極具宋代特色的臺諫制度。臺諫官以風節自勵,能夠主持公議、知無不言,顯著地起到了激勵士風的作用。士大夫之間砥礪士氣,直道而行,即使面對貶謫也能從容以對,體現了北宋前期逐漸形成的士大夫群體的高尚節操與錚錚風骨。

第二章就北宋前期貶謫制詔與貶官謝表的體例淵源、撰寫機制及文化影響進行考察。在宋代貶謫制度中,貶謫制詔與謝表的撰寫,是貶謫事件形於文字的重要制度性規定。通過貶謫制詔的下行與貶官謝表的上達,最高統治者與被貶官員完成了一次懲戒與接受在程序及思想上的互動。制詔文書在宋代成為應用性與文學性兼具的特殊文體,受到高度重視。貶謫制詔草制過程中辭令上的斟酌,主要基於政治上的考慮。撰寫制詔的知制誥本人的胸懷、個性以及他與被貶謫對象的關係也會影響到貶謫制詔的措辭。謝表雖是例行性的文書,但宋代謝表書寫具備非常強的個性色彩和文學特徵。宋代前期的貶官謝表不但在內容和境界上顯示出耿介與自尊的士人主體性意識,同時還自覺地以其文學理想改造了謝表的傳統體式,使得謝表在內容與形式上都具備了一定的時代特徵。可以說,貶謫官員的謝表不僅是宋代文人用於自我辨誣的工具,也是在複雜的權力鬥爭格局中文儒臣僚立身行世,彰顯大臣氣象及士大夫人格魅力、生存價值意義的文化載體或者文化象徵。

第三章通過分析北宋前期貶官及其貶地的基本數據,以瞭解北宋前期貶官概況,同時對此階段文士貶謫事件發生的時代背景、文化氛圍、事件性質進行梳理。根據對文士貶謫原因、被貶職務、貶謫地等情況的數據統計,宋太祖、太宗、真宗、仁宗四朝貶謫官員人數不斷增加,一方面說明文職官員總數增加,另一方面說明貶謫成為對文職官員的主要處罰方式。從貶謫區域看,北宋四朝被貶官員大部分集中在京西路、淮南路、江南路等地理位置及經濟條件較好的地區,這是因為北宋奉行優禮文士政策,使得其對於士大夫官員的懲罰,總體呈現出寬容態勢。在貶謫制度的實施上,對於有罪的臣下

多「止於罷黜」，且於罷黜之時還採取「撫之以仁，制之以義」的政策導向。
這就決定了北宋朝廷在一般情況下很少把官員貶往嶺南。有些官員即使貶往
嶺南，也會很快召回，並重新受到重用。在這種政治文化環境下，宋代士大
夫的精神氣質、貶謫心態與唐代的貶謫文人截然不同。他們對待貶謫的心理
範式與行為模式也由唐代的抑鬱不平、彷徨失意漸轉為心胸開闊、寵辱不驚。

第四、五章分別討論貶謫對士人主體精神之重塑及政治氣節之作成方面
的推動作用。太宗時期的王禹偁在經歷貶謫的痛苦之後，認為士人在面臨「道
高位下」的現實狀況時，仍應追求實現自己的人生價值，即「垂之於文章」，
把自己的人生追求與道德信念建立在文學創作之上。歐陽修在被貶夷陵、滁
州時，注意文、道兼顧，著意突出文學與學術的價值，注重推動士風的變革
和政治實踐。蘇舜欽因「奏邸之獄」而被除名的經歷使他創造了「滄浪亭」
這個關於貶謫的新的文化意象。而精神和現實的自我放逐，也使他開始思考
「有道之人」有「位」與無「位」時的內心應對。貶謫的困厄境遇客觀上是
一次人生的契機，大大激發了士大夫對自身生命意義和個體價值的探求衝
動，這種宗教般的自我救贖歷程也賦予宋代文人獨特的文化性格，即在溫潤
之中不失剛健之氣，困境之中不乏超越之思。北宋前期文人身處貶謫的種種
行動，來自於不依附皇權的行道意識和人格獨立意識，標誌著宋代士大夫主
體意識的覺醒與重塑。

范仲淹因直言進諫而歷經「三黜」。他在貶謫期間「興學利民」、專心政
務，並寫下《桐廬嚴先生祠堂記》以思考封建皇權之下君臣的相處之道。他
以「寧鳴而死，不默而生」的強烈的擔當精神和具體的實際行動，以極具感
召力的「以天下為己任」的精神境界成為北宋前期士大夫群體的精神領袖。
在與保守派官僚的鬥爭中，認同改革的士大夫為了救免被貶謫的范仲淹而不
惜「自請貶謫」。這種剛直不屈的忘我精神卻被政敵誣之為朋黨。儘管歐陽修
撰《朋黨論》、范仲淹為宋仁宗當面解釋過「朋黨」問題，但保守派依然憑藉
專制皇權對於朋黨天然的猜忌和排斥心理，將支持范仲淹、力主改革的士大
夫以「朋黨」的罪名貶謫出京。而「慶曆新政」也在政敵的攻擊之下半途夭
折。范仲淹在無奈之下退居鄧州，寫下千古名文《岳陽樓記》。范仲淹及其追
隨者們崇高的政治氣節和精神境界對北宋及後世產生了極其深遠的影響。但
此時產生的「朋黨之論」也對北宋後期的政治生態造成了潛在的負面影響。

第六章總論北宋前期的貶謫文化與文學。北宋前期的貶謫文學，不但數

量多，而且成就高。王禹偁、歐陽修、蘇舜欽、范仲淹等人均在貶謫期間創作出了他們的代表作品。從王禹偁《黃州新建小竹樓記》到歐陽修《醉翁亭記》再到范仲淹《岳陽樓記》，都印證了這樣一種文統與道統合一的過程。這也標誌著文人士大夫由原來近似附庸的注經者，漸趨轉化為彰顯價值自信和主體自覺意識的明道、傳道者。這樣的文學必然產生於彼此適應的文化當中。北宋士大夫普遍認為自己身處明時，貶謫的經歷促使他們深入思考得位與行道的關係，並因此具備了鮮明的主體意識。他們認為，即使宦途坎坷，失去行道之位，也並不意味著人生就失去了價值感，因為他們還可以「以文行道、修身行己」。相比於唐朝及以前的貶謫文人心態，宋代貶謫文人認為「不以物喜，不以己悲」的超然心態，才是君子之道的體現。同時，鮮明的主體意識與高尚的政治氣節，使他們具有強烈的擔當精神和責任感，為了道之能行，能夠勇敢地面對甚至主動選擇貶謫。這種精神財富也給宋代後期經歷貶謫的士大夫，如蘇軾、黃庭堅等人以借鑒和支持，使他們在身處貶謫時能夠擺脫壓抑與失落的情緒，積極鎮定的尋找屬於士大夫自身的價值與尊嚴。

目　次

第五冊　王若虛文學研究

作者簡介

　　何瀟瀟，2008 年保送到北京師範大學古籍與傳統文化研究院攻讀古典文獻學研究生，碩士畢業後考入中國社會科學院研究生院文學系，師從党聖元教授研讀中國古代文學理論批評專業。2014 年畢業，獲文學博士學位。2014年 9 月至今在北京師範大學——香港浸會大學聯合國際學院的中國語言文化中心任職，擔任助理教授。

　　科研方面，主要從事中國古代文論、文學批評及古典文獻學方面的研究工作。在治學方面，崇尚前輩學者的嚴謹治學精神，認為古人提倡的那種厚積薄發、博觀約取的治學態度更符合人文研究的規律。

提　要

　　在金代的文學批評史上，王若虛無異是一位集大成的理論家、批評家。他學有根柢，受其舅周昂的家學影響，自小就博聞強記，有著深厚的學術素

養。在他的一生中，早期經歷過仕途的不順，後來又歷經著名的「崔立功德碑」事件，卻都沒有使他改變自己高潔、卓特的性格特點。同時，他在學術上也始終沒有放鬆過，一生成就頗高，寫出了《慵夫集》、《滹南遺老集》、《尚書義粹》等著作。而他雖然在金代文壇有著很高的成就，卻一直以謙遜、雅重自持，因此贏得了人們一致的尊重。

本文首先從王若虛的生平與交遊入手，進行考察和分析。通過梳理他的生平，瞭解他平日的交往和行藏，由此探知到王若虛的性格，更好地瞭解其人，觀照到他的性格對他的研究帶來的影響。

接下來，本文主要對王若虛的文學理論和詩歌理論進行全面、系統、深入的研究和辨析。王若虛本人有著尚疑好辨、洞察入微、客觀冷靜的性格特點。這就決定了他對於前人之作、古人之言有著強烈的「辨惑」衝動。在理論積累上，他遠溯蘇軾，上承前輩趙秉文和其舅周昂的理論，最後形成了一套有著強烈個人特色的文學理論，也在文學批評方面做到了「言人所未言，發人所未發」的理論創新。

具體來說，在文學理論方面，他重大體勝於重技巧，重實質勝於重變化；他上承蘇軾、歐陽修的文風，將「語出天然」和「辭達理順」作為文章的正宗之理，強調平易的文風；在詩歌理論方面，他主天全，貴自得，認為「哀樂之真」皆出自於真情。同時，他能通過具體的創作技巧論，使自己的理論闡述不至於空泛。而對於修辭、文法等方面的批評，王若虛用力之深，觀察之細，也是前人所未有的。其中，「以意為主」、「巧拙相濟」的觀點，是他在文論和詩論中最為強調的重點。縱觀整體，在他的思想中，「辨」是重中之重，而他也確實做到了「疑古辨惑」。

最後，本文介紹了王若虛的作家批評情況。在具體的批評實踐中，他批評的範圍十分廣泛，而且觀點獨到。他以旁觀者的超脫視角，往往能夠一針見血地指出作家和作品中存在的問題，令人稱絕。但是，其中個人的偏好過於明顯，有時往往過於嚴苛，吝於讚賞，不免有吹毛求疵之弊。比如對黃庭堅及江西詩派的批判，就只關注於他們作品中的缺點，卻沒有看到他們的佳作、佳句，不免有些失於客觀。但是他的本意是力圖挽救當時金代文壇追求尖新奇詭的文風，希望當時的文人們能夠重回風雅文學的道路。

總之，王若虛的治學態度謙虛雅重，常常能夠衝破時人「崇古卑今」的傳統觀念，所以他的文學理論和批評較為中肯，能夠發人深省。同時，他的

文學批評理論是建立在平實、樸素的基礎上，所以對於推動當時文風的改革起了很大的影響。

目　次

第六冊　遊冥故事與中國古代小說的建構空間

作者簡介

　　鄭紅翠，1993 年本科畢業於黑龍江大學中文系，2009 年於哈爾濱師範大學獲得文學博士學位，博士生導師為中國古代小說研究領域的著名學者張錦池教授、關四平教授。現為《哈爾濱工業大學學報》（社會科學版）常務副主編，從事中國古代小說研究。主編《想像力的世界——二十世紀「道教與古代文學」論叢》（黑龍江人民出版社，2006 年）。獨立完成黑龍江省社會科學

規劃研究基金項目一項，近年來在《明清小說研究》《學術交流》等學術刊物發表學術論文 20 餘篇。

提 要

遊冥故事是中國古代敘事文學中的一個故事類型，其出現源於古代中國人對死後世界的思考，發展興盛則主要是佛教地獄觀直接或間接作用於文學的結果，同時也與小說自身的發展密切相關。

大多數遊冥故事中，冥界觀念中佛教地獄觀占主體部分，冥界主宰機構的主要功能就是根據生前善惡對亡靈進行審判，對有罪亡魂進行懲罰。宋代以前冥界審判的依據主要是亡者的宗教態度與宗教行為，宋以後對亡者的道德評判置於首位。漢魏晉時期，為中國本土遊冥故事時期，體現中國傳統的幽冥觀念；南北朝時期，佛教地獄與中國冥府漸趨融合，是宣傳佛教地獄觀的載體。故事宗教色彩突出，敘述的重點是遊歷地獄，體現宣教勸教主旨；中晚唐時期，為冥界觀念定型期，遊冥故事中閻羅王的主宰地位得以確立，世俗化特徵突顯，創作技巧更為成熟；宋以後為宗教色彩淡化期，佛教地獄觀念與儒家思想合流，充滿了濃濃的道德勸懲與教化色彩；明清時期，遊冥故事呈現多元化特徵，開始脫離宗教的束縛，成為小說家的一種敘事手段，在推動小說情節發展、構架小說結構、完成小說主題等方面起到了關鍵性的作用。「唐太宗入冥故事系列」和「秦檜冥報故事系列」是兩個影響較大的遊冥故事，故事的發展流變能夠體現出故事的創作主旨、人物形象、冥界觀念、故事功能等方面的變遷，同時也能考察民間傳聞對於文人小說創作的影響。

目 次

第七冊　《紅樓夢》與明清江南女性文化

作者簡介

　　林琳，女，1982 年生人，目前任職於寧波大學科學技術學院，為中文系專任教師。主講課程有《文學概論》、《紅樓夢研究》、《中國古典小說欣賞》，也開設《大學語文》、《文學經典與人生》等人文通識類課程，受到學生歡迎和好評。廈門大學文藝學碩士，臺灣銘傳大學文學博士，以明清小說、中西文學比較、女性主義為主要研究方向。

提　要

　　《紅樓夢》是女性文化的集大成者，清晰呈現明末清初女性生活中的新變化，及蘊藏的現代性萌芽。本著作聚焦《紅樓夢》的女性敘事，在文本細讀的基礎上，運用跨學科的研究方法，包括歷史、倫理學、空間理論、女性主義理論等，研究小說中女性生活各種面向，從物態存在到精神空間，從身體到心理，對明末清初女性的生活狀況、現實限制、人格發展、深層心理作立體考察與深入理解，提出女性生命健康發展的方向。本書深入探討《紅樓夢》女性敘事的歷史、社會語境與文化背景，此為理解《紅樓夢》女性敘事奠定思想基礎。明末清初，女性日常生活開始出現新的變化與內容，蘊含著現代性的萌芽，對傳統規訓的反叛。《紅樓夢》對女性日常生活作了全面細緻的敘事。本書以文史互證的研究方法，選取女性日常生活的三種活動，包括閱讀、寫作與家庭管理，進行深入考察。《紅樓夢》是一部倫理內涵非常豐富的小說，本書以文學倫理學的研究視角，考察賈府的倫理混亂與作者的倫理意識，深入研究一夫一妻多妾制、父權婚姻制下，不同倫理身份女性的倫理處境、命運發展與身心狀態，並以心理學與精神分析的方法，深入考察《紅樓夢》中女性疾病敘事，思考其疾病的隱喻、形成原因、基本特徵與療癒之法。

目 次

第八冊　戲曲之「用」──明清鼎革之際文人的入世姿態與自我形象建構

作者簡介

張家禎，臺灣大學外國語文學系文學學士、戲劇研究所碩士、香港中文大學中國語言及文學系博士。研究領域為明清戲曲。

提　要

本文以明清易代至三藩之亂平定後，這動盪未穩的四十年間（1644～

1683）文人所創作的戲曲為研究對象，嘗試探索其於「家國之思」此一主流解讀外的新面向。本文的原初疑問在於：為何有如此多的文人，其中甚至包括詩文大家及大儒，在易代後開始創作戲曲？而以此為出發點，本文聚焦於易代、戲曲文體、以及文人心態，以戲曲之「用」作為切入點，析論鼎革對文人及其戲曲作品的影響以及文人選擇戲曲文體展現這些影響的動機及目的。

　　正文可歸類為三大部分，分別探討易代後歷史劇、文人自喻戲曲以及「商業」劇場文本在主流解讀外的可能性。第二章以「邑人寫邑事」類型的歷史劇為對象，析論其於寄託、反思、存史與教化等歷史劇常見創作意旨外，亦有地域、個人乃至家族等不同面向的創作動機與目的。三、四章探討六位易代後方始創作戲曲的文人：吳偉業、丁耀亢、尤侗、黃周星、宋琬、嵇永仁，其各自在戲曲中以自喻人物建構出期望外界認知並接受之自我形象；建構目的則複雜幽微，可能是自我辯解、自我宣揚、某種姿態的表達，或是向貴人干謁甚至是向天庭冥府求告。第五章探討李漁以其戲曲和本人才名作為商品這一特點。他所精心經營的「笠翁」品牌，更進一步說，這份「經營」，正是他有別於吳偉業等清初文人戲曲家、李玉等蘇州派戲曲家，或是萬樹等風流劇作戲曲家之處。

　　清初文學的研究難以脫離易代的衝擊與影響，然而由於戲曲文體之特質，當文人選擇以此一文體創作時，我們可以看到於傳統主流「家國之思」的角度外，所謂的「抒懷寫憤」，亦是面對特定觀眾的姿態與自我建構；對於時事歷史的摹寫，既可能是記載真相、緬懷過去、褒忠教孝，亦可能是幕客衙吏對主人、堂尊建功立名的迎合甚至對於地方話語權與歷史詮釋權的爭奪；至於戲曲回歸劇場表演娛樂本質的商業性、祭祀或社交場合演出具有的集體認同乃至婉曲訴求、自辯等目的，更是不能忽略的部分。

目　次

第九冊　宋前茅山宗文學研究

作者簡介

段祖青，一九八一年五月出生，湖南洪江人。江西農業大學人文學院中文系講師。先後於湖南科技大學、湖南師範大學獲文學學士、碩士、博士學位。主持省部級課題兩項，已在各級期刊上發表《略論陶弘景的文學創作觀》、《吳筠辭賦略論》、《略論宋前茅山高道與文人之交往》等學術論文多篇。

提　要

茅山宗之創始人陶弘景具有儒士、學者兼文人氣質，特別注重同文人交往，創作了不少優秀的文學作品。其後的茅山高道受他的影響，也非常重視文藝，與文人交往密切，留下了大量詩歌、辭賦、散文、小說等文學作品，不僅在道教文學史上引人矚目，而且對蕭梁至唐五代文學也有廣泛影響。

本書全面考察了陶弘景開宗立派後至唐五代這一時期的茅山宗文學，採用縱向與橫向相結合的結構方法，縱向上勾畫茅山宗創立、興盛、衰弱的嬗變過程；橫向上按文體分別討論了茅山宗詩歌、辭賦、齋醮詞（駢文）、散文、小說等各種體式的創作，著重從茅山宗詩文本身的思想內涵、文化意蘊及其藝術特色、影響等層面進行分析，揭示了這個特殊的道教文學派別在我國古代文學史上的獨特價值。

本書所論，涉及政治、經濟、歷史、文學、文化、心理等多個領域。既有表格統計，又有語言論述；既有前人成說，又有自己推論，在文獻資料的

搜集與解讀方面下了不少工夫。由此得出的觀點多言而有據，在很多專題上有所拓展，如吳筠，此前學術界多關注其詩歌和道術，本書則對其辭賦也作了比較深入的分析。又如杜光庭之齋醮詞，學界雖有所研究，但重點在其宗教含義的解讀，本書則從文學、社會心理等角度加以闡釋，得出了新的結論。

目 次

陸雲文學思想研究

廉水杰　著

作者簡介

廉水杰，女，文學博士，博士畢業於中國人民大學國學院，現為河北經貿大學文化與傳播學院教師，主要研究中國古典詩文批評，致力於從個體思想出發探究主體的精神氣韻與詩文作品。自 2005 年碩士畢業以來，獨立發表十多篇學術論文，比較有代表性的有《鍾嶸詩學視域下顏延之的詩歌創作》（《中國詩歌研究》2013）、《西晉文學對話與文學審美論析》（《中國文化研究》2010），其中後者被人大複印報刊資料全文轉載。

提　　要

　　本書以《與兄平原書》為基點，結合《陸士龍文集》，全面考察西晉文士陸雲的文學思想。分兩部分，第一部分主要論析陸雲的文學思想，第二部分附錄七篇與之相關的論文：「『二陸』美文觀探究」「論陸雲文學思想對鍾嶸《詩品》的影響」「劉勰《文心雕龍》對陸雲文學思想的汲取」「西晉思想對話與文學批評探析」「鍾嶸《詩品》『顏延論文，精而難曉』考釋」「論顏延之的風雅才性與文士精神」「論『清』的審美理想在唐代詩論中的發展」。單篇論文自成邏輯體系，對陸雲及西晉至唐代的文學審美進行了較為細緻的研究。

　　在中國文學批評史上，陸雲把人生際遇與文學思想完美地融在一起，具獨特性。作為昆弟，「二陸」乃大雅之才，探究陸雲的文學思想也是從另一個層面洞見陸機的文學思想。晉宋之際的文學名家顏延之，其詩文的「錯彩鏤金」之美與陸雲文學思想的「清新自然」之美是古典文學的兩種基本審美形態。本書在廣闊的文學批評背景下，探析陸雲諸多具文學批評意識的概念，並進一步明晰其與西晉文學批評及南朝評論家鍾嶸、劉勰文學思想的關聯。陸雲重詩文的「清」美，這種審美理想不僅對唐代詩歌「芙蓉出水」之美起了先導作用，也與「錯彩鏤金」之美一起豐富了古典文學的「美文」論。

序　言

陶禮天

　　陸雲（262～303），字士龍，比其兄陸機小一歲，二人為同母兄弟。臧榮緒《晉書》載：「機字士衡，吳郡人。祖遜，吳丞相；父抗，吳大司馬。機少襲領父兵，為牙門將軍。二十而吳滅，退臨舊里，與弟雲勤學，積十一年。譽流京華，聲溢四表，被徵為太子洗馬。與弟雲俱入洛，司徒張華素重其名，如舊相識。」（《文選》卷十七《文賦》注引）《機雲別傳》載：「晉太康末，俱入洛，造司空張華，華一見而奇之，曰：『伐吳之役，利在獲二俊。』遂為之延譽，薦之諸公。太傅楊駿辟為祭酒，轉太子洗馬、尚書著作郎。云為吳王郎中令，出宰濬儀，甚有惠政」。「後並歷顯位。」（《三國志‧吳書‧陸遜傳》注引）王隱《晉書》載：陸雲「少與兄齊名，號曰『二陸』。」「機被收，並收雲。」二陸被害於西晉惠帝太安二年，其入洛時間應是太康十年，今人於此考辨較繁，有不同結論，此不細究。

　　二陸之所以入洛為官，乃是朝廷的徵召，被迫而出，並非是主動要去京城尋求功名。上引文獻中一個「徵」字和一個「獲」字，說得分明。因為二陸的才華和在吳的家世，晉王朝當然不放心，徵召他們為官，實際上也就是一種變相的監管。所以，二陸入洛，前程未卜，危機滿滿，他們對此有著明確的認識‧陸機《赴洛道中》其一，詩中有云：「借問子何之？世網嬰我身。永嘆遵北渚，遺思結南津。」（四部叢刊本《陸士衡文集》卷五）陸雲集中，《兄平原贈（十章並序）》其七，有云：「天步多艱，性命難恃。常具隕斃，孤魂殊裔。存不阜物，沒不增壤。生若朝風，死猶絕景。」陸雲《答（兄平原）》詩中，有云：「樂茲棠棣，實歡友生。既至既觀，滯思曠年。曠年殊域，觀未浹辰。恨其永懷，憂心孔艱。天地永久，命也難長。生民忽霍，曷去其

常？我之既存，靡續靡紀。乾坤難並，寂焉其已。生若電激，沒若川徵。存愧松柏，逝憖生靈。匪吝性命，實悼徒生。苟克析薪，豈憚冥冥？瞻企皇極，徼福上天。冀我友生，要期永年。」（四部叢刊本《陸士龍文集》卷三）「生若電激」，「死猶絕景」，可謂憂思常懷；「冀我友生，要期永年」，實乃美好心願。二人詩中都充溢著一種人生的悲劇感。讀六朝文人士大夫的詩文，從漢末至南北朝，這種悲劇意識非常普遍而強烈，但各有各的才性遭遇，各有各的獨特悲切。與其說這個時代文人士大夫多有源於生命苦短、功業難成的自我悲憫，還不如說是其因極為動盪的社會現實、政治上極為窘迫境遇而造成的深刻反思。前引陸雲的答詩，還委曲而真摯地表達了深深的友于之情，有鼓勵、有安慰。因為他們出生於華貴的南國士族高門，祖上有著無比的榮耀和功德，而羈縻於典午之朝，不能不受到「天命」般的嫉恨與可能的迫害。唐代房玄齡等所撰《晉書》卷五十四《陸雲傳》中載：「雲弟耽為平東祭酒，亦有清譽，與雲同遇害。大將軍參軍孫惠與淮南內史朱誕書曰：『不意三陸相攜暗朝，一旦湮滅，道業淪喪，痛酷之深，荼毒難言。國喪俊望，悲豈一人！』其為州里所痛悼如此。」其中「暗朝」二字極切。而《陸機傳》中這兩段話值得推敲：司馬冏「收機等九人付廷尉。賴成都王穎、吳王晏並救理之，得減死徙邊，遇赦而止。」「時中國多難，顧榮、戴若思等咸勸機還吳，機負其才望，而志匡世難，故不從。」其後，太安初司馬穎與河間王司馬顒起兵討長沙王司馬乂，「假機後將軍、河北大都督，督北中郎將王粹、冠軍牽秀等諸軍二十餘萬人。機以三世為將，道家所忌，又羈旅入宦，頓居群士之右，而王粹、牽秀等皆有怨心，固辭都督。穎不許。機鄉人孫惠亦勸機讓都督於粹，機曰：『將謂吾為首鼠避賊，適所以速禍也。』遂行。」是否陸機（亦包括陸雲）不知進退，惟「負其才望，而志匡世難」呢？其實不是，蓋二陸之境遇，乃退無所退。「黃耳傳書」的故事，也許正可以說明他們思歸故里卻難如願的不得已之情實。上述二陸的悲劇意識、悲劇情懷，在其文集中多有書寫，幾乎使人感覺撲面而生。前引陸機贈陸雲組詩其五云：「伊我俊弟，咨爾士龍。懷襲瑰瑋，播殖清風。非德莫勳，非道莫弘。垂翼東畿，耀穎名邦。綿綿洪統，非爾孰崇？依依同生，恩篤情結。義存並濟，胡樂之悅。願爾偕老，攜手黃髮。」在中國文學史上，惟蘇軾、蘇轍兄弟最堪相比，而且閱讀二陸與二蘇的詩文，令人不難體會到二陸兄弟的才性之別也類同二蘇。歷史文獻中還有關於二陸風韻體貌的描寫，不妨引出一二：陸機「身長七尺，其聲如鐘。

少有異才，文章冠世，伏膺儒術，非禮不動。」（房玄齡等撰《晉書》卷五十四《陸機傳》）陸雲「儒雅有俊才，容貌瑰偉，口敏能談，博聞強記，善著述」。（《世說新語‧賞譽》注引）葛洪《抱朴子》佚文載嵇君道語：「吾在洛與二陸雕施如意，兄弟並能觀。」「諸談客與二陸言者，辭少理暢，語約事舉，莫不豁然，若春日之泮薄冰，秋風之掃枯葉。」（《北堂書鈔》卷九十八引）「每讀二陸之文，未嘗不廢書而歎，恐其卷盡也。」「觀此二人，豈徒儒雅之士，文章之人也。」（《北堂書鈔》卷一百引）二陸真可謂是松柏之姿，人中龍鳳。今天讀二陸存世文集，仍有「恐其卷盡」之感。

在六朝時期，二陸不僅文學創作的水平很高，在當時就有「二陸入洛，三張減價」之說（引據房玄齡等撰《晉書》卷五十五「史臣曰」），而且文學思想的貢獻也較大，影響深遠。劉勰《文心雕龍》與鍾嶸《詩品》，既是齊梁時代也是中國文學批評史上的兩座高峰，都較為深刻地受到二陸文學理論批評的影響，就此略作分析，可以較好地把握陸雲及其兄長陸機的文論成就。鍾嶸《詩品》將陸機評為上品，將陸雲與石崇、曹攄、何劭三人合評，置於中品，這對陸雲的評價也是相當之高。今天看，陸機為上品而陸雲為中品仍然是較為合理的、較為客觀的品第；但其中對陸雲的評語卻易於使人誤解，這裡也不妨一辨。鍾嶸品評陸機詩云：「其源出於陳思。才高辭贍，舉體華美。氣少於公幹，義劣於仲宣。尚規矩，不貴綺錯，有傷直致之奇。然其咀嚼英華，厭飫膏澤，文章之淵泉也。張公歎其大才，信矣！」（引據呂德申先生《鍾嶸詩品校注》）同時，在品評潘岳詩時云：「其源出於仲宣。《翰林》歎其翩翩，亦如翔禽之有羽毛，衣被之有綃縠，猶淺於陸機。謝混云：『潘詩爛若舒錦，無處不佳。陸文如披沙簡金，往往見寶。』嶸謂益壽輕華，故以潘為勝；《翰林》篤論，故歎陸為深。余常言：『陸才如海，潘才如江。』」把鍾嶸對陸機和潘岳的評語合觀，才能更好地理解其對陸機的評價。鍾嶸品評潘岳詩，將之與陸機詩進行比較，不同意謝混置潘岳於陸機之上的看法，而贊同李充《翰林論》的意見，認為比較而言陸機之才高於潘岳，這幾乎成為中國文學史上的定評，評語也容易理解與把握；而他對陸雲詩的評語，就有疑問需要討論。鍾嶸的《詩品序》說：「太康中，三張、二陸、兩潘、一左，勃爾復興，踵武前王，風流未沫，亦文章之中興也。」這是二陸相併稱，明顯接受的是傳統的意見；而其品評陸雲詩云：「清河之方平原，殆如陳思之匹白馬。於其哲昆，故稱二陸。季倫、顏遠，並有英篇。篤而論之，朗陵為最。」把二陸類比為

曹植、曹彪兄弟，但曹彪是被鍾嶸置於下品的詩人。鍾嶸在下品中將曹彪與徐幹合評，評語說：「白馬與陳思答贈，偉長與公幹往復，雖曰『以莛叩鐘』，亦能閑雅矣。」莛是小木枝的意思。鍾嶸這裡認為在陸雲、石崇、曹攄與何劭四人中，比較而言，何劭的詩最好。這似乎就出現了問題，既然把陸雲置於中品，把二陸類比如曹植、曹彪兄弟，卻又把曹彪置於下品，不是自相矛盾嗎？還有陸雲之於陸機，是否也是「以莛叩鐘」呢？其實細繹鍾嶸之意，還是可以釋然的。「清河之方平原，殆如陳思之匹白馬」，這主要是從「於其哲昆，故稱二陸」的友于之情的角度下評；而「以莛叩鐘」的評語也主要是針對曹彪之於曹植而言，這是其一。鍾嶸《詩品》是專就五言詩的創作成就論其品第，其中少數詩人似乎也涵蓋其四言詩創作成就而作出的評論，陸雲在詩歌創作上，就現存作品看，四言詩的創作數量和質量都是很高的，而其五言詩的創作數量較少，除少數作品外，水平確實難與其兄相比，不過陸雲在賦、騷、誄、贊、書等文體的作品方面，就質量而言，又有能夠達到與陸機並肩之高度者。是故可以說專就五言詩而言，陸機為上品而陸雲為中品，還是犁然有當於心的。二陸的作品散佚很多，陸雲的五言詩作品可能也有不少未能存傳至今。至於後人認為鍾嶸把徐幹之於劉楨，也視為「以莛叩鐘」，是明顯「失評」，這是另外的問題，這裡就不能多談。竊以為這也與用此語評價曹彪之於曹植有關，受此所累而順及之乎？二陸在文學理論批評方面的作品，陸機主要是《文賦》，而陸雲主要是三十餘劄的《與兄平原書》，當然他們的其他作品中也包涵一些文學思想的內容。雖然《與兄平原書》不能與專「賦作文」的《文賦》相提並論，但其所涉及文學批評問題之豐富以及所論之意義，亦很重要，對劉勰和鍾嶸都有多方面的影響。二陸既是劉勰、鍾嶸評論的重要對象，亦是其理論批評所汲取的文論家。僅就陸雲所主張的「情文」論、尚「清」論、聲律論以及文體論等等方面看，對劉勰和鍾嶸的貢獻可謂不小。下面主要就陸雲的文學批評與《文心雕龍》的關係談一談；至於章學誠所謂「劉勰氏出，本陸機氏而昌論文心」（《文史通義·文德篇》）的問題，就擱置一邊。

第一，《文心雕龍》五十篇，無論是提煉出來的理論專題、命題，還是其具體的理論與批評內容，無疑受到魏晉文論既有成就的影響，遂力圖綜論「群言」，避免其不足。劉勰在第五十篇《序志》中云：「詳觀近代之論文者多矣：至如魏文（曹丕）述《典》，陳思（曹植）《序》《書》，應瑒《文論》，陸機《文

賦》，仲洽（摯虞）《流別》，弘範（李充）《翰林》。各照隅隙，鮮觀衢路；或臧否當時之才，或銓品前修之文，或汎舉雅俗之旨，或撮題篇章之意。魏《典》密而不周，陳《書》辯而無當，應《論》華而疏略，陸《賦》巧而碎亂，《流別》精而少功，《翰林》淺而寡要。又君山（桓譚）、公幹（劉楨）之徒，吉甫（應貞）、士龍之輩，汎議文意，往往間出，並未能振葉以尋根，觀瀾而索源。不述先哲之誥，無益後生之慮。」（引據范文瀾先生《文心雕龍注》）劉勰對前人文論的得失了然於心，雖然似乎批評較多，但那也是「豈好辯哉？不得已也！」是為了「樹德建言」的需要。其中明確提及陸雲的《與兄平原書》等「泛議文意，往往間出」。而通覽《文心雕龍》全書，確實既有對陸雲作品與才性的批評，也同時汲取了《與兄平原書》中的諸多批評意見。這兩個方面，應該合而觀之，都可以視為陸雲對劉勰之影響。

　　第二，在《文心雕龍》的「論文敘筆」方面，其第六篇《明詩》中包括對陸雲的評論，《詮賦》雖然沒有提及陸雲，所論實際上也可以涵蓋之。《明詩》云：「晉世群才，稍入輕綺。張（張載、張協、張亢）、潘（潘岳、潘尼）、左（左思）、陸（陸機、陸雲），比肩詩衢，采縟於正始，力柔於建安；或析文以為妙，或流靡以自妍：此其大略也。」陸雲的詩作（四言與五言詩）也有辭采、風力、析文（如對偶等）與音韻這四個方面的創作個性特點，當可合併探討。第八篇《詮賦》論魏晉賦家云：「及仲宣（王粲）靡密，發篇必遒；偉長（徐幹）博通，時逢壯采；太沖、安仁，策勳於鴻規；士衡、子安（成公綏），底績於流制；景純（郭璞）綺巧，縟理有餘；彥伯（袁宏）梗概，情韻不匱：亦魏、晉之賦首也。」雖只提及陸機而未及陸雲，但實可包括在「底績於流制」這一總體評論之中，陸雲的賦的創作成就是很突出的，而其他文體論中，也有可以類此者，這都可以作進一步深入分析。這就是說，陸雲的創作不僅為劉勰的批評對象，而從作品文本與理論文本的關係看，也對《文心雕龍》的理論批評之建構具有其貢獻。陸機《文賦》所謂「操斧伐柯」「取則不遠」，這在陸機而言，當然是自我的表達；但這一「原理」，也體現在批評家對批評對象的「操斧伐柯」和「取則」提煉之中。

　　第三，在《文心雕龍》的創作論方面，資鑒陸雲《與兄平原書》等所論不止一例，仔細籀讀，不難發現。范文瀾先生《神思》篇注云：「蕭子顯《南齊書·文學傳論》：『屬文之道，事出神思，感召無象，變化不窮。俱五聲之音響，而出言異句；等萬物之情狀，而下筆殊形。』《文心》上篇剖析文體，

為辨章篇製之論；下篇商榷文術，為提挈綱維之言。上篇分區別囿，恢宏而明約；下篇探幽索隱，精微而暢朗。孫梅《四六叢話》謂彥和此書，總括大凡，妙抉其心，五十篇之內，百代之精華備矣，知言哉！」又將下篇二十篇，列表說明其「組織之靡密」，表中所示，大要可以表達為：以「神思」為綱領，由「神思」展開論述，為「體性」「風骨」「情采」「鎔裁」「附會」諸篇論題，中間包括「通變」「定勢」之論，而就「情采」之采的文學修辭之術展開而言，又有「聲律」「章句」「麗辭」「比興」「誇飾」「事類」「鍊字」「隱秀」「指瑕」「養氣」諸論，而歸結為《總術》一篇。此雖一家之分析，但足資參考。由此結合陸雲所論，略可申發如下幾點：

首先，《神思》云：「是以陶鈞文思，貴在虛靜，疏瀹五藏，澡雪精神。積學以儲寶，酌理以富才，研閱以窮照，馴致以懌辭，然後使元解之宰，尋聲律而定墨；獨照之匠，窺意象而運斤：此蓋馭文之首術，謀篇之大端。」復云：「是以秉心養術，無務苦慮；含章司契，不必勞情也。」又云：「若夫駿發之士，心總要術，敏在慮前，應機立斷；覃思之人，情饒歧路，鑒在疑後，研慮方定。」「是以臨篇綴慮，必有二患：理鬱者苦貧，辭弱者傷亂，然則博見為饋貧之糧，貫一為拯亂之藥，博而能一，亦有助乎心力矣。」是故，有第四十二篇《養氣》之論，其中言道：「至如仲任（王充）置硯以綜述，叔通（曹褒）懷筆以專業，既暄之以歲序，又煎之以日時，是以曹公（曹操）懼為文之傷命，陸雲歎用思之困神，非虛談也。」所謂「陸雲歎用思之困神」，即取用於《與兄平原書》等。

其次，研剖作品文本，有《情采》《定勢》諸篇，第三十一篇《情采》論云：「聖賢書辭，總稱『文章』，非采而何？夫水性虛而淪漪結，木體實而花萼振，文附質也。虎豹無文，則鞹同犬羊；犀兕有皮，而色資丹漆，質待文也。」復云：「故立文之道，其理有三：一曰形文，五色是也；二曰聲文，五音是也；三曰情文，五性是也。五色雜而成黼黻，五音比而成韶夏，五性發而為辭章，神理之數也。」（下簡稱為「三文」說）又云：「昔詩人什篇，為情而造文；辭人賦頌，為文而造情。何以明其然？蓋風雅之興，志思蓄憤，而吟詠情性，以諷其上，此為情而造文也。」陸雲《與兄平原書》自我檢討其所作《九愍》云：「此是情文，但本少情，而頗能作汎說耳。」二陸所論，實為劉勰的「三文」說之先聲。

又次，第三十篇《定勢》引述多家所論，其中亦包括陸雲的重要觀點，

其云：「桓譚稱：『文家各有所慕，或好浮華而不知實核，或美眾多而不見要約。』陳思（曹植）亦云：『世之作者，或好煩文博採，深沉其旨者；或好離言辨白，分毫析釐者；所習不同，所務各異。』言勢殊也。劉楨云：『文之體勢實有強弱，使其辭已盡而勢有餘，天下一人耳，不可得也。』公幹所談，頗亦兼氣。然文之任勢，勢有剛柔，不必壯言慷慨，乃稱勢也。又陸雲自稱：『往日論文，先辭而後情，尚勢而不取悅澤；及張公（張華）論文，則欲宗其言。』夫情固先辭，勢實須澤，可謂先迷後能從善矣。」陸雲所論，亦見於《與兄平原書》，表明其入洛之後，受到以張華為領袖的北方文壇的影響，而確定其「情固先辭，勢實須澤」的創作新路向。

最後，文術多門，劉勰《文心雕龍》論「文術」尤詳，其中亦有明確稱引陸雲若干之所論者。第三十二篇《鎔裁》論作品剪裁問題云：「至如士衡才優，而綴辭尤繁；士龍思劣，而雅好清省。及雲之論機，亟恨其多，而稱清新相接，不以為病；蓋崇友于耳。夫美錦製衣，修短有度，雖玩其采，不倍領袖，巧猶難繁，況在乎拙？而《文賦》以為榛楛勿剪，庸音足曲，其識非不鑒，乃情苦芟繁也。」此論最為重要，值得深入探究。第三十三篇《聲律》論言辭音韻之措置云：「又詩人綜韻，率多清切，《楚辭》辭楚，故訛韻實繁。及張華論韻，謂士衡多楚，《文賦》亦稱取足不易，可謂銜靈均之聲餘，失黃鐘之正響也。」第三十四篇《章句》論作品的章句安排及其與情理之關係諸問題云：「若乃改韻徙調，所以節文辭氣。賈誼、枚乘，兩韻輒易；劉歆、桓譚，百句不遷，亦各有其志也。昔魏武（曹操）論賦，嫌於積韻（引按：蓋主要指同韻不轉之意），而善於貿代。陸雲亦稱四言轉句，以四句為佳。觀彼制韻，志同枚（枚乘）、賈（賈誼）。然兩韻輒易，則聲韻微躁；百句不遷，則唇吻告勞。妙才激揚，雖觸思利貞，曷若折之中和，庶保无咎。」第三十五篇《麗辭》專論駢對（對偶）云：「至於詩人偶章，大夫聯辭，奇偶適變，不勞經營。自揚（揚雄）、馬（司馬相如）、張（張衡）、蔡（蔡邕），崇盛麗辭，如宋書吳冶，刻形鏤法，麗句與深采並流，偶意共逸韻俱發。至魏晉群才，析句彌密，聯字合趣，剖毫析釐。然契機者入巧，浮假者無功。」第三十八篇《事類》云：「事類者，蓋文章之外，據事以類義，援古以證今者也。」「夫經典沉深，載籍浩瀚，實群言之奧區，而才思之神皋也。揚（揚雄）、班（班固）以下，莫不取資，任力耕耨，縱意漁獵，操刀能割，必裂膏腴。是以將贍才力，務在博見，狐腋非一皮能溫，雞跖必數千而飽矣。是以綜學在

博，取事貴約，校練務精，捃理須核，眾美輻輳，表裏發揮。」「夫以子建（曹植）明練，士衡沉密，而不免於謬。曹洪之謬高唐，又曷足以嘲哉！」上述《麗辭》《事類》兩篇，雖沒有明確提及二陸，實際上陸機《文賦》與陸雲《與兄平原書》中，均於此有深解，不遑一一剖析。

第四，在《文心雕龍》文學批評論方面，二陸之創作以及陸雲所論，亦為劉勰所關注，劉勰批評作家才性與風格，多依據於作家作品和前賢史傳，核而有徵。二陸兄弟之贈答及陸雲《與兄平原書》之言，亦多能彰顯二人之異同，如家常語之瑣瑣碎碎，然其中自有其論文之大體與原則。錢鍾書先生以之為後世評點批評之源頭，可謂獨具慧眼。其云：陸雲《與兄平原書》「無意為文，家常直白，費解處不下二王諸帖。什九論文事，著眼不大，著語無多，詞氣殊肖後世之評點或批改，所謂『作場或工房中批評』（workshop criticism）也。」「苟將雲書中所論者，過錄於機文各篇之眉或尾，稱賞處示以朱圈子，刪削處示以墨勒帛，則儼然詩文評點之最古者矣。」（《管錐編》一四一《全晉文卷一〇二》）。《文心雕龍》文用論四十九篇之後五篇，可以概括為「文學批評」部分，其中，第四十五篇《時序》論文學發展與時代風氣、社會現實之關係的種種「原理」。其論及西晉時代時云：「逮晉宣（司馬懿）始基，景（司馬師）、文（司馬昭）克構，並跡沉儒雅，而務深方術。至武帝（司馬炎）惟新，承平受命，而膠、序篇章，弗簡皇慮。降及懷愍（指司馬鄴），綴旒而已。然晉雖不文，人才實盛：茂先（張華）搖筆而散珠，太沖（左思）動墨而橫錦，岳（潘岳）、湛（夏侯湛）曜聯璧之華，機、雲標二俊之采。應（應貞）、傅（傅玄）、三張（張載、張協、張亢）之徒，孫（孫楚）、摯（摯虞）、成公（成公綏）之屬，並結藻清英，流韻綺靡。前史以為運涉季世，人未盡才，誠哉斯談，可為歎息。」其中對西晉王朝，以「不文」、「季世」稱之；對西晉作家，又以「人才實盛」「人未盡才」惜之，真所謂「誠哉斯談」。

上述《時序》篇該段論述，是將西晉作家分為兩個「品第」層級，與鍾嶸《詩品》之品第批評方法實有類似。《文心雕龍》全書中關於作家的這種高下「品第」批評，乃貫通全書，非僅此一處，「論文敘筆」中每每見之；且其有關作家品第有多同於鍾嶸之三等品第者，亦有不同者，詳細分析需全面比較研求，擬另文詳述，此不贅言。該段所論實將張華、左思、潘岳、夏侯湛、陸機與陸雲兄弟作為一個層次；復將應貞、傅玄、三張（張載、張協、張亢）、孫楚、摯虞、成公綏等作為一個層次，前一層次作家有高於後一層次作家之

微意。其中品第與鍾嶸不同的一個重要原因在於：劉勰乃就作家整體創作成就而第其層差，而鍾嶸主要是就作家的五言詩歌創作成就而品其上下；又《文心雕龍》在論析不同作品時，作家之具體品第又有不同，即如《時序》該段所及作家就是如此。討論及此，是想要說明，不可孤立看待「機、雲標二俊之采」這句評語，要將該句之品評，置於《時序》篇本段、全篇乃至《文心雕龍》全書中去探討劉勰對二陸的評價，才能全面掌握之。然就此段所論，劉勰獨拔二陸之「采」，實亦有其用意會心之處，與鍾嶸所見亦有所同，此亦前修之共識。又第四十七篇《才略》，對二陸才性置評，廣為後世與今天學界徵引：「陸機才欲窺深，辭務索廣，故思能入巧而不制繁；士龍朗練，以識檢亂，故能布采鮮淨，敏於短篇。」具體內涵，就不再詳析。

　　以上所論，既是想藉此序文，總體上探討一下陸雲文學理論批評的內容及其對劉勰《文心雕龍》和鍾嶸《詩品》的影響，也是重新回顧說明當年指導廉水傑君以「陸雲文學思想研究」作為其碩士學位論文選題的意義和用心之所在。當然，這一論文的選題，最終是我們共同商討的結果。在具體研究中，這篇論文研究中心明確，所設範圍卻稍寬。論文首先力圖究明陸雲文學思想研究的現狀，思考存在的問題。對已有研究成果，概述力求詳盡，以免掠人之美。其第二章對陸雲生平思想與文學創作的概述與研究，亦頗有用心，分為家國源流與文化背景、人生歷程與儒玄兼修、文學思潮與文學創作這三節予以探討，言而有徵。論文的重點研究和主要內容，在其第三、四、五章。在第三章陸雲文學思想的研究上，通過研究說明陸雲以「清」為主的一系列審美概念之提出，表現出一種「美文」的理想，其審美標準析為情感真摯、文辭清工、用典適當、音韻和諧、文意暢達、警句突出六個方面，認為這些審美標準或者說要求的提出，主要有四個方面的原因：一是賦體賦論在西晉的發展；二是陸雲的儒玄兼修；三是當時審美風尚的影響；四是文人間的相互切磋交流等。由此，具體闡釋了陸雲主「清」的「美文」論思想在古典文學重清新自然的審美源流中的積極貢獻。以文情論、文采論與美文論三節對陸雲文學思想予以較為全面深入的探討，所論不乏獨見。又設專節，從情文觀、聲文觀、形文觀與美文觀四個方面，對二陸的文學思想進行比較研究，進一步深化了陸雲文學思想的論析。陸雲的文學思想主要體現在《與兄平原書》中，但這三十餘劄書信中，涉及到許多文論術語和概念，解讀殊為不易。但要想準確理解和把握陸雲文學思想，有必要對其中的重要文論概念進行集

中解釋。是故第四章《批評概念詮釋》頗為重要，其解釋的術語與概念有：情文、事、綺、奇、韻、勢、悅澤（包括「偉、緯澤、高偉、藻偉」一組）、工、清省（包括「清新、清工、清美、清絕、清約、清利」一組、思與意、耽味與耽詠、手筆、多、貴今與不朽、文與文章、體、出語與出言等。又，第五章論陸雲文學思想的影響問題，主要討論其對劉勰《文心雕龍》和鍾嶸《詩品》的影響，是論文重要的組成部分。作者從情采論、風骨論和「隱秀」「六觀」等批評概念這幾個方面，較有說服力地探究了《文心雕龍》對陸雲之文論的資鑒；從情文論、美文論、聲文論三個方面探究了鍾嶸《詩品》對陸雲之批評的汲取，具體分析，能夠言之有據，時見「清新」之論。正如其該章開篇所說：劉勰與鍾嶸作為後世與陸雲相距不遠的文學批評家，對陸雲都有所論，無論從文學概念的演進，還是從文學思想的承遞規律而言，他們受陸雲文學思想的影響不可避免，斑斑可考。誠如斯論，信哉。其所論以「美在自然」之論為歸結，認為陸雲文學思想雖有時代留下的雕琢之痕，但其最終的基點卻落在「自然」之上，陸雲在中國重清新自然的審美源流中，無疑是一個從文學理論上對之加以闡發的有積極貢獻的人物。這是可以成立的結論。

這篇碩士學位論文當年完成時就有十萬餘字，今付梓本加上其附錄之作，約有二十萬字。2005 年春季，邀請五位教授組成的答辯委員會進行答辯，答辯委員一致評其為優秀之作。出版在即，廉水傑君寄來電子版給我，並要我作序，告訴我，論文已經做了認真的修訂。其中一些章節，她原亦作為單篇論文發表過，早已有過打磨。因教學工作特別繁重，我僅匆匆粗覽一過，又其催促甚急，沒有能夠再仔細校讀，但還是發現一些問題，除了有些文字顯得稚嫩、個別表述還可推敲外，仍還有可補充者，如關於《與兄平原書》的概念詮釋，就有一些較為重要的遺漏，如「委曲」「逸氣」等；另外，涉及文體的諸多概念如詩、賦、贊、誄等等，亦可增加，並參考《文心雕龍》之所論，予以簡釋。該著又附錄作者數篇已經發表過的論文，頗能反映其十數年來在專業研究上孜孜矻矻的精神、不斷精進的足跡。

光陰荏苒，回想 2002 年，我在韓國某大學中國學系任教，文學院招錄碩士研究生時，用電郵告訴我，要將廉水傑君調整給我指導，廉水傑君遂成為我指導的第一位研究生。她畢業後不久，又考入中國人民大學國學院袁濟喜先生門下攻讀博士學位，博士學位論文作的是顏延之文學思想研究。其後，

又以「初唐百年文藝思想研究」為研究專題，回來讀博士後，仍由我擔任其合作導師。兩年後出站，其博士後報告亦得到評議委員會專家較高的評價。廉水傑君學術起步端正，起點亦高，又能一心向學，心無旁鶩，一定能夠在學術研究上取得更多更好的成績，誠所望也。學然後知不足，學而後能知之，謹以此共勉。是為序。

陶禮天寫於京西南樊村
二〇二〇年三月八日

目

次

前　言

　　本書分為兩部分，第一部分主要論述陸雲的文學思想，第二部分附錄七篇與陸雲相關的論文。第一部分主要是我的碩士學位論文「陸雲文學思想研究」，完成於 2005 年。第二部分附錄一「陸士龍年表彙述」，是原碩士論文一部分；附錄九《陸雲詩歌劄記》，是我重讀「陸雲詩作」之思考，其他文章基本上完成於 2008 至 2011 年我攻讀博士學位期間。現出版之際，對全書所有文字進行了不同程度的修訂。

　　「陸雲文學思想研究」是個案研究，通過對他人文章的點評，體現自己的文學思想，是古典文論的傳統。陸雲的文學思想正是通過對他人的文學批評而體現。《與兄平原書》是研究陸雲文學思想的重要資料，本書以此為基點，並結合《陸士龍文集》（後人輯存本）相關篇章，全面考察其文學思想。

　　附錄二、三、四部分《「二陸」美文觀探究》《論陸雲文學思想對鍾嶸〈詩品〉的影響》《劉勰〈文心雕龍〉對陸雲文學思想的汲取》三篇論文，是在對原碩士論文部分章節修訂基礎上完成，雖有一定重複文字，但考慮到單篇論文自成邏輯體系且有助於對「陸雲文學思想」全面瞭解，故收錄。附錄五《西晉思想對話與文學批評探析》一文，有助於全面認識西晉的文壇狀況。附錄六《鍾嶸〈詩品〉「顏延論文，精而難曉」考釋》和附錄七《論顏延之的風雅才性與文士精神》兩篇論文，主要考慮鍾嶸評價顏延之的詩歌源出自陸雲之兄陸機，「二陸」文學思想存在一定的差異，而顏延之乃晉宋之際的文學名家，其詩文的「錯彩鏤金」之美與陸雲文學思想的「清新自然」之美是古典詩文的兩種基本審美形態，故收錄以深化對傳統「美文」論的理解。附錄八為《論「清」的審美理想在唐代詩論中的發展》一文，收錄緣由在於陸雲有

一系列主「清」的審美理想，這一論文有助於對陸雲文學觀念的深度認知。因此，附錄論文的研究時間跨度從西晉到唐代，希冀從不同的視域出發來縱觀這一歷史時段的文壇狀況與文學批評。

　　自 2005 年以來，對陸雲的相關研究雖日益增多，除個別考述的成果外，似乎新見並不多。掩卷長思，深感作古典文學研究之幸，特別是對個體的綜合研究，只要研究主體做到了「知音」之思，便不會有「醬瓿」之憾。

廉水杰

庚子年春

第一章　緒　論

　　晉初文學，首推二陸。鍾嶸《詩品·序》云：「太康中，三張、二陸、兩潘、一左，勃爾復興，踵武前王，風流未沬，亦文章之中興也。」〔註1〕清人沈德潛在《古詩源》中評陸雲時亦云「詩與士衡亦復伯仲」〔註2〕。陸機、陸雲兄弟不僅是著名的文學家，還是重要的文學批評家。郭紹虞先生在《中國文學批評史》中，在談「陸機文賦」時說：「晉初文學首推二陸，即就文學批評言，二陸亦較為重要。」〔註3〕黃侃先生在《文心雕龍劄記》中云「士龍與兄平原牘，大抵商量文事」〔註4〕。《與兄平原書》〔註5〕表現了陸雲的文學思想。明張溥在《漢魏六朝百三家集題辭》之《陸清河題辭》中云「士龍與兄書，稱論文章，頗貴『清省』」〔註6〕。對陸雲的文學思想已有較為具體的認識。

〔註1〕【梁】鍾嶸著，曹旭集注：《詩品集注》，第24～25頁，上海：上海古籍出版社2011年版。

〔註2〕【清】沈德潛著：《古詩源》卷7，第161頁，北京：中華書局1963年版。

〔註3〕郭紹虞著：《中國文學批評史》，第77頁，天津：天津百花文藝出版社1999年版。

〔註4〕黃侃著：《文心雕龍箚記》，第220頁，上海：上海古籍出版社2000年版。

〔註5〕朱曉海認為，陸雲《與兄平原書》其中原編第二者本係原編第六書之附抄件，俊人妄加「雲再拜」三字，是實得二十八封。（朱曉海著：《陸雲〈與兄平原書〉臆次補說》，《燕京學報》，第193頁，北京：北京大學出版社2000年版。）劉運好據先賢輯錄，輯《與兄平原書》三十九首。（【晉】陸雲著，劉運好校注：《陸士龍文集校注》，第1035頁，南京鳳凰出版社2010年版。）據此，為避免歧義，在本文中對引用《與兄平原書》中的文字不再詳細地標注到第幾封，一律以「《與兄平原書》曰」或「書簡曰」。

〔註6〕【明】張溥著，殷孟倫注：《漢魏六朝百三家集題辭注》，第175頁，北京：中華書局2007年版。

　　自近代以來，對陸雲文學思想的研究在一定程度上受到了重視，主要成果有：劉師培在 1917 年撰成的《中國中古文學史講義》，是近百年來最早的對陸雲的《與兄平原書》的文學思想價值有所認識的〔註7〕；錢鍾書在《管錐編》中指出，《與兄平原書》中的詩文觀點稱得上是我國詩文評點的源頭〔註8〕；肖華榮《陸雲「清省」的美學觀》最早對陸雲「清省」的美學觀念作了比較詳盡的研究〔註9〕；王運熙、楊明的《魏晉南北朝文學批評史》，把陸雲的文學思想較深刻全面地寫進了「文學批評史」〔註10〕；臺灣呂武志的《陸雲〈與兄平原書〉與〈文心雕龍〉》，比較精細地看到了《與兄平原書》與《文心雕龍》的聯繫〔註11〕；日本佐藤利行的《陸雲研究》一書，是目前國內外較為系統地研究陸雲的專著，對「陸雲之文章觀」的見解頗為新穎，也從一個側面反映了陸雲文學思想在西晉文壇的重要地位〔註12〕。本章節擬通過概述各個年代有關陸雲文學思想研究的代表性論著，對近百年來陸雲文學思想的相關研究作以總結，旨在通過對其文學思想研究的回眸，探討陸雲文學思想在中國文學批評史上的重要意義。

　　根據現存《與兄平原書》，其中論及文學者，超過書簡內容的四分之三，可見其作為文學史料的價值。在探討陸雲文學思想研究現狀及存在問題之前，先對陸雲著述及其考辨情況作以瞭解。

第一節　陸雲著述及其考辨情況

一、《陸雲集》

　　第一、文獻著錄。《晉書・陸雲傳》：「所著文章三百四十九篇，又撰《新書》十篇，並行於世」。《晉書》本傳未具體述及其文章卷帙。《隋書・經籍志》著錄：「晉清河太守《陸雲集》十二卷。」注云：「梁十卷，錄一卷。」《北堂書鈔》卷一百引《抱朴子》佚文曰：「吾見二陸之文百許卷，似未盡也。」可

〔註7〕劉師培著：《中國中古文學史講義》，上海：上海古籍出版社 2000 年版。

〔註8〕錢鍾書著：《管錐編》，第 1915 頁，北京：三聯書店 2019 年版。

〔註9〕肖華榮：《陸雲「清省」的美學觀》，《文史哲》1982 年第 1 期。

〔註10〕王運熙、楊明著：《魏晉南北朝文學批評史》，上海：上海古籍出版社 1989 年版。

〔註11〕呂武志著：《魏晉文論與文心雕龍》，臺灣：臺灣樂學書局有限公司 1988 年版。

〔註12〕【日本】佐藤利行著：《陸雲研究》，重慶：西南師範大學出版社 1995 年版。

見陸雲文集不但卷帙甚為可觀，而且當時所傳之本已有異同。紀昀《四庫全書總目提要》云：「《隋書·經籍志》載雲集十二卷，又稱『梁十卷，錄一卷』，是當時所傳之本已有異同。」《舊唐書·經籍志》《新唐書·藝文志》均著錄曰：「《陸雲集》十卷。」紀昀《四庫全書總目提要》云：「《新唐書·藝文志》但作十卷，則所謂『十二卷』者，已不復見。至南宋時，十卷之本又漸湮沒。」《宋史·藝文志》著錄：「《陸雲集》十卷。」

第二、有關總集、類書選陸雲作品情況。梁代蕭統《文選》：《大將軍燕會被命作詩》（卷二十）、《為顧彥先贈婦》（卷二十五，下同）、《答兄機》、《答張士然》。唐歐陽詢《藝文類聚》錄詩五首、文九篇。

第三、後人輯集、校注陸雲作品。宋代徐民瞻輯刻《晉二俊文集》，收《陸士龍文集》十卷，此為最早輯本。清代錢培名、盧文弨等校勘宋本、輯補佚文。紀昀《四庫全書總目提要》云：「慶元間，信安徐民瞻始得之於秘書省，與機集並刊以行。然今亦未見宋刻。世所行者，惟此本。考史稱雲所著文詞凡三百四十九篇。此僅錄二百餘篇，似非足本。蓋宋以前相傳舊集，久已亡佚。」明代張溥《漢魏六朝百三名家集》輯陸雲作品為《陸清河集》二卷。丁福保輯陸雲詩入《全晉詩》卷三，計三十二篇。逯欽立輯陸雲詩入《先秦漢魏晉南北朝詩·晉詩》卷六，計三十七篇。金濤聲點校《陸雲集》，中華書局一九八二年版。黃葵點校《陸雲集》，分十卷，中華書局一九八八年版。劉運好彙集陸雲詩文集歷代版本，校注整理《陸士龍文集校注》，南京鳳凰出版社二〇一〇年版。

二、《陸子》

《隋書·經籍志》曰：「《陸子》十卷，陸雲撰，亡。」《舊唐書·經籍志》《新唐書·藝文志》著錄相同。

三、詩文集總況

乾隆《婁縣志》卷二十、嘉慶《松江府志》卷四十九、崇禎《松江府志》卷三十六、正德《松江府志》卷二十七、康熙《松江府志》卷三十九都有云：「所著文章三百四十九篇、《新書》十篇，並行於世。」清代永瑢《四庫全書簡明目錄》云：「《答平原》詩中，誤收陸機一首。失題諸句載於《藝文類聚》《芙蕖部》《嘯部》者，直題曰《芙蕖》、曰《嘯》，尤為庸妄，以世無別本，

姑以存雲著作之概云爾。」《松江縣志》云:「(雲)所書《春節貼》,被選入《淳化閣法帖》。所有詩文 349 篇,《新書》10 篇。後人輯為《陸士龍集》行世。」

通過對上述材料的梳理,可以清楚地瞭解到陸雲創作之豐,不僅有詩文集傳世,還有子書撰成,在文學史上確是一位有積極貢獻並值得後人研究的文學家。遺憾的是由於年代久遠,部分作品在流傳中遺失,我們現在能看到的其最早的文集版本是:宋代徐民瞻輯刻《晉二俊文集》,收《陸士龍文集》十卷。宋以後輯錄的《陸士龍文集》也大都以此為底本。

第二節　陸雲文學思想研究百年歷程〔註 13〕

一、1949 年以前的陸雲文學思想研究

1949 年以前的陸雲文學思想研究,不是專門的研究,也談不上非常深刻,但卻有著重要的價值。陸雲尚「情」、推崇「清」「省」「新」的文學觀不但被注意到,而且都不同程度地肯定了陸雲在中國文學批評史上的地位。

劉師培在 1917 年撰成的《中國中古文學史講義》,是近百年來最早的對陸雲的《與兄平原書》的思想價值有所認識的,他在「潘陸及兩晉諸賢之文」中,不但引用了《文心雕龍‧鎔裁篇》所云的「及雲之論機,亟恨其多,而稱清新相接,不以為病。」而且還云:「又《文心雕龍‧定勢篇》云:『陸雲自稱往日論文,先辭而後情,尚勢而不取悅澤。及張公論文,則欲宗其言。可謂先迷後能從善。』亦足為士龍之文定論。」在「案」中還云:「雲集《與兄平原書》其中數首,於機文評論極當,允宜參考。」可見,劉師培先生肯定了陸雲「清新相接」「先情後辭」的文學觀。

王耀昌的《魏晉文藝批評之趨勢》,強調魏晉批評文藝注重才性的趨勢,「文藝之事,『發引性靈』,要以才性為先,弗惟塗飾是尚,昔之作者,亦主斯說,惜語焉少詳。」據上下文來看,王先生的所謂的「才性」,即為作者在詩文中所抒發出來的真情實感,他列舉了陸雲《與兄平原書》中的「往日論文先辭而後情,……嘗憶兄道張公父子論文,實欲自得,今便欲宗其言也。」來作例證。〔註 14〕由此可見,陸雲尚「情」的文學觀受到了王先生的注意。

〔註 13〕 曾作為單篇論文發表於日本佐藤利行先生主編:《北研學刊》,第 27〜36 頁,東京:白帝社 2005 年版。

〔註 14〕 王耀昌:《魏晉文藝批評之趨勢》,《國學叢刊》,1926 年第 3 卷第 1 期。

楊即墨的《太康時期之文藝批評》，從文藝批評發展的角度出發，認為「繁簡之論」是太康文藝批評的內容之一，並專門列舉了陸雲《與兄平原書》中的部分與「簡」相關的「省」的觀點。〔註15〕楊先生提到了陸雲「省」的文學批評觀。

朱東潤先生在 1944 年寫的《中國文學批評史大綱》，在「陸機・陸雲」一節中，指出陸雲論文，首貴「清綺」，並重視文辭與情感的關係，同時還強調了陸雲常常執定一「新」字來品評「文辭之長」的陸機。尤其值得強調的是，朱東潤先生最後還特意指出：「雲之所論，雖無專篇，而與乃兄諸書，足以見其見解之縝密。」〔註16〕朱東潤先生對陸雲論文的見解是頗為肯定的。

二、70 年代末到 90 年代的陸雲文學思想研究

從 1949 年到 1970 年末，這一二十年間，陸雲的文學思想研究國內外成就不大。但自 70 年代末到 90 年代，有關陸雲文學思想的研究呈現了不同的發展趨向，可以說得到了比較全面的深入與展開。特別是肖華榮的《陸雲「清省」的美學觀》與傅剛的《「文貴清省」說的時代意義——略談陸雲〈與兄平原書〉》〔註17〕，一個是從純審美的角度出發，一個是從文學史的角度出發，可謂相映成輝。王運熙、楊明先生的《魏晉南北朝文學批評史》是當代人第一次把陸雲的文學思想較深刻全面地寫進「文學批評史」，看到了陸雲文學思想的歷史貢獻，具有重要的意義。

第一，「詩文評點」的源頭論。錢鍾書《管錐編》〔註18〕認為陸雲《與兄平原書》中談論文事，大都立足點不大，語言不多，語氣與後代的「評點或批改」類似，也就是所謂「作場或工房中批評（workshop criticism）」。錢鍾書先生指出，如果將陸雲書中的評語，有選擇地置於陸機詩文中的篇首或篇尾，「稱賞處示以朱圈子，刪削處示以墨勒帛，則儼然詩文評點之最古者矣」。錢鍾書先生的見解稱得上是別具新意。

錢鍾書先生從細微之處又能從宏觀思考，深刻地分析了陸雲的文學思想，其《管錐編》之《全晉文》卷一〇二則，專門詮釋陸雲的《與兄平原書》，

〔註15〕楊即墨：《太康時期之文藝批評》，《真知學報》，1942 年第 2 卷第 2 期。

〔註16〕朱東潤著：《中國文學批評史大綱》，上海：上海古籍出版社 2001 年版。

〔註17〕傅剛：《「文貴清省」說的時代意義——略談陸雲〈與兄平原書〉》，《文藝理論研究》，1984 年第 2 期。

〔註18〕錢鍾書著：《管錐編》，第 1915～1917 頁。

而在他處特別是關於陸機《文賦》的詮釋中，亦時見其精到之解。在其《全晉文》卷一○二則中，錢先生首先詳細闡釋了陸雲《與兄平原書》中多次提到的「多」（「多少」）的意思，詮釋陸雲所說的「多」，在不同語境中有「多少」「快慢」「增刪」「去留」「等差」「優劣」等不同涵意。其引《抱朴子‧外篇》佚文「朱淮南嘗言：『二陸』重規沓矩，無多少也；一手之中，不無利鈍，方之他人，若江漢之與潢汙」。按：「汙」同「污」，「潢污」就是《左傳‧隱公三年》所謂「潢污行潦之水」（積聚不流的溝中之水），這是稱頌二陸之才如江漢，而相比之下的「他人」如溝水。錢先生由此指出：朱氏之論實際上是「以雲推重機者並施於雲」：「『無多少』謂不分優劣，『一手中不無利鈍』謂『雖復自相為作多少』，『方之他人如江漢之與潢汙』謂『無不惟高也』。」進而，錢先生又指出：「出語」「出言」即奇句、警句，此「出」與《與兄平原書》中的「復羞出之」的「出」是不一樣的，並又舉出其他與「出」相關的語句來例證。其後，錢先生又闡述了《與兄平原書》中的「『徹』與『察』皆不與『日』韻，思惟不可得，願賜此一字。」得出了「句工只在一字之間」，從而強調了「鍊字」的重要性。陸雲《與兄平原書》有很多話，具有時代性又有「家常直白」的口語化特點，理解不易。錢先生的若干處抉釋，為我們仔細把握陸雲的本意、體會陸雲的文學思想的深刻內涵，更具有方法論上的示範意義。學界一般認為，詩文評點批評，至南宋劉辰翁對杜甫、王維、孟浩然、韋應物、李賀、王安石等唐宋詩人的詩集，始有集中的評點，發展到明清時期，評點成為中國文學批評史上的較為普遍運用的重要批評方法，影響很大。由此可見，錢鍾書先生把《與兄平原書》定論為「類似後代的『評點或批改』」，也就是對陸雲以批評者的身份進行詩文評點給予了肯定，尤其對他注重「警句」的文學觀念還給以了強調。

　　第二，「清省」的文學思想。肖華榮是最早對陸雲「清省」的美學觀念作全面研究的。其《陸雲「清省」的美學觀》，從審美的角度出發，立足於「清」與「省」兩個方面，分述「清省」的美學意義，認為「清省」是一種不見雕琢之痕，不落鉛粉之跡的天然風韻。傅剛的《「文貴清省」說的時代意義——略談陸雲〈與兄平原書〉》，從文學史的角度出發，強調「文貴清省」是陸雲論文的一個重要觀點，並對後世產生了很大影響，陸雲在中國文學批評理論史上應有一定地位的。概述上述二文，主要有下列要點：

　　（一）強調了「清」以「省」為前提。肖華榮強調理解陸雲所說的「清」，

要與他要求作品的「清妙」「清工」「清新」等概念聯繫起來，陸雲「清」的主張也就是要求作品要有獨到的見解，精闢的語言，新鮮的典故，響亮的音韻，從而不落於平庸、不陷於陳俗。「清」是以「省」為前提的。所謂的「省」，就是語言的省煉、精約，儘量刪除可有可無的語句。還著重強調，所謂「清省」，並非單純的消極的省淨和簡絕，「清」意味著潔淨中有深情，有遠旨，有綺語，有奇特不凡之處；「省」就是要在抒發真情實感的基礎上，省字、省句，去繁、去濫，尚簡、尚約。

（二）分析了「清省」與「情、辭」的關係。傅剛剖析了「文貴清省」的文學淵源，認為陸雲是由於不滿自漢靈帝以來文章不關實義而提出的，陸雲的論文主張實質上是：文辭要簡潔；文章要有情致，要委婉，這樣才出於自然。接著傅先生又詳細分析了這兩個方面，強調做到這兩個方面，文章需做到「出語」「先情後辭」。

「先情後辭」是傅剛根據陸雲的觀點整理得來的，認為陸雲是把它作為文章達到清省的措施之一。傅先生還做出了進一步的解釋，指出「情」與「出語」是相輔相成的，詩文的「出語」也即「辭」是中心思想的凝聚，而作為思想內容的「意」在文章中對全篇文辭起統理作用，與主題無關的文辭不要，文章自然做得清省。文章簡潔清省的原因，正是因為以情義為主，陸雲提倡的先情後辭，決不是否定文辭，甚至以為只要文辭清新美麗，文章即使繁雜些，也不要緊。

肖華榮還聯繫當時的社會風氣及陸雲本人的個性特徵，論述陸雲的審美理想，指出內容上的「深情遠旨」，形式上的鮮麗明淨，以及語言的省煉簡約，構成了「清省」的藝術境界。同時「清省」也是陸雲文學批評的審美標準，並貫穿於他的整個的論文「書簡」中。

（三）指出了「清省」美學觀的意義。肖華榮還指出「清省」的美學觀，是魏晉六朝由「鏤金錯彩」向「初日芙蓉」的美感轉變的重要標誌。「清」在陸雲這裡不僅僅是指一種文體的特點與要求，而是成了陸雲的一種審美理想與標準，陸雲在由繁複向清省的美學思想轉變過程中，是一個從文學理論上加以闡發的關鍵的、有貢獻的人物。「清省」的美學觀既是古代美學思想轉變時期的標誌，又有針砭當時繁縟文風的意義。

此外，肖華榮還指出了陸雲文學思想的侷限性，認為陸雲沒有從文學與生活的關係上探索文學創作規律，把「清省」放在挹取永遠鮮潔的生活之流

的清波基點上來要求，他強調的「妙」「工」「綺」「奇」等也沒有擺脫當時形式主義的風氣。

第三，陸雲文學思想在批評史上的地位。王運熙、楊明著《魏晉南北朝文學批評史》，在第一編「魏晉文學批評」的第三章「西晉文學批評」中，有一部分專論陸雲的文學思想。以比較詳實的例證指出陸雲的文學思想中不但有對動人情感力量的強調，還有對文辭潤色修飾、音韻的重視，尤其值得一提的是「清省」的文學思想。認為陸機《文賦》中批評「清虛婉約」「除煩去濫」的作品為「雅而不豔」，這與陸雲的「清省」，二者的側重面是不同的，體現了兄弟二人不同的審美趣味，但二者的觀點又不能看作是完全對立的，他們的觀點相反而相成，從不同側面反映了當時文學理論對於文章的審美要求。《魏晉南北朝文學批評史》還指出，陸雲的書信中還有一些可注意的地方，如他對作文不朽的認識，這體現了陸雲以所作與古人爭長、企求以文章之才流傳不朽的心理，這種心態是時代風氣的反映。最後還指出，陸雲對於創作的樂趣也頗有體會。《魏晉南北朝文學批評史》通過較為全面的分析，概述了陸雲文學思想在魏晉南北朝文學批評中的地位。

傅剛把陸雲的「出語」、陸機所說的「警策」與劉勰肯定的「出語」「警句」及鍾嶸的「滋味」聯繫起來論述。強調陸雲的「出語」與陸機的「警策」，在距建安文學時期不遠的太康時期提出來，是一個了不起的見識，不僅對同時代的劉勰、鍾嶸有著深刻的影響，而且對以後詩歌的發展，不論在文學批評史上，還是在文學史上的作用、影響，都是顯而易見的。

三、90 年代的陸雲文學思想研究

這期間的陸雲文學思想研究，闡釋得更為精細，研究視角更為開闊，不但對「清」有了更為全面的解讀，還重在把陸雲放在文學史或文化史的發展潮流中進行研討分析。

第一，「清」是核心。胡大雷的《略論陸雲的文學主張》〔註19〕，總結出陸雲是把「清」作為一種總的美學追求而提出來的，「清」是陸雲所追求的一種風格。這種風格，在文體上要求簡約潔淨，在文勢上要求俊爽超邁，在文情上要求純淨集中，在文風上要求清新高遠，從整體上要求即是「清」。「清」是陸雲文學觀的核心：

〔註19〕胡大雷：《略論陸雲的文學主張》，《廣西民族學院學報》，1992 年第 3 期。

（一）論文體主張簡約清省。通過陸雲對陸機等人作品的文體問題的評議，集中論述了陸雲在文體上主張「簡約清省」，認為「清省」是指文體的簡約純淨明確，「清」指潔淨不雜、昭晰明確，偏重於結果，「省」指簡捷精練，偏重於過程。最終得出結論：陸雲不僅認識到作品的簡約清省，還要看作品能否顯現其「妙處」，這與陸雲主張「清省」「乃出自然」的意思是相吻合的。

（二）論文勢主張清暢流利。認為「文勢」指作品的語調氣勢，是西晉初年大家共同關心的一個問題。陸雲在文勢上偏重於作品的語調氣勢，並把文勢的通暢俊爽與否當作評價作品的標準之一。

（三）論文情主張深切清妙。指出陸雲強調的「清妙」作品是要有「深情」，抒情時要集中，不拖泥帶水，不枝蔓橫生，只有這樣作品的情感力量才最為巨大深厚。

（四）論文風主張清新高遠。闡釋出「清新」即不落入俗套的流利新穎，陸雲認為只要文章有新穎之處，即便文繁一些也還可以。

第二，「清省」的文學追求。穆克宏、郭丹編著的《魏晉南北朝文論全編》〔註20〕，節錄了陸雲的《與兄平原書》，並對陸雲的文學思想作了簡要評述，認為綜合陸雲的《與兄平原書》各篇所論來看，要做到「文貴清省」，要「出語」「先情後辭」，「出語」與「先情後辭」是文章「清省」的前提，三者是相輔相成的。這與前面所述的傅剛的與此相關的觀點是一致的。同時也指出了陸雲的許多觀點對當時及以後的文學理論都有很大影響，應引起重視。

俞士玲的《陸機兄弟享盛譽於中古文壇的文化觀照》〔註21〕，試圖把陸氏兄弟放在兩漢到西晉這一中國文化的統一到分化、分化到整合的文化背景中加以考察，實際著重探討的是陸機的生平思想和文學觀念。對陸雲文學思想的研究，主要集中在第二章的第三節「以張華為中心的同好之會與西晉文學」中。

俞士玲首先肯定了陸氏兄弟對王粲文學的推重，又肯定了陸雲「清省」的文學追求，還引用《與兄平原書》來例證詩歌韻律在當時西晉文學中的討論交流。這裡值得一提的是，俞士玲認為陸雲「清省」的文學論詩標準，正是用張華為中心的文人集團的文學追求來評判張華、陸機的文學，這是新的研究結論。

〔註20〕穆克宏、郭丹編：《魏晉南北朝文論全編》，南京：江蘇教育出版社 1996 年版。
〔註21〕俞士玲著：《陸機兄弟享盛譽於中古文壇的文化觀照》，學位論文 2008 年，國家圖書館博士論文庫。

第三，在文學史上的積極意義。徐公持的《魏晉文學史》〔註22〕，在第二編的「西晉文學」中有一小節專論「陸雲」。徐先生認為，今存陸雲致陸機書信三十五篇，為古代文學批評史上重要文獻。陸雲主張的「清省」「清妙」「清工」與陸機文章的「微多」「少多」「綺語」，文風差異及好尚分歧很明顯，並引用了《與兄平原書》中的「有作文唯尚多，而家多豬羊之徒，作《蟬賦》二千餘言，《隱士賦》三千餘言，既無藻偉體，都自不似事。文章實自不當多。」論說陸雲對當時繁縟堆砌文風的抨擊。

袁行霈、孟二冬、丁放著的《中國詩學通論》〔註23〕，在第二章「從曹丕《典論·論文》到劉勰《文心雕龍》」的第三節「崇尚自然的藝術審美情趣和詩歌審美傾向」中，把陸雲的文學思想放在整個時代的文學審美思潮中進行較為詳盡的論述。特別強調地指出，陸雲在「文風華麗雕飾，善於巧構形似之言」的西晉太康年間，獨倡清新自然之美，目的在於矯正當時雕飾華麗之風。管雄的《魏晉南北朝文學史論》〔註24〕，也肯定了陸雲主張的「文貴清省」，推崇的「清新相接」，在當時文壇籠罩著濃厚的追求辭藻的風氣中，有著積極的意義。

第四，陸雲、陸機文學思想異同。郁沅、張明高編的《魏晉南北朝文論選》〔註25〕，認為陸雲的文學主張，與其兄陸機有相同處，又有不同處。

相同之處，一是提倡「情文」，認為詩賦須有強烈而真實的感情，因此他的批評也往往是以「情」論文。二是主張新綺不古。他充分肯定陸機之作「益不古，皆新綺，用此已自為洋洋耳」。所謂新綺，也就是陸機在創作和理論上所追求的音節、對偶、辭采之美。這在當時文藝思潮中是一股新的潮流。但陸雲認為，新綺不能流於淺俗，而必須與典雅相結合。他引用張華的評語，肯定陸機的作品達到了新綺與典雅的統一，此外還強調了作品內容要有真實性，要求「名」「實」相副：「夫名者實之賓也」；反對「溢美」而失真：「溢美有大惡之尤。」

不同之處是，陸機才華洋溢，篇製宏富，不但是創作，而且在理論上陸機提倡一種辭藻的繁富豐贍之美。陸雲則相反。他高度評價其兄的創作成就，

〔註22〕徐公持著：《魏晉文學史》，北京：人民文學出版社 1999 年版。
〔註23〕袁行霈、孟二冬、丁放著：《中國詩學通論》，合肥：安徽教育出版社 1994 年版。
〔註24〕管雄著：《魏晉南北朝文學史論》，南京：南京大學出版社 1998 年版。
〔註25〕郁沅、張明高編：《魏晉南北朝文論選》，北京：人民文學出版社 1996 年版。

同時也指出了陸機的一些作品存在著繁富不精的毛病。與此相應，他在理論上提出把「清」作為創作所追求的最高境界。也就是說，無論文意和文辭，都應當精而不蕪，約而不繁，透明澄徹，雅潔不俗。

羅宗強的《魏晉南北朝文學思想史》〔註26〕，在第三章「西晉士風與西晉文學思想」中，也提到了陸雲的文學觀點與陸機有同有異，並列舉了《與兄平原書》中的例子來論述相同的地方是論「情」之重要，不一致之處是，陸機追求文辭的繁富，而陸雲崇尚「清省」。羅先生認為，陸雲的這種文學觀點，若從重技巧言，與其時的思潮一致；若從審美情趣言，則與其時的審美情趣主潮實存差別。

徐公持還舉出了《世說新語》中的例子，來說明陸機、陸雲兄弟文風及文學觀念的差異，與二人性格作風也有一定的關聯。

四、2000 年以來的陸雲文學思想研究

2000 年以來的陸雲文學思想研究〔註27〕，總體上承繼了以往的研究成果。

第一，晉代士風的反映。蔣寅的《古典詩學中「清」的概念》〔註28〕，指出陸雲「雅好清省」的審美趣味，是通脫簡約為尚的晉代士風在文學中的反映，他在《與兄平原書》中說的：「雲今意視文，乃好清省，欲無以尚意之至此，乃出自然。」此所謂「清省」，應該是意味著清新簡潔的風格。蔣寅還強調了遣詞造語若能新穎不俗，則文章必清暢爽潔，即使意興繁富也不致病於蕪累，所以陸雲「清省」的核心不在於省即單純的簡約，而在於清。

蔣寅還特地探討了陸雲與陸機論文總不離一個「清」字，是因為他們的「清」，正如肖華榮先生在《陸雲「清省」的美學觀》中所說的，是指一種有色彩，有光澤，鮮明秀麗的藝術境界。它與「清新」「清妙」「清工」共同構成了預言性的象徵標誌，預示了新藝術潮流的到來。另外，龔斌的《陸雲「雅好清省」的文學審美觀》〔註29〕也認為陸雲「雅好清省」的審美觀是晉代士

〔註26〕羅宗強著：《魏晉南北朝文學思想史》，北京：中華書局1996年版。
〔註27〕重新修訂論文，發現2005年以後陸雲研究的部分成果值得肯定，如俞士玲的《陸機、陸雲年譜》（北京：人民文學出版社2008年版）；陳家紅的《六朝吳郡陸氏文化與文學研究》（上海師範大學博士學位論文，2013年）。前者關於陸雲的人生歷程考述清晰；後者從文化的視角研究了陸氏家族的文學活動。
〔註28〕蔣寅：《古典詩學中「清」的概念》，《社會科學》，2000年第1期。
〔註29〕徐中玉、郭豫適編：《古代文學理論研究》（第二十一輯），上海：華東師範大學出版社2003年。

風的反映。

第二，「文貴清省」再認識。姜劍雲的《論陸雲的「文貴清省」的創作思想》〔註30〕，剖析了「清省」說的思想內涵，指出陸雲所謂的「清」，有清新自然的意思，所謂的「省」，主要是講去繁尚簡。還著重強調了陸雲論文的審美取向，重點在一個「清」字，並把「省」與「警策」「警句」「出語」等語詞聯繫起來。還討論了「清省」與重「情」的聯繫，認為陸雲後來醒悟到的「先情而後辭」的文學思想是與文學創作發展的邏輯相適應的。最後又從個人的性格氣質及社會文化思潮等方面進一步分析了「清省」說產生的原因。姜劍雲對「文貴清省」的分析，在承繼前人的基礎上，不但較全面而且邏輯銜接嚴密。另外，他在專著《太康文學研究》〔註31〕，又對陸雲《與兄平原書》的文學思想做了簡要的梳理，其觀點與此篇文章中體現的陸雲文學思想相一致。姜劍雲的研究也從一個側面反應了陸雲的文學批評思想在太康文壇的重要地位。

龔斌還認為陸雲「雅好清省」的審美觀不同流俗，比如他對《三都賦》的評價，他不像一般文人那樣歎服，而是認為這類作品只要按類排比，鋪衍長之，便可見出作家的本領。文章還認為，陸雲的見解與劉勰在《文心雕龍·鎔裁》篇反對齊梁繁冗文風有類似之處，如果說齊梁文風在相當程度上受到陸機的影響，那麼陸雲的審美觀就不僅具有時代的意義，而且具有歷史意義。

曹道衡的《魏晉文學》〔註32〕，提及了陸雲論文主張的「清省」，認為《文心雕龍·才略》中所評的：「士龍朗練，以識檢亂，故能布采鮮淨，敏於短篇」是恰當的。

第三，其他。周昌梅的《文學情感論：附情而言——陸雲文學思想述評之一》〔註33〕，文章對陸雲的論文書簡《與兄平原書》作了抉擇與梳理，探討了陸雲文學思想的重要內容，即文學情感論。並主要從情感論的特質、情感論形成的原因以及以情論文在文學批評史上的意義這三個方面展開了論述。

王永順主編的《陸機文集·陸雲文集》〔註34〕比較全面地收集了陸雲的

〔註30〕 姜劍雲：《論陸雲的「文貴清省」的創作思想》，《上海師範大學學報》，2002年第 4 期。

〔註31〕 姜劍雲著：《太康文學研究》，北京：中華書局 2003 年版。

〔註32〕 曹道衡著：《魏晉文學》，合肥：安徽教育出版社 2001 年版。

〔註33〕 周昌梅：《文學情感論：附情而言——陸雲文學思想述評之一》，《孝感學院學報》，2000 年第 3 期。

〔註34〕 王永順主編：《陸機文集·陸雲文集》，上海：上海社會科學院出版社 2000 年版。

文學作品與書信，並對有關陸雲的研究做了一定程度的彙集，特別是在《陸雲文集》的「前言」中，黃葵先生對陸雲的文學思想又有著較全面的論述。

黃葵先生認為陸雲是注重形式、語言、文采的。他不僅提到了陸雲「清」「省」「轉句」「新奇」的文學批評思想，還提到了陸雲的「仿」，指出陸雲是主張模仿範文而出新，主張「祖宗原意」寫作。

五、臺灣與日本的陸雲文學思想研究

臺灣與日本學者關於陸雲文學思想的研究〔註 35〕，比較顯著的成果分別以臺灣呂武志先生的《陸雲〈與兄平原書〉與〈文心雕龍〉》、朱曉海先生的《陸雲〈與兄平原書〉臆次補說》〔註 36〕及日本佐藤利行先生的《陸雲研究》為代表。這三位先生的研究明顯不同於中國大陸學者，呂先生細緻地注意到了《與兄平原書》與《文心雕龍》的聯繫；朱先生指出陸雲《與兄平原書》所體現的文學理論是貧乏的，佐藤先生則認為陸雲這些書信鮮明地表現了陸雲的文章觀。

呂武志先生認為陸雲在「先辭後情」方面，受到了張華父子的啟發，而後導引了劉勰的「情者，文之經；辭者，理之緯」的「情先采後」論。在重視「體勢」方面，陸雲強調自己「尚勢」，但是對於「勢」，如何「尚」法？沒有說明；劉勰則為「勢」下定義，並推闡它和體裁「即體成勢」的相對應關係。在提倡「清省」方面，陸雲批評陸機辭「多」之病，希望能「鉤除」繁冗；針對自己的作品，也同樣多方「損益」，力求精覆；他認為字句「省」，文風才能「清」，這對劉勰「鎔意裁辭說」和「風清骨峻論」貢獻很大。在力求精警方面，陸雲錘鍊「出言」「出語」「偉辭」「偉藻」，再用來自評、評人，和劉勰特意探討篇中獨拔語密切相關。在調諧聲律方面，陸雲費心和陸機審韻正音，以修改作品楚調的毛病；儘管如此，還是難免劉勰「訛音」「訛韻」之譏；至於轉韻方面，陸雲「四言轉句，以四句為佳」的看法，為劉勰所折衷。在養神衛氣方面，陸雲主張寫作可以「解愁忘憂」，感歎「用思困人」，說明「思有利鈍」；劉勰共鳴之餘，更積極提出「清和其心，調暢其氣，煩而即捨，勿使壅滯」的「節宣」「衛氣」之道。呂武志先生最後還說，陸雲肯定

〔註35〕重新查閱陸雲研究資料，發現臺灣林芬芳的《陸雲及其作品研究》（臺灣：文津出版社 1997 年版），對陸雲作品的分析頗具功力，特此補充說明。

〔註36〕侯仁之、周一良編，《燕京學報》第 9 期，北京：北京大學出版社 2000 年版。

立言不朽、研探結構布局、指責措辭失體、詮品作家高下，不但對《文心雕龍》
的文體論、文術論、文評論影響深遠，對我國文學理論的發展也有其貢獻。

朱曉海先生在《陸雲〈與兄平原書〉臆次編說》一文中，引用了《文心雕龍》卷十《序志》的一段話：

> 詳觀近代之論文者多矣。至於魏文述典、陳思序書、應瑒文論、
> 陸機《文賦》、仲洽《流別》、弘範《翰林》，各照隅隙，鮮觀衢路⋯⋯
> 又君山、公幹之徒，吉甫、士龍之輩，汎議文意，往往間出，並未
> 能振葉以尋根，觀瀾而索源。

朱曉海先生評價這段話是「明練有識的結果仍僅落得汎議的評價」。同時，朱先生表明自己的觀點，陸雲《與兄平原書》不過提供了一些關乎中國中古文學現象的例證材料。朱曉海先生還總結說，但縱使回歸歷史文化脈絡，陸雲《與兄平原書》浮面下存在的文學理論也相當貧乏。它確實無意間觸及到文學理論上的某些大問題，好比：靈感的自主性、寫作異化、無用與美之間的關係等，但一段文獻的意義與足資啟發畢竟是兩回事。好在這二十幾封書信素來難以通解卒讀，倒無意間避免了混淆二者的危機，缺憾反成了這批材料幸運的根苗。

佐藤先生的《陸雲研究》，是目前國內外較為系統地研究陸雲的第一部專著。該書不但對《與兄平原書》做了詳細的闡釋，還對陸雲寫給其他人的書信也都作了具體的解釋。佐藤先生在「陸雲之文章觀」中，明確指出陸雲以「清省」為好文章的標準，所謂「清省」就是要簡潔無空話，並對陸雲「清」「情」的文學思想作了詳盡的分析，還把它們與陸機的文學思想進行了一定程度的比較。

佐藤先生從三個方面來強調陸雲「清」的文學批評思想：一是「關於文章的長短」。陸雲不認為文章長才有價值，視縮短成「清」的文章為理想；二是「關於轉句」。關於文章中的轉句問題，陸雲提出了他獨特的見解，諸如對「四言四句」的認識，關於「對句」的考慮等。這些主張顯示了他在文章結構上的均衡感，把恰如其分地取得均衡認為是「清」的表現，這種主張從結果上來看也迎合了當時文壇上求「美」求「麗」的潮流；三是「關於用語」。陸雲主張使用典雅易解的詞語，避免頻繁使用句端詞，力求將作品歸納成短篇，這都與他「清」的文學思想相一致的。

佐藤先生認為，所謂「情」，是就其作品的主題而言的，是作者在寫作時

應該具有的心情。「情言」的適度運用，能使陸雲要求的「清省」尺度的文章更為理想完美。陸機、陸雲兄弟對「情」的觀點是對立的，陸機是想要大量地使用「情言」來潤色文章，而陸雲由於不擅長這種寫法，而以實情為內容將「情」字滲透於文章中。佐藤先生還舉例說明：陸雲對「情」的意向，暗示了當時以張華為首的西晉太康時期文壇的趨勢正在向「情」的方向移動。

在比較二陸的文學思想時，佐藤先生指出，使用「新奇」詞語與「綺語」修飾文章、使用豐富的「情言」將自己的心情注入到文章中去的可謂天才的陸機，與使用典雅素直的詞語、注重細小方面、用盡心血進行寫作的陸雲，有著明顯區別，但他們兩人卻仍然能夠相互批評並致力於寫作，這與他們具有作為《楚辭》後繼者的共同意識是分不開的。

最後，佐藤先生對陸雲的文學批評思想作了總結性評價，他指出陸雲《與兄平原書》中所表現出來的獨特的文學思想，應當予以重視，因為陸雲是唯一的一個能夠和處在北方文人中經常分析周圍人的想法，並與陸機敞開心扉探討文學批評的人，其文學主張必定會對其兄產生很大影響。

總起來看，呂武志先生在《與兄平原書》與《文心雕龍》的文學思想的聯繫上頗具識見。朱曉海先生對陸雲文學思想的評價用語不多，但見解不無道理。佐藤先生的研究，分析闡釋具體深入。特別是他提出的陸機、陸雲都有作為《楚辭》後繼者共同意識的結論，頗有啟示性。

上述各位學者的研究，各種不同的研究方法互相包容，在其論述的主題領域內取得的成績有目共睹。綜觀這些成果，研究的焦點集中在：對陸雲「清」「省」等文學思想的認識及與其兄陸機文學思想的異同；對陸雲「情」的文學思想的闡釋；對陸雲講「出語」「警句」等批評概念的理解。仔細檢視這些成果，陸雲文學思想仍有一定的研究空間。

第三節　陸雲文學思想研究的價值及意義

「文學可以看作思想史和哲學史的一種記錄」〔註 37〕，文學思想也可以看作主體文學觀和哲學觀的綜合體現。魏晉南北朝是人的個性與審美意識自覺相結合的歷史時期，活躍於西晉太康、元康文壇的陸雲在長期的創作實踐

〔註37〕【美】雷·韋勒克、奧·沃倫著，劉象愚等譯：《文學理論》，第 114 頁，北京：三聯書店 1984 年版。

活動中，展開了積極的文學批評，提出了相關的論文主張，對西晉的文學思想與理論批評給予補充發展。史稱其「雖文章不及機，而持論過之」，別有意味。陸雲文學思想研究的價值在於：

其一，在中國文學批評史上，陸雲把人生際遇與文學思想完美地融合在一起，具有獨特性。魏晉之際是中國政治史和文化史上一個重要的轉折時代，陸雲出身於高門望族吳郡陸氏，建功立業乃是與生俱來的家族使命，讓人扼腕的是：陸雲十九歲時，東吳滅國。當時的西晉政權又黑暗無常，入洛後陸雲思想自然充溢著矛盾彷徨。與兄陸機的深度交流，遂成了陸雲生命歷程的一抹亮色，特別是反映其文學觀的《與兄平原書》提到了許多具有創見的文學概念，為古典文學研究留下了豐富資料。

其二，「二陸」之一的陸機，在文學造詣上，堪稱是當時一流的文學家。南朝梁代著名的詩論家鍾嶸在《詩品》中列其為「上品」，給予了「文章之源泉」的至高評價。作為昆弟，「二陸」都為大雅之才。唐代文人李轂《和皮日休悼鶴》云：「才子襟期本上清，陸雲家鶴伴閒情。」〔註38〕宋代文人李彭《有懷雪堂舊遊》（其五）云：「柯陂潘子骨已冷，文采風流付陸雲。」〔註39〕研究陸雲的文學思想也是從另一層面洞見陸機的文學思想，從而豐富對魏晉南北朝詩文批評的研究。

本書要著力解決的問題，也是本書的基本觀點：

第一，由審美標準演化為審美批評，陸雲的文學思想深入地體現在他的文學創作中，把他的文學作品與文學思想密切聯繫起來認識，也許對確立他在中國文學批評史上的地位更有說服力。如陸雲的辭賦創作，特別是抒情小賦取得了一定成就，不僅與當時的賦體賦論的發展聯繫緊密，而且與他理想的審美標準相聯繫，由此出發加以論述可以更加明晰他的文學思想。

第二，陸雲重作品「清」美，強調作品的「布采鮮淨」之美，這種審美理想不僅對「芙蓉出水」之美起了先導作用，而且也豐富發展了我國傳統文學的「美文」論。在更為廣闊的文學批評背景下，陸雲的這種審美理想還可以深入地展開，如與陸機、劉勰、鍾嶸等人的文學思想的聯繫，應該有更為詳盡的探討。

第三，我國詩歌史上明確講究聲律發端於南齊沈約等人提倡以後，而生

〔註38〕《全唐詩》卷631，第7238頁，北京：中華書局1980年版。
〔註39〕《全宋詩》卷1390，第15959頁，北京：北京大學出版社1995年版。

活在西晉時期的陸雲在《與兄平原書》中已多次注意到了聲韻，反覆與陸機審韻正音，聯繫當時的聲韻觀，陸雲的聲韻觀還可以加深理解。

第四，陸雲在《與兄平原書》中提到了諸多具有文學批評意識的概念，雖然有些概念論說無多，但卻體現了陸雲作為批評家的遠識，深入發掘這些概念不但有助於全面地理解陸雲的文學思想，而且也利於從較為獨特的視角透視魏晉南北朝的文藝批評。

綜上所述，對陸雲文學思想展開深度系統研究，對古典文學研究而言，具有文學史與文化史的雙重價值；對當下知識分子來說，也許會有某種人生啟示。

第二章　生平思想與文學創作

　　「文變染乎世情，興廢繫乎時序」〔註1〕，魏晉之際是中國政治史和文化史上一個重要的轉折時代，陸雲就生活在這樣複雜的時代。文學藝術的持久魅力在於其思想的深刻和感人，陸雲是一位有一定思想深度的文學家。探尋其思想源流，是研究其文學思想的必要前提。本章節主要從陸雲的生平思想及其創作出發，對陸雲的家國歷史與文化背景加以考察，特別是對其詩文加以詳細詮釋，發掘其文學創作背後支持的觀念系統，盡可能全面地理解其文學思想。

第一節　家國源流與文化背景

一、家國源流

　　陸雲（262～303），字士龍，吳郡吳人（今江蘇蘇州人）〔註2〕。雲世為江東大族，據《新唐書·宰相世系表》，其曾祖父陸駿為後漢「太學博士」

〔註1〕【南朝梁】劉勰著，范文瀾注：《文心雕龍注》，第675頁，北京：人民文學出版社1938年版。

〔註2〕「二陸」故里，歷來有爭議，有「吳郡說」「吳縣說」「華亭說」。劉運好彙集眾家之說，認為無論從祖籍、還是從出生地看，陸機都應該是吳郡吳人，即今江蘇蘇州人，與今上海松江無涉。【晉】陸雲著，劉運好校注：《陸士衡文集校注》，第3～6頁，南京：鳳凰出版社2007年版；【晉】陸雲著，劉運好校注：《陸士龍文集校注》，第1頁。本人發現唐代文人朱長文有詩《題虎丘山西寺》云：「王氏家山昔在茲，陸機為賦陸雲詩。青蓮香匝東西宇，日月與僧無盡時。」（《全唐詩》卷272，第3065頁）也可從一個側面印證「二陸」故里乃「吳郡」。

〔註3〕，祖父陸遜，官至東吳丞相，父親陸抗，官至東吳大司馬。陸雲年少成名，曾被吳尚書閔鴻稱讚：「此兒若非龍駒，當是鳳雛。」其文才與兄陸機齊名，時並稱「二陸」〔註4〕或「二俊」〔註5〕。

陸雲的家世背景，突出表現為兩方面：一是與東吳共命運的世胄貴族之家；二是家族觀念強烈，重家風家學。孫吳官場是吳郡四姓（顧、陸、張、朱）的天下，陸遜族子陸凱說過孫權「外仗顧、陸、張、朱，內近胡綜、薛綜」〔註6〕，陸雲就出身於這樣顯赫的世家。陸雲祖父陸遜（183～245）為孫策（孫權之兄）女婿，在東吳的歷史中，他戰功顯赫：輔佐呂蒙擊敗關羽，佔領荊州；領兵抗蜀，用火攻破劉備四十餘營，威懾蜀漢；統兵擊曹，與曹休戰於皖，大敗魏師，威震曹魏。由於其卓越的才能，最終在赤烏七年（244），代顧雍為丞相〔註7〕，權傾吳國，昌盛至極。

陸雲之父陸抗（226～274），是吳國名門望族張承（張昭之子，張昭曾任孫權的輔吳將軍）的女婿。陸遜亡後，由其繼承陸氏家業，年僅二十歲便被任命為建武校尉。建興元年（252），任奮威將軍。太平二年（257）任柴桑總督，率師擊敗魏將諸葛誕，晉升征北將軍、益州牧。鳳凰元年（272）為督護，任大司馬、荊州牧。鳳凰三年（274）因病去世。陸抗的軍事才能及其為國情懷不遜於陸遜，他疾病纏身時，還上書曰：

> 西陵、建平，國之蕃表，既處下流，受敵二境。若敵泛舟順流，
> 舳艫千里，星奔電邁，俄然行至，非可恃援他部以救倒縣也。此乃
> 社稷安危之機，非徒封疆侵陵小害也。臣父遜昔在西垂陳言，以為
> 西陵國之西門，雖云易守，亦復易失。若有不守，非但失一郡，則
> 荊州非吳有也。如其有虞，當傾國爭之。臣往在西陵，得涉遜跡，
> 前乞精兵三萬，而主者循常，未肯差赴。自步闡以後，益更損耗。
> 今臣所統千里，受敵四處，外禦強對，內懷百蠻，而上下見兵財有
> 數萬，羸弊日久，難以待變。臣愚以為諸王幼沖，未統國事，可且

〔註3〕 【宋】歐陽修，宋祁撰：《新唐書》，「宰相世系3下」，第2968頁，北京：中華書局1975年版。

〔註4〕 【唐】房玄齡等撰：《晉書》，第1467、1481～1488頁，北京：中華書局1974年版。

〔註5〕 【唐】房玄齡等撰：《晉書》，第1472頁。

〔註6〕 【晉】陳壽撰，【宋】裴松之注：《三國志》卷61，第1172頁，北京：中華書局2011年版。

〔註7〕 【晉】陳壽撰，【宋】裴松之注：《三國志》卷47，第955頁。

立傅相，輔導賢姿，無用兵馬，以妨要務。又黃門豎宦，開立占募，兵民怨役，遁逃入占。乞特詔簡閱，一切料出，以補疆場受敵常處，使臣所部足滿八萬，省息眾務，信其賞罰，雖韓、白復生，無所展巧。若兵不增，此制不改，而欲克諧大事，此臣之所深戚也。若臣死之後，乞以西方為屬。願陛下思覽臣言，則臣死且不朽。（《三國志》卷五十八《吳書·遜傳第十三》）

精誠之言讓人感歎，軍國之能讓人噓吁！《三國志·吳書》對陸氏父子的評價可謂肯綮之言：「及遜忠誠懇至，憂國亡身，庶幾社稷之臣矣。抗貞亮籌幹，咸有父風，奕世載美，具體而微，可謂克構者哉！」〔註8〕把陸遜、陸抗父子精忠衛國的高風書寫的淋漓盡致。

陸抗卒後，「晏及弟景、玄、機、雲，分領抗兵。」〔註9〕孫吳採用的是一種世襲領兵制，將領死後，將領的子孫繼承其父兄為將領兵的特權，有的還能直接統領父兄的故兵。這種軍隊的家兵化勢必增強繼承人對自己先人以及本家族的使命感與榮耀感。陸機曾寫《辯亡論》，論吳國興隆滅亡的原因。其中有對吳國滅亡的惆悵，同時也讚揚了祖父陸遜、父親陸抗的功績，《晉書》本傳說是「以孫氏在吳，而祖父世為將相，有大勳於江表，深慨孫皓舉而棄之，乃議權所以得，皓所以亡，又欲述其祖父功業，遂作《辯亡論》二篇。」〔註10〕由陸雲的《與兄平原書》可以看出，機、雲兄弟詩文交流頻繁，作為陸門子弟，《辯亡論》可以說流露出的是陸氏兄弟共同對昔日家族榮耀的追念。

二、文化背景

東吳學風主要體現在兩個方面：一是承兩漢學風，重經學儒術；二是家族觀念強烈，重家風家學。重家風家學正是當時東吳學風的突出表現，特別對於家族觀念強烈的江東士族來說尤為如此。

孫吳政權在兩漢逐漸形成的江東士族的支持下建立。如吳郡顧氏西漢時即為名家，陸氏、張氏在東漢時也亦崛起。兩漢重經學儒術，張、陸、顧等世家大族均可稱為儒家士族。《三國志·吳書·張昭傳》載：「（昭）少好學，善隸書，從白侯子安受《左氏春秋》，博覽群書」「乃著《春秋左氏傳解》及

〔註8〕【晉】陳壽撰，【宋】裴松之注：《三國志》卷58，第1135頁。
〔註9〕【晉】陳壽撰，【宋】裴松之注：《三國志》卷58，第1134頁。
〔註10〕【唐】房玄齡等撰：《晉書》，第1467頁，北京：中華書局1974年版。

《論語注》」〔註11〕。又同書《顧邵傳》載：「（邵）博覽書傳，好樂人倫。少與舅陸績（陸績為陸遜從叔，但年少於遜）齊名」。同書《陸績傳》稱「（績）幼敦《詩》《書》，長玩《禮》《易》」。梅運生先生在《士族、古文經學與中古詩論》一文中說：「經學、玄學、鍾情與飾采，是構成中古詩學思想和藝術特徵的四要素，都源於門閥士族的思想和藝術的好尚，其中起主導作用的仍是經學。」1〔註12〕可見，重「經學儒術」仍是江東學風。這也可以看出，經學對陸雲文學思想形成產生的影響。

據《三國志·吳書·陸遜傳》記載，陸雲祖父陸遜雖為武將，卻頗重文。陸遜被拜大將軍、右都護後，還用「君侯宜勤覽經典以自新益」來斥責建昌侯孫慮（孫權次子），並用「宜遵仁義以彰德音」來呵斥太子孫登的東宮近臣謝景。關於陸雲之父陸抗，《資治通鑒·晉紀》載：

> 祜與陸抗對境，使命常通，抗遺祜酒，祜飲之不疑。抗疾，求藥於祜，祜以成藥與之，抗即服之。人多諫抗，抗曰：「豈有酖人羊叔子哉！」抗告其邊戍曰：「彼專為德，我專為暴，是不戰而自服也，各保分界而已，無求細利。」吳主聞二境交和，以詰抗。抗曰：「一邑一鄉，不可以無信義，況大國乎？臣不如此，正是彰其德，於祜無傷也。」吳主用諸將之謀，數侵盜晉邊。陸抗上疏曰：「昔有夏多罪，而殷湯用師，紂作淫虐，而周武授鉞。苟無其時，雖復大聖，亦宜養威自保，不可輕動也。今不務力農富國，審官任能，明黜陟，任刑賞，訓諸司以德，撫百姓以仁。而聽諸將徇名，窮兵黷武，動費萬計，士卒雕瘁，寇不為衰，而我已大病矣。今爭帝王之資，而昧十百之利，此人臣之姦便，非國家之良策也。」〔註13〕

可見陸抗完全把儒家的禮、義、德、仁作為其軍事戰略的基礎。上文提到的陸績為陸遜的從叔（但年少於遜），作為陸氏家族中的一員，他與虞翻還是三國時「江東一帶《易》學」〔註14〕的代表人物，東吳有數的通儒之一，「博學多識，星曆算數無不該覽」「意存儒雅」「著述不廢，作《渾天圖》，注《易》

〔註11〕【晉】陳壽撰，【宋】裴松之注：《三國志》卷52，第1019、1021頁。

〔註12〕梅運生著：《士族、古文經學與中古詩論》，《安徽師大學報》（哲社版）1996年第3期，第288頁。

〔註13〕【宋】司馬光編著，【元】胡三省音注：《資治通鑒》卷80，第534頁，上海：上海古籍出版社1987年版。

〔註14〕湯用彤著：《魏晉玄學論稿》，第113頁，上海：上海古籍出版社2001年版。

釋《玄》，皆傳於世」〔註15〕。陸績的《易》注今已不存，《鹽邑志林》收陸績《易解》一卷，基本上是繼承漢儒的《易》學傳統，傳習漢儒的「象數」。可見陸氏門中博雅之風濃鬱。作為陸氏的後人，陸機、陸雲兄弟受儒學的薰染是必然的，後來不但陸機文中多次談到「易」，還專門作《孔子贊》，陸雲也有《盛德頌》等宏揚儒家「德行禮儀」的文章。

　　儒學在東吳濃鬱時，道家之學就已在北方興起。三國時期，曹魏、蜀漢集團出身寒門，遂以名理法術治國，特別是曹魏集團，到齊王芳時，皇權被削弱，皇帝也形同虛設，與之相適應，學術上也從以求正名而歸於無名，魏晉思想從名理發展到玄學。何晏作《道德二論》，王弼注《易》及《老子》。特別是王弼解《易》主張「得意」這一新方法，鄙視漢代「象數之學」，拋棄陰陽五行等舊說的傳統，奠定魏晉「玄學」的基礎。當時玄學有後人所謂的以何晏、王弼為代表「溫和派」與以阮籍、嵇康為代表「激烈派」。〔註16〕前者不像後者那樣徹底反對「名教」，思想顯浪漫色彩，它推崇的經典是《周易》《老子》，雖不特別看重「名教」，但也並不公開主張廢棄「禮法」。實際上，上文提到的陸績雖然以傳習漢儒象數《易》學為己任，但他的易學已有「新經義」的傾向，以他與虞翻等人為代表的「三國時江東一帶的《易學》」，同時也是魏晉玄學發展起來的基礎。當時南北方雖然政治上對峙，文化上卻相互交流往來，《三國志‧文帝紀》裴松之注引胡沖《吳曆》曰：「帝以素書所著《典論》及詩賦餉孫權，又以紙寫一通與張昭。」〔註17〕以此為例，南北學風（即東吳學風與洛下玄學）不會不相互影響。東吳亡西晉統一，自然會引發思想文化的交互碰撞。

　　陸雲就出生在這樣思想激蕩的年代，再加上固有的貴族血統、世風家儀鑄就了他，賦予了他的年少才高，深化了他的人生理想，同時也因家族的後來衰落，影響了他的人生歷程，加重了他的悲劇人生。

第二節　人生歷程與儒玄兼修

　　儒家的人生哲學，注重的是人生意義與價值的實現。由於家國家風的淵源，陸雲從小深受這種倫理價值觀的影響。他年幼聰穎，六歲便能賦詩，時

〔註15〕【晉】陳壽撰，【宋】裴松之注：《三國志》卷56，第1109頁。
〔註16〕湯用彤著：《魏晉玄學論稿》，第117頁。
〔註17〕【晉】陳壽撰，【南朝宋】裴松之注：《三國志》卷2，第74頁。

人比之項託（即項橐，傳說其七歲即為孔子之師）、揚烏（揚雄之子，年幼有神童之才）。〔註18〕十六歲時，就被閔鴻舉為賢良。〔註19〕陸雲美名遠播，時人贊其「當今之顏淵」〔註20〕，並用「古人貴朝聞夕改，君前途尚可，且患志之不立，何憂名之不彰！」來激勵哀歎「欲自修而年已蹉跎，恐將無及」〔註21〕的周處。陸雲深受儒學薰然，如果沒有吳國的滅亡（十九歲時，吳亡），在人生價值的實現上說不定真能成就一番「經國之大業」，在中華歷史上留下一段風流。

　　吳亡後十餘年間，陸雲與兄陸機退居舊里閉門勤學，西晉太康末年才來到都城洛陽。《晉書》載：「太康末始入洛」「自以吳之名家」「初入洛，不推中國人士」〔註22〕。作為沒落的東吳望族之後，就個人情感而言，陸氏兄弟不可能把自己與那些出身寒門的士人等同，但東吳滅亡確是不可更改的事實，北方人對南人的偏見也是事實。三國以來，北方即罵吳人為狢子，吳主孫權就蒙此稱〔註23〕。孟超為小都督，領萬人，就敢公然斥罵作為河北大都督統軍二十餘萬的陸機為狢奴。〔註24〕陸雲答張士然詩中有「感念桑梓域，髣髴眼中人」〔註25〕之句，可見其入洛後的自卑情緒與桑梓之感。周一良先生在《魏晉南北朝史劄記》中論「君子小人」時也說：「溫氏太原望族，故目寒族出身之陶侃為小人。顧榮雖是吳中高門，然在洛陽則地位未必高於來自南方之陶士行（陶侃）也。」〔註26〕作為吳中高門之後的陸氏兄弟入洛後在北方的境遇可想而知。所以「與賈謐親善」並赫然在賈謐門下「二十四友」之列的陸氏兄弟，似乎並非「相互炫耀，彼此吹捧，並為賈謐及統治者歌功頌德，趨時唱和」，「蓋與賈謐之敢於拔擢南人」〔註27〕，在一定程度上滿足了陸氏兄弟的榮耀感不無關係。

〔註18〕【南朝宋】劉義慶著，【南朝梁】劉孝標注，余嘉錫箋疏：《世說新語箋疏》，第512頁，北京：中華書局1983年版。

〔註19〕【唐】房玄齡等撰：《晉書》卷54，第1481頁。

〔註20〕【南朝宋】劉義慶著，【南朝梁】劉孝標注，余嘉錫箋疏：《世說新語箋疏》，第512頁。

〔註21〕【唐】房玄齡等撰：《晉書》卷58，第1569頁。

〔註22〕【唐】房玄齡等撰：《晉書》卷36，第1077頁。

〔註23〕【晉】陳壽撰，【宋】裴松之注：《三國志》卷36，第785頁。

〔註24〕【唐】房玄齡等撰：《晉書》卷54，第1479頁。

〔註25〕【晉】陸雲著，劉運好校注：《陸士龍文集校注》，第626頁。

〔註26〕周一良著：《魏晉南北朝史劄記》，第68頁，北京：中華書局1983年版。

〔註27〕周一良著：《魏晉南北朝史劄記》，第205、74頁。

　　陸雲受儒家思想的影響，又出身於戰功顯赫的仕宦之家，熱心事功是必然的。他創作有「猛將起而虎嘯，商飆肅其來應。士憑威而向駭，馬歟天而景凌」〔註28〕等英姿勃發氣勢雄壯之句。陸機也曾寫《弔魏武帝文一首並序》，對魏武帝曹操之死，慨然歎息傷懷！希望像曹操那樣成就雄圖大業，是陸氏兄弟的追求。而他們入洛時，北方受玄學影響已是一片玄談之風，玄談不僅能表現出具有魅力的人格美成了上流士人標榜自己身份的重要象徵，而且在一定程度上還是在那個亂世之下痛苦內心的折射具有一定的心靈寄託作用。入洛後，一方面積極追求功名一心要擴大影響，另一方面又身處異境倍受歧視的陸氏兄弟，兼修玄學是自然的。儒玄兼修是其時文人擴大影響走向仕途的必備素養，如顧榮、陸機、陸雲舉薦賀循（字彥先）時曰：「伏見吳興武康令賀循德量邃茂，才鑒清遠，服膺道素，風操凝峻，歷踐三城，刑政肅穆，守職下縣，編名凡萃……」。〔註29〕「服膺道素」「風操凝峻」表明賀循既有玄學素養又有儒家的修養。《晉書·陸雲傳》記載：

　　　　初，雲嘗行，逗宿故人家，夜暗迷路，莫知所從。忽望草中有
　　火光，於是趣之。至一家，便寄宿，見一少年，美風姿，共談《老
　　子》，辭致深遠。向曉辭去，行十許里，至故人家，云此數十里中無
　　人居，雲意始悟。卻尋昨宿處，乃王弼冢。雲本無玄學，自此談《老》
　　殊進。

　　雖然這段記載比較荒誕，但隱藏著這樣的信息：陸雲接受的是王弼的影響而研習玄學。葛洪《抱朴子》有一段生動的描述：「諸談者與二陸言者，辭少理暢，語約事舉，莫不豁然，若春日之泮薄冰，秋風之掃枯葉。」〔註30〕《世說新語·排調》也有記載：「荀鳴鶴、陸士龍二人未相識，俱會張茂先坐。張令共語。以其並有大才，可勿作常語。陸舉手曰：『雲間陸士龍。』荀答曰：『日下荀鳴鶴。』陸曰：『既開青雲睹白雉，何不張爾弓，布爾矢？』荀答曰：『本謂雲龍騤騤，定是山鹿野麋，獸弱弓強，是以發遲。』張乃撫掌大笑。」

〔註28〕此句出自《南征賦》(並序)，《與兄平原書》中有一段節選文字與此大致相同，但把此句「威」改為「勢」。劉運好校注：《陸士龍文集校注》，第164、1104頁。

〔註29〕【晉】陳壽撰，【宋】裴松之注：《三國志》卷65，《吳書·樓賀韋華傳》第二十注引，第1215頁。

〔註30〕《抱朴子》佚文，【唐】虞世南編纂：《北堂書鈔》卷98引，北京：中國書店1996年版。

〔註31〕「清談」是玄學名士的重要象徵。《晉書·陸機傳》記載：

> 范陽盧志於眾中問機曰：「陸遜、陸抗於君近遠？」機曰：「如君於盧毓、盧珽。」志默然。既起，雲謂機曰：「殊邦遐遠，容不相悉，何至於此！」機曰：「我父祖名播四海，寧不知邪？」議者以此定二陸之優劣。

這與陸雲受玄學的影響，性格中形成遁世保身的特點相關。與二人的性格作風亦有一定關聯，「雲性弘靜，怡怡然為士友所宗。機清厲有風格，為鄉黨所憚。」〔註32〕也許正是因為此事與盧志結怨，後來「盧志心害機寵，言於穎曰『陸機自比管樂，擬君闇主，自古命將遣師，未有臣陵其君而可以濟事者也』」〔註33〕。從而導致成都王穎聽信讒言，最終將陸機殺害，進而牽涉陸雲，怎能以此定機、雲優劣？從《逸民賦》也能看出陸雲對當時社會的黑暗有更深的認知：「陋此世之險隘兮，又安足以盤遊？」「悲滄浪之濁波兮，詠芳池之清瀾。」〔註34〕他理想的是「以身聖於宇宙，而恬貴於紛華」與宙宇自然合一的境界。更何況陸雲在《寒蟬賦》中還有歌詠潔身自好的語句：「不銜草以穢身，不勤身以營巢。志高於鳴鳩，節妙乎鷗鶒。附枯枝以永處，倚瓊林之迥條。」〔註35〕史書稱陸雲「性清正」〔註36〕，有一定道理。

陸雲的儒玄兼修還明顯地表現在創作中，如他在《逸民賦》（並序）中曰：「載營抱魄，懷元執一。傲物思寧，妙世自逸。靜芬響於永言，滅絕景於無質。相荒土而卜居，度山阿而考室。」〔註37〕在《答吳王上將軍顧處微九章》（其四）中曰：「仁勇同宅，文武相紛。王謂禦事，誰撫上軍。於時翻飛，虎嘯江汶。式遏不虞，俾也無塵。」〔註38〕這些詩文明顯表現了主體的儒玄兼修的情懷。讓人悲歎的是，陸雲生活在了一個黑暗的時代，在那樣的時代，連「未嘗有喜慍之色」的嵇康都姓命難保，更何況是內心深處希望光

〔註31〕 【南朝宋】劉義慶著，【南朝梁】劉孝標注，余嘉錫箋疏：《世說新語箋疏》，第 926～927 頁。

〔註32〕 【南朝宋】劉義慶著，【南朝梁】劉孝標注，余嘉錫箋疏：《世說新語箋疏》，《賞譽》第八下注引《文士傳》，第 525 頁。

〔註33〕 【唐】房玄齡等撰：《晉書》卷 54，第 1480 頁。

〔註34〕 【晉】陸雲著，劉運好校注：《陸士龍文集校注》，第 4、17 頁。

〔註35〕 【晉】陸雲著，劉運好校注：《陸士龍文集校注》，第 200 頁。

〔註36〕 【唐】房玄齡等撰：《晉書》卷 54，第 1481 頁。

〔註37〕 【晉】陸雲著，劉運好校注：《陸士龍文集校注》，第 5 頁。

〔註38〕 【晉】陸雲著，劉運好校注：《陸士龍文集校注》，第 533 頁。

揚祖業的陸雲呢？在曾經被他們以「師資之禮」相待的張華被害後，他們就應該聽從顧榮、戴若思的勸告，急流勇退歸還鄉里，可他們「志匡世難，故不從」。然而在遭遇了大難後，陸機卻臨死前感歎：「欲聞華亭鶴唳，可復得乎！」〔註39〕李白的「陸機雄才豈自保」「華亭鶴唳詎可聞」〔註40〕，張溥的「士衡枉死，遂同隕墮。聞河橋之鼓聲，哀華亭之鶴唳，巢覆卵破，宜相及也。」〔註41〕足可看出後人對陸氏兄弟的惜歎！

陸氏兄弟入洛後，由他們的政治歷程可看出，因他們的智慧與大才在一定程度上也被其時當權者所重。他們先後得到了賈謐、趙王倫、成都王穎的賞識。當成都王穎用陸機為行後將軍舉兵攻洛時，陸雲著《南征賦》來美其事。成都王穎雖然開始信任他們委以重任，但最終卻聽信了讒言，先殺害了陸機，後以「謀反」罪名加以陸雲，陸雲終而也走向了不復能聞「華亭鶴唳」的悵惋，「靜沉思以自瘁，願凌雲而天飛。」〔註42〕成了他永遠觸不到的夢想。

因現實的黑暗，文士們看破了人間的種種醜惡，談玄說理，隱名避世，而夢想著回到原始的無爭無欲的自然狀態。「華亭」是二陸吳平後，十餘年間經常遊走讀書的地方，有「清泉茂林」，是讓人賞心悅目之境。唐代文人朱長文有詩《題虎丘山西寺》云：「王氏家山昔在茲，陸機為賦陸雲詩。」〔註43〕唐代文人李縠亦有詩《和皮日休悼鶴》云：「才子襟期本上清，陸雲家鶴伴閒情。」〔註44〕可以看出「二陸」精神棲息之地對後世的影響。對「華亭」的感傷，一方面反映了陸氏兄弟思想的最終歸趣，另一方面也反映了他們的文人氣質，「藝術家的本質越強，那些印象越加深他的悲傷。」〔註45〕「華亭鶴唳」的意象未嘗不是一種悲劇精神的象徵。

〔註39〕【南朝宋】劉義慶著，【南朝梁】劉孝標注，余嘉錫箋疏：《世說新語箋疏》，第1050頁。

〔註40〕【唐】李白著，【清】王琦注：《李太白全集》卷3，第230頁，北京：中華書局2015年版。

〔註41〕【明】張溥著，殷孟倫注：《漢魏六朝百三家集題辭注》，第175頁。

〔註42〕【晉】陸雲著，劉運好校注：《陸士龍文集校注》，第960頁。

〔註43〕《全唐詩》卷272，第3065頁。

〔註44〕《全唐詩》卷631，第7238頁，北京：中華書局1980年版。

〔註45〕【法國】丹納著，傅雷譯：《藝術哲學》，第55頁，天津：天津社會科學院出版社2004年版。

第三節　文學思潮與文學創作

在中國文學史上，魏晉南北朝文學是從漢末建安開始的。建安文學以曹氏父子為中心，集中了王粲、劉楨等人，突破儒學高揚政治理想、哀歎人生短暫並表現了強烈的個性與濃烈的悲劇色彩，形成了具有時代特點的「建安風骨」。到了正始時期，以嵇康與阮籍為代表形成了崇尚自然反對名教的「正始文學」。西晉太康前後，文壇又呈現繁榮的局面，劉勰《文心雕龍·時序》篇載：

> 然晉雖不文，人才實盛：茂先搖筆而散珠，太沖動墨而橫錦，岳湛曜聯璧之華，機雲標二俊之采，應傅三張之徒，孫摯成公之屬，並結藻清英，流韻綺靡，前史以為運涉季世，人未盡才，誠哉斯談，可為歎息！〔註46〕

西晉文學基本處於放任自流狀態，劉勰所論頗為深刻，簡潔精到地總括了西晉文壇的創作風貌。西晉文壇辭賦詩文都有所成就，文風多辭采華麗偏重形式，比之建安，總體風格「力弱」「采縟」。劉勰《文心雕龍·明詩》篇曰：「晉世群才，稍入輕綺，張潘左陸，比肩詩衢，采縟於正始，力柔於建安，或析文以為妙，或流靡以自妍，此其大略也。」〔註47〕「力柔於建安，流靡以自妍」，正是太康群才的共同特點。對華美詞句的追求和雕飾，建安時期就已出現，曹植、阮籍的詩歌都具有很高的表現技巧，其詩歌思想性與藝術性結合的較為完美，成為中國文學史上的典範，而西晉詩人大多繼承了其詩歌形式上趨向華美的一面。鍾嶸《詩品》引李充《翰林論》品潘岳詩：「翩翩奕奕，如翔禽之有羽毛，衣被之有綃縠」〔註48〕。鍾嶸《詩品》評張華詩謂「其體華豔，興託多奇，巧用文字，務為妍冶。」〔註49〕可見當時文壇偏向華豔繁縟的文風。

陸氏兄弟是太康文壇的傑出代表。二陸成長的軌跡是從文開始的，雖然他們因秉承先祖的大業與中國士人「學而優則仕」的傳統而熱衷功名，他們為後世留下的大量詩文卻顯示了他們的文學成就。

一、賦的創作

檢視文學史，抒情小賦在西晉頗為興盛。陸雲「往日論文，先辭而後情」

〔註46〕　【南朝梁】劉勰著，范文瀾注：《文心雕龍注》，第674頁。
〔註47〕　【南朝梁】劉勰著，范文瀾注：《文心雕龍注》，第67頁。
〔註48〕　【南朝梁】鍾嶸著，曹旭集注：《詩品集注》，第174頁。
〔註49〕　【南朝梁】鍾嶸著，曹旭集注：《詩品集注》，第275頁。

〔註50〕而走向「為情而造文」、重視「情文」的文學思想的轉變，與他在抒情小賦上取得的實踐體會有著密切的聯繫，細加推敲，這對更準確地認識其文學思想有所補益。

陸雲的文學成就首要集中體現在賦的創作中，他在《與兄平原書》中曾自言「頗能作賦」〔註51〕，賦創作也是魏晉文人共同的藝術追求，劉勰在《文心雕龍・詮賦》中言：「及仲宣靡密，發端必遒；偉長博通，時逢壯采；太沖安仁，策勳於鴻規；士衡子安，底績於流制；景純綺巧，縟理有餘；彥伯梗概，情韻不匱；亦魏晉之賦首也。」〔註52〕通過對王粲、徐幹、左思、陸機、郭璞、袁宏等人的賦作品評，客觀地概括了魏晉賦的特點與盛況。賦發展到西晉，偏重於客觀化鋪敘的騈辭大賦逐漸走向衰微，刻畫物色體物寫志的「抒情」小賦得到一定程度的發展。陸機便有許多這樣的抒情之作，並屢屢言及「情」，如《思歸賦》曰「悲緣情以自誘」，《歎逝賦》曰「哀緣情而來宅」；有時還明言寫作動機在於抒情，如《憫思賦》（並序）曰「作此賦以紓慘惻之感」，《思歸賦》（並序）曰「懷歸之情濃厚，故作此賦」〔註53〕。陸雲的賦今存八篇，其成就集中在抒情小賦上。這類賦作語言清新簡練、感情抒發自如，既不同於陸機的繁縟，也不同於傅玄的華麗，構成了自己獨特的風格。

第一，「寒與暑其代謝兮，年冉冉其將老」〔註54〕的感物傷情之作，如《歲暮賦》《愁霖賦》《喜霽賦》，這類賦雖然有雕飾的跡象，但情感表達哀婉動人，特別是出現了主客意象完美融合的語句，讀之讓人扼腕！《歲暮賦》（並序）曰：

> 余祗役京邑，載離永久。永寧二年春，忝寵北郡。其夏又轉大將軍右司馬於鄴都。自去故鄉，茬苒六年。惟姑與姊，仍見背棄。銜痛萬里，哀思傷毒。而日月逝速，歲聿云暮。感萬物之既改，瞻天地而傷懷，乃作賦以言情焉。

此賦作於永寧二年（302），故國之思、悼親之情、轉遷之感交織在　起，作品風貌憂傷而悲涼。特別是賦中所言「指晞露而怵心兮，衍死生於靡草。」

〔註50〕【晉】陸雲著，劉運好校注：《陸士龍文集校注》，第 1056 頁。
〔註51〕【晉】陸雲著，劉運好校注：《陸士龍文集校注》，第 1044 頁。
〔註52〕【南朝梁】劉勰著，范文瀾注：《文心雕龍注》，第 135～136 頁。
〔註53〕【晉】陸機著，劉運好校注：《陸士衡文集校注》，第 146 頁，南京：鳳凰出版社 2007 年版。
〔註54〕【晉】陸雲著，劉運好校注：《陸士龍文集校注》，第 62 頁。

「悲山林之杳藹兮，痛華構之丘荒。」把主觀情感滲透在自然物象中，不但給人蕭瑟衰敗之感，也反映了個體生命的短暫渺小。「悲人生之有終兮，何天造而罔極？」使人不僅產生出對生命的畏懼感：宇宙無窮，人生有終，歲月倏忽，年華易逝！《愁霖賦》曰：「何人生之倏忽，痛存亡之無期。」《喜霽賦》曰：「感年華之行暮兮，思乘煙而遠遊。」表達的也都是對人生倏忽的哀歎。

第二，「朝挹芳露，夕玩幽蘭」〔註55〕的清朗飄逸之作，如《逸民賦》《遺民箴》。這類賦多語言清新，思想清逸，寄託了作者的高俗理想，有老莊遺風。《逸民賦》（並序）曰：

> 傲物思寧，妙世自逸。靜芬響於永言，滅絕景於無質。相荒土而卜居，度山阿而考室。……爾乃薄言容與，式宴盤桓。朝挹芳露，夕玩幽蘭。眇區外而放志兮，眷天路而怡顏。望靈嶽之清景兮，想佳人於雲端。悲滄浪之濁波兮，詠芳池之清瀾。鄙終南之辱節兮，趣伯陽之考槃。眄清霄以寄傲兮，泝凌風而頹歎。

不僅句內語詞相對、語句間整飭有致，而且文字精巧、音韻明亮，雖然一幅老莊道家的面容，好像也在實踐陸機「賦體物而瀏亮」的藝術主張。這一類作品，劉大杰先生在《魏晉思想論》這樣評價：「在魏晉文學中是最上等最優秀的作品，哲理詩過於枯淡，遊仙詩過於玄虛，只有這種文學看去似乎枯淡，卻又豐腴，看去似乎玄虛，卻又實在。在這些作品裏，脫離了現世的塵俗，表現一個合乎人情味的境界。這一個境界，不像仙界那麼神秘玄妙，是一個人人能走得到能體會到的自然境界。在那裡有美麗的畫意，有濃厚的詩情，一切都顯示著純潔，一切都表現著自然。」〔註56〕劉先生的評價，也從一個側面反映了陸雲在賦創作中取得的成就。

第三，「容麗蜩蟧，聲美宮商」的以物喻人之作，如《寒蟬賦》。這類賦別具一格，哲理感強烈，節奏也較為輕快，但少有主客意象如《歲暮賦》那樣恰切融和的語句。張華的《鷦鷯賦》（並序）曰：「夫言有淺而可以託深，類有微而可以喻大，故賦之云爾」。正因此賦「自寄」的特色，阮籍見到後曾感歎張華是「王佐之才」。〔註57〕比較準確地說明了這類賦的喻人特色。陸雲

〔註55〕【晉】陸雲著，劉運好校注：《陸士龍文集校注》，第16頁。
〔註56〕劉大杰著：《魏晉思想論》，第149頁。
〔註57〕【清】浦銑著，何新文、路成文校證：《歷代賦話校證》，第33頁，上海：上海古籍出版社2007年版。

的《寒蟬賦》體現了晉人的拓宇意識，序云：「昔人稱雞有五德，而作者賦焉。至於寒蟬，才齊其美，獨未之思，而莫斯述。」在陸雲之前已有班昭、蔡邕、曹植等人的《蟬賦》，或是簡單描摹，或是寄託身世之感，皆對蟬之才德未曾寓目，陸雲始以「文」「清」「廉」「儉」「信」五德配之，並以之為君子之操守，此賦遂成為寄託了士人理想人格的蟬意象的濫觴。〔註58〕陸雲在這方面有開拓性的貢獻。序中所言：「含氣飲露，則其清也。黍稷不食，則其廉也。處不巢居，則其儉也。」不但富有哲理，也明顯體現了陸雲儒玄兼修的思想傾向。

此外，《登臺賦》與《南征賦》抒寫了「南征」豪情，文辭流暢自然。陸雲的賦作在語言上雖有模擬的跡象，也重辭采技巧，但其「情」與「物」合的思想傾向、「清新自然」的審美思想，與當時審美主潮已明顯有所不同。所以他以「清」為主的審美理想，也是他文學創作傾向的反映。需要指出的是，陸雲主「清」的文學思想是在與陸機、張華等人進行文學交流的基礎上逐漸形成的，這在一定程度上不僅表明了他對當時文壇普遍崇尚辭藻偏重形式的批評，也說明了尚「清」是當時文壇潛在的美學追求。如陸機雖一向以「繁蕪」的文風著稱，但他對此也有所認知，《文賦》曰：「或文繁理富，而意不指適。極無兩全，盡不可益。」〔註59〕說得就是文辭繁多影響到主旨的表達。沈約曾用「縟旨星稠，繁文綺合」〔註60〕來評西晉文學形式上的繁縟化、技巧化。陸雲這種審美理想，誠如羅宗強先生所言：「他的這種觀點，若從重技巧言，與其時之思潮一致；若從審美情趣言，則與其時之審美情趣主潮實存差別。」〔註61〕

二、詩歌創作〔註62〕

詩是魏晉南北朝文學的主要成就。其時詩歌的普遍主題，是個人與社會的矛盾，理想與現實的矛盾。這時期的詩歌創作可分為兩期：第　期是魏和

〔註58〕尚永亮、劉磊著：《蟬意象的生命體驗》，載《江海學刊》，2000 年第 6 期。

〔註59〕【晉】陸雲著，劉運好校注：《陸士衡文集校注》，第 30 頁。

〔註60〕【南朝梁】沈約撰：《宋書》卷 67，第 1778 頁，北京：中華書局 1974 年版。

〔註61〕羅宗強著：《魏晉南北朝文學思想史》，第 115～116 頁，北京：中華書局 1996年版。

〔註62〕修訂本書，對陸雲詩歌探究有新的心得，見「附錄九：陸雲詩歌箚記」，算是對本小節的補充。

西晉；第二期是東晉和南北朝。一般認為，魏和西晉又可分為三段：建安文學、正始文學、太康文學。陸機、陸雲是西晉太康詩壇的代表。鍾嶸《詩品·序》云：「太康中，三張、二陸、兩潘、一左，勃爾復興，踵武前王，風流未沫，亦文章之中興也。」〔註63〕可見陸氏兄弟在詩歌創作中的成就。

鍾嶸在《詩品》中把陸雲詩歌列為「中品」，評之曰：「清河之方平原，殆如陳思之匹白馬。於其哲昆，故稱二陸。」〔註64〕沈德潛在《古詩源》中說：「清河五言甚朗練，摛采鮮淨，與士衡亦復伯仲。」陳延傑贊同沈德潛的觀點說：「清河詩力，不亞於平原，誠所謂伯仲之間。鍾氏所論，頗有軒輊焉。」〔註65〕陸雲在五言詩的創作上取得了一定成就，鍾嶸將他列入「中品」，並與其兄並提有一定深意。

關於詩歌創作，陸雲在《與兄平原書》中自曰「四言、五言非所長」。就總體水平而言，陸雲詩歌雖數量不多，並有一定的頌讚應酬之作，卻有一定特色，如《答張士然詩》：

> 行邁越長川，飄遙冒風塵。通波激江渚，悲風薄丘榛。修路無窮迹，井邑自相循。百城各異俗，千室非良鄰。歡舊難假合。風土豈虛親。感念桑梓域，髣髴眼中人。靡靡日夜遠，眷眷懷苦辛。

全詩寫感念之情，雖有模仿的跡象，卻在一定程度上也抒發出了真情，並呈現了清新的特色。與同時代的作家如潘岳、陸機相比，陸雲在詩歌創作上的確是遜於他們。蕭統《文選》也選錄了他的詩歌，如《大將軍宴會被命作詩》《為顧彥先贈婦二首五言》《答兄機》《答張士然》（五言）。因為「贊論之綜輯辭采，序述之錯比文華，事出於沉思，義歸乎翰藻」〔註66〕是《文選》的選錄標準，這一標準的著重點顯然在於講究辭藻華美、聲律和諧以及對偶、用事切當等藝術形式。與賦創作相比，陸雲的詩歌風貌只是符合了其時的審美主流，正如在《九愍》（並序）中所言：「昔屈原放逐，而《離騷》之辭興。自今及古，文雅之士，莫不以其情而玩其辭，而表意焉。遂廁作者之末，而述《九愍》。」可見其模擬的意圖與傾向。這類詩歌多注重模仿，重文字堆砌，這就決定了不易在思想內涵與表現手法上創新，但卻從一個側面反映了西晉的繁縟文風。

〔註63〕【南朝梁】鍾嶸著，曹旭集注：《詩品集注》，第24～25頁。

〔註64〕【南朝梁】鍾嶸著，曹旭集注：《詩品集注》，第302頁。

〔註65〕【南朝梁】鍾嶸著，曹旭集注：《詩品集注》注引，第306頁。

〔註66〕【南朝梁】蕭統編，【唐】李善等注：《六臣注文選》，第4頁，北京：中華書局2012年版。

三、理論識見

西晉文壇擬古之風興盛，鍾嶸《詩品》言及為陸機所擬的那十四首古詩，乃「可謂幾乎一字千金」，而陸機所擬之作水平也極高。模擬前人創作，往往可能有兩種不同的結局，一是作者有藝術實力，又有真情實感，選擇舊題材，仍能創出新意，後來居上，或者在語言形式，或者在意境蘊涵上，比前人高出一籌。這比較契合陸雲的抒情小賦創作。另一種模擬則是一味模擬形式，或者內容不脫窠臼，或者言不由衷，雖有較高的創作技巧而沒有充分的心弦顫動，陸雲的詩歌創作傾向於後者。

魏晉六朝人大都認為作家性情與文才各有偏美。曹丕在《典論・論文》中言：「文非一體，鮮能備善」「四科不同，故能之者偏也」〔註67〕。葛洪《抱朴子・辭義》曰：「夫才有清濁，思有短修，雖並屬文，參差萬品。或浩瀇而不淵潭，或得事情而辭鈍，違物理而文工。蓋偏長之一致，非兼通之才也。」〔註68〕劉勰《文心雕龍・明詩》篇曰：「詩有恆裁，思無定位，隨性適分，鮮能通圓。」《文心雕龍・體性》篇曰「吐納英華，莫非性情」。文人各有所長，很難兼善眾體，如《典論・論文》曰「王粲長於辭賦」云云；《文心雕龍・才略》篇曰「孔融氣盛於為筆，禰衡思銳於為文」。對於文人而言，重要的是要善於「自見」，充分挖掘和發揮自己的才性，才能寫出個性與體裁密切配合的佳作。

「藝術家對基本特徵先構成一個觀念，然後按照觀念改變事物。經過這樣改變的事物就『與藝術家的觀念相符』，就是說成為『理想的』了。」〔註69〕由以上陸雲在辭賦詩文創作上的成就來看，他說的「四言、五言非所長，頗能作賦」，不但從一個側面反映他的創作理想，也在一定程度上反映了他的理論識見。對於鑒賞者和批評者而言，忌諱的就是不能「自見」，正如《文心雕龍・知音》篇所言「各執一隅之解，欲擬萬端之變」。可見，陸雲具備了作為一個批評者的必備素養，他的《與兄平原書》之所以有其批評的價值，不僅是一個文學創作者的深切見地，而且在某種程度上還較客觀地摒棄了這種偏見。文學理論是在文學創作中產生又用以指導文學創作的，理論高於實踐也是必然的。

〔註67〕郁沅、張明高編：《魏晉南北朝文論選》，第13頁。
〔註68〕【晉】葛洪著，金毅校注：《抱朴子內外篇校注》，第1616頁，上海：上海古籍出版社2018年版。
〔註69〕【法國】丹納著，傅雷譯：《藝術哲學》，第440頁。

第三章　文學思想綜論

　　魏晉人對「美」的追求，反映在文學上以「美」為「文」。陸雲以「清」為主一系列審美概念的提出在一定意義上正出於對這種「美文」的追尋。他理想的審美標準是：情感真摯、文辭清工、用典適當、音韻和諧、文意暢達、警句突出。這些審美要求的提出，主要有四方面的原因：一是賦體賦論在西晉的發展；二是陸雲的儒玄兼修；三是當時審美風尚的影響；四是文人間的相互切磋交流。陸雲主「清」的「美文」論思想在古典文學重清新自然的審美源流中有著積極的貢獻。

第一節　文情論：「深情至言，實為清妙」

　　「情」是文章的根本，有情才有好文章。劉勰《文心雕龍‧情采》篇曰「情者，文之經」「為情者要約而寫真」，主張「為情而造文」，反對「為文而造情」。陸雲主「情」，認為抒「情」能「解愁忘憂」，要求文學創作者情動於心而後下筆抒情，進而以情驅辭，文因情成。

一、抒情小賦與辭以情發

　　「先辭後情」是《與兄平原書》中明確提到的話：「往日論文，先辭而後情，尚勢而不取悅澤。嘗憶兄道張公父子論文，實自欲得，今日便欲宗其言。」〔註1〕陸雲過去論文主張「先辭後情」，因受張公父子影響現在幡然醒悟，開

〔註1〕其中的「勢」字，《文心雕龍‧定勢》篇引作「勢」，宋版《陸士龍文集》作「潔」，劉運好校注為「潔」（《陸士龍文集校注》，第 1056 頁）。據陸雲原意，本書引作「勢」，詳釋見「第四章」之「勢」條。

始重「情」。綜觀《與兄平原書》，論賦之言最多，聯繫陸雲說的「四言、五言非所長，頗能作賦」及賦體賦論在西晉的發展，這中間有讓人頗為深思之處。

辭賦經歷了兩漢三國的繁榮之後，於兩晉又迎來了一個發展的高潮。〔註2〕陸雲作為西晉重要的文學家，並且「頗能作賦」，當時賦體的演變與賦論的發展對他的文學思想產生深刻的影響是完全可能的。

辭賦在兩漢主要是以鋪張揚厲的騁辭大賦的面目出現的，這類辭賦多如《文心雕龍‧詮賦》篇所言「體國經野，義尚光大」，主客分明，藝術形式恢宏壯觀。到了西晉，這類重客體以鋪敘為主講結構宏偉的賦仍受青睞，如左思、皇甫謐、摯虞等人的創作，這在一定程度上也與當時文壇追逐文學形式美的特點相符。在這種氛圍中，陸雲創作自然追求「先辭後情」，同代賦論家摯虞《文章流別論》的批評可得到明確印證，「今之賦，以事形為本，以義正為助」〔註3〕，與陸雲的觀點相呼應。這正也與他原來作文「尚勢而不取悅澤」的傾向一致。這裡的「勢」正是大賦之「大」中所透出的壯闊、雄渾、勁健的氣勢。

隨著辭賦創作的深入，文人們對這種鋪排過度的大賦越來越不滿，曹丕早在《答卞蘭教》就云「賦者，言事類之所附也」〔註4〕。漢代「草區禽族，庶品雜類」的抒情小賦，題材也比較狹窄，這就在一定程度上給魏晉辭賦的發展留下了廣闊的空間。特別是成公子安認識到賦的特點在於「分賦物理，敷演無方，天地之盛，可以致思」〔註5〕，在拓展辭賦的空間上取得了巨大成就，他的《烏賦》《嘯賦》《螳螂賦》等等都是比較新的題材。陸雲在這方面亦有努力，其在《與兄平原書》中亦歎曰：「近日視子安賦，亦對之歎息絕工矣。」又云：「張公父子亦語雲，兄文過子安。子安諸賦，兄復不皆過，其便可，可不與供論。」陸雲有感於子安賦的精工，而將其與自己一向推崇的兄陸機相比，不但表明了對子安賦比較高的評價，也體現了子安賦在當時的影響和陸雲對抒情小賦的重視。

辭賦空間的拓展更好地發揮了賦自初起時就有的興寄功能。創造意象，

〔註2〕據程章燦統計，現存兩晉賦家約150人，賦作500餘篇，其中約140篇有序。
　　　　程章燦著：《魏晉南北朝賦史》，第117頁，南京：江蘇古籍出版社1992年版。
〔註3〕郁沅、張明高編：《魏晉南北朝文論選》，第180頁。
〔註4〕郁沅、張明高編：《魏晉南北朝文論選》，第15頁。
〔註5〕【唐】房玄齡等撰：《晉書》卷92，第2371頁。

使情趣與物象契合，是西晉賦在藝術上的自覺追求。如張華作《鷦鷯賦》，寄託身世感慨，發情真切，傳誦士林。傅咸作《燭賦》，「詩賦中『紅燭』意象，由此首創」〔註6〕。辭賦空間的拓展使得以自然為審美對象的感物意識趨於成熟，明確了關乎文學創作本原的「應感論」〔註7〕，「應感論」認為，文學創作的本源或起點，既非外在的物，也非內在的心，而是心與物的互相作用，主體與客體的互相作用。這大體表現為兩種模式：一種是睹物興情，即自然景物的觸動引發主體的情感；另一種是情感外射，即先有情感鬱積胸中，遇到自然景物的觸動而迸發。〔註8〕這兩種模式都傾向於情感的自然抒發表達。

抒情小賦著力拓展賦的題材與表現空間，比大賦更強調主觀情感的表達及藝術上的美化。它的發展深刻地影響了其時文壇，如潘岳的《懷舊賦》《悼亡賦》等，都寓含著真切深摯的情感；陸機不僅《思歸賦》有云：「悲緣情以自誘，憂觸物而生端」。提到了「緣情」，還明確以「詩緣情而綺靡」發論。重情也與當時的社會風尚有關，馮友蘭先生總結魏晉風流的四個特點，其中之一即為「有深情」〔註9〕。深情與受老莊及玄學思想的影響並不矛盾，反映在陸雲身上，也是世事家國之歎聚焦在個體身上在為文時自然發出的深沉感慨。所以陸雲「先辭後情」思想的轉向是必然的。

也許正是意識到了以前論文的缺憾，所以陸雲在後來論文時又特別突出強調情在詩文創作中的重要，並在論及自己所作的《九愍》時明確提出了「情文」。「此是情文，但本少情，而頗能作氾說耳」。《九愍》缺少真情實感，靠形式上的堆砌辭藻掩蓋內容的空虛浮泛。陸雲推崇自然流露真情的作品，「情文」的特徵正是作品能透出以情動人的風貌，即「清妙」「清絕」。論《歲暮賦》「情言深至」，言《述思賦》「深情至言，實為清妙。」《述思賦》是陸機一篇情感真摯短小精練的賦作：

〔註6〕徐公持著：《魏晉文學史》，第283頁，北京：人民文學出版社1999年版。

〔註7〕最早提出「應感」理論的是《禮記·樂記》，有云：「夫民有血氣心知之性，而無哀樂喜怒之常，應感起物而動，然傷心術形焉。」陸機、劉勰、鍾嶸、蕭子顯對「應感論」都有所論，有關「應感論」在魏晉南北朝的發展演變及其文化意蘊，詳見郁沅、張明高編選《魏晉南北朝文論選》，第7～10頁。

〔註8〕參見王毅《略論魏晉文學中的「感物」說》，蔣寅《感物：由言志轉向緣情的契機》，載《古代文學理論研究》，第19輯，上海：華東師範大學出版社2001年版。

〔註9〕按照馮友蘭的說法，風流是一種人格美，構成真風流有四個條件：玄心、洞見、妙賞、深情。馮友蘭：《論風流》，原載《哲學評論》第9卷第3期，後收入《三松堂學術文集》，第609～617頁，北京：北京大學出版社1984年版。

情易感於已攬，思難戢於未忘。嗟伊思之且爾，夫何往而弗臧。
駭中心於同氣，分戚貌於異方。寒鳥悲而饒音，哀林愁而寡色。嗟
余情之屢傷，負大悲之無力。苟彼塗之信險，恐此日之行昃。亮相
見之幾何，又離居而別域。觀尺景以傷悲，撫寸心而悽惻。

作者「情」發筆端，愁思婉轉，哀聲同氣，意象慘淡，把內心的悽楚借
「寒鳥」「哀林」等意象渲染得愁腸萬端、悲涼無限，哀莫哀過生離別，特別
是尾句的「觀尺景以傷悲，撫寸心而悽惻」，於尺景寸心中蘊大悲大悽。陸雲
注重情文、情言，《與兄平原書》還提出了「附情而言」的觀點，認為「『漁
父相見』以下盡篇為佳」，理由是「與漁父相見時語，亦無他異，附情而言」。
「附情而言」就是說作家在創作中要以傳情為準則，而在組織文辭時也要遵循
抒情的需要，語言隨著感情的起伏自然流出，情長則文長，情少則話少。〔註10〕
「附情而言」，也就是後來劉勰說的「辭以情發」。

抒情小賦的創作，在不自覺中流露出了心靈的本質，無意中具含了一種
發自心靈最隱微最深處的「興發感動」的作用，也在無意中成就了「情文」。

二、儒學傳統與文情暢達

陸雲同時代的摯虞在《文章流別論》中說：「古詩之賦，以情義為主，以
事義為佐；今之賦，以事形為本，以義正為助。情義為主，則言省而文有例
矣；事形為本，則言富而辭無常矣。文之繁省，辭之險易，蓋由於此。」文
章簡潔清省表意清楚的原因，正是以情義為主，這與陸雲重「情」思想一致。
抒情小賦的發展，自然將鋪敘清楚明白視為賦體物創作的關鍵。這樣，賦的
題材便不能如漢大賦那樣，多選擇宮殿、京都、郊廟、耕籍、畋獵之類的重
大題材，而多在物色、鳥獸、行役等小題材上下筆。抒情小賦所體之物「小」，
較容易把握，能恰切地表現所選題材的內容，真正做到表達的清楚明白，而
不至麗靡過度。摯虞在《文章流別論》指出大賦有「假象過大，則與類相遠」
的弊病，陸雲在《與兄平原書》中評價陸機「《文賦》甚有辭，綺語頗多。文
適多體，便欲不清。不審兄呼爾不？」這裡的「不清」，陸雲認為是由於語辭
的過分華麗綺豔造成的。不重過度的文飾而重內容的清楚表達是陸雲的追
求。這與陸雲深受儒學傳統的薰陶有緊密聯繫。

儒家重人為更看重事物的內容、本質，主張質因文顯，文以質存。所以

〔註10〕參見肖華榮：《陸雲「清省」的美學觀》，《文史哲》1982年第1期。

孔子講「文質彬彬」，強調文采與質樸的適當配合，認為這是對君子的要求。後世不但指人要文雅有禮，還多引述到文學藝術中，常指文學藝術語言要質樸與華美配合得當，不能流於過於浮華的辭藻。這方面比較有代表性的理論是孔子的「繪事後素」說，朱熹的解釋是「謂先以粉地為質，而後施五采，猶人有美質然後可以加文飾」〔註11〕，應該說是比較符合孔子原意的。在儒家看來，文飾雖然是一種有力的加工手段，但並不具有決定意義。《禮記·郊特性》云：「酒醴之美，玄酒、明水之尚，貴五味之本也。黼黻、文繡之美，疏布之尚，反女功之始也。莞簟之安，而蒲越、稿鞂之尚，明之也。大羹不和，貴其質也。」〔註12〕這是在承認文飾之美的同時，又強調貴本尚質。《左傳·襄公二十五年》中記錄孔子之言：「志有之，言以足志，文以足言，不言誰知其志？言之無文，行而不遠。晉為伯，鄭入陳，非文辭不為功。慎辭哉！」〔註13〕孔子不僅看到了語言是為了表達思想感情的，而且關注到了思想情感的力量，特別是一語「慎辭哉」，提醒人們不可小視文辭的作用。也許正是因為如此，素與飾、質與文的關係常被理解為文論中內容與形式的關係。劉勰《文心雕龍·情采》篇言：「夫鉛黛所以飾容，而盼倩生於淑姿；文采所以飾言，而辯麗本於情性。」由「辯麗本於情性」引出了「為情而造文」。在「文情」關係上，「文」附「情」，偏重「情」即思想情感的清楚表達是儒家的傳統。

在西晉儒學雖表面上衰微，畢竟它的傳統根深蒂固，雖說陸雲是儒玄兼修，其實他的儒學思想還是占著相當重要的地位，據《晉書》本傳，他上書吳王司馬宴稱說晉武帝「訓世以儉」，曾有「節儉之教」，且曾「嚴詔屢宣」，提倡儒家的「仁儉」。「文章乃經國之大業」，儒家的傳統不可避免地反映在文學批評中。如陸機《文賦》曰「碑披文以相質」，李善注：「碑以敘德，故文質相半。」〔註14〕明顯是儒家思想的體現。陸雲也有言：「碑文通大悅愉，有似賦。愚謂小復質之為佳。」碑文雖然在謀篇布局與辭藻潤飾上與人賦有相

〔註11〕程樹德撰，程俊英、蔣見元點校：《論語集釋》卷5，第205頁，北京：中華書局1990年版。

〔註12〕【清】孫希旦撰，沈嘯寰、王星賢點校：《禮記集解》，第700頁，北京：中華書局1989年版。

〔註13〕《春秋左傳正義》，《十三經注疏》卷36，第1985頁，上海：上海古籍出版社1997年版。

〔註14〕張少康著：《文賦集釋》，第113頁，北京：人民文學出版社2002年版。

近的地方，陸雲還是強調了「質」的重要，認為如果再「質之」會更好。如
《與兄平原書》中對楚辭的評價：

> 嘗聞湯仲歎《九歌》，昔讀《楚辭》，意不大愛之。項日視之，
> 實自清絕滔滔。故自是識者，古今來為如此種文，此為宗矣。視《九
> 章》，時有善語，大類是穢文，不難舉意。視《九歌》，便自歸謝絕
> 思。

陸雲用重「情」的《九歌》對舉《九章》。《九歌》原是楚國的民間祭歌，
後經屈原改制流傳到今。雖有屈原對它的改制，也只是「更定其辭」〔註15〕
而已，所以它基本上還保留著民間歌詩的以情動人的風貌。陸雲是吳人，吳
曾隸屬於楚，對楚國民歌的逐漸愛好雖是情理之事，也在一定程度上表明了
他的重「情」。與此相對，《九章》卻「大類是穢文」。朱熹曰：「今考其詞，
大抵多直致無潤色」〔註16〕。「多直致」，自然「無潤色」。語氣急促，文辭繁
雜，以至讓人懷疑到它的真偽。陸雲說的「穢文」大致指這些，這正與他反
對的「繁多」一致，因為文辭的「多」影響了「文情」的清楚表達。〔註17〕
可見，陸雲主「情」，重文情通達，如《與兄平原書》言「不知《九愍》不多，
不當小減。」《九愍》是陸雲集中最長的作品，借哀悼屈原，寄託自己國破家
亡的沉痛之感，是「情文」，如果「小減」自然會影響情感淋漓酣暢的表達。
陸雲由「情」而重「意」，反對以「辭」害「意」。如《與兄平原書》曰：「文
章既自可羨，且解愁忘憂，但作之不工，煩勞而棄力，故久絕意耳。在此悲
思，視書不能解。」它傳給我們這樣的訊息：文章以抒情達意為主，如果不
能做到這一點，無過於白費力氣。這與後來范曄云的「以意為主，以文傳意」
的主張是一致的，都主張詩文內容的充實表達。

陸雲也意識到了真正傳「情」的難處，《與兄平原書》曰：「誨《歲暮》，
如兄如所誨，雲意亦如前啟，情言深至，《述思》自難希。每憶常侍自論文，
為當復自力耳。」如果「情言」過多也會影響文意的清楚表達，陸機由「情
繁」而「辭縟」是最好的例證。所以適當地運用「情言」最符合陸雲的論文
理想。

〔註15〕 【宋】朱熹撰，黃靈庚點校：《楚辭集注》，第41頁，上海：上海古籍出版社
2015年版。

〔註16〕 【宋】朱熹撰，黃靈庚點校：《楚辭集注》，第92頁。

〔註17〕 參照傳剛：《「文貴清省」說的時代意義——略談陸雲〈與兄平原書〉》，第94
頁，《文藝理論研究》，1984年第2期。

「深情至言，實為清妙」，陸雲重「清」的審美理想，正是基於情感為文學之根本，要美在真情，美在自然。只有「情言」的適度運用，才能真正做到「清」，做到「文情暢達」。因而文「情」論的主要內容是：辭以情發，文情暢達。「情」發辭章，必「緣情綺靡」，轉向對詩文文采的追求。

第二節　文采論：「布采鮮淨，敏於短篇」

在陸雲看來，文辭的「言不盡意」，文風的鮮淨清新，是詩文「清」美的要求。《文心雕龍・才略》云：「士龍朗練，以識檢亂，故能布采鮮淨，敏於短篇。」陸雲正是實踐著「布采鮮淨」的文風，在文學批評上才有著「清」美的識見。

一、審美風尚與文辭清工

宗白華先生說「晉人以虛靈的胸襟，玄學的意味體會自然，乃能表裏澄澈，一片空明，建立最高的晶瑩的美的意境」〔註18〕。對「清」的審美追求，就屬於這種晶瑩的美的意境。陸雲把「清」作為文學批評的標準之一，與當時玄學薰染所形成地品藻鑒賞人物的社會審美風氣有關。在魏晉，人們對性情、個體儀容風度的達到了空前重視。劉邵在《人物志》中確立了一種因性求才的人物品評觀念。湯用彤先生在《魏晉玄學論稿・讀人物志》中分析劉邵基本思想有八條，其二就是要「分別才性而詳其所宜」〔註19〕。魏晉才性觀念倡導至情至性，阮逸撰《人物志序》：「人性為之原，而情者性之流也。性發於內，情導於外，而形色隨之。」〔註20〕情為性之流，無情則無味，文章中如不見性情，則無味；文章若要有味，人必有性情，有至性者必有至味之文章。求至味之文章，正是對文人才性的審美要求。正是由於這種至情至性才性觀的倡導，才使得魏晉文章任情而動，文風爽暢。如「建安風骨」，劉勰說其「慷慨以任氣」（《文心雕龍・明詩》），主要是其充沛的情感中蘊涵了激昂的思想與感情，表現出「橫槊賦詩」的人格寫照與澎湃的人生激情。所以建安時期作品的意氣駿爽不僅源於曹劉諸人體氣高妙、騁才尚氣的才性，

〔註18〕宗白華著：《美學散步》，第211頁，上海：上海人民出版社1981年版。
〔註19〕湯用彤著：《魏晉玄學論稿》，第4頁，上海：上海古籍出版社2000年版。
〔註20〕【魏】劉邵著，伏俊璉譯注：《人物志譯注》，第1頁，上海：上海古籍出版社2018年版。

更主要是一種高尚的人格美在文學中的體現。史稱陸雲「性清正，有才理」，「清」用於文學批評，未嘗與這種高尚的人格美不無關係。

「清」正是魏晉所見人物品題最為常用也最為明確的審美概念，是稱譽人物最高的評價。它所表現的不只是通常意義上的那種澄澈明淨、自然質樸之美，同時還融合了老莊精神和玄學義理，帶有一種清虛玄遠之美，超逸脫俗之美：

> 少有才理，好《老》《莊》，能清言。(《晉書·郭象傳》)

> 尋陽翟湯、會稽虞喜並守道清貞，不營世務，耽學高尚，操擬古人。(《晉書·儒林傳·虞喜》)

> 山公（濤）舉阮咸為吏部郎，目曰：「清真寡欲，萬物不能移也。」(《世說新語·賞譽》)

> 王司州至吳興印渚中看。歎曰：「非惟使人情開滌，亦覺日月清朗。」(《世說新語·言語》)

> 嵇康身長七尺八寸，風姿特秀。見者歎曰：「蕭蕭肅肅，爽朗清舉。」(《世說新語·容止》)

王弼注《周易·賁》卦所言：「處飾之終，飾終反素，故任其質素，不勞文飾，而无咎也。」〔註21〕不以飾為飾，所崇尚的正是自然的本采之美。「清言」「清貞」「清真」「清朗」「清舉」在審美上基本都表現出了清新自然的本采之美。陸雲受玄學這種審美風尚的影響，在創作時自然會要求「清言」，「清言」以自然清新為美：

> 美達人之玄覽兮，邈藏器於無為。

> 物有自遺，道無不可。萬殊有同，齊物無寡。(《逸民賦並序》)

> 執盈如虛，乃反天真。(《逸民箴並序》)

> 詠大椿之萬祀兮，同蟪蛄於未識。(《歲暮賦並序》)

> 考幽明於人神兮，妙萬物以達觀。(《愁霖賦並序》)

> 歷玉階而容與兮，憩蘭堂以逍遙。(《登臺賦並序》)

上述「玄覽」「無為」「齊物」「天真」「大椿」「蟪蛄」「達觀」「逍遙」等語詞，顯然源於老莊的思想。每個語句的蘊意，與老莊思想也如出一轍，如「何人生之倏忽」像是「人生天地之間，若白駒之過隙，忽然而已」〔註22〕

〔註21〕【魏】王弼著，樓宇烈校釋：《王弼集校釋》，第328頁，北京：中華書局1980年版。

〔註22〕【清】郭慶藩撰：《莊子集釋》，第746頁，北京：中華書局1961年版。

的再現，不同的是陸雲加入了符合自己人生際遇的慨歎。這種文學創作意識
投射到文學評論中，自然追求返樸歸真的本色美，即以「清」為美。關於「清」，
陸雲在《與兄平原書》中有這樣的敘述：「雲今意視文，乃好清省，欲無以尚
意之至此，乃出自然。」「清省」是陸雲對詩文的理想審美標準。如其曰：「兄
《丞相箴》小多，不如《女史》清約耳。」此處《女史》指張華的《女史箴》，
《晉書・張華傳》載：「華懼后族之盛，作《女史箴》以為諷。」《女史箴》
是諷諫之作，全篇寫得委婉含蓄，文辭簡練。陸雲尚簡約文風，陸雲稱其「清
約」，主要指其文辭清新凝練。重「出語」「出言」也是這種簡約文風的體現，
《與兄平原書》曰：

> 《祠堂頌》已得省。兄文不復稍論常佳，然了不見出語，意謂
> 非兄文之休者。前後讀兄文，一再過便上口，語省。此文雖未大精，
> 然了無所識。然此文甚自難，事同又相似，益不古，皆新綺，用此
> 已自為洋洋耳。

> 《劉氏頌》極佳，但無出言耳。

「出語」「出言」即奇句、警句[註23]。這與陸機《文賦》的「立片言而
居要，乃一篇之警策」之「警策」，劉勰所意味的「秀也者，篇中之獨拔者也」
的「秀詞」「秀句」是一致的，都講創作者精心錘鍊構思的言辭對詩文的重要。
「出語」「出言」不僅是文辭「清約」的體現，也有利於文章表現華采，像「石
韞玉而山暉，水懷珠而川媚」一樣使文章整體呈現出一種華貌。陸雲在《與
兄平原書》中還曰：「『徹』與『察』皆不與『日』韻，思惟不可得，願賜此
一字。」「句工只在一字之間」[註24]，鍊字有助於抑制文辭繁縟，如對陸機
之文的評價：

> 兄文章之高遠絕異，不可復稱言。然猶皆欲微多，但清新相接，
> 不以此為病耳。若復令小省，恐其妙欲不見，可復稱極，不審兄由
> 以為爾不？（《與兄平原書》）

「多」指下筆時才思泉湧的「情多」致使的「言辭繁多」。《文心雕龍・
體性》云：「士衡矜重，故情繁而辭隱。」而「情」所致的「多」又不能刪去，
否則就見不到文章的精妙，所以不以「微多」為「病」。但文辭偏向「多」畢
竟不符合陸雲理想的「清「美，因此要求對文辭進行精工修飾，如《與兄平

〔註23〕錢鍾書：《管錐編》，第 1916 頁。
〔註24〕錢鍾書：《管錐編》，第 1917 頁。

原書》曰：「《祖德頌》無大諫語耳，然靡靡清工，用辭緯澤，亦未易。」《祖
德頌》曰：

> 咨時文之懿祖，膺降神之靈暉。棲九德以宏道，振風烈以增勁。
> 彼劉公之矯矯，固雲網之逸禽。既憑形以傲物，諒傅翼而棲林。伊
> 我公之秀武，思無幽而弗昶。形鮮烈於懷霜，澤溫惠乎挾纊。收希
> 世之洪捷，固山谷而為量。西夏坦其無塵，帝命赫而大壯。登具瞻
> 於大階，濯長纓乎天漢。解戎衣以高揖，正端冕而大觀。

《祖德頌》是陸機讚頌其祖陸遜之作，陸雲肯定其文辭，認為「清工」，
通觀《祖德頌》全文，不僅有契合老莊思想的「棲林」「無塵」「天漢」等自
然清新之語，還有如：「形鮮烈於懷霜，澤溫惠乎挾纊。」「解戎衣以高揖，
正端冕而大觀。」等對仗工致的語句。「清工」「清約」正是對文辭潤飾的審
美要求，都講對文辭的精心錘鍊以達「言不盡意」「文采鮮淨」之效。

二、言不盡意與文采鮮淨

陸機受玄學的影響學界已有所論〔註25〕，《文賦》表現了這種思想。其中
的「收視反聽」，表意為文學創作中要排除外來干擾。張少康先生在《文賦集
釋》中云：「此承前段『佇中樞以玄覽』句意，強調『虛靜』在創作構思中的
作用。」〔註26〕這受到了《莊子・達生》中梓慶削鐻寓言表達的虛靜思想影
響，即要求文人以空靈之心，把握生命、造化、自然之奧秘，「籠天地於形內，
挫萬物於筆端。」〔註27〕也就是說，善於寫作的人，方能使文成為宇宙本體
的充分表現，方能成就籠天地之至文。所謂至文不能限於「有」，不能拘於
「音」，必須即「有」而超出「有」，於「音」而超出「音」，方可得「言外之
意」「弦外之音」。唯能為至文者方可體無得道，真正得「言外之意」「弦外之
音」。值得一提的是，《文賦》中指出的文學創作中「言不盡意」的現象：

> 若夫豐約之裁，俯仰之形，因宜適變，曲有微情。或言拙而喻
> 巧，或理樸而辭輕；或襲故而彌新，或沿濁而更清；或覽之而必察，
> 或研之而後精。譬猶舞者赴節以投袂，歌者應弦而遣聲。是蓋輪扁

〔註25〕 參見張少康著《談談關於文賦的研究》（《文獻》1980年第2期），張少康先生
　　　　 主要論其受道家思想的影響。羅宗強著《魏晉南北朝文學思想史》第三章「西
　　　　 晉士風與西晉文學思想」，亦有論見。
〔註26〕 張少康著：《文賦集釋》，第38頁。
〔註27〕 張少康著：《文賦集釋》，第60頁。

所不得言，故亦非華說之所能精。

在寫作過程中，陸機認為要按照每篇文章的不同特點考慮用不同的方法去寫作，學會因時而宜地處理一些情況，此中的種種微妙情境像「舞者赴節以投袂，歌者應弦而遣聲」一樣是難以「言」傳的。陸機探討了在文學創作中如何解決「意不稱物，文不逮意」的問題，這直接受到了當時玄學的「得意忘言」「言不盡意」等思想的影響。王弼援用《莊子·外物篇》筌蹄之言，作《周易略例·明象》，並為之新解，謂：

> 夫象者，出意者也。言者，明象者也。盡意莫若象，盡象莫若言。言生與象，故可尋言以觀象；象生於意，故可尋象以觀意。意以象盡，象以言著。故言者所以明象，得象而忘言；象者，所以存意，得意而忘象。猶蹄者所以在兔，得兔而忘蹄；筌者所以在魚，得魚而忘筌也。然則，言者，象之蹄也；象者，意之筌也。是故，存言者，非得象者也；存象者，非得意者也。象生於意而存象焉，則所存者乃非其象也；言生於象而存言焉，則所存者乃非其言也。然則，忘象者，乃得意者也；忘言者，乃得象者也。得意在忘象，得象在忘言。故立象以盡意，而象可忘也；重畫以盡情，而畫可忘也。〔註28〕

「言意之辨」是魏晉玄學的重要命題，由王弼解說，晉人形成了得意忘言、寄言出意的思辯方法。「言象為工具，只用以得意，而非意之本身，故不能以工具為目的，若滯於言象則反失本意，此則兩說均終主得意廢言也。」「王氏新解，魏晉人士用之極廣，其於玄學之關係至為深切。」〔註29〕同時荀粲著有《言不盡意論》，認為「理之微者，非物象之所舉」〔註30〕，「言不盡意」論逐漸成為「言意之辨」的主導思想。所謂「言不盡意」，就是說必須表達出不是概念性的言辭所能窮盡傳達的東西。〔註31〕這具體到人們的日常生活中就很自然地使言辭具有了一種簡練的審美意味。李澤厚在《美的歷程》中說：「『言不盡意』是當時確立而影響久遠的中國藝術——美學原則。」〔註32〕受

〔註28〕《王弼集校釋》，第 609 頁。
〔註29〕湯用彤撰：《魏晉玄學論稿》，第 26 頁。
〔註30〕《魏晉南北朝文論選》，第 70 頁。
〔註31〕李澤厚著：《美學三書》，第 87 頁，天津：天津社會科學院出版社 2003 年。
〔註32〕李澤厚說：「『言不盡意』『氣韻生動』『以形寫神』是當時確立而影響久遠的中國藝術——美學原則。」《美學三書》，第 87 頁。

這種哲學思潮的影響，語言藝術中人物言辭開始追求一種簡約之美，通過言辭的「清省」在內心的情感體驗中趨向和接近於審美對象的無限。《世說新語·文學》篇載：

> 阮宣子有令聞，太尉王夷甫見而問曰：「老、莊與聖教同異？」對曰：「將無同？」太尉善言辭，辟之為掾。世謂「三語掾」。衛玠嘲之曰：「一言可辟，何假於三！」宣子曰：「苟是天下人望，亦可無言而辟，復何假一！」遂相與為友。

阮修以「將無同」這三個字既做了官，又出了名，成為魏晉文化史上的著名典故。「將無同」翻譯作白話文，似乎是「差不多吧？」或「就是一樣的吧？」傳達出一種委婉其辭、言簡意賅的語言美。追求語言的工致、新奇從而成為一種表現人物風神的審美趨向：

> 荀鳴鶴、陸士龍二人未相識，俱會張茂先坐。張令共語。以其並有大才，可勿作常語。陸舉手曰：「雲間陸士龍。」荀答曰：「日下荀鳴鶴。」（《世說新語·排調》）

> 支（道林）作數千言，才藻新奇，花爛映發。（《世說新語·文學》）

荀鳴鶴、陸士龍的相謔之詞表明了其時人物言辭的精工雅致之美，支（道林）的事例反映了其時對語言華采、言辭新奇的重視。雲與機兄弟情誼篤深，他們在書信往來中互相贈答，雲受其兄和當時社會玄學思潮的影響提出的以「清」為主，「清省」「清美」「清利」「清工」「清絕」等一系列的審美概念，是社會審美思潮影響的必然結果。

「清」總體上表現出的是一種無雕琢之跡，妙造自然的天然風韻。文辭傳達出「言不盡意」之效，文采具有鮮淨清新之美，是對「清」美的要求。《與兄平原書》有論：「《文賦》甚有辭，綺語頗多。文適多體，便欲不清。」陸機《文賦》言辭不乏新穎，也許正是過分地追求這種「新穎」，欲清卻不清，誠如劉勰《文心雕龍·序志》篇所言「陸賦巧而碎亂」。同時也提到了「綺語」問題，所謂的「綺語」指過分雕琢的言辭，《文心雕龍·明詩》篇載「晉世群才，稍入清綺」，《文心雕龍·通變》篇亦言「魏晉淺而綺」，對這種「綺」，劉勰持批判態度。因而《文賦》是一種「綺」美，不符合陸雲「清」美的理想，所以對陸機他在《與兄平原書》中還是有所批判的：「兄頓作爾多文，而新奇乃爾，真令人怖，不當複道作文。」

　　陸雲追求文采「清」美，在一定程度上還受張華等人的影響，也是當時文壇交流頻繁的表現〔註33〕。《世說新語・文學》注引《文章傳》云：「機善屬文，司空張華見其文章，篇篇稱善，猶譏其作文大冶，謂曰：『人之作文，患於不才，至子為文，乃患太多也。』」雖講得是陸機雖有文采但為繁蕪所累，但從一個側面也反映了張華的文學主張。他在《答何劭詩三首》其一中，讚揚何劭的詩「穆如灑清風，煥若春華敷」，在《魏劉驃騎誄》中評劉放「金剛玉潤，水潔冰清，鬱鬱文采，煥若朝榮」，可見「清」美是張華的文學追求。張華的這種主張也是被後人公認的，劉勰《文心雕龍・才略》篇曰：「張華短章，奕奕清暢。」鍾嶸在《詩品》中評價「謝瞻、謝混、袁淑、王微、王僧達」等人時，有云：「其源出於張華。才力苦弱，故務其清淺，殊得風流媚趣。」都表明了張華對「清」美的追尋。「三張」之一的張協也有這種「清」美的傾向，如鍾嶸《詩品》評他曰：「文體華淨，少病累。」

　　因而，「清」不僅指新穎的文辭，還指作品表現出來的自然清新的風貌。「清」的審美理想既是其時社會審美思潮影響下人物情姿風貌的體現，也是作品不飾雕琢的天然風韻，即文采鮮淨。

第三節　美文論：「緣情綺靡，靡靡清工」

　　魏晉六朝，在士人生活的各個領域（諸如琴、棋、書、畫、詩、文）彌漫著一種具有明顯審美傾向的批評風氣，反映在文學上就是批評形式的美化，即以具有審美價值的語言闡發批評者的觀點：

　　　　潘文爛若披錦，無處不善；陸文若排沙簡金，往往見寶。（《世說新語・文學》）

　　　　謝詩如芙蓉出水，顏詩如錯彩鏤金。（鍾嶸《詩品・中・宋光祿大夫顏延之詩》）

　　　　好詩圓美流轉如彈丸。（《南史・王曇首傳》）

　　這種批評語言追求美化的傾向，更有一股內在的驅力驅使批評者對作品的「美」化要求。陸機、陸雲在論文的過程中，都多次提到了「美」，對詩文

〔註33〕俞士玲認為，真正對晉一代文學風貌產生影響的文人集團和聚會，主要有：晉武帝的華林園之會、張華為中心的同好之會和陸機、陸雲為中心的同鄉集團。參見俞士玲著《陸機陸雲兄弟享盛譽於中古文壇的文化觀照》，國家圖書館博士論文庫，2008年。

純粹的藝術美的追求，是二陸的共同傾向。《與兄平原書》曰：「但其『呵二子小工』，正當以此言為高文耳。」「高文」即「美文」，是「文」在審美層次上的展開，凡是令人愉悅的審美形式都應該包括在內，下面就簡要地概述陸雲的這種「美文」論思想。

一、審美理想論

辭以情發以達文情暢達；文辭清工以達文采鮮淨，是陸雲論文的主要審美理想。「清省」的文學思想正是在綜合二者審美要求的基礎上提出的，是「意之至此」「乃出自然」的結果。「清」意味著清新自然中有深情，有遠旨；「省」在抒發真情的基礎上，尚簡尚約，「清省」傳達出的是一種不見雕琢之跡，語言所不能窮盡的天然美感。以「清」為美是他論文的主要理想。在《與兄平原書》中，「清」主要有三個層面的含義：

一是由於創作主體的眷眷真情，作品透出的以情動人的風貌，這樣的特徵被他譽為「清妙」「清絕」。如書簡曰：「省《述思賦》，深情至言，實為清妙，恐故復未得為兄賦之最。」「弔蔡君清妙不可言。」「嘗聞湯仲歎《九歌》，昔讀《楚辭》，意不大愛之。頃日視之，實自清絕滔滔。故自是識者，古今來為如此種文，此為宗矣。」

二是由於作品清新工致的言辭，作品整體呈現出要言不煩的特徵，這樣的特徵被他稱為「清工」「清約」「清利」「清美」。如書簡曰：「《祖德頌》無大諫語耳，然靡靡清工，用辭緯澤，亦未易。恐兄未熟視之耳。」「兄《丞相箴》小多，不如《女史》清約耳。」「《茂曹碑》皆自是《蔡氏碑》之上者，比視蔡氏數十碑，殊多不及，言亦自清美，愚以無疑不存。」陸雲雖對這類作品有所讚賞，但比之「以情動人」具有「清妙」特徵的作品，這類作品顯然有著不足之處，誠如書簡所云：「兄《園蔡詩》清工，然猶復非兄詩妙者。」因而，詩文創作即使不能「緣情動人」，也要「靡靡清工，用辭緯澤」，只有這樣才符合陸雲的審美標準。

三是對於作品整體上呈現出的清新自然的風貌，他稱之為「清」「清省」「清新」。如書簡曰：「雲今意視文，乃好清省，欲無以尚意之至此，乃出自然。張公在者必罷，必復以此見調。不知《九愍》不多，不當小減。」「《文賦》甚有辭，綺語頗多。文適多體，便欲不清。不審兄呼爾不？」「兄文章之高遠絕異，不可復稱言。然猶皆欲微多，但清新相接，不以此為病耳。」

「清」是一切優秀作品必須具備的基本因素。也就是說，無論文意與文辭，都應當精而不蕪，約而不繁，透明澄澈，雅潔不俗，能整體上呈現出一種不見雕琢之痕，不落鉛粉之跡的天然風韻。〔註34〕「清工」「清美」「清絕」「清約」「清利」「清絕」「清省」在不同的語境中雖有所不同，但基本上也都有清新自然之意，以文辭的清朗爽潔、文風的布采鮮淨為美。

辭賦是唯美文學，辭賦作家有抒情與唯美的傾向。賦是陸雲在《與兄平原書》中論述最多的文體，並且他自己又比較能「賦」，下面就節選出他書簡中與賦相關的比較有代表性的論見，來綜合闡釋他這種以「清」為美的論文理想：

（一）又思《三都》，世人已作，是語觸類長之，能事可見。《幽通》《賓戲》之徒自難作，《賓戲》《客難》可為耳。——突出事典

（二）省《述思賦》，深情至言，實為清妙，恐故復未得為兄賦之最。——強調深情

（四）《文賦》甚有辭，綺語頗多。文適多體，便欲不清。——批判綺語

（五）《扇賦》腹中愈首尾，發頭一而不快。言「烏雲龍見」，如有不體。——評謀篇布局

（六）《漏賦》可謂清工。——褒揚精工

（七）有作文唯尚多，而家多豬羊之徒。作《蟬賦》二千餘言，《隱士賦》三千餘言，既無藻偉，體都自不似事。文章實自不當多，古今能為新聲絕曲者，無又過兄。——批判繁縟、強調文意

（八）曹志，苗之婦公。其婦及兒，皆能作文。頃借其《釋詢》二十七卷，當欲百餘紙寫之。不知兄盡有不？李氏云：「雪」與「列」韻，曹便復不用。人亦復云，曹不可用者，音自難得正。——主張用韻

情感真摯、文辭清工、用典適當、音韻和諧、文意暢達、警句突出是陸雲理想的審美要求。《與兄平原書》中稱讚王粲的《登樓賦》：「《登樓》名高，恐未可越爾。」下面就以《登樓賦》為例來論證陸雲的審美之境：

登茲樓以四望兮，聊暇日以銷憂。覽斯宇之所處兮，實顯敞而寡仇。挾清漳之通浦兮，倚曲沮之長洲。背墳衍之廣陸兮，臨皋隰之沃流。北彌陶牧，西接昭丘。華實蔽野，黍稷盈疇。雖信美而非

〔註34〕《魏晉南北朝文論選》，第 175 頁。

吾土兮，曾何足以少留。遭紛濁而遷逝兮，漫踰紀以迄今。情眷眷
而懷歸兮，孰憂思之可任。憑軒檻以遙望兮，向北風而開襟。平原
遠而極目兮，蔽荊山之高岑。路逶迤而脩迥兮，川既漾而濟深。悲
舊鄉之壅隔兮，涕橫墜而弗禁。昔尼父之在陳兮，有歸歟之歎音。
鍾儀幽而楚奏兮，莊舄顯而越吟。人情同於懷土兮，豈窮達而異心？
惟日月之逾邁兮，俟河清其未極。冀王道之一平兮，假高衢而騁力。
懼匏瓜之徒懸兮，畏井渫之莫食。步棲遲以徙倚兮，白日忽其將匿。
風蕭瑟而並興兮，天慘慘而無色。獸狂顧以求羣兮，鳥相鳴而舉翼。
原野闃其無人兮，征夫行而未息。心悽愴以感發兮，意忉怛而憯惻。
循階除而下降兮，氣交憤於胸臆。夜參半而不寐兮，悵盤桓以反側。

（《六臣注文選》卷一一）

第一，情感真摯與文辭清工。開篇「銷憂」一語寄予了無限哀思，明確表
明此賦在於「解愁忘憂」。借登樓所見，愁腸百轉：「遭紛濁而遷逝兮」渲染了
世事污濁，「情眷眷而懷歸兮」表明了思鄉心切，「悲舊鄉之壅隔兮，涕橫墜而
弗禁」更是直接抒發了對鄉土的眷戀，特別是結尾的「心悽愴以感發兮，意忉
怛而憯惻。循階除而下降兮，氣交憤於胸臆。夜參半而不寐兮，悵盤桓以反側。」
將這種融合了對世事炎涼透悟的個體悲情推向了極點。作此賦時，王粲滯留荊
州地區已超過十二年。當時王粲不得劉表重用，對荊州也感到厭倦，返回北方
的欲念越益強烈，感情難抑借文宣洩。「挾與倚」和「背與臨」「遙望」與「開
襟」等語詞，不但語意相對，而且在句中顯得精工有致，更助於情感表達。

第二，文意暢達與音韻和諧。文意流暢在很大程度上與句子的基調有很大
關係。這段文字以六字句為基調，中間小用四字句來進行變化，總體上並沒有
句子明顯的參差變化，並且沒有賦體一般使用的句端詞「乃爾」「是故」，比較
契合《與兄平原書》所云的：「文中有『於是』『爾乃』，於轉句誠佳，然得不用
之益快，有故不如無。又於文句中自可不用之，便少亦常。」特別是他能把陸
雲頗為苦惱的音韻得心應手地應用，基本上是四句一韻，聲韻和諧。《登樓賦》
雖名為「賦」，幾乎每句都有「兮」字，明顯是具有《楚辭》形式的詩歌〔註35〕。
所以因其音韻和諧也便於吟誦，也符合了陸雲「耽詠」的審美理想。

〔註35〕 【明】胡應麟著：《詩藪》，內編卷1云：「詩文之有騷賦，猶草木有竹，禽獸
有魚，難以分屬。然騷實歌行之祖，賦則比興一端，要皆屬詩。」上海：上
海古籍出版社1979年版。

　　第三，用典適當與警句突出。「昔尼父之在陳兮，有歸歟之歎音。鍾儀幽而楚奏兮，莊舃顯而越吟。」用了孔子、鍾儀、莊舃三人的典故，不但增強了內容的豐富性，更加強了全文的感染性。「悲舊鄉之壅隔兮，涕橫墜而弗禁。」在全文中起承上啟下的作用，由現實而悲聯想古人而悲，特別是「人情同於懷土兮，豈窮達而異心？」一句更是將這種悲情推上了高潮，於悲鳴中隱含著較為深刻的人生哲理。儒學觀念與玄學清談之風結合起來，產生了一種崇高簡約的風尚。這種風尚自然反映到文學創作之中，形成與繁縟相對應的一種創作傾向，即尚「清」的審美趨向。

　　陸雲以「清」為標準普遍衡量文學作品，使「清」成為詩文理想的審美標準之一。「清」是集中體現中國古代文人生活情趣與審美傾向，並在一定程度上表現古典藝術審美理想的美學概念。以「清」為審美標準，在中國文化史與美學史上源遠流長。《論語‧公冶長》以「清」稱許陳文子「辟惡逆，去無道」的操守；《孟子‧離婁上》云：「滄浪之水清兮，可以濯我纓；滄浪之水濁兮，可以濯我足。」用水的清濁比喻人的貴賤。儒家的「清」多指與社會生活緊密相關的人的操行。道家的「清」是與「道」「自然」同一的哲學概念，意味著「清靜」的道之本體與崇尚「自然」的理想境界：「天得一以清」（《老子‧三十九章》）；「一清一濁，陰陽調和」（《莊子‧天運》）；「天無為以之清，地無為以之寧。」（《莊子‧至樂》）；「水之性，不雜則清，莫動則平；鬱閉而不流，亦不能清；天德之象也。」（《莊子‧刻意》）從崇尚自然的宇宙觀出發，老莊以「清」為美，「清靜無為」是「道」的本質，「清」是描繪天道得「一」的哲學概念，是天道符合自然之本然所呈現的狀態。與老子還不同的是，莊子還在把握宇宙審美的基礎上，把「清」引入到社會的審美範疇。《莊子‧天運》中引皇帝奏《咸池》之樂云：「吾奏之以人，徵之以天，行之以禮義，建之以太清。」這裡的「清」不僅是哲學概念，而且是包含音樂教化作用下整個社會呈現的清明景象，把「清」作為了一種社會理想。由此看來，以老、莊為代表的道家之所以推重「清」，在於「清」意味著事物的天然、本然，「清」美就是自然之美，本然之美。

　　儒道思想，特別是道家思想作為傳統審美觀念的主要源頭，在深刻影響古代生活的同時，也將清的意識深深烙印在文人的生活觀念和趣味中。《韓非子‧十過》載師曠鼓琴的故事，對「清商」「清徵」「清角」不同樂曲有具體描寫，把「清」與悅耳的音樂聯繫起來；張衡《西京賦》載：「女娥坐而長歌，

聲清暢而蜿蛇。」細緻地將「清」字與音樂給人的聽覺印象聯繫起來。在東漢的人物品評風氣中，讀書人以「清流」自任，又使清成為人物品評中的一個重要概念，王充即稱自己「為人清重」（《論衡·自紀》）並提到了與「清」有密切聯繫的「繁簡」：「文貴約而指通，言尚省而趨明。」

進入玄學盛行的魏晉，「清」不僅在人物品評中成為一種重視人物風度的清俊爽朗之美，而且在文學創作中也成了對晶瑩通脫之美的追求。重視人物風度美在《世說新語》中的例子極多，如《容止》曰：「嵇康身長七尺八寸，風姿特秀。見者歎曰：『蕭蕭肅肅，爽朗清舉。』」《傷逝》曰：「王子敬與羊綏善。綏清淳簡貴，為中書郎，少亡。」《賢媛》曰：「顧家婦清心玉映，自是閨房之秀。」「清舉」「清淳」「清心」意思相近，不僅指人物精神面貌的神清氣爽拔出流俗，也蘊涵了其時人的審美傾向，「清」與一種超越世俗的氣質聯繫在一起。這種美反映在文學創作中，以阮籍與嵇康為代表：

> 馮虛舟以遑思兮，聊逍遙于清溟。〔註36〕（阮籍《東平賦》）
>
> 且清虛以守神兮，豈慷慨而言之？（阮籍《首陽山賦》）
>
> 是以微妙無形，寂寞無聽，然後乃可以覩窈窕而淑清。
>
> 夫清虛寥廓，則神物來集；飄颻恍惚，則洞幽貫冥；冰心玉質，則激潔思存；恬淡無慾，則泰志適情。（阮籍《清思賦》）
>
> 若乃春蘭被其東，沙棠殖其西，涓子宅其陽，玉澧湧其前，玄雲蔭其上，翔鸞集其巔，清露潤其膚，惠風流其間，竦肅肅以靜謐，密微微其清閑，夫所以經營其左右者，固以自然神麗，而足思願愛樂矣。〔註37〕（嵇康《琴賦》）

上述引文中「清溟」「清虛」「淑清」「冰心玉質」等用語都有清新超脫的蘊意，自然清新之氣直逼胸懷，整體上也瀰漫著一種清拔超驗的人生感悟。在人生體悟中，清逐漸演變為一種超脫世間庸俗氛圍的趨向；在文學創作中，清成了一種對自然清新審美理想的追求。清作為一種文化品格，一種審美趣味，一旦在文化中定型，就日漸為文人自覺意識和存心體會，日益深入到對人生各種情境的體悟中並形成各種各樣的藝術主張。魏晉文學以「清」為美，

〔註36〕【三國魏】阮籍著，陳伯君校注：《阮籍集校注》，第 15 頁，北京：中華書局 2015 年版。

〔註37〕【三國魏】嵇康著，戴明揚校注：《嵇康集校注》，第 141 頁，北京：中華書局 2014 年版。

「清」也在文學創作中昇華為一個重要的文學理論的審美範疇。

陸雲之前，「清」比較明確出現在文學理論中是曹丕《典論·論文》的文氣論。曹丕說：「文以氣為主。氣之清濁有體，不可力強而致。」這裡的「清」主要指由於作者意氣俊爽的才性在文學中的體現。曹丕的觀點主要受漢末魏初「以才取士」，注重才知氣性、屏棄門閥士庶之風盛行的影響。前已有所論，陸雲「清」的文學思想的提出在一定程度上也受品評人物風氣的薰染，它在對文人人格美要求的前提下，對創作者素養提出的高標準的審美要求。《與兄平原書》反覆出現了「清工」「清新」「清美」「清約」等用語，已表明陸雲自覺地將清新自然作為一種審美風趣來追求和倡導。劉勰《文心雕龍》中專設「才略」篇對文人的才性進行評論，如「魏文之才，洋洋清綺」「仲宣溢才，捷而能密」等的評價可謂是意味深遠。

「清」這一人物品藻的美學範疇，被用來品評文藝作品，體現了魏晉士人將文品與人品融貫一體的審美觀念。「清」是超脫世間庸俗氛圍的胸襟和趣味，只有創作者自身的素質中具備了「清」，才有可能出現詩文的「清」。所以創作者對具體情境的「清」的感受在很大程度上構築了一種心境的玩味和投射。在「清」心的心境下，創作的作品是審美觀照的前提，也是詩意的開始。只有具備了「清」的胸襟，才能做到文辭的「省」，也只有文辭的「省」，文情才能更「清」。鍾嶸在《詩品》中明確標舉「芙蓉出水」之美，可以說是詩文「清」美的最佳體現。如果以「清」為主要標準來進行文學創作，不可能創造出「驚采絕豔」之作，但卻能「雅而不豔」，誠如劉大杰先生所說「這種文學看去似乎枯淡，卻又豐腴，看去似乎玄虛，卻又實在」〔註38〕。

二、「美文」論

梁啟超先生的《中國之美文及其歷史》中，把詩、賦、詞、曲等韻文稱之為「美文」。〔註39〕陸雲在與陸機的書信往來中，言及最多的是詩賦，他的一系列論文的審美標準，也可以說是他的「美文」觀。

對詩賦藝術美的追求在漢代就表現得比較明顯，《西京雜記》載司馬相如談作賦時說：「合纂組以成文，列錦繡以為質」〔註40〕，針對詩賦「麗」的特

〔註38〕劉大杰著：《魏晉思想論》，第 149 頁，上海古籍出版社 1998 年版。
〔註39〕梁啟超著：《中國之美文及其歷史》，北京：東方出版社 2012 年版。
〔註40〕葛洪輯：《西京雜記》，第 12 頁，北京：中華書局 1985 年版。

徵，連當時的皇帝漢宣帝也說：「辭賦大者與古詩同義，小者辯麗可喜。」(《漢書・王褒傳》) 進入魏晉，曹丕突破儒家「詩言志」的傳統理論框架，在《典論・論文》中提出了「詩賦欲麗」的理論主張，開始把純文學作品從非文學作品中區分出來，反映了時代藝術審美的覺醒。曹丕認為詩賦的辭藻華麗，講究文采，追求藝術形式之美，是符合文學的藝術審美特徵的。「詩賦欲麗」是一種標誌性的理論主張，也可以說是傳統文學「美文」論的宣言。正如魯迅先生在《魏晉風度及文章與藥及酒之關係》一文中說：「漢文慢慢壯大起來，是時代使然，非專靠曹操父子之貢的。但華麗好看，卻是曹丕提倡的功勞。」〔註41〕對詩賦「華采」之美的追求，由曹丕的明確提倡而日益為人們所重。後陸機的「詩緣情而綺靡」、陸雲的「清工」「清新」「清美」「清約」等一系列主「清」的審美主張，都或多或少地都受到了曹丕的影響。

陸機的「詩緣情而綺靡」，「緣情」謂詩因情而發，「綺」「靡」一指文辭華采，一指聲音美妙，總起來表明了詩歌的情感性和美文性特徵。「緣情綺靡」比之曹丕的「詩賦欲麗」更強調了詩歌的美文性特徵，並得到了後世許多文論家的響應，如劉勰《文心雕龍・辨騷》云「《九歌》《九辨》，綺靡以傷情」；《文心雕龍・時序》云「結藻清英，流韻綺靡」；梁蕭繹《金樓子・立言》云「至如文者，惟須綺縠紛披，宮徵靡曼，唇吻遒會，情靈搖盪」。陸機「緣情綺靡」的理論主張開啟了後世對「錯彩鏤金」之美的審美追求。

《與兄平原書》中反覆出現「清工」「清新」「清美」「清約」等用語，表明陸雲自覺地將清新自然作為一種審美風趣來追求和倡導，以區別於當時華豔雕藻的文風。在我國傳統的重清新自然的審美源流中，陸雲主「清」的審美理想對「芙蓉出水」之美起了先導作用。宗白華先生說，「芙蓉出水」與「錯彩鏤金」代表了中國美學史上兩種不同的美感或美的理想。〔註42〕這兩種審美理想明確源於鍾嶸的《詩品》，鍾嶸在品評顏延之時所引用湯惠休的話：「謝詩如芙蓉出水，顏如錯彩鏤金」。這一評價令顏延之「終身病之」。一個寫詩「喜用古事」、造成「綺密」風格的詩人，對別人評價自己的詩「錯彩鏤金」，居然「終身病之」〔註43〕！這足見即使在顏延之看來，「錯彩鏤

〔註41〕魯迅著：《魏晉風度及其他》，第189頁，上海：上海古籍出版社2000年版。
〔註42〕參見宗白華著《美學散步》，第34頁。
〔註43〕關於顏延之的「終身病之」之「病」因，確切地說是其為他者不能客觀全面評價自己而「病」。本人另有撰文考述之，但還未正式刊發，特此說明。

金」之美也比不上「清水芙蓉」之美。「芙蓉出水」的自然清美高於「錯彩鏤金」的雕饋之美，這在當時成為了一種時代趣尚。後來，梁代鍾嶸正是受這種美學思想的影響，在倡舉「自然英旨」的審美理想時，對詩歌一個最突出的審美要求就是「清」，崇尚詩歌的「清捷」「清遠」「清便」「清拔」「清雅」之美。

　　劉勰是魏晉南北朝「美文」論的集大成者，他在《文心雕龍·情采》篇中云：「故立文之道，其理有三：一曰形文，五色是也；二曰聲文，五音是也；三曰情文，五性是也。五色雜而成黼黻，五音比而成韶夏，五性發而為辭章，神理之數也。」把文分為「情文」「聲文」「形文」，錢鍾書先生在《談藝錄》中云：「詩者，藝之取資於文字者也。文字有聲，詩得之為調為律；文字有義，詩得之以侔色揣稱者，為象為藻，以寫心宣志者，為意為情。及夫調有弦外之遺音，語有言表之餘味，則神韻盎然出焉。」〔註44〕在一定程度上是對劉勰理論的最佳闡釋，「聲文」也就是「韻律」之文，「情文」也是就「緣情而發」之文，「形文」也就是「描摹物象」之文，如果這三者調配適當，就能形成有「弦外之音」「言外之味」的「神韻」之文，「神韻」之文顯然指「美文」中的「美文」了。劉勰在吸取前人理論的基礎上細微精當地概括了「美文」的特徵。這與「二陸」的「美文」論對其的影響是分不開的。因此，我們也更清楚地看到陸雲主「清」的審美理想在古典「美文」論中的地位。陸雲以「清」為主的美文論思想，是一種純文學的審美理想，與儒家的詩教傳統並無太多關係，這與他模擬前人的詩賦創作中也可獲得例證，模擬在一定程度上也是為文學而文學思想傾向的結果。

　　綜上所論，陸雲不僅主張詩文要有「緣情動人」的風貌，也提倡詩文的音韻美與華采美。他並不排斥「緣情綺靡」的文學主張，但他以「清」為主的一系列審美概念卻對「綺靡」進行了限定，要「靡靡清工」，不能忽視清朗爽潔的文風去單純地追求雕飾之美。一般來說，理想的「美文」不僅要有強烈的抒情性和感染力，所謂「吟詠風謠」「流連哀思」「情靈搖盪」，而且要辭藻華美、韻律和諧、語言精練，所謂「綺縠紛披，宮徵靡曼，唇吻遒會」，二陸的審美理想在不同程度上都有這種傾向。

〔註44〕錢鍾書著：《談藝錄》，第 110 頁，北京：三聯書店 2007 年版。

第四節　「二陸」文學思想比較

陸機、陸雲都傾向於將情感與華采融為一體，由於個體的性情與喜好不同，這種傾向綜合反映到陸機的文學思想中，形成了「緣情綺靡」的審美要求；反映到陸雲的文學思想中，形成了主「清」的審美理想。劉勰《文心雕龍·才略》篇云：「陸機才欲窺深，辭務索廣，故思能入巧，而不制繁；士龍朗練，以識檢亂，故能布采鮮淨，敏於短篇。」在一定程度上也反映了二陸不同的審美理想。陸機的「緣情綺靡」有著深刻的美學意蘊，並開啟影響了南朝的唯美文風；陸雲主「清」的審美理想對後世清新自然的審美追求有一定的影響。下面通過對陸機《文賦》的詳細剖析，比較分析二陸的文學思想。

一、情文觀

具有美學意義的文學創作論，必須在突破儒家思想的藩籬，有了自覺的文學創作，形成了獨立的文學觀念之後才能產生。陸機的《文賦》，正是在建安文學之後，在人們明確意識到詩歌創作是一種藝術的創造的基礎上出現的，它重創作主體的真情實感，有著比較明確的「情文」觀。臧榮緒說陸機「妙解情理，心識文體，作《文賦》。」〔註45〕頗有道理。

首先，《文賦》既重自然景物對主體的情感驅動，又重主體對客體的情感投射。「悲落葉于勁秋，喜柔條於芳春」，陸機重視自然景物對人情感的強大激發作用。無論是「感物吟志」的詩，或「睹物興情」的賦，其創作都是要表達這種由客觀外物所觸發起來的情。陸雲雖沒有明確強調自然景物對創作的驅動，但他也崇尚作品的真情自然流露，《歲暮賦》（並序）云的「感萬物之既改，瞻天地而傷懷，乃作賦以言情焉。」與陸機的「瞻萬物而思紛」頗有異曲同工之妙。陸機講「詩緣情」，強調創作主體的情感投射，並明確把「悲」作為藝術美的要求：

> 或遺理以存異，徒尋虛而逐微。言寡情而鮮愛，辭浮漂而不歸。
> 猶絃幺而徽急，故雖和而不悲。

以音樂上的悲音來比喻文學創作要能充分體現豐富強烈的情感，能真正打動人，反對情感貧乏，言辭虛浮。這與陸雲的「附情而言」一致，都強調辭以情發，以情動人。

其次，重思與意。在陸機看來「思」（藝術構思）的過程就是主體情感投

〔註45〕《六臣注文選》卷17，第309頁。

射在客觀物象的過程，「情瞳曨而彌鮮，物昭晰而互進」，情與物結合的過程是「思」的必然結果。「意」是「思」的過程中的「意」，亦指構思中所形成的具體內容，他提出了著名的「意不稱物，文不逮意」的核心觀點。「意稱物，文逮意」是他創作的理想追求，意物相稱，就是要使主觀的意符合客觀的物象；描寫出來的形象，又要能表達作者的思想情感。這樣在藝術創作中就必須進行形象思維，使意與思、情與景緊密結合。正如《文賦》開篇云：「遵四時以歎逝，瞻萬物而思紛；悲落葉于勁秋，喜柔條於芳春。」當作者觸物興情時，他的情思就和物象聯繫在一起了。下面分述一下陸機強調的幾種「思」。

第一，強調下筆前「思」的變化多端，要作者「精騖八極，心遊萬仞」，去「耽思傍訊」，然後「籠天地於形內，挫萬物於筆端」。陸機還重視「思」的積累，提出了「瞻萬物而思紛」「耽思」。特別是「耽思」的提出，對劉勰的《神思》篇頗有啟發。陸雲也有「積思」〔註 46〕之說。

第二，講下筆時要「凝思」，指出「思與言」的關係，「罄澄心以凝思，眇眾慮而為言。」強調由「思」而「言」。

第三，重視「思」的特殊性。「若夫應感之會，通塞之紀，來不可遏，去不可止。藏若景滅，行猶響起。方天機之駿利，夫何紛而不理。思風發於胸臆，言泉流於唇齒。」講述文思通暢的妙處，當神妙思緒來臨時，如疾風發自胸臆，言辭似清泉流於唇齒；「思涉樂其必笑」言思的情趣；「思按之而愈深」「藻思綺合」強調思的深入。另外，還注意到了思緒的呆滯枯澀，如「思乙乙（或作『軋軋』或作『劄劄』）其若抽」。

對於「意」，陸機突出強調了「意巧」「意適」，主要指作品的「意」不但要巧妙能統領全篇，而且要通達恰切，「意司契而為匠」。還指出了創作主體的「意」表達時的缺陷，如「意徘徊而不能揥」「率意而寡尤」。陸機對藝術構思的見解，在《文賦》中顯得比較散碎，他也沒有明確言明「思、言、意」的關係，遠不及劉勰論「神思」時的詳切。劉勰所論「陸賦巧而碎亂」（《文心雕龍．序志》），乃真見也。

關於「思」與「意」，陸雲也有比較明確的見解。二者明顯的不同是，陸機突出了在「思」的過程中思維對象（「物」）的重要。雖然陸雲沒有突出「物」的作用，二者論述構思的過程卻是相通的，如《與兄平原書》所言：「頃哀思，更力成《歲暮賦》，適且畢，猶未大定，自呼前後所未有，是雲文之絕無。」

〔註 46〕對陸雲關於「思」的具體闡釋，詳見下章「思」條。

由「思」到「意」(「意稱物，文逮意」)的過程，正是主體情感投射到客體進而成「文」的過程。「思」「意」與「情」有密切聯繫，正是因為二陸都主張至情至性之文，在論文時才如此的重「思」、重「意」，以至於陸雲有「用思困神」的感歎，劉勰《文心雕龍‧神思》篇有論「無務苦慮，不必勞情」「神用象通，情變所孕」，言「情」在構思時雖然重要，但巧妙構思來臨時，如同神助，非苦思而得。

裴子野在《雕蟲論》中評六朝文學的弊端之一，就是「擯落六藝，吟詠情性」。陸機的《文賦》，正是拋開了六藝而力主「緣情」。除了鮮明提出「詩緣情而綺靡」外，所論創作的整個過程，都貫穿著吟詠情性的觀點。因此，在具體創作過程中，就必然不能離開情。其構思，必須是「情瞳朧而彌鮮，物昭晰而互進」；即使在「選義按部，考辭就班」中，作者也須飽和著濃厚的情感，「信情貌之不差，故每變而在顏；思涉樂其必笑，方言哀而已歎。」可見，二陸的「情文」觀都重文學創作時主體的至情至性之情。

二、聲文觀

「聲文」是劉勰在《文心雕龍‧情采》篇中明確提出的概念，「情采」的要求就是要文質相濟、情韻相兼。重視詩文的聲韻美，是二陸共同的審美追求。

第一，語音和諧流暢。《文賦》云「詩緣情而綺靡」，綺靡，李善注為「精妙之言」，這裡包含了詩的辭采和聲調。也就是說，要使詩歌具備動人心弦的藝術魅力必須做到感情真切濃烈，辭藻貼切美麗，音節自然上口。陸雲沒有陸機的理論精到，但淺易好懂，《與兄平原書》曰：

> 文中有「於是」「爾乃」，於轉句誠佳，然得不用之益快，有故不如無。又於文句中自可不用之，便少亦常。雲四言轉句，以四句為佳。往曾以兄《七羨》「回煩手而沉哀」，結上兩句為孤，今更視定，自有不應用時，期當爾。

正是為了句子的和諧流暢，具有語音美，陸雲方主張不用「於是、爾乃」轉句，主張「四言轉句，以四句為佳」；說陸機的《七羨》「回煩手而沉哀」上面的兩句顯得孤立，所以最好省略，在一定程度上都強調語音的諧和通暢。

第二，聲韻協調得當。《文賦》云：「暨音聲之迭代，若五色之相宣。雖逝止之無常。固崎錡而難便。苟達變而識次，猶開流以納泉。如失機而後會，

恒操末以續顛。謬玄黃之秩序，故淟涊而不鮮。」李善注前兩句說：「言音聲迭代而成文章，若五色相宣而為繡也。」陸機在這裡強調的是「達變而識次」，要能把握住詩賦語言音聲的一定的自然規律，即使之有高低起伏的變化，又有一定的順序安排，這樣才能和諧悅耳；如果音聲搭配不好，就會像玄黃失調，錦繡的顏色也就不鮮豔了。

陸雲重視用「韻」的和諧，《與兄平原書》曰：「《九悲》多好語，可耽詠，但小不韻耳。皆已行天下，天下人歸高如此，亦可不復更耳。」「誨頌，兄意乃以為佳，甚以自慰。今易上韻，不知差前不？不佳者，願兄小為損益，令定。」「小不韻」「上韻」都強調協調的音韻。這也說明西晉初年的詩賦作家已經認識到聲律的和諧、華美乃是詩賦創作的重要條件。

第三，「文徽徽以溢目，音泠泠而盈耳。」文章不但要悅人耳目，而且誦讀出來語調優美。陸雲有所謂的「前後讀兄文，一再過，便上口語」，強調的也是詩文朗朗上口的聲韻美。「四言轉句，以四句為佳」，陸雲講究音節的迴環跌宕，在《與兄平原書》中，陸雲對陸機之文，大都持一種稱賞態度，其中原因之一是陸機能為「新聲絕曲」，講究「音聲之迭代」值得一提的是，陸機的「色」「韻」並重的見解對後世有先導作用。

明代陸時雍在《詩鏡總論》云：「韻生於聲」，強調「韻」之重要，並言：「聲微而韻，悠然長逝者，聲之所不得留也。一擊而立盡者，瓦缶也。詩之饒韻者，聲之所不得留也。一擊而盡，瓦缶也。詩之饒韻者，其鉦磬乎？」〔註47〕以鉦磬之聲喻韻，則韻即是詩歌的嫋嫋不絕的弦外之音。

另外，陸機著名的「應、和、悲、雅、豔」〔註48〕的藝術追求，雖然是為修辭而發，但條條不忘音樂的成分，這也是他注重聲律的表現。

二陸對聲律的探討也體現了魏晉對聲律美的自覺追求。宋葉夢得《石林詩話》云：「晉魏間詩，尚未知聲律對偶，然陸雲相謔之詞，所謂『日下荀鳴鶴，雲間陸士龍』者，乃指為的對。至『四海習鑿齒，彌天釋道安』之類不一。乃知此體出於自然，不待沈約而後能也。」〔註49〕對詩歌韻律的追求，是當時文人們追求詩歌藝術形式美的標誌之一，也是當時人們的文學審美觀的自覺反映。陸雲《與兄平原書》曰：「張公語云：兄文故自楚。」張華指出

〔註47〕丁福保輯：《歷代詩話續編》，第 1415、1406 頁，北京：中華書局 1983 年版。
〔註48〕張少康對「應、和、悲、雅、豔」有著詳盡的闡釋。張少康著：《應、和、悲、雅、豔──陸機〈文賦〉美學思想瑣議》，《文藝理論研究》，1984 年第 1 期。
〔註49〕【清】何文煥輯：《歷代詩話》，第 431 頁，北京：中華書局 1981 年版。

了陸機詩歌不合韻之處，陸雲警覺到陸機語音的不標準，寫雅文用韻常受吳方音的影響，因此特別提出「音楚」「文故自楚」。

據《顏氏家訓・音辭篇》記載，從漢末孫炎創反切以後，「至於魏世，此事大行」。北魏江式《求撰集古今文字表》講到晉代呂靜仿魏李登《聲類》，作《韻集》五卷，宮商角徵羽各為一篇（《魏書・江式傳》）。二陸吸取了這些成果，在相互交流中都注意到了文章的音律問題。在二陸以後，顏延之、范曄、謝莊等也講過作詩的宮商問題。這種理論為沈約創造「四聲八病」說及律詩的形成準備了條件。

三、形文觀

「形文」也是劉勰的《文心雕龍・情采》篇中明確提出的概念，旨在強調詩文的華采之美。這種對詩文純粹藝術美的追求有著傳統的淵源，傳為漢代劉歆所著而實為東晉葛洪輯編的《西京雜記》載，司馬相如談作賦時就提出了「合纂組以成文，列錦繡以為質」〔註50〕，強調詩賦「麗」的特徵。進入魏晉，曹丕突破儒家「詩言志」的傳統理論框架，在《典論・論文》中提出了「詩賦欲麗」的理論主張，認為詩賦講究辭藻華麗，追求藝術形式之美，符合文學的藝術審美特徵。「詩賦欲麗」是一種標誌性的藝術理論主張。正如魯迅先生在《魏晉風度及文章與藥及酒之關係》一文中說：「漢文慢慢壯大起來，是時代使然，非專靠曹操父子之功的。但華麗好看，卻是曹丕提倡的功勞。」〔註51〕對詩賦「華采」之美的追求，由曹丕的明確提倡而日益成為一種審美風尚。

陸機主張詩文的「驚采絕豔」之美。「驚采絕豔」源自劉勰的《文心雕龍・辨騷》篇，形容文章華采並茂，有驚世駭俗之美，是與曹丕、陸機主張詩賦的「麗」「豔」的觀點相關的。《文心雕龍・明詩》篇云「晉世群才，稍入清綺」，《與兄平原書》曰：「《文賦》甚有辭，綺語頗多。文適多體，便欲不清。」劉勰、陸雲對這種綺美文風的批評未嘗不是一種褒揚，「綺」反映了精工雕琢的文辭所呈現的華采之美。陸機在創作中極力追求這種綺美的藝術理想，鍾嶸的《詩品》就評價陸機的五言詩「舉體華美」，認為其源出「詞采華茂」的

〔註50〕 葛洪輯：《西京雜記》，第 12 頁，北京：中華書局 1985 年版。
〔註51〕 魯迅著：《魏晉風度及藥與酒的關係》，第 86 頁，《而已集》，北京：人民文學出版社 1973 年版。

曹植。《文賦》正是表達了這種藝術理想，「或藻思綺合，清麗千眠。炳若縟繡，淒若繁絃。必所擬之不殊，乃闇暗合乎曩篇。雖杼軸於予懷，怵佗人之我先。苟傷廉而愆義，亦雖愛而必捐。」陸機意為好文章要標新立異，不能與他人之作偶合，否則就有因襲之嫌，縱然喜愛也要捨棄。這暗示了陸機欣賞華采奇豔之作，文章不僅要有華采，又要有能驚人耳目不落俗套的「奇」語來表現這種華采，這種「奇」語也就是《文賦》所說的「立片言而居要，乃一篇之警策」中的「警策」，也同於陸雲所謂的「出語」「出言」。《與兄平原書》曰：「《祠堂頌》已得省，兄文不復稍論常佳，然了不見出語，意謂非兄文之休者。前後讀兄文，一再過便上口，語省。此文雖未大精，然了無所識。然此文甚自難事，同又相似，益不古，皆新綺，用此已自為洋洋耳。」「《劉氏頌》極佳，但無出言耳。」「出語」「出言」即奇句、警句，這也與劉勰《文心雕龍·隱秀》篇所云的「秀世者，篇中之獨拔者也」的「秀詞」「秀句」意義相同，都講創作者精心構思的文辭對詩文的重要。「出語」「出言」像「石韞玉而山暉，水懷珠而川媚」一樣，有助於詩文呈現出華采之美。可見，「二陸」都重視詩文的「形文」之美。

　　陸雲的「形文」觀念更偏重於詩文清麗的藝術風貌。劉勰在《文心雕龍·才略》篇提到「士龍朗練，以識檢亂，故能布采鮮淨，敏於短篇」，陸雲欣賞詩文的「布采鮮淨」之美，稱其為「清工」「清約」，主要指由於詩賦清新凝練的文辭，作品整體呈現出簡約清麗的藝術特徵。如書簡曰：「《祖德頌》無大諫語耳，然靡靡清工，用辭緯澤，亦未易。恐兄未熟視之耳。」《祖德頌》是陸機的作品，陸雲肯定了它「清工」的文辭。「清工」「清約」是對詩文語言的審美要求，創作主體能借助精工的語言使詩文兼具清麗之美。沈約曾用「縟旨星稠，繁文綺合」〔註52〕評西晉文學形式上的繁縟化、技巧化。然而，陸雲「清新自然」的審美理想，與當時審美主潮已有所不同，其《登臺賦》《南征賦》，在反映真情實感的同時，也表現了清麗自然的審美特徵。這也從一個側面說明陸雲對當時文壇崇尚修辭、偏重形式的批評。這種審美理想，誠如羅宗強先生所言：「他的這種觀點，若從重技巧言，與其時之思潮一致；若從審美情趣言，則與其時之審美情趣主潮實存差別。」〔註53〕

　　「二陸」的「形文」觀都注意到語言精確的重要。《文賦》云：「或寄辭

〔註52〕【南朝梁】沈約著：《宋書》，第1778頁。
〔註53〕羅宗強著：《魏晉南北朝文學思想史》，第115～116頁。

於瘁音，言徒靡而弗華。混妍蚩而成體，累良質而為瑕。象下管之偏疾，故雖應而不和。」陸機以音樂上的和之美，來比喻詩文的和之美。詩文中華美的言辭與用得不當的言辭混在一起美醜難辨，如同過於急促的管樂，雖有呼應卻不和諧。陸機同時提到了「體」與「質」，聯繫《文賦》中的「其為物也多姿，其為體也屢遷」「碑披文以相質」，這裡「體」引申指詩文的體貌風姿，「質」指表現出作者情感的詩文內容。《與兄平原書》曰：「《扇賦》腹中愈首尾，發頭一而不快。言『烏雲龍見』，如有不體。」指出陸機《扇賦》中「烏雲龍見」用得不當，與作品的整體風貌不符。所以「二陸」都強調詩文和諧的藝術特徵，重詩文精確的語言風貌。與陸機不同的是，陸雲亦重鍊字，《與兄平原書》曰：「『徹』與『察』皆不與『日』韻，思惟不能得，願賜此一字。」句工只在一字之間，鍊字有助於抑制文辭繁縟，如對陸機之文的評價：

> 兄文章之高遠絕異，不可復稱言。然猶皆欲微多，但清新相接，不以此為病耳。若復令小省，恐其妙欲不見，可復稱極，不審兄由以為爾不？……雲今意視文，乃好清省，欲無以尚意之至此，乃出自然。(《與兄平原書》)

在陸雲看來，陸機文有「高遠絕異」「清新相接」的優點，即文辭新穎華美，文情自然真摯。但陸機文也有「皆欲微多」的缺點，即綺語頗多、文辭繁蕪，不符合陸雲重鍊字的「布采鮮淨」的審美標準。陸雲正是注意到在創作中抒發情感與「布采鮮淨」並重之難，所以他對被「張公歎其大才」的兄長之文存矛盾之見。劉勰對此有著準確的判斷，《文心雕龍·熔裁》篇云：「及雲之論機，亟恨其多；而稱『清新相接，不以為病』，蓋崇友于耳。」

「虎豹無文，則鞟同犬羊，犀兕有皮，而色資丹漆，質待文也。」劉勰在《文心雕龍·情采》篇中以虎豹犀兕作比，精妙地概述了詩文華采之美的重要性。「二陸」的「形文」觀都強調詩文的華采之美，不同的是陸機偏重「綺麗」，陸雲傾向「清省」。「二陸」的「形文」觀念都為南朝「辭綺句工」的文風奠定了基調。

四、美文觀

魏晉六朝，在文學上追求批評形式的美化，即以具有審美價值的語言闡發批評者的觀點。如鍾嶸《詩品》云「謝詩如芙蓉出水，顏詩如錯彩鏤金」，劉勰《文心雕龍·時序》篇云「茂先搖筆而散珠，太沖動墨而橫錦」。這種批

評語言追求美化的傾向，更有一股內在的驅力促使批評者對作品「美」化的要求。

「謝朝華於已披，啟夕秀於未振」，陸機強調文學創作的獨創性，主張通過藝術構思來進行藝術創造。他的這種藝術觀也即「美文」觀，在《文賦》中有著全面明確的體現。

第一，「同聲相應」之美。應，在音樂上指相同的聲音、曲調間的互相呼應而構成的一種音樂美。劉勰《文心雕龍・聲律》篇講「同聲相應謂之韻」，詩歌壓韻的音樂美只是應的一種。《文賦》提出了「應」的審美要求：

　　　　或託言於短韻，對窮跡而孤興。俯寂寞而無友，仰寥廓而莫承。

　　譬偏絃之獨張，含清唱而靡應。

陸機反對單調的「清唱」，認為它總不如配樂的演唱或合唱那樣具有合樂之美，能給人一種豐富暢達的美感。陸機提到了「韻」與「孤」，聯繫陸雲提到的「韻」與「孤」，陸機的「應」之美強調的是詩文語言結構的相互呼應，「其為物也多姿，其為體也屢遷」，根據「體」的不同，調配詩文結構，使詩文有豐富暢達的美感，他反對寂寞無友、窮跡孤興般的單調寥落。

第二，「異音相從」之美。只有「應」是不夠的，還必須做到「和」，《文心雕龍・聲律》篇講詩歌音樂美時說：「異音相從謂之和。」「和」之美比「同聲相應」之美更難做到，但也更美。所以劉勰又說：「韻氣一定，故餘聲易遣；和體抑揚，故遺響難契。屬筆易巧，選和至難。綴文難精，而作韻甚易。」要使不同的聲音互相協調配合形成美的旋律，要比使各種相同的聲音互相呼應合奏難得多。陸機有云：

　　　　或寄辭於瘁音，徒靡言而弗華。混妍蚩而成體，累良質而為瑕。

　　象下管之偏疾，故雖應而不和。

陸機以音樂上的和之美，來比喻文章的和之美。文章中華美的言辭與用得不當的言辭混在一起美醜難辨，如同過於急促的管樂，雖有呼應卻不和諧。陸機提到了「體」與「質」，聯繫《文賦》中的「其為物也多姿，其為體也屢遷。」「碑披文以相質」，這裡「體」引申指文章的體貌風姿，「質」指表現出作者情感的詩文內容。陸雲有「《扇賦》腹中愈首尾，發頭一而不快。言『烏雲龍見』，如有不體。」的發論，指出了陸機《扇賦》中「烏雲龍見」用得不當，與文章整體風貌不符。所以「和」之美指的是：文辭運用適度，文章風貌總體和諧流暢。

第三,「緣情動人」之美。音樂中講得悲,並不都指悲哀的意思,它的引申義指文章要有深情,能真切動人:

> 或遺理以存異,徒尋虛以逐微。言寡情而鮮愛,辭浮漂而不歸。

> 猶絃么而徽急,故雖和而不悲。

陸機以琴弦繃得過緊,雖然和諧卻難有動人之音,作比沒有充實情感而言辭浮漂的作品。這裡提到了「情」與「辭」,二陸都崇尚真情充盈的作品,如陸機的「信情貌之不差」,陸雲的「附情而言」,所以「辭」要服務於「情」。因而陸機的「悲之美」指的是作品要有以情動人的風貌。

第四,「清典可味」之美。「清典」是「清麗典雅」的意思,《文心雕龍·明詩》篇有云:「張衡怨篇,清典可味」。陸機強調了「雅之美」:

> 或奔放以諧合,務嘈囋而妖冶。徒悅目而偶俗,固高聲而曲下。

> 寤防露與桑間,又雖悲而不雅。或清虛以婉約,每除煩而去濫。闕

> 大羹之遺味,同朱絃之清氾。雖一唱而三歎,固既雅而不豔。

陸機以《防露》《桑間》等俗曲有哀思卻不典雅,作比庸俗豔麗的詩文。這裡提到了「聲」,陸雲有「古今之能為新聲絕曲者,無又過兄」「張公昔亦云兄新聲多之不同也」之論,陸機作文重「新聲」,也就是重詩文清新絕俗的聲韻美,所以他反對「偶俗」。這裡還提到了「味」,如果一篇文章僅僅是文字清新,格調雅致,還是令人遺憾的,如同「闕大羹之遺味」美中不足。這種審美理想與陸雲的「清新」「用典和諧」「耽味」是相通的。

第五,「驚采絕豔」之美。劉勰論文重「豔」,「驚采絕豔」源自《文心雕龍·辨騷》,形容文章華采並茂,有驚世駭俗之美。陸機重文章的「奇采」:

> 或藻思綺合,清麗千眠。炳若縟繡,淒若繁絃。必所擬之不殊,

> 乃闇合乎曩篇。雖杼軸於予懷,怵佗人之我先。苟傷廉而愆義,亦

> 雖愛而必捐。

雖然由於文思綿密,寫出來的文章光麗如錦緞,哀婉似繁絃,但如果與別人所作偶合,便有因襲之嫌,縱然喜愛也要捨棄。這暗示了陸機欣賞華采奇豔之作,文章不僅要有華采,又要有能驚人耳目的「奇」語來表現這種華采,也就是陸雲所謂的「出語」「出言」。通觀《文賦》,應、和、悲、雅、豔所表達的意義層層遞進,「豔」即詩文的華美是陸機理想的藝術追求。鍾嶸評陸機有「舉體華美」之說,並認為他源出曹植,而對曹植也有「詞采華茂」之評。陸機理想的「美」應有「文徽徽以溢目」之妙,也就是「驚采絕豔」

之效。陸雲雖沒有特別強調「豔」的重要，但他偏重詩文的「清麗」之美也有這種傾向。

　　《文心雕龍・情采》篇云：「文采所以飾言，而辯麗本於情性」，認為情性與文采並重的詩文才是美文。陸機的「詩緣情而綺靡」比之曹丕的「詩賦欲麗」更強調了詩歌的「美文」性特徵，並得到了後世許多文論家的響應，如劉勰《文心雕龍・辨騷》篇云「《九歌》《九辨》，綺靡以傷情」，《文心雕龍・時序》篇云「結藻清英，流韻綺靡」；梁蕭繹《金樓子・立言》云「至如文者，惟須綺縠紛披，宮徵靡曼，唇吻遒會，情靈搖盪」〔註54〕。可見，陸機「緣情綺靡」的理論主張開啟了後世對「錯彩鏤金」之美的審美追求。《與兄平原書》中反覆出現了「清工」「清新」「清美」「清約」等以「清」為主的審美準則，表明陸雲已自覺地將清新自然作為一種審美風趣來倡導，以區別於當時華豔雕藻的文風。

　　總之，陸機對「豔」美的追求開啟了南朝「錯彩鏤金」的唯美文風，陸雲對「清」美的倡導，引導了後世對「芙蓉出水」之美的重視。「二陸」的審美理想都反映了那個任情任性時代的審美視角與審美追求，從中國古典美學的審美源流來看，「二陸」的美文批評觀念既相互獨立又相互補充。

　　然而，陸雲畢竟生活在一個「緣情綺靡」的時代，其不可能擺脫時代審美主潮的影響，所以他用以「清」為核心的一系列批評概念來論文學作品，如不詳加分析，好像也更重作品的形式美，其實則不然。交流出智慧，文學思想的交互碰撞中完全有可能產生出集合群體智慧結晶的火花，細審陸雲在與他人進行文學創作經驗交流基礎上寫成的書簡，「清」的審美理想的提出，在一定意義上也是其時文壇交流的必然結果。因此，陸雲主「清」的文學思想，在一定程度上也代表了那個時代文學批評的審美視角，並開啟了文學批評史上明確以「清」論作品的先河，並對其後的劉勰、鍾嶸都有重要影響。

〔註54〕郭紹虞，王文生編：《歷代文論選》，第 340 頁，上海：上海古籍出版社 2001 年版。

第四章　批評概念詮釋

　　文學批評概念是文學思想的一部分。陸雲文學思想主要以書簡的形式留於後世，它作為文學史料對深刻全面地理解魏晉文學批評有著重要的啟發意義。由於以書簡論文形式較為自由散碎，不易全面系統地把握。故本章節專門對陸雲書簡中提到的批評概念加以詮釋，以便更為深切地挖掘陸雲的論文思想，也是對上一章的補充闡釋。這裡需要說明的是下文中所講的概念也許僅僅是停留在術語的層面上，但從整個文學批評的演進來看，這些批評的術語、概念在文學批評史的發展中卻有著重要的意義。

一、情文

　　「情文」是陸雲批評《九愍》時提出的概念，《與兄平原書》曰：「此是情文，但本少情，而頗能作泛說耳」。《九愍》缺少真情實感，靠形式上的堆砌辭藻掩蓋內容的空虛浮泛。陸雲推崇的是自然流露真情的作品，如他稱讚《述思賦》是「深情至言，實為清妙」，說《歲暮賦》是「情言深至」，並且還提出了「附情而言」的觀點，認為：「『漁父相見』以下盡篇為佳」，理由是「亦無他異，附情而言，恐此故勝『淵』『弦』」。「附情而言」指作家在創作中要以傳情為準則，而在組織文辭時也要遵循抒情的需要，語言隨著感情起伏自然流出。「附情而言」講得是創作論，強調了「情」是創作的關鍵，只有「附情而言」的作品，才稱得上是「情文」。

　　「情文」這個批評概念的提出在文學批評史有著重要意義。劉勰在《文心雕龍・情采》中明確以「情文」「為情造文」並舉，劉勰認為詩人既有感情的激蕩，又有諷喻得失的真實願望，在這種精神的驅使下創作詩歌，謂之「為

情造文」。「為情造文」的反面是「為文造情」。「為情造文」說的提出,對糾正當時片面追求華豔的文風具有積極意義,對以後貴情重意理論傳統的形成也產生了有益影響。

二、事

陸雲重詩文內容的清楚表達,以「能事」「似事」為基準,即描摹事情,運用典故要了無痕跡,既要做到內容豐富,又要做到文意暢達。如《與兄平原書》曰:「又思《三都》,世人已作,是語觸類長之,能事可見。《幽通》《賓戲》之徒自難作,《賓戲》《客難》可為耳。」「有作文唯尚多,而家多豬羊之徒。作《蟬賦》二千餘言,《隱士賦》三千餘言,既無藻偉,體都自不似事。」「然此文(《祠堂頌》)甚自難,事同又相似,益不古,皆新綺,用此已自為洋洋耳。」劉勰《文心雕龍·事類》篇最早從理論上對用事進行了闡述:「據事以類義,援古以證今。」即借助古代的事情以類比映證所要表達的論題或事物。鍾嶸《詩品序》:「至乎吟詠情性,亦何貴於用事?」「用事」就是用典。

《顏氏家訓·文章》云:「沈隱侯曰:文章當從三易:易見事,一也;易識字,二也;易讀誦,三也。」事,指典故。易見事,謂雖用典故,但不生僻費解,甚至使人覺不出用典。南朝劉宋時顏延之等作詩喜堆砌典故;梁代任昉等人亦沿襲此風,動輒用事,為有識者所譏。易讀誦,有數層意思:一則應講求用字之聲、韻、調,使其有變化、不單調而又和諧悅耳。再者應避免遣詞造句之生硬拗折。《文心雕龍·定勢》云:「近代辭人,率好詭巧。……厭黷舊式,故穿鑿取新。……必顛倒文句,上字而抑下,中辭而出外,回互不常,則新色耳。」其時的著名詩人鮑照、江淹的部分作品即有此種情形。

三、綺

陸雲講文章辭采的鮮淨華美,適度地運用「綺」。《與兄平原書》曰:「文章當貴經綺,如謂後頌,語如漂漂,故謂如小勝耳。」〔註1〕「前後讀兄文,一再過便上口,語省。此文雖未大精,然了無所識。然此文甚自難,事同又相似,益不古,皆新綺,用此已自為洋洋耳。」「綺」也就是「麗」的意思,

〔註1〕劉運好集諸家版本,校注「經綺」為「經緯」(【晉】陸雲著,劉運好校注:《陸士龍文集校注》,第1075頁)。按《與兄平原書》上下文意,這裡仍作「綺」。

如其曰：「《文賦》甚有辭，綺語頗多。文適多體，便欲不清。不審兄呼爾不？」用「綺語」評價《文賦》，陸雲還是肯定了陸機作文的美妙言辭。

「綺」在古典詩學中，一般與「麗」結合而成「綺麗」。「綺」「麗」，都有采麗的意思，指詩文要有文采，形式要美。在文學批評中，著重指文辭的華美光彩。曹丕《典論・論文》「詩賦欲麗」；陸機《文賦》「詩緣情而綺靡」「藻思綺合」；《文心雕龍・時序》「流韻綺靡」；蕭繹《金樓子・立言》「文者，惟須綺縠紛披」等。

四、奇

陸雲重「奇」，「奇」相對於平庸而言，於俗濁平庸中見奇。如《與兄平原書》曰：「今視所作，不謂乃極，更不自信，恐年時間復損棄之，徒自困苦爾。兄小加潤色，便欲可出極不？苦作文，但無新奇，而體力甚困瘁耳。」〔註2〕陸雲為作文無新奇處鬱悶。「奇」如果在文中運用得當，會使文章煥發異彩，誠如劉勰在《文心雕龍・麗辭》所云：「若氣無奇類，文乏異彩，碌碌麗辭，則昏睡耳目。」陸雲反對「奇」的過度，如其書簡曰：「兄頓作爾多文，而新奇乃爾，真令人怖，不當複道作文。」對陸機的批評溢於言表。

劉勰與鍾嶸也都重「奇」。劉勰的「奇」有肯定與否定之分，他肯定類的「奇」是指文學作品的題材奇偉、語言豐富、詞采華美、描寫新穎、奇氣充盈這樣的一些優點，如高度評價以屈原為代表的楚辭作品是「奇」文。否定類的「奇」，表現在思想內容上就是偏離儒家正道，如劉勰批評《史記》「愛奇反經之尤」（《文心雕龍・史傳》），也指內容的荒誕不經，如「俗皆愛奇，莫顧實理。」鍾嶸《詩品》中的「奇」往往與「平」形成鮮明的對照，「平」有平常、平庸的意思。劉勰肯定類的「奇」與陸雲、鍾嶸的「奇」都比較接近，是對文學中體現新穎與獨創精神的奇妙之作的稱讚與肯定〔註3〕。

五、韻

陸雲重音韻，講音韻和諧，也就是他所謂的：「上韻」。如《與兄平原書》言：「《九悲》多好語，可耽詠，但小不韻耳。」陸雲意為《九悲》有許多優

〔註2〕劉運好校注「復損棄之」之「損」為「捐」（【晉】陸雲著，劉運好校注：《陸士龍文集校注》，第1071頁）。據文意，應為「損」，兩字古體相似。

〔註3〕鄔國平：《劉勰與鍾嶸文學觀「對立說」商榷》，曹旭編《中日韓詩品論文選評》，第212～219頁，上海：上海古籍出版社2002年版。

美的言辭，人們可拿來吟誦回味，不足的是，有個別不壓韻的地方。書簡中還曰：「《喜霽》『俯順習坎，仰熾重離』，此下重得如此語為佳，思不得其韻。願兄為益之。」「南去轉遠，洛中勿勿少暇，願兄敕所遣留為當爾。可須來不佳，思慮益處，未能補所欲去。『徹』與『察』皆不與『日』韻，思惟不能得，願賜此一字。」「誨頌兄意乃以為佳，甚以自慰。今易上韻，不知差前不？不佳者，願兄小為損益。」特別是「曹志，苗之婦公。其婦及兒，皆能作文。頃借其《釋詢》二十七卷，當欲百餘紙寫之。不知兄盡有不？李氏云：『雪』與『列』韻，曹便復不用。人亦復云，曹不可用者，音自難得正。」曹志當時以博學多聞著稱，作有《釋詢》二十七卷，是當時語言學方面的著作，故人們取正於他。這些充分表明陸雲很重視文辭語音的規範化。陸雲的重「韻」與他注重詩文的「采」美相關。如：「《祠堂頌》已得，省兄文，不復稍論常佳。然了不見出語，意謂非兄文之休者。前後讀兄文，一再過便上口，語省。此文雖未大精，然了無所識。然此文甚自難，事同又相似，益不古，皆新綺，用此已自為洋洋耳。」

「韻」原指和諧的聲音，所謂「同聲相應謂之韻」。陸機《文賦》云「採千載之餘韻」，其「韻」即指美的文章。南齊謝赫的《古畫品錄》首次提繪畫六法，以「氣韻生動」之法居首，其「氣韻」不僅指畫作的色彩線條、結構布局的形式完美，更主要指作品所反映的風神氣度的神采飛揚，讓讀者從整體上感到畫面中包蘊著客觀事物的活潑生機。同時，「韻」被用來評論文學。如沈約《宋書‧謝靈運傳論》稱：「潘陸特秀，律異班賈，體變曹王，縟旨星稠，繁文綺合，綴平臺之逸響，採南皮之高韻。」《文心雕龍‧體性》稱「安仁輕敏，故鋒發而韻流」，「韻」作為一個審美概念有了比較具體的審美內涵。范溫《潛溪詩眼》云：「有餘意之謂韻。」「餘意」也就是「言外之致」，司空圖《與李生論詩書》曰：「近而不浮，遠而不盡，然後可以言韻外之致。」

六、勢

陸雲尚「勢」，如《與兄平原書》曰：「往日論文，先辭而後情，尚勢而不取悅澤。」〔註4〕「勢」指文章氣勢。陸雲重文章氣勢，是有淵源的。也就是說他完全有可能受到了漢大賦與以「慷慨以任氣」（《文心雕龍‧明詩》）為

〔註4〕宋版《陸士龍文集》作「絜」，《文心雕龍‧定勢》引作「勢」，依據《與兄平原書》反映的陸雲的文學思想，此處依「勢」進行釋義。

特徵的建安文學的影響。陸機曾寫《弔魏武帝文一首並序》，對魏武帝曹操之死，慨然歎息傷懷；陸雲在書簡中也提及曾觀賞「曹公器物」。況且二陸生活的時代與建安時期又相距不遠。盛唐的批評家殷璠在《丹陽集·序》中有云「建安末，氣骨彌高，太康中體調尤峻」〔註5〕。身為太康文壇的重要作家之一，陸雲自然受到「慷慨以任氣」建安文學的薰染而追求「勢」。詹鍈先生在《〈文心雕龍〉的風格學》中釋「定勢」時，認為劉勰受到了《孫子兵法》的影響，文學理論術語的「勢」源於軍事用語的「勢」。〔註6〕這種說法有一定道理，陸雲的「士憑勢而響駭」〔註7〕的「勢」正是指雄壯的軍事氣勢，這與陸雲追求的文章氣「勢」是一致的。《文心雕龍·明詩》說建安詩歌「造懷指事，不求纖密之巧；驅辭逐貌，唯取昭晰之能」。正是受到了建安文學的影響，在言及「勢」時，才「不求纖密之巧」即「不取悅澤」。《與兄平原書》中對王粲的批評也反映了陸雲重「勢」的文學思想，「仲宣文，如兄言，實得張公力。如子桓書，亦自不乃重之。兄詩多勝其《思親》耳。《登樓賦》無乃煩《感丘》，其《弔夷齊》，辭不為偉，兄二弔自美之。」在二陸看來，王粲詩文的傳播得益於當時的文壇領袖張華。而張華文有一個大的特點就是「風雲氣少」，而王粲詩也被鍾嶸在《詩品》中評為「文秀而質羸」，即文才出眾而氣力羸弱。這些都說明了陸雲不崇尚「氣力羸弱」的文風，所以他說王粲的《弔夷齊》「辭不為偉」，即王粲的《弔夷齊》言辭沒有骨氣，不夠高偉。因此，陸雲尚「勢」的文學思想，也就是重視文學作品的「氣骨」，指詩文所鋒透出的壯闊、雄渾、勁健的氣勢。

　　「勢」後來逐漸演化為與「形」「神」「風骨」「氣象」等處於同一理論層次的美學概念，既是構成文藝作品整體美的審美要素，同時又作為審美鑒賞和藝術評價的一種特定標準。劉勰《文心雕龍》專設《定勢》篇，言「勢」與氣、剛柔、勢實須澤等問題，不僅推崇「勢」要順乎自然，還注重「辭已盡而勢有餘」「然文之任勢，勢有剛柔；不必壯言慷慨，乃稱勢也。」劉勰認

〔註5〕傅璇琮、陳尚君、徐俊編：《唐人選唐詩新編》（增訂本），第131頁，北京：中華書局2014年版。

〔註6〕參照詹鍈著：《〈文心雕龍〉的風格學》，第63頁，北京：人民文學出版社1982年版。

〔註7〕此句《與兄平原書》中引。陸雲另有《南征賦》（並序），此賦有一段文字與書簡所引相同，但把此句「勢」改為「威」。劉運好校注：《陸士龍文集校注》，第1104、164頁。

為氣勢只是「勢」的一種，具有剛性美的氣勢是「勢」，具有柔性美能悅人眼目的也是「勢」。黃侃先生曾云：「彼標其篇曰《定勢》，而篇中所言，則皆言勢之無定也。」黃侃先生的闡釋與劉勰本意契合，文之「勢」是變化的。按照不同的體制確定不同的風格，這就是定「勢」。

七、悅澤　偉　緯澤　高偉　藻偉

陸雲重視文章的潤色修飾，《與兄平原書》曰：「往日論文，先辭而後情，尚勢而不取悅澤。」陸雲原來不重潤色，後來自知其非，如其曰：「久不作文，多不悅澤，兄為小潤色之，可成佳物，原必留思。」因「久不作文，多不悅澤」，希望陸機為他「小潤色之，可成佳物」。在此基礎上，後來又明確提出了「偉」「緯澤」，如：「《登樓賦》無乃煩《感丘》，其《弔夷齊》，辭不為偉，兄二弔自美之。」「《祖德頌》無大諫語耳，然靡靡清工，用辭緯澤，亦未易。恐兄未熟視之耳。」可見，「偉」「緯澤」多指語辭工致有文采，似乎這些被稱為「偉」「緯澤」的語辭還有蘊有某種氣勢。正如他所論《祖德頌》，其文字表達的確是剛健有力。再如：「《二祖頌》甚為高偉。」「有作文唯尚多，而家多豬羊之徒。作《蟬賦》二千餘言，《隱士賦》三千餘言，既無藻偉，體都自不似事。」這裡的「高偉」「藻偉」，正是具有「偉」「緯澤」特徵的語辭在整體上表現出來的一種比較有氣勢的風貌。其涵義與「骨力」十分相似。劉勰《文心雕龍·風骨》云：「捶字堅而難移，結響凝而不滯，此風骨之力也。」「骨力」指語辭挺拔，文字表達的剛勁有力。陸雲後來「尚勢」並能兼顧「悅澤」的見解，後來劉勰在《文心雕龍·定勢》篇加以讚賞，並承其說，強調「勢實須澤」。

八、工

「工」本義是指人為的精巧的雕飾。《說文·工部》云：「工，巧飾也，象人有規榘也。」陸雲《與兄平原書》多次提到「工」，主要指「巧、精」。如：「雖云欲相泄，恐此正自取好耳，說之不能工，願兄試一說之。」這裡的「工」顯然指言語的「工」，魏晉時，很多作品中都有「工」言一說，如阮籍的《詠懷》詩之二五：「拔劍臨白刃，安能相中傷？但畏工言子，稱我三江旁。」黃節注：「工言，猶巧言也。」《與兄平原書》中有很多這樣的例子，如「張義元《答員淵之》『圃流崑崙吐河』不體，正自似『急水中山石間』，是人謂

囬轉者，但言之辭不工耳。不知此中語於諸賦中何如。」「間視《大荒傳》，欲作《大荒賦》，既自難工，又是大賦，恐交自困絕異。」「文章既自可羨，且解愁忘憂，但作之不工，煩勞而棄力，故久絕意耳，在此悲思，視書不能解。」「近日視子安賦，亦對之歎息，絕工矣。」「兄二弔自美之。但其『呵二子小工』，正當以此言為高文耳。」因此，陸雲所謂的「工」的「巧、精」，指對文學作品進行藝術錘鍊加工，崇尚真情實感的自然流露，不是矯強而致的雕琢。《南史‧顏延之傳》載：「謝五言如初發芙蓉，自然可愛」。「自然可愛」是明顯自然之「工」。後世文學批評上，有所謂的「化工」「畫工」的概念。「化工」崇尚真實和樸素自然的美學傾向，如李贄《雜說》：「《拜月》《西廂》，化工也；《琵琶》，畫工也。夫所謂畫工者，以其能奪天地之化工，而其孰知天地之無工乎？今夫天之所生，地之所長，百卉具在，人見而愛之矣，至覓其工，了不可得。……要知造化無工，雖有神聖，亦不能識知化工之所在，而其誰能得之？由此觀之，畫工雖巧，已落二義矣。」（見《焚書》卷三）李贄以戲曲作品為例，把「化工」與「畫工」相比較，充分肯定了「化工」的藝術創造與美學傾向，「化工」的藝術本旨崇尚樸素的自然本色，無關乎人為雕琢之工，而「畫工」是人工的雕琢及模擬的斧鑿痕跡。李卓吾闡釋「工」的理論，是金聖歎文章「三境」說的思想來源。

九、清省　清新　清工　清美　清絕　清約　清利

　　陸雲在《與兄平原書》中提出了一系列「清」的批評概念來評價他所讚賞的作品，在陸雲這裡，「清」主要有三個層面的含義：一是由於創作主體的眷眷真情，作品透出的以情動人的風貌，這樣的特徵被他譽為「清妙」「清絕」。二是由於作品清新工致的言辭，作品整體呈現出要言不煩的特徵，這樣的特徵被他稱為「清工」「清約」「清利」「清美」。三是對於作品整體上呈現出的清新自然的風貌，他稱之為「清」「清省」「清新」。可見，「清」是一切優秀作品必須具備的基本因素。也就是說，無論文意與文辭，都應當精而不蕪，約而不繁，透明澄澈，雅潔不俗，能整體上呈現出一種不見雕琢之痕，不落鉛粉之跡的天然風韻。「清工」「清美」「清絕」「清約」「清利」「清絕」「清省」，在不同的語境中雖有所不同，但基本上也都有清新自然之意，以文辭的清朗爽潔、文風的布采鮮淨為美。「清」被明確用來品評作品，對後世文學審美產生了一定影響，「清」逐漸演化成內涵豐富的審美範疇。如顏之推的《顏氏家

訓‧文章》云「何遜詩實為清巧，多形似之言」，「清巧」指清新奇巧。《二十四詩品》也專列「清奇」一品。

十、思　意

「思」是表述主體創作狀態的一個批評概念。陸雲深切地體悟到創作中「思」的重要，在書簡多次強調「思」，主要有三層含義：

一是言思對創作的驅動作用。如：《與兄平原書》曰：「頃哀思，更力成《歲暮賦》，適且畢，猶未大定，自呼前後所未有，是雲文之絕無。」「此家勤勤難違之，亦復毒此雨，憂邑聊作之，因以言哀思，又作喜霽。」這種情況下的「思」在某種意義上與能感發創作主體使創作主體產生創作衝動的「情」相通。

二是言積思在創作前的重要。如書簡曰：「然雲意皆已盡，不知本復何言。方當積思，思有利鈍，如兄所賦，恐不可須。」「與頌雖同體，然佳不如頌，不解此意可以，王弘遠去，當祖道，似當復作詩，構作此一篇，至積思，復欲不如前倉卒時，不知為可存錄不？」「方當積思」。這些觀念對劉勰《文心雕龍‧神思》篇很有啟發，「積學以儲寶，酌理以富才，研閱以窮照，馴致以懌辭」，經過「積學」「酌理」「研閱」，積累豐富的素材，有利於醞釀文思，發為文辭。「思有利鈍」與劉勰論說的「思緩」「思速」也頗為相通。

三是言主體的思在創作過程中的作用。如書簡曰：「兄文章自行天下，多少無所在；且用思困人，亦不事復及以此自自勞役。《喜霽》『俯順習坎，仰熾重離』，此下重得如此語為佳，思不得其韻。願兄為益之。」

「意」也是陸雲多次提到的一個概念，無論哪種層面的「思」，「思」的最終結果對是為了達「意」。如書簡曰：「文章既自可羨，且解愁忘憂，但作之不工，煩勞而棄力，故久絕意耳，在此悲思，視書不能解。前作二篇，後為復欲有所作，以慰小思，慮便大頓極，不知何以乃爾。」「意」主要有兩個層面的含義，一是指出創作主體的「意」，這裡又包括兩層意義，即創作主體直接的胸中之意，如書簡曰：「前登城門，意有懷，作《登臺賦》，極未能成；而崔君苗作之，聊復成前意，不能令佳，而羸瘁累日，猶云逾前二賦。」在這裡「意」與「情」相通。還有借作品表達出的主體的「意」，如書簡曰「遣信當送《九愍》三賦，脫然謂可舉意。」二是客體的意，即作品的意。如書簡曰：「兄作大賦必好，意精時故，願兄作數大文。」「又見作九者，多不祖

宗原意，而自作一家說，唯兄說與漁父相見，又不大委曲盡其意。」劉勰在
《文心雕龍‧神思》篇，對「思—意—言」的關係作了較明確的說明，提出
了「意受於思，言受於意」「意翻空而易奇，言徵實而難巧」，思指神思，即
精神活動；意指意，即文思；言指語言，即文辭。也就是從神思到意象到言
辭，提出了三者的一致與不一致問題。這與陸機《文賦》的「意不稱物，文
不逮意」用意相似。後皎然的《詩式‧辨體有一十九字》稱：「氣多含蓄曰思。」
「立言盤泊曰意。」

十一、耽味　耽詠

　　陸雲從審美鑒賞的角度以「味」論作品，認為有「深情遠旨」的作品是
高文，可以讓人「耽味」。如：「兄前表甚有深情遠旨，可耽味高文也。」如
果說「耽味」是從文情的角度強調詩文的真情實感，那麼「耽詠」是從文辭
的角度情調詩文語詞的精約工致，如書簡曰：「《九悲》多好語，可耽詠，但
小不韻耳。皆已行天下，天下人歸高如此，亦可不復更耳。」

　　這裡要特別強調一下「味」，它是一個源遠流長的概念，在先秦《老子》
中已有「味無味」之說，發展到魏晉南北朝，隨著人們審美意識的自覺，「味」
的內涵迅速向審美屬性、審美活動方面展開。嵇康直接以「味」喻樂，其《聲
無哀樂論》云：「無味萬殊，而大同乎美；曲變雖眾，亦大同於和。」他著重
從主體方面探索文藝的審美規律，從而突出和強化了「味」的藝術審美意蘊。
陸機在《文賦》中也以「太羹之遺味」論文學作品。劉勰承繼前人之說，在
《文心雕龍》中廣泛運用「味」的審美概念，也是水到渠成之事。不過，「味」
作為一個審美範疇的真正確立，應該歸功於鍾嶸《詩品》。因為劉勰論「味」
的範疇較寬泛，具有多義性和不確定性。而鍾嶸則不同，其《詩品》論詩打
破了儒家傳統「詩教」中美刺諷喻的歷史化、政治化模式，從純粹的藝術審
美的視角來觀照作品。他說：「五言居文詞之要，是眾作之有滋味者也，故云
會於流俗。豈不以指事造形，窮情寫物最為詳切者耶！」其評張協詩則云：「詞
彩葱蒨，音韻鏗鏘，使人味之，亹亹不倦。」其所稱「味」，一指當時流行的
五言詩的審美特質和它給人的雋永精微的審美感受；二指將五言詩作為審美
樣式而進行的審美活動。他以具體文學現象，說明詩「味」同詩歌政治教化
作用並無直接關聯，詩「味」來自指事造形、窮情寫物，須「干之以風力，
潤之以丹采」，即來自純粹的審美把握。可見「味」在中國文學批評發展史上，

逐漸演化為一個重要審美範疇。陸雲「耽味」概念的提出，對「味」作為一個審美範疇的正式確立有著重要意義。

十二、手筆

陸雲雖在《與兄平原書》中僅一次提到「手筆」：「今送君苗《登臺賦》，為佳手筆。雲復更定，復勝此不？」但他所使用的這個意義上的「筆」字，其後日益成為重要的文學批評概念。六朝有著名的「文筆之辨」，《南史·顏延之傳》有記載，南朝宋文帝問顏延之諸子的才能，「延之曰：竣得臣筆，測得臣文」。至於文與筆有何不同？〔註8〕各家說法，亦不一致。南朝宋范曄《獄中與諸甥姪書》云：「性別宮商，識清濁，斯自然也。觀古今文，人多不全了此處……年少中謝莊最有其分，手筆差異，文不拘韻故也。」他是以有韻為「文」，無韻為「筆」。顏延之則又將「筆」與「言」分開，說「筆之為體，言之文也。經典則言而非筆，傳記則筆而非言」。這是說，直言（口語）為「言」，文飾為「筆」，文飾而有韻者是「文」。劉勰堅持無韻為筆，有韻為文，而且不加軒輊。蕭繹則把文筆之分講得更細。他說：「不便為詩如閻纂，喜為章奏如柏松，若此之流，泛謂之筆；吟詠風謠，流連哀思者，謂之文。」「文者，惟須綺縠紛披、宮徵靡曼，脣吻遒會，情靈搖盪。」（《金樓子·立言》）這則是說辭采、聲律、抒情性、動情性四者兼備，方可為之文。

十三、妙

精深微妙，是文學創作的一大特點。西漢揚雄的《法言》逸文：「或曰：辭達而已矣。曰：聖人以文，其隩也有五：曰元，曰妙，曰包，曰要，曰文。幽深之謂元，理微之謂妙。」陸雲也提到了「妙」，並用來評價作品。如書簡曰：「兄《園葵詩》清工，然猶復非兄詩妙者。」「省《述思賦》，深情至言，實為清妙，恐故復未得為兄賦之最。」「弔蔡君清妙不可言」。「妙」側重於出乎意表，別闢蹊徑。

「妙」本是一個哲學和美學的範疇。老子《道德經》中多次提到「妙」，「故常無欲，以觀其妙；常有欲，以觀其徼。」老子把「妙」作為宇宙始基的一個別號，是屬於「天」的概念。莊子把「妙」表述為人生修煉的極境，《莊

〔註8〕關於顏延之所論「文筆」概念異同，詳見拙作：中國《文心雕龍》學會編《〈文心雕龍〉引顏延之所論「言筆文」語義辨正》，第227～232頁，北京：學苑出版社2015年版。

子·寓言》云「九年而大妙」。郭象注：「妙，善也。」成玄英注云：「妙，精微也。知照宏博，故稱大也。」王弼云：「妙者，微之極也。萬物始於微而後成，始於無而後生。故常無欲空虛可以觀其始物之妙。」「妙」的概念進入美學領域，對後世詩學影響頗大。嚴羽《滄浪詩話·詩辨》云：「禪道唯在妙悟，詩道亦在妙悟。」嚴羽認為，「妙悟」的標誌是達到漢魏、盛唐詩的高妙地步，是詩歌藝術的最高境界。這樣實際上把詩歌形象思維的主要特徵，提高到理論的高度。元夏文彥《圖繪寶鑒》卷一《六法三品》云：「筆墨超群，傳染得宜，意趣有餘者，謂之妙品。」「妙品」成為文藝審美的至高之境。

十四、多

陸雲多次用「多」來批評陸機作品的繁縟繁多，如書簡曰：「《文賦》甚有辭，綺語頗多。文適多體，便欲不清。不審兄呼爾不？」「兄頓作爾多文，而新奇乃爾，真令人怖，不當複道作文。」正是看到了文辭易多的弊病，他明確提出「清省」來立論，用「清省」的審美要求來抑制「多」。也許也正是他的這種批評，也對陸機產生了影響。如《文賦》用形象的語言論述了藝術概括的方法途徑：「或因枝以振葉，或沿波而討源，或本隱以之顯，或求易而得難。」劉勰《文心雕龍·物色》也有云：「以少總多，情貌無遺。」語言文字不可能將情貌傳達無遺，詩文創作往往要對所反映的情貌加以取捨藏露，抑制文辭「繁多」，有限之中有無限在。

十五、貴今　不朽

陸雲還有「貴今」「不朽」的觀念。這兩種觀念在某種程度上也是他儒玄兼修的反映。「貴今」說明他論文不受古人束縛，突出自己論文的個性，他對陸機文的推崇，以為古人不能過之，如他在書簡中說《九歌》「清絕滔滔」，王褒《九懷》「亦極佳」，古今擬作此類作品者很多，希望陸機也加以製作，不然，「恐此文獨行千載」。又說蔡邕所長，不過銘、頌而已，「而銘之善者，亦複數篇，其餘平平耳」。他說陸機的詩賦遠過蔡邕，為蔡所不可比較。張華也歎陸機大才，後人以為這是陸雲崇友，其實不盡然，這也是玄學審美任情任性的表現。書簡曰《吳書》是大業，既可垂不朽」，表明了「不朽」觀，這明顯受儒家「立德」「立功」「立言」三不朽說的影響，不過他更突出了「立言」，《與兄平原書》基本上寫於他遇害前夕，陸氏兄弟一生都企

圖建功立業，或許正是看透了仕途的艱險與不易，他們才轉向「立言」，來求真正的「不朽」。

十六、文　文章

在中國的傳統文化中，「文」本身就是一個具有審美意義的概念。《說文》云：「文，錯畫也，象交文。」是指由線條交錯而成的一種帶有修飾性的形式。「文」與「文章」既是審美意蘊十分豐富的範疇，又不是一個純美的範疇。《周易・賁卦・彖》云：「柔來而文剛，故亨。分剛上而文柔，故小利有攸往，天文也；文明以止，人文也。觀乎天文，以察時變；觀乎人文，以化成天下。」天文包括日月星辰和山川草木等自然形態，人文則包括了人類文明的一切存在形式。《莊子・胠篋》：「滅文章，散五采。」「文章」已具有了審美意味。陸雲是立於純文學的角度，在《與兄書》中多次使用「文」與「文章」，綜括起來主要有四個層面的含義：

一是「文」與「文章」內蘊交叉，泛指當時流行的各種文體。如書簡曰：「兄文章自行天下，多少無所在；且用思困人，亦不事復及以此自自勞役。」「往日論文，先辭而後情，尚勢而取不悅澤。嘗憶兄道張公文子論文，實自欲得。」陸雲把「文」與「文章」交叉使用，與當時文體觀念的演進相關。「文」在文體層次的歷史演進，至魏晉後逐漸明晰，曹丕《典論・論文》首先將「文」分為四科八體，陸機《文賦》分為十體並分析其藝術特點，這標誌著「文」的內涵在文體層面的豐富。於是六朝出現了著名的文筆之辨，以有韻為文，無韻為筆。

二是「文」有「美文」與「穢文」之別。如書簡曰：「但其『呵二子小工』，正當以此言為高文耳。」「視《九章》時有善語，大類是穢文，不難舉意」。「高文」也即「美文」，是「文」在審美層次上的展開，凡是令人愉悅符合陸雲審美理想的審美形式都應該包括在內，如前面所述的「情文」。劉勰在《文心雕龍・情采》篇對此有著比較深入的展開，「立文之道，其理有三：一曰形文，五色是也；二曰聲文，五音是也；三曰情文，五性是也。五色雜而成黼黻，五音比而成韶夏，五性發而為辭章，神理之數也。」把文分為「情文、形文、聲文」。

三是「文」專指賦。如：「兄作大賦，必好意精時，故願兄作數大文。」「前日觀習，先欲作《講武賦》，因欲遠言大體，欲獻之大將軍，才不便作大

文得少許家語，不知此可出不？」這裡的「大文」顯然指「大賦」。「文欲定前，於用工夫，大小文隨了，為以解愁作爾。」這裡提到了「大小文」，結合上下文語境，「大小文」分別指大賦、抒情小賦。陸雲以「文」代「賦」，並以「大小文」代「大賦、抒情小賦」，這從一個側面反映了大賦、抒情小賦在創作上的涇渭分野及在其時的流行。

四是「文章」專指辭賦之作。如書簡曰：「有作文唯尚多，而家多豬羊之徒。作《蟬賦》二千餘言，《隱士賦》三千餘言，既無藻偉，體都自不似事。」「誨二賦佳，久不復作文，又不復視文章，都自無次第。」「文章」是一個涵蓋面極廣而與「文」交叉的範疇，幾乎綜括了人類社會生活的一切形式。雖遠在先秦「文章」就已具有審美意味，但它在其時還主要作為禮樂制度的含義。到了漢代，「文章」則逐漸演變為一切用文字寫下來的文辭、篇章乃至史書、論著，但其原來作為審美形式的內涵卻被保存下來，含義也較為具體化。如班固《漢書·公孫弘卜式兒寬傳贊》：「文章則司馬相如」「劉向、王褒以文章顯」；《兩都賦序》：「大漢之文章，炳焉與三代同風」。這裡「文章」專指辭賦之作。可見，陸雲專用「文章」指辭賦之作也不足為奇。

十七、體

陸雲多次言「體」，「體」有多種意義：一指體裁，如書簡曰：「前日觀習，先欲作《講武賦》，因欲遠言大體，欲獻之大將軍，才不便作大文得少許家語，不知此可出不？」這裡的「體」指「大賦」這種文學體裁。曹丕《典論·論文》：「夫文本同而末異。蓋奏議宜雅，書論宜理，銘誄尚實，詩賦欲麗。此四科不同，故能之者偏也。唯通才能備其體。」其「體」指奏議等諸種文章樣式。二指體貌、風格、作品在總體上給讀者的感受。如書簡曰：「《扇賦》腹中愈首尾，發頭一而不快。言『烏雲龍見』，如有不體。」「兄往日文雖多瑰鑠，至於文體，實不如今日。」

「體」原為人物品評用語。如曹操稱郭嘉「體通性達」（《請追贈郭嘉封邑表》），言其資質聰慧明達。後乃用於詩文評論，《典論·論文》：「（王粲）體弱，未足起其文。」言其作品風貌較柔弱，力度不夠，不足以使其文采具有飛動高揚之致。在這一意義上，體、氣義通，故李善注：「氣弱謂之體弱。」陸機《文賦》：「其為物也多姿，其為體也屢遷。」言作品體貌多姿多變。《文心雕龍》有《體性》篇，專論作家個性與詩文體貌的關係。性指個性，劉勰

認為它包括才、氣、學、習四方面因素，才、氣稟受於天，學、習為後天陶染所凝。體指體貌取決於性，二者統一。劉勰於個性之中，既強調先天因素，又重視後天因素。又云：「若總其歸途，則數窮八體。」將風格歸納為典雅、遠奧、精約、顯附、繁縟、壯麗、新奇、輕靡八種類型。除指個人風格外，體後來多兼指某種流派風格。如蕭子顯《南齊書・文學傳論》：「今之文章，作者雖眾，總而為論，略有三體。」指齊梁詩壇的三種流派風格，即出於謝靈運一體，出於傅咸、應璩一體，出自鮑照一體。後來《文鏡秘府論・南卷》專有「論體」一節，意謂博雅、清典、綺豔、宏壯、要約、切至六種體貌各有相對應的體裁。

十八、出語　出言

按錢鍾書先生在《管錐篇》中所證，「出語」「出言」即奇句、警句，但此「出」與《與兄平原書》中的「復羞出之」之「出」不同，並舉出其他與「出」相關的語句來例證。後又闡述了《與兄平原書》中的「『徹』與『察』皆不與『日』韻，思惟不可得，願賜此一字。」得出了「句工只在一字之間」，從而強調了鍊字和精警之句的重要性〔註9〕。又按，黃叔琳《文心雕龍輯注》釋「秀」曰：「陸平原云，一篇之警策，其秀之謂乎？」黃侃《文心雕龍劄記》窺測劉勰之意旨，釋「秀」曰：「辭以得當為先，故片言可以居要。」范文瀾《文心雕龍注・隱秀》篇曰：「重旨者，辭約而義富，含味無窮，陸士衡云『文外曲致』，此隱之謂也。獨拔者，即士衡所云『一篇之警策』也。陸士龍《與兄平原書》曰『《祠堂頌》已得省，然了不見出語』，意謂非兄文之休者。又云：『劉氏《頌》極佳，然了不見出語耳』。所謂出語，即秀句也。」

因此，陸雲的「出語」「出言」可視為「精警之句」，相當於陸機所說的「警策」，劉勰所說的「秀句」。如書簡曰：「《祠堂頌》已得，省兄文，不復稍論常佳。然了不見出語，意謂非兄文之休者。」「《劉氏頌》極佳，但無出言耳。」「出語」「出言」雖然是片言隻語，但在全篇中的位置，警拔奪目。陸機《文賦》曰：「立片言而居要，乃一篇之警策。」清薛雪《一瓢詩話》曰：「詩之用，片言可以明百義」。警策之所以居要，以其真實生動地突出了詩中特定的主旨和意境，既情景交融，又警闢致深。警策之「警」，往往表現在警句中某個字上，以一字逗出警意來。王安石《泊船瓜洲》中的警句「春風又

〔註9〕錢鍾書著：《管錐編》，第 1917 頁。

綠江南岸」，一「綠」字逗出警意來。這類字，古人稱為「詩眼」。可見，詩中「警策」「詩眼」的錘鍊是並駕齊驅的。對於警策優劣的分析，應當置在整篇之中，看它「居要」的廣度和深度，而不應當孤單地拈出，隨意品判。

　　由上述對批評概念的解析可見，陸雲作為批評家的自覺尚處在古典文論批評的前階段〔註10〕，因而他文學思想表面的瑣碎、不成體系是情有可原的，但細細深究，就會發現他的文學思想在潛在中還是有一定的系統性的，如「情文」「事」「綺」「奇」等重在講作品論，「文」「文章」等重在講文體論，「耽味」「耽詠」等重在講鑒賞論，「思」「意」等重在講主體論。然而，陸雲的這種文學批評體系性，比之陸機、劉勰、鍾嶸的論文之作，又確實瑣碎、模糊，如他以「清」為主的一系列文學思想，既講作品論，又講鑒賞論，精細地分析又會發現它們又交互著「情文」論、「形文」論、「聲文」論等美文論思想，所以很難像劉勰的《文心雕龍》那樣能對其進行精到的把握。但從文學觀念的演進來看，陸雲的這種文學觀念與文學思想必然會對與其相距不遠的劉勰、鍾嶸產生影響。

〔註10〕有研究者言：「批評家的自覺在文論發展的前階段主要表現為意圖超越一般作者的身份，超越一般讀者的身份，克服其主觀性、片面性、隨意性，而追求一客觀的、穩定的、可操作的批評標準。」劉明今：《中國古代文學理論體系：方法論》，第180頁，上海：復旦大學出版社2000年版。

第五章　文學思想影響

　　每一種文藝主張，不僅承傳和改造了作為其淵源的前代文藝思想，而且還為後來者開闢先河。劉勰與鍾嶸作為後世與陸雲相距不遠的文學批評家，對陸雲都有所論，無論從文學概念的演進，還是從文學思想的承遞規律而言，他們受陸雲文學思想的影響是不可避免的，也是斑斑可考的。

第一節　對劉勰的影響

　　劉勰在《文心雕龍》中不但九次明確提到陸雲，而且在《序志》篇中說陸雲「汎議文意，往往間出」。與魏晉一些有專著的文論家，像寫《文質論》的應瑒、撰《文章流別論》的摯虞、作《翰林論》的李充相比，劉勰明顯對陸雲有著不一般的倚重。本節試圖把《與兄平原書》與《文心雕龍》的文學思想作一定程度的比較，進而澄清當時的部分文學觀念。

一、情采論

　　《文心雕龍‧頌讚》云：「及三閭《橘頌》，情采芬芳。」言屈原《橘頌》的思想感情和辭采都美好動人；又《才略》云：「劉楨情高以會采。」言劉楨詩情思高卓而會合辭采；又《序志》稱《文心雕龍》為「剖情析采」之作，就文章的內容和文辭二者加以分析。劉勰不但明確標舉「情采」，而且在論文的過程中重「情」重「采」。如他對陸雲的批評：

　　　　又陸雲自稱往日論文，先辭而後情，尚勢而不取悅澤，及張公
　　論文，則欲宗其言。夫情固先辭，勢實須澤，可謂先迷後而能從善

矣。(《文心雕龍‧定勢》)

劉勰意為陸雲昔日論文，原只注重氣勢，不重潤色，後與張華論文才終於頓悟，開始強調「情」、重「潤色」。《文心雕龍‧才略》篇中還云：「士龍朗練，以識檢亂，故能布采鮮淨，敏於短篇。」劉勰是據於陸雲的性格特徵而評，而「布采鮮淨」恰恰準確地道出了陸雲創作的風格，也精確地概括了陸雲的文論觀：文采鮮淨。《文心雕龍‧熔裁》篇云：「及雲之論機，亟恨其多；而稱『清新相接，不以為病』，蓋崇友于耳。」「清新相接」是陸雲文學觀念裏理想的審美境界。「情動於中而形於言」，作者在創作時因其情感的激蕩迴腸，而要「立言」，如果是缺少了「文」(這裡的「文」指具有修飾作用的文采)的「言」，就可能會造成兩種後果：一是繁句過多，二是詞句短劣。主張由「情」而「文」的陸雲，在對文學作品進行評議時，提出「清新相接」是他重「清」的文學觀念所致。然而，並不是注意了「文」，就能自然地讓上述兩種弊病消失。陸雲深知在創作中既要做到淋漓盡致地抒發情感，又要做到「文采鮮淨」的難處，所以他對被「張公歎其大才」的兄長之文存矛盾之見便不足為奇。可見，真正做到「情采」之難，主張「志足而言文，情信而辭巧」來論文的劉勰很自然在《文心雕龍》中把《情采》篇做專章論述。這也是汲取前人創見，應文學發展的需要。聯繫陸雲的「情采」觀，著重從以下三方面探討劉勰關於「情采」〔註1〕的論述。

第一，為情造文，情約而真。「為情而造文」是劉勰對當時文盛質衰的文風而發，情文並重，以「情」為主。《文心雕龍‧情采》篇曰「風雅之興，志思蓄憤，而吟詠情性，以諷其上，此為情而造文也」。劉勰認為作者須有充實的思想感情，才能發為文章，文采附於情感；反對過分文飾以致淹沒內容，更反對「為文而造情」，即一味追求麗采而情思寡少、內容空洞，以致「言與志反」。他認為《詩經》是為情造文的典範，而漢代辭賦為文造情的傾向逐漸滋長，後世之作更是「體情之制日疏，逐文之篇愈深」。文附於情，文不能過，「為文者淫麗而煩濫」。情為主，情也不能過，「為情者要約而寫真」。另外，劉勰的「養氣說」「神思論」，在某種程度上也是「為情造文」的表現，如他云：「陸雲歎用思困神，非虛談也。」文乃「情動於中」的至情之文，「養氣」

〔註1〕據牟世金對「情采論」的研究，對「情采」的理解，學界仍存在著較大的分歧，此處希望將此爭議略以澄明。牟世金著：《文心雕龍研究》，第407頁，北京：人民文學出版社1995年版。

有助於「清和其心」「吐納文藝」，能更好地進行創作；他還進一步論述了「思─意─言」的關係，「意受於思，言受於意」，從神思到文思再到文辭，情的作用是至關重要的，一切都要為「情」而言，「情以物遷，辭以情發」。

第二，規範本體，剪截浮詞。「規範本體謂之鎔，剪截浮詞謂之裁。」《文心雕龍・鎔裁》篇曰「情理設位，文采行乎其中」。為了更好地在文章中設情布采，劉勰專設《鎔裁》篇探討情采運用適當的重要。他提出了「三準」。即「設情以位體」，就是依據表達情感的需要來確定主旨、規劃體制、安排結構。「酌事以取類」，是說文章必須選擇符合表現思想情感和中心主旨的題材、材料與典故。「撮辭以舉要」，是指思考運用精要的文學語言來樹立文骨。「三準既定，次討字句」，他還強調了字句的削減在文章中的重要，「善刪者字去而留意，善敷者辭殊而意顯」。如他所云：「文賦以為榛楛勿剪，庸音足曲，其識非不鑒，乃情苦芟繁也。」認為陸機的《文賦》因為過度地施用情感，才致篇章剪裁不當。故而發論「若情周而不繁，辭運而不濫，非夫熔裁，何以行之乎！」講熔裁對情約而真的重要。「三準」論的目的，是要使情、事、辭三者達到和諧統一，在一定程度上是對「為情造文，要約而真」的補充完備。

第三，重聲韻之美。《文心雕龍・情采》篇把文分為「形文」「聲文」「情文」，詩文不僅要有情采美，還要有聲韻美。劉勰重「和」「韻」，有「異音相從」之「和」，「同聲相應」之「韻」的論述。聯繫陸雲的聲韻觀，這裡主要強調一下用韻。關於用韻，他特別指出了正音與方音。正音近於標準音，用它來押韻就準確；方音有的與標準音不合，用它來壓韻，就需要按標準音來改正。他在《文心雕龍・聲律》篇中明確提到：「又詩人綜韻，率多清切；《楚辭》辭楚，故訛韻實繁。及張華論韻，謂士衡多楚，《文賦》亦稱知楚不易，可謂銜靈均之聲餘，失黃鐘之正響也。」《詩經》三百篇用韻，大都清切，合於標準音，而《楚辭》用楚語，所以用韻不合標準的實在很多，陸機文有楚音。如陸雲《與兄平原書》中有云：「張公語云云：『兄文故自楚，須作文為思昔所識文。」劉勰與陸雲一樣都強調「上韻」「和韻」，誠如劉勰所論：「音以律文，其可忘哉！」後來范曄在《獄中與諸甥姪書》中說「抽其芬芳，振其金石」，都重辭采的華美與聲律的悅耳。

他的這種觀點，比較全面地體現在他的「六義」說中，他在《宗經》篇

云：「故文能宗經，體有六義：一則情深而不詭，二則風清而不雜，三則事信而不誕，四則義直而不回，五則體約而不蕪，六則文麗而不淫。」他認為宗經有六種好處：情深，風清，事信，義直，體約，文麗。這六義也與《附會》篇的「必以情志為神明，事義為骨髓，辭采為肌膚」相應。「情深」「風清」要求作品的思想感情能夠發揮教化感染的作用，即「以情志為神明」。「事信」「義直」，即「事義為骨髓」，指作品中用事用典確鑿。「體約」「文麗」，即「辭采為肌膚」，強調文采鮮淨。陸機在《文賦》中說「理扶質以立幹，文垂條而結繁」，范曄在《獄中與甥侄書》也曾說為文「當以意為主，以文傳意」，都指出了作者情志、文章內容與文辭藻采的本末關係。劉勰繼承前人之說而又有所發展。

「五情發而為辭章」，劉勰由重「情」而重「采」。與陸雲一樣，都講情真、言辭精工、聲韻美、用典適當等等，但無論對「情」「采」如何限定，最終都是為了達神妙的「自然之美」，自然美是「情采」論的最高原則。《明詩》篇有云：「人稟七情，應物斯感，感物吟志，莫非自然。」《原道》篇有云：「雲霞雕色，有逾畫工之妙；草木賁華，無待錦匠之奇。夫豈外飾，蓋自然耳。」「情」「采」都是自然的，「夫水性虛而淪漪結，木體實而花萼振，文附質也。虎豹無文，則鞹同犬羊，犀兕有皮，而色姿丹漆，質代文也。」在創作中，「采」不可少，是「綜述性靈，敷寫器象」的必要，這一切都要歸於「情」的需要。情采的形成，離不開情與辭的和諧統一，在情辭的統一中，因對情辭不同的審美要求，最終會形成不同的審美風貌。「風骨」論就是情辭統一過程中所形成的一種剛健清新峻爽的風貌。

二、風骨論

「風骨」是魏晉南北朝一個十分重要的文學批評標準，源於對人物的評議品鑒。《世說新語・輕詆》云「韓康伯將肘無風骨」，劉孝標注引「王羲之風骨清舉」。「風骨」還被運用在書畫領域，成為重要的審美標準。《魏書・祖瑩傳》云：「文章須自出機杼，成一家風骨。」南朝齊謝赫《古畫品錄・曹不興》云「觀其風骨，名起豈虛成」。從文學批評的角度看，為劉勰在《文心雕龍・風骨》篇中明確提出。自此，「風骨」成為中國文論的重要範疇，但對它的蘊意卻眾說紛紜。劉勰「風骨」論的提出，固然與漢魏以來文學藝術發展及時代的審美風尚有關，但也與和他相距不遠的陸雲的「清省」等一系列與

「清」相關的文學批評概念有某種關係。劉勰將「風骨」〔註2〕的定義引入文學理論，並在《文心雕龍》中列《風骨》篇專門論之：

> 是以怊悵述情，必始乎風沈，沉吟鋪辭，莫先於骨。故辭之待骨，如體之樹骸，情之含風，猶形之包氣。結言端直，則文骨成焉；意氣駿爽，則文風清焉。若豐藻克贍，風骨不飛，則振采失鮮，負聲無力。是以綴慮裁篇，務盈守氣，剛健既實，輝光乃新。

「是以怊悵述情，必始乎風」表明「風」含「情」；「情之含風，猶形之包氣」體現「情」含「風」。「意氣駿爽，則文風清焉」，情「高爽」，意氣「駿爽」，自然就風「清」。可見，文風的「清」源於作者的真情實感引發出意氣駿爽。「沉吟鋪辭，莫先於骨」，「骨」是「鋪辭」即寫文章的前提；「辭之待骨，如體之樹骸」，「骨」對「辭」有支配作用；「結言端直，則文骨成焉」，言辭「端直」有助於「文骨」之成。可見「辭」離不開「骨」，「骨」離不開辭，「骨含辭」。「若豐藻克贍，風骨不飛，則振采失鮮，負聲無力」，旨在表風骨具有感染人的力量，離不開辭藻的精工潤飾，反之，會因為用辭的繁蕪使「風骨」失去鮮亮的光彩，也不具有讓人悅耳的音聲。所以，要「守氣」「練辭」。黃侃先生在《文心雕龍劄記》的《體性》篇釋「風趣剛柔，寧或改其氣」時，有一段頗值得品味的話：

> 風趣即風氣，或稱風氣，或稱風力，或稱體氣，或稱風辭，或稱意氣，皆同一義。氣有清濁，亦有剛柔，誠不可力強而致，為文者欲練其氣，亦惟於用意裁篇致力而已。《風骨》篇云：深乎風者，

〔註2〕對「風骨」的看法，學界一直存在著爭議。據郁沅的《〈文心雕龍〉「風骨」諸家說辯證》，歷來對「風骨」的解釋不下十餘種。（《文藝理論研究》1998年6期，第86頁。）本人同意下面張少康先生闡述的觀點。從中國文化傳統的特點來看待「風骨」的意義與價值，不僅可以把握劉勰提倡「風骨」的深層意蘊，而且可以比較正確地理解《文心雕龍·風骨》篇的內容以及劉勰對「風骨」的解釋，特別是可以清楚地認識到「風即文意，骨即文辭」以及由此派生出來的各種說法實是不確切的。劉勰說「怊悵述情，必始乎風」，「情之含風，猶形之包氣」，「深乎風者，述情必顯」，都是講「情」和「風」的關係，說明作者有高尚人格理想和精神情操，則其「情」必然含有「風」，故「意氣駿爽，則文風清焉」。劉勰又說道「沉吟鋪辭，莫先於骨」，「辭之待骨，如體之樹骸」，「練於骨者，析辭必精」都是講「辭」和「骨」的關係，說明作者有義正辭嚴的思想立場，文章有剛直有力的敘述內容，則其「辭」中必然有「骨」，故「結言端直，則文骨成焉。」所以，「風骨」雖是對作品的一種美學要求，但它的基礎是作者的人品，它是中國知識分子的高尚人格理想的體現。（張少康著：《夕秀集》，第126～127頁，北京：華文出版社1999年版。）

述情必顯。又云：思不環周，索莫乏氣，無風之驗。可知情顯為風深之符，思周乃氣足之證，彼捨情思而空言文氣者，蕩蕩如係風捕景，烏可得哉？

《養氣》篇說乃養神氣以助思理，與此氣殊。

依黃先生意在闡釋「氣」，但他把「風氣」與「風力」等同，可見「風」「氣」「力」有聯繫；「情」與「風」相關。而「氣」又與「采」有一定聯繫：

> 故魏文稱文以氣為主，氣之清濁有體，不可力強而致……夫翬翟備色，而翾翥百步，肌豐而力沈也；鷹隼乏采，而翰飛戾天，骨勁而氣猛也；文章才力，有似于此。若風骨乏采，則鷙集翰林，采乏風骨，則雉竄文囿：唯藻耀而高翔，固文筆之鳴鳳也。（《文心雕龍·風骨》）

劉勰既重文氣、力度，又不忽視文采。「氣」「力」必須借助與之相適應的辭藻才能完美地表現出來。劉勰在這用鷹隼、雉、鳴鳳三種鳥作比喻，只有內容、氣勢、文采兼備，才算是文章中的鳳凰，才符合「風骨」的要求。

「辭」之待「骨」，「結言端直，則文骨成焉。」「辭之待骨，如體之樹骸」，那麼怎樣才能達到「樹骸」的要求呢？這就要「結言端直」，「析辭必精」。「端直」「辭精」是形成「骨」的關鍵因素。除了正面論證之外，劉勰又作了反證，說：「若瘠義肥辭，繁雜失統，則無骨之徵也。」「瘠義肥辭」，是指文意貧弱，文辭繁縟、「失統」，即頭緒不清，總的意思是意貧辭繁，詞語顛倒混亂，這是無骨之表徵，失去了言辭的「力」美。文辭的運用，一味玩弄辭藻或僅停留在流暢上也是不夠的，要有力度、講言辭的精約：

> 若夫鎔鑄經典之範，翔集子史之術，洞曉情變，曲昭文體，然後能孚甲新意，雕畫奇辭。昭體故意新而不亂，曉變故辭奇而不黷。若骨采未圓，風辭未練，而跨略舊軌，馳騖新作，雖獲巧意，危敗亦多，豈空結奇字，紕繆而成經矣？……若能確乎正式，使文明以健，則風清骨峻，篇體光華。能研諸慮，何遠之有哉？（《文心雕龍·風骨》）

精約的言辭必須與「奇」「采」相配合，「力」才「峻」。「峻」是精約言辭融入「奇」「采」後所具有的一種挺拔美，是對「骨」的高標準的審美要求。「奇」即錘鍊新穎奇特的文采，要在「洞曉情變，曲昭文體」的基礎上「雕畫奇辭」。但這「奇」不要「過」，要「藏穎詞間」（《文心雕龍·隱秀》），正

如「陳思之《黃雀》，公幹之《青松》」（《文心雕龍・隱秀》）一樣，把「奇」隱在其中，但並不影響其「格高才勁」（《文心雕龍・隱秀》），反而使其因為言辭立意的「奇」，使其「長於諷諭」（《文心雕龍・隱秀》），從而更有了感染人的力量。對「奇」的要求也是建立在對「采」的重視之上的。只有把「采」與「奇」結合，再通過言辭的精練，才能獲得巧妙的文意。只有這樣的作品，才能「骨峻」。所以劉勰對「風骨」審美的要求是：高昂爽朗的情感；精約工致的文辭；新穎奇特的文采。

劉勰的「風骨」與陸雲重「清」的審美理想頗有相通之處：

第一，「情」都含有至情至性之「情」，即創作主體的真情實感，如劉勰的「怊悵述情」、陸雲的「附情而言」。不同是，劉勰的「情」還與「氣」相聯繫，劉勰的「氣」指作品中表現作者意志的「峻爽」之「氣」，如「意氣駿爽，則文風清焉」（《文心雕龍・風骨》），「意氣」是由「情」表現出來的，即情「高爽」，風「清」。

第二，文辭都需要精心錘鍊，都傾向於通過言辭的精練的「省」達「清」。不同的是，劉勰的「辭」與「氣」相關，「氣」又與「風」「采」有聯繫，不但含有一股感染人的力量，而且還要通過言辭的「采」來顯現。「清」在不同的語境中雖稍有不同，但「清」孕育的美感，大都都指一種不見雕琢之跡，不落鉛粉之跡的天然風韻。

第三，文采都要新穎奇特。不同的是，劉勰的「采」與「峻」有聯繫，突出的是由言辭的精工修飾所鋒透出來的一種挺拔美。「峻」是融和了「奇」「采」後的「峻」，在詞義上就有悅人耳目之感，而陸雲的「采」更側重的是言辭自然地修飾，它所具有的審美效果被「隱」了起來，這或許對劉勰的「隱秀」篇有所啟發。

此外，二者的對「奇」的解釋也有所不同。劉勰的「奇」，是基於「洞曉情變，曲昭文體」之上的，重與「采」的結合，是一種「意在言外」的美，「奇」有助於「峻」，有「奇」才有「峻」。這與陸雲「出語」的「奇」有相通的一面，但陸雲卻沒有把「奇」上升到「峻」的高度，他更重的是不落入前人俗套的「出語」「出言」。這也從一個側面反映了陸雲思維的缺陷，他原來本來是重「勢」的，後來雖然在創作中仍有體現，如比較有「骨力」的《南征賦》，可他沒有把「勢」再上升到理論的高度。如果陸雲後來論文又兼顧到了「勢」，或許他的文學思想在某種程度上更接近於劉勰。

所以，「風骨」與陸雲的「清」的蘊意雖有一致之處。然而，「清省」等用語卻不像「風骨」那樣在語意上就有一種感人的力量，給人一種峻鍵的「力」美與悅目的「采」美。若從文學審美的要求出發，「風骨」比「清省」等用語也更為精到，在語意上也更符合時代的審美特徵。這既是文學批評發展的必然結果，也是時代的審美思潮在文學上的突出反映。

總之，「風骨」作為文學批評的術語到劉勰的《文心雕龍》之所以能明確提出並具有成熟意義的審美風貌，從文學批評史的角度來看，與劉勰相距不遠的陸雲一系列主「清」的文學概念的提出有一定關係。可以說，陸雲的「清」論對「風骨」論的成熟起了一定程度的承轉作用。

三、「隱秀」「六觀」等批評概念

陸雲主「清」的文學思想在一定程度上是玄學的「言不盡意」論在文學批評上的體現，講文辭精工修飾後傳達出一種「意在言外」的美感。後來劉勰在《文心雕龍》中論「隱秀」，其主旨也無怪乎此「情在詞外曰隱，狀溢目前曰秀」，「秀」為得意於言中，「隱」則得意於言外。「秀」就是要「清」而不「豔」，「隱」就是要「省」而無「跡」。

為了「閱文情」，劉勰在《知音》篇還提出了文學批評的六項標準，即「六觀」。劉勰「六觀」的批評標準，在一定程度上，是對陸雲文學思想的全面發展。

「一觀位體」，就是觀察「設情以位體」做得怎樣，看是不是根據思想情感來安排文章的體制，是不是根據體裁明確了規格要求。這無疑是發展了陸雲「附情而言」「體」的觀點。

「二觀置辭」，觀察在辭藻的運用上安排得怎樣。這與陸雲講「潤色」「工」的觀念有一致之處。都講辭藻在創作中的運用，陸雲在《與兄平原書》中對此有多處評議，特別是在論述張義元答員淵之「回流崑崙吐河」時，所評「言之辭不工耳」，明顯就是說張義元言辭安排不當。

「三觀通變」，觀察在繼承和革新方面做得怎樣，是不是能夠推陳出新。陸雲在《與兄平原書》中，曾多次評價前人的作品，其本意無怪乎要分辨前人創作中的優劣，以求能被已用。諸如「《劉氏頌》極佳，但無出言耳」之語，意為《劉氏頌》雖然寫得不錯，但在語言上不夠警拔奪目沒有超出前人的地方。對陸機賞評「古今之能為新聲絕曲者，無又過兄。兄往日文雖多瑰鑠，

至於文體，實不如今日」，顯然側重於文學創作中的推陳出新。

「四觀奇正」，觀察在「新奇」與「雅正」的關係上處理得怎樣，是否能夠「執正以馭奇」，不致「逐奇而失正」。陸雲沒有擺明劃分「奇」「正」的分別，但他所說的「又見作九者，多不祖宗原意，而自作一家說。唯兄說與漁父相見，又不大委曲盡其意。」卻蘊涵了此意，意為「作九者」想「不祖宗原意，而自作一家說」，結果卻是「委曲盡其意」，明顯是由於追求「奇」而失去了「正」。

「五觀事義」，觀察能不能像在《事類》篇說的「舉事以類義，援古以證今」，就是舉出和要說明的論點類似的事例作為論據，或者運用典故來以古證今。陸雲也重「事」，在《與兄平原書》中，還常常援引古人之事，以證明自己的觀點。如「嘗聞湯仲歎《九歌》，昔讀《楚辭》，意不大愛之。」又如在感歎《九歌》時，情不自禁地慨歎：「王褒作《九懷》，亦極佳，恐猶自繼。」

「六觀宮商」，觀察宮商角徵羽五音在詩賦等韻文裏是否調配得得當。講音韻的和諧流暢，也被陸雲所重。當然，陸雲關於音韻之論，散於片言隻語之中，遠不及劉勰在《文心雕龍・聲律》篇中的專門論說細緻精到。

除了上述幾個方面，《與兄平原書》與《文心雕龍》還有不少相關的地方，如對「不朽」的見解，對屈原、王褒、蔡邕、王粲、成公綏等古今名家的品評等。無論從文學概念的演進，還是從文學思想的承遞規律而言，陸雲作為與劉勰相距不遠的文學家和批評家，劉勰受他的影響都是不可避免的。

第二節　對鍾嶸的影響

鍾嶸的《詩品》是我國第一部詩歌理論批評專著，清代章學誠在《文史通義》裏褒美其「思深意遠」。鍾嶸重「情」，講「自然」，追求「清」的詩學思想，雖然反映了當時的部分審美觀念，卻有與時代風氣相左之處。然而，陸雲的文學思想與鍾嶸詩學思想在某些層面竟不謀而合。《詩品・總論》云：「太康中，三張、二陸、兩潘、一左，勃爾復興，踵武前王，風流未沫，亦文章之中興也。」鍾嶸對陸氏兄弟有著至高的評價，雖然他把陸雲列入中品，這在一定程度上也隱藏著褒贊，因為中品富有代表性的詩人大多是以感恨之

氣與清麗之詞為鍾嶸所賞〔註3〕。本節從比較中闡述陸雲對鍾嶸詩學思想的影響。

一、情文論

「情者，文之經」，「五情發而為辭章」。陸雲與劉勰都明確以「情」論文，提到了「情文」。鍾嶸在《詩品》中也有「窮情寫物」的提倡，後更有蕭子顯「文章蓋情性之風標」、蕭繹「情靈搖盪」等，「情」在魏晉南北朝沸沸揚揚。在漢末魏晉，士族詩人面對大動亂的社會，人們的思想開始從繁瑣無用的經學統治下解放出來，目光從外轉內，更多地關注自身，思考自身，人的個體意識開始覺醒。於是，對外部世界的「怨」轉化為對自己的「哀」。為了化解這種「哀」，就自覺地接受了玄學的影響，清談玄理，忘情於山水，皈依自然。這種審美式的皈依，對個人來講，就是對「清」的境界的追求；對詩歌來說，「怨」成了一種外在的感召，「哀」成了創作的動機，「清」成了創作的審美追求。所以，陸雲認為文「情」的抒發在於「解愁忘憂」。鍾嶸與陸雲有相通處，他認為詩歌是「搖盪性情」「感蕩心靈」的產物，好的詩歌在抒發詩人情感的同時要有一種動人的感人力量：

> 若乃春風春鳥，秋月秋蟬，夏雲暑雨，冬月祁寒，斯四候之感諸詩者也。嘉會寄詩以親，離群託詩以怨。至於楚臣去境，漢妾辭宮，或骨橫朔野，或魂逐飛蓬，或負戈外戍，殺氣雄邊；塞客衣單，孀閨淚盡；又士有解佩出朝，一去忘返；女有揚蛾入寵，再盼傾國。
> （《詩品序》）

鍾嶸不但認為詩歌是對自然萬物的感發，還認為是對人生各種際遇的感觸，重自然真情是他的論詩準則。他經常用「哀怨」「愀愴」「感恨」「悲涼」「惆悵」等表現人情感的詞語來反映他的詩歌審美觀，如：「文多淒怨者之流」（漢都尉李陵詩）、「發愀愴之詞」（晉步兵阮籍詩）、「文典以怨……得諷喻之致」（晉江室左思詩）、「夫妻事既可傷，文亦淒怨」（漢上計秦嘉、嘉妻徐淑詩）、「孤怨宜恨」（晉處士郭泰詩）、「觀其《詠史》，有感歎之詞」（漢金史班固詩）、「曹公古直，甚有悲涼之句」（魏武帝詩）。從鍾嶸這些評價中可以看出，哀怨悲涼，已不只是情感的流露，而成為了詩歌審美的一種風範與格調。

〔註3〕參照曹旭：《〈詩品〉評陶詩發微》，第61頁，《復旦學報》（社會科學版），1988年第5期。

鍾嶸的尚「情」還表現在對四言、五言詩的品評上：

> 夫四言，文約意廣，取效《風》《騷》，便可多得。每苦文煩而
> 意少，故世罕習焉。五言居文詞之要，是眾作之有滋味者也，故云
> 會於流俗。豈不以指事造形，窮情寫物，最為詳切者邪？（《詩品序》）

鍾嶸認為五言詩與四言詩不同，可以有「滋味」「使味之者無極，聞之者動心」。鍾嶸對於五言詩的闡釋，將文體特點與人文蘊涵融化在一起。五言詩在當時是一種新興文體，鍾嶸從價值觀念上而不是從政教著眼（不同於先秦至兩漢時代）對它進行了肯定，並從鮮活的人生角度去解析，他認為人生因為自然界的感發，特別是人世間種種悲劇的感發，感遇者通過詩歌來宣洩感情。這種反對「文繁意少」、重「滋味」的觀點與陸雲有一致之處。

陸雲自言「不便五言詩」「四言五言，非所長，頗能作賦」。就總體水平來看，陸雲的四言詩內容比較空洞。他的五言詩雖他自己又稱「不便」，實際上卻有一定特色。陸雲的詩歌創作傾向正契合了鍾嶸論述的四言、五言詩歌的創作特點。也就是說鍾嶸與陸雲一樣都重「情」、重「意」，重視文章「質」的重要，這在他的詩論中有明確的體現，如他評阮籍云：「言在耳目之內，情寄八荒之表。」魏晉詩人憂思感慨，意在言外，故而「陶性靈，發幽思」，表明了「文約意廣」的旨趣。鍾嶸與陸雲一樣，也吸取了魏晉「言意之辨」的理論成果，將「興」解釋成「文已盡而意有餘」，主張用玄學影響下的尚意的境界來充實詩文中的審美意蘊。

所以鍾嶸與陸雲一樣都重情感的真摯表達，不同的是鍾嶸的「情感」論更為明確，更動人，視角也更為廣闊，「動天地，感鬼神，莫近於詩」，從天地宇宙的角度論「情」。鍾嶸與陸雲一樣也重詩歌的「文采」美，「情感」與「丹采」並重，如盛讚陸機所擬《古詩》「文溫以麗，意悲而遠」。

二、美文論

《文心雕龍　情采》篇云「文采所以飾言，而辯麗本於情性」，劉勰情性與文采並重，認為離開情性的文采是塗飾，不能得辯麗，正如離開風骨的文采，是「振采失鮮，負聲無力」。有了情性再加上文采，才是美，也只有這樣的文章，才稱得上是「美文」。鍾嶸理想的詩美觀基本上與劉勰是一致的，認為「情感」「風力」「丹采」相結合是理想的詩美。如他對特別推崇的詩人曹植的品評：

其源出於《國風》，骨氣奇高，詞彩華茂。情兼雅怨，體被文質。粲溢今古，卓爾不群。嗟乎！陳思之於文章也，譬人倫之有周、孔，鱗羽之有龍鳳，音樂之有琴笙，女工之有黼黻。（《詩品上·魏陳思王植詩》）

曹植的詩歌符合了鍾嶸關於詩歌的理想與要求。鍾嶸認為曹植的詩出於《國風》。骨氣奇拔高妙，詞采華麗富盛。情感兼具《小雅》之怨，風貌則有文質之美。光彩四溢，照耀今古；卓然特立，超邁常流。陳思王之於創作，好比人群中有周孔，鳥獸中有龍鳳，音樂中有琴笙，女工中有黼黻。曹植詩歌之所以有這麼富有魅力的美感，正是「情感」「風力」「丹采」緊密結合的原因。所謂「風力」，是指作品給人一種爽朗、富有生氣的美感，他與「風骨」「骨氣」的蘊涵大概相同，這是魏晉南北朝人談論詩文、書法、繪畫通用的範疇。「丹采」，是指詩歌文辭的美麗，這種美也是一種自然的美，它是文辭精工修飾後所呈現的美。如他對陸機詩的評價：

其源出於陳思。才高詞辭贍，舉體華美。氣少於公幹，文劣於仲宣。尚規矩，不貴綺錯，有傷直致之奇。然其咀嚼英華，厭飫膏澤，文章之源泉也。張公歎其大才，信矣！（《詩品上·晉平原相陸機詩》）

鍾嶸認為陸機詩源出於曹植，詞藻富盛，整體華麗美妙。陸機詩被列入上品，《詩品序》稱其為「太康之英」，對其溢美之詞溢於言表，特別是突出了陸機的才華及其詩文的華美詞藻，但對其「傷直致之奇」卻不太滿意，因為這與鍾嶸強調的「自然英旨」「直尋」相悖。對陸機創作進行評價，陸雲是最早最詳切最有見底的人，鍾嶸的這種見地在一定程度上承繼了陸雲的觀點。

鍾嶸與陸雲一樣都重「清「美，不滿意有傷「清」美的創作，這體現在鍾嶸對許多作家的品評中。如：「託喻清遠。」（晉中散嵇康詩）「風華清靡。」（宋徵士陶潛詩）「務其清淺。」（宋豫章太守謝瞻詩）「清便宛轉，如流風回雪。」（梁衛將軍范雲詩）「詩雖嫩弱，有清工之句。」（晉徵士戴逵詩）「氣候清雅……良無鄙促也。」（宋光祿謝莊詩）「康帛二胡，亦有清句。」（齊惠休上人、道遒上人詩）「往往嶄絕清巧。」（齊鮑令暉詩）「奇句清拔。」（梁常侍虞義詩）同樣是強調詩文清新自然的天然美，與陸雲不同的是，鍾嶸明確把「清」上升到一種審美風貌，用「清」的「意象」論詩，如評謝靈運詩「如芙蓉出水」，不言「清」而有「清」味，「清水芙蓉」的意象如在耳目，

賦予「清」一種形象美。

　　鍾嶸與劉勰一樣，都重視「清」的「骨力」美，如評劉楨詩「真骨凌霜，高風跨俗」、贊陶潛「又協左思風力」。鍾嶸的這種重「清」的「丹采美」與陸雲重的「清」的「鮮淨美」在自然潤飾方面相通，都重文采鮮淨，賞崇一種脫俗超拔的美。不同的是，他與劉勰的「風骨」論一樣，更為精到詳切，都明確注意到了文采的「骨力」美。

三、聲文論

　　鍾嶸強調詩歌的真美，主張詩歌自然、和諧、流暢的音調，「但令清濁通流，口吻調利，斯為足矣」。反對過分追求聲律，主張感情的自然抒發。所以他對王融、沈約等人的聲律論持批評態度：

> 　　昔曹、劉殆文章之聖，陸、謝為體貳之才。銳精研思，千百年中，而不聞宮商之辨，四聲之論。或謂前達偶然不見，豈其然乎？嘗試言之，古曰詩頌，皆被之金竹，故非調五音，無以諧會。若「置酒高殿上」「明月照高樓」，為韻之首。故三祖之詞，文或不工，而韻入歌唱，此重音韻之義也，與世之言宮商異矣。今既不備於管絃，亦何取於聲律邪？齊有王元長者，嘗謂余云：「宮商與二儀俱生，自古詞人不知用之。唯顏憲子乃云『律呂音調』，而其實大謬。唯見范曄、謝莊頗識之耳」常欲造《知音論》，未就而卒。王元長創其首，謝、沈約揚其波。三賢咸貴公子孫，幼有文辨，於是士流景慕，務為精密。辯積細微，專相凌架。故使文多拘忌，傷其真美。余謂文制，本須諷讀，不可蹇礙。但令清濁通流，口吻調利，斯為足矣。
> 　　至如平上去入，則余病未能；蜂腰、鶴膝，閭里已甚。（《詩品下》）

　　鍾嶸重音韻，他所謂的「音韻」與世人的言的宮商不同，他推崇曹植、劉楨、陸機、謝靈運這樣的大才，慧皎的《高僧傳·經師論》有一段這樣的記載：「始有魏陳思王曹植，深愛聲律，屬意經音，既通般遮之瑞響，又感漁山之神製。」〔註4〕沈約也有云：「『子建函京之作』（指曹植的《贈丁儀王粲詩》）『直舉胸臆，非傍經史，正以韻律調韻，取高前式。』」（《宋書·謝靈運傳》）陸機《文賦》也注意到到了要運用音韻聲律上的抑揚頓挫來構成文學作品語言和諧的音樂美。可見，鍾嶸重音韻的自然天成，認為詩歌重在「吟詠

〔註4〕【南朝梁】釋慧皎撰，湯用彤校注：《高僧傳》，北京：中華書局1992年版。

性情」，在創作時自然會神領心會地觀照到音韻之美。因而他更看重的是像曹氏三祖那樣富有音樂性的並適合誦唱的作品，所以他反對聲律，認為專事聲律，會「文多拘忌，傷其真美」。

鍾嶸反對聲律與主張用韻並不矛盾。他評張協詩有云：「辭彩蔥蒨，音韻鏗鏘，使人味之，亹亹不倦。」顯然是讚揚張協詩的鏗鏘音韻。鍾嶸的音韻觀與陸雲的「上韻」是相通的，都重視詩文的「耽詠」，詩文不但要有節奏感與音樂美，而且要讓人「味之不倦」。這從他對范曄、謝莊的評價也可以看出。范曄是劉宋時期著名的史學家，他在《獄中與諸甥姪書》中云：

> 此中情性旨趣，千條百品，屈曲有成理，自謂頗識其數。嘗為
> 人言，多不能賞，意或異故也。性別宮商，識清濁，斯自然也。觀
> 古今文人，多不全了此處；縱有會此者，不必從根本中來。言之皆
> 有實證，非為空談。年少中，謝莊最有其分。手筆差異，文不拘韻
> 故也。吾思乃無定方，特能濟難適輕重。所稟之分，猶當未盡。但
> 多公家之言，少於事外遠致，以此為恨。亦由無意於文名故也。

范曄認為詩文中音韻的運用，本之於作家的「所稟之分」，即先天的才性，由於自然才性使然，自然會「性別宮商，識清濁」。由此他讚揚謝莊「最有其分」，「文不拘韻」而聲韻和諧。《南史·謝莊傳》載：「王玄謨問莊何者為雙聲，何者為疊韻。答曰：『玄護為雙聲，磝碻為疊韻』。」可見謝莊的善識音韻。陸雲、范曄、鍾嶸的聲韻觀是一脈相承的，基本上都以「情」為基礎的，重情感的自然抒發，音韻要協調情感，要有助於詩文真美的顯現。

由上所述，鍾嶸論詩的最高審美標準是：「干之以風力，潤之以丹采，使味之者無極，聞之者動心」，詩歌的情感表現須駿爽有力，在此基礎上再以美麗詞藻加以潤飾，方為理想之作。這與陸雲的「清省」，劉勰讚揚的「風清骨峻」都有融通的一面，鍾嶸正是繼承了他們的觀點，主張「麗」，即丹采是從屬「清」的審美風貌和審美追求，要求以「直尋」為原則呈現自然之美。因此他反對用事，反對聲律，認為這樣做傷害了詩的「真美」，丹采只起到「潤」的作用，服從於「清」美。這個標準的後面是對自然對情的重視。他暗含這樣的觀點：情可以助「風力」，丹采服從於「清」的審美意境。這與陸雲論文雖末異而本同，鍾嶸的這種詩學思想也是對陸雲主「清」的文學思想的發展。

結語：美在自然

　　理論緊隨社會文化轉移，文學思想的發展演變是社會文化發展的必然結果。陸雲文學思想雖有時代留下的雕琢之痕，但其最終的基點卻落在了「自然」上。重「清」的審美理想，成為其文學思想核心，這也是重自然之美的體現。「清」是一切優秀作品必須具備的基本因素，無論文情與文采，都應精而不蕪，約而不繁，透明澄澈，雅潔不俗，整體上呈現出一種不見雕琢之痕，不落鉛粉之跡的天然風韻。文情以清新自然為美，文采以清朗爽潔為美，這種「芙蓉出水」之美不僅是陸雲「美文論」的主要內蘊，而且後來與晉宋之際顏延之詩文的「錯彩鏤金」之美共同豐富發展了我國傳統的「美文論」。

　　到了東晉以後，清新自然的美感成了藝術審美的主流。雖然有過於玄遠簡淡的玄言詩，但代表晉宋代文學藝術魅力的藝術佳作，如「風華清靡」的陶詩，「清水芙蓉」的謝詩，所表現出來的清新自然的色彩，在神韻上正與陸雲「清」的審美理想相通。《世說新語》雖是劉宋作品，但其中載有前人論詩故事，而且尤以東晉時期為最多，有許多故事就流露的「清」的詩論思想，不但與文人的情致風神相聯繫，也往往以「清」的審美態度來觀照詩歌。細品玄風影響下的詩學思想，那些觸發人情致的東西，頗有令人玩味之處。特別是陶淵明《遊斜川序》《停雲序》《時運序》等清新自然的山水田園風光之記，進一步拓展了緣情而美的視野，在詩歌的審美進程中有著重要的意義。

　　葛洪處於兩晉之交，其《抱朴子》成書於建武中期，其中透露的詩論思想強調了真正的自然美是文人加工出來的，是加工到和諧的體現。如其云：「清音貴於雅韻克諧，著作珍乎判微析理。」「擒銳藻以立言，辭炳蔚而清允者，文人也。」雖重雕飾，雕飾後的和諧清新又未嘗不是美在自然的體現。

南朝著名畫家王微，在《敘畫》中也有云「望秋雲，神飛揚；臨春風，思浩蕩」，畫家為外物所動，自然將感動之心融入繪畫，強調情發自然，意在筆先，重心性傳達。南朝齊謝赫的《畫品》確立了「氣韻生動」為繪畫重要的審美精神，表明了自然對藝術的重要作用，真正的藝術由心性自然轉出，由妙悟而目擊道存。

蕭子顯是南朝梁時人。其《南齊書·文學傳論》云「緝事比類，非對不發，博物可嘉，職成拘制。或全借古語，用申今情，崎嶇牽引，直為偶說。唯睹事例，頓失清采」，認為太多的「采」會損害文章的「清」。還指出「今之文章」「託辭華曠」「輯事比類，非對不發」「全借古語，用申今情」「發唱驚挺，操調險急」「雕藻浮豔」，這些實際上是針對駢文修辭形態上的對仗、典事、聲韻及藻飾而發，駢文發展到南北朝，已經是很成熟的文體，在修辭上有其自身的特色。但是在蕭子顯看來，這種文風導致了這樣幾個不良的後果「酷不入情」「職成拘制」「頓失清采」。蕭子顯也說「文成筆下，芬藻麗春」，批評「文憎過意」，為當時的文壇吹進了一股清新氣息。

現存的文章總集，以蕭統《文選》最早。蕭統在文學上主張文質並重，認為文章應「麗而不浮，典而不野」（《答湘東王求文集及詩苑英華書》），特別是他曾為陶淵明作傳和編集，可見其在一定程度上對清新自然審美的重視。梁元帝蕭繹在《金樓子·立言》中指出：「吟詠風謠，流連哀思者，謂之文。」「至如文者，惟須綺穀紛披，宮徵靡漫，唇吻遒會，情靈搖盪。」把六朝文論中的文采、情感論發揮到了極致。他還提出：「氣不遂文，文常使氣；材不值運，必欲師心。」為文使氣須以「師心」為本，強調文體的緣情與華美要與心靈的自由創造契合。蕭子顯在《南齊書·文學傳論》中也講到：「文章者，情性之風標，神明之律呂也。」明確主體的自然性情在文章中的作用。

「聖代復元古，垂衣貴清真」，到了唐代，盛唐詩人在追求「麗」的同時念念不忘向稟賦自然之美的「清」的回歸，李白讚賞的「清水出芙蓉，天然去雕飾」的風格，《二十四詩品》以「清奇」一品論詩等等。宋代以後，這樣的例子更是不勝枚舉。清新、含蓄、優美，日益成為我國傳統藝術的重要審美理想。陸雲在中國重清新自然的審美源流中，無疑是一個從文學理論上加以闡發的有積極貢獻的人物。

綜而論之，陸雲因才華卓著、思想清雅及持論過人，在中國古典文學史上逐漸成了文士精神的象徵，特別是其「雲間陸士龍」成了一個顯著的文化

意象。唐代大詩人李商隱詩云：「陸機始擬誇文賦，不覺雲間有士龍。」（《贈孫綺新及第》）宋代大文豪蘇軾詩云：「將辭鄴下劉公幹，卻見雲間陸士龍。」（《次韻劉景文西湖席上》）宋代文人彭汝礪詩云：「天上張公子，雲間陸士龍。」（《送和仲》）金末元初文人元好問詩云：「三間老屋知何處，慚愧雲間陸士龍。」（《寄楊飛卿》）明代文人歐大任詩云：「才名入洛未相逢，我憶雲間陸士龍。」（《寄朱邦憲二首》其一）陸雲短暫而富有文化意味的一生，讓人深思。

附錄一：陸士龍年表彙述

　　此年表以參考陸侃如先生的《中古文學系年》〔註1〕為主，同時參照日本佐藤利行先生的「陸雲年譜」〔註2〕，並結合姜亮夫先生的《陸平原年譜》〔註3〕來完成。繪製簡易年表，旨在縱觀陸雲人生關涉的時代大事，從而更直觀地瞭解魏晉時期社會的轉蓬之狀。

魏景元三年（公元二六二年），一歲

陸雲生。

是時父抗年三十五，以鎮軍將軍都督西陵。祖遜，吳丞相，前十七年卒。

王弼37歲，阮籍53歲，嵇康39歲，張華31歲，陸機2歲。

《晉書》卷五十四《陸雲傳》：「雲字士龍，六歲能屬文，清正有才理。少與兄機齊名，雖文章不及機，而持論過之，號二陸。……吳平入洛，……為太子舍人。出補濬義令，百姓追思之，圖畫形象，配食縣社。尋拜吳王晏郎中令，入為尚書郎，轉中書侍郎。成都王穎表為清河內史。討齊王冏，以雲為前鋒都督，轉大將軍、右司馬。孟玖欲用其父為邯鄲令，雲固執不可。……機之敗也，並收雲，被殺，年四十二。有二女，無男。門生故吏，迎喪葬清河，修墓立碑，四時祭祀。所著文章三百四十九篇，又撰《新書》十篇，並行於世。……雲弟耽為平東祭酒，亦有清譽，與雲同遇害。」《世說新語》卷三《賞譽第八》上注引《陸雲別傳》：「吳大司馬抗之第五字，機同母之弟也。

〔註1〕陸侃如著：《中古文學系年》，北京：人民文學出版社1985年版。
〔註2〕【日本】佐藤利行著：《陸雲研究》，第219～221頁，重慶：西南師範大學出版社1995年版。
〔註3〕姜亮夫著：《陸平原年譜》，北京：北京古典文學出版社1957年版。

儒雅有俊才，容貌瓌偉，口敏能談。」又卷四《賞譽第八》下：「士龍為人文弱可愛。」注引《文士傳》：「雲性宏靜，怡怡然為士友所宗。」

按，陸雲出生之時，王弼、阮籍、嵇康在世，示北方玄學風氣濃鬱。陸雲秉承家學，少小即受儒學薰染，為其儒玄兼修之備。

晉太康元年（公元二八〇），十九歲

西晉平吳；陸機、陸機退居；陸機作《辯亡論》；張華，封廣武縣侯，議封禪；陳壽，作《三國志》。

按：臧榮緒《晉書·陸機傳》：「年二十而吳滅，退居舊里，與弟雲勤學，積有十年，譽流京華，聲溢可表。」機長雲一歲，故雲十九歲退居舊里。

晉太康五年（公元二八四），二十三歲

夏四月，機從父陸喜卒。

按，《陸雲集·晉故散騎常侍陸府君誄》曰：「惟太康五年夏四月丙申，晉故散騎常侍吳郡陸君卒」云云。又序言：「朝隕棠幹，邦喪國輝。……思經皇心，痛浹民懷。揮淚充邑，惜慟盈幾。敢述洪迹，於茲素旐」云云。按朝隕至民懷，言朝野追思其人，揮淚充邑，惜慟盈幾，指入仕之洛陽言，則喜死在洛陽矣。敢述洪跡，於茲素旐雨語，與文末「震旗凶歸」以後一段，言歸葬南土之實。而述洪跡云云與篇末「援棻心楚，投翰餘悲」，指為誄時情事，則云此文蓋即作於此時，時年二十三歲。兄弟早有文采，史言蓋不誣也。

晉太康十年（公元二八九年），二十八歲

立皇子乂為長沙王，穎為成都王，晏為吳王，皇孫遹為廣陵王。

陸機、陸雲、顧榮入洛，號為「三俊」。陸機作《赴洛》上篇、《赴洛道中作》二首及《與弟雲書》。

按，《機本傳》：「太康末，與雲俱入洛。」《晉書》六十八《顧榮傳》：「吳平，與陸機兄弟同入洛，時人號為三俊。」機有《與弟清河雲詩》，其序云：詩紀作贈弟士龍，今從文館詞林。「余弱年早孤，與弟士龍銜恤喪庭，會逼王命，墨絰即戎，時並縶發，悼心告別」云云。則機、雲之入洛，實逼王命，而非本意，故張華以為「利獲二俊」也。

元康六年（公元二九六年），三十五歲

拜吳王郎中令，作《國起西園第表啟宜遵節儉之制》《西園既成有司啟觀

疏諫不可》《王即位未見賓客群臣又未講啟宜饗宴通客》及《引師友文學觀書問道》《輿駕比出啟宜當入朝》《言事者啟使部曲將司馬給事覆校諸官財用出入啟宜信君子而遠小人》《國人兵多不法啟宜峻其防以整之》《移書太常薦同郡張贍》《嘲褚常侍》《答吳王上將顧處微》及《贈鄭曼季四》首。陸機，遷尚書中兵郎，作《策問秀才》《思歸賦》《答賈謐》《講漢書詩》《祖道畢雍孫劉邊仲潘正叔》及《贈潘正叔》。張華，為司空，領著作，與趙王倫、孫秀結怨，作《祖道征西應詔詩》。潘岳，作《悼亡賦》《哀永逝文》《金鹿哀辭》及《悼亡詩》三首。徵補博士，免，作《閑居賦》及《金谷集詩》。諂事賈謐，為謐作詩贈陸機，於謐坐講漢書作詩。左思，為張華祭酒，為賈謐講《漢書》。

元康元年，陸機遷太子洗馬，作《赴洛》下篇及《贈尚書郎顧彥先》。陸雲遷太子舍人，作《盛德頌》《征西大將軍京陵王公會射堂皇太子見命作此詩》及《贈顧尚書》。張華，議廢楊太后事，拜右光祿大夫，侍中，中書監，作《女史箴》。

元康三年，陸雲與兄陸機同時加入「二十四友」，兄陸機任著作郎。

按，《雲傳》入為尚書郎在何年，史無明文。《雲集》卷一，《歲暮賦序》云：「永寧二年春，忝寵北郡，……自去故鄉，荏苒六年」云云。計永寧二年上推六年，適為元康六年，則「去鄉六年」云云，即指元康六年北上而言，則必與兄機同時被徵入京無疑。且自兄弟同入東宮後，拜除遷轉，往往同時，事蹟具在，可以覆案。蓋非虛構也，故次之。其時歸而不得，憤而為《思歸賦》。

元康八年（公元二九八年），三十七歲

陸雲遷侍御史，作《答張士然》。

陸機，補著作郎，作《答張士然》《薦賀循郭訥表》及《弔魏武帝文》。議晉書限斷，撰《晉紀》《惠帝起居注》及《惠帝百官名》。

永康元年（公元三〇〇年），三十九歲

正月，賈后使黃門誣太子為逆，更幽子於許昌宮之別坊。三月，後使嬖人太醫令程據合巴豆杏仁丸以害太子，太子不服，黃門孫慮以藥杵椎殺太子，時年二十三。（《晉書》五十三）

四月三日，趙王倫與嬖人孫秀謀，矯詔廢賈后為庶人，司空張華，尚書僕射裴頠皆遇害。侍中賈謐黨數十人皆伏誅。己亥，倫矯詔遣尚書劉弘齊金

屑酒賜賈后，死於金墉城。(《惠紀賈后傳趙王倫傳》)

陸雲遷中書侍郎，作《與兄平原書》。陸機，為相國參軍，賜爵關中侯，作《與趙王倫牋薦戴淵》《張華誄》《詠德賦》《述思賦》《文賦》《漏刻賦》《羽扇賦》及《愍懷太子誄》

張華，被殺。潘岳、石崇，被害。左思，退居。

歐陽建，被害，作《臨終詩》。

裴頠，作《辯才論》，未成被害。

張載，遷弘農太守。

潘尼，轉著作郎，作《乘輿箴》。

張協，屏居草澤，作《七命》。

按，《華傳》謂「陸機兄弟，志氣高爽，自以吳之名家，初入洛，不推中國人士，見華一面如舊，欽華德範，如師資之禮焉」云云。此為當時真情。《士龍集》卷八《與兄平原書》中，多引張公言定機文得失，亦復時時頌張公道德文章，傾慕之極，一時無二。華以元老為趙王倫所害，朝野莫不悲痛，機雲兄弟，親厚逾恒，豈能無文？惜至今不傳也。雲《與兄平原書》有云：「詠德頌甚復盡美，省之惻然」之語，今惻然之旨未見，則事蹟羅列，正所以於知者以追憶之資借，惻然之來，不能以空言悲感而可得也。

晉惠帝永寧元年（公元三〇一年），四十歲

趙王倫將篡位，以機為中書郎。

開始八王之亂。

作《與兄平原書》《晉故豫章內史夏府君誄》《大將軍宴會被命作詩》《太尉王公以九錫命大將軍讓公將還京邑祖餞贈此詩》及《答孫顯世》。

陸機，為中書郎，作《贈潘尼》。收付廷尉，減死徙邊，遇赦而止，作《與吳王表》《謝吳王表》《見原後謝齊王表》《與成都望箋》及《園葵詩》二首。為大將軍司馬，拜平原內史，作《謝表》《豪士賦》及《五等論》。

潘尼，假歸，作《答陸士衡》。赴許昌為齊王參軍，兼管記室，封安昌公，作《潘岳碑》。

按，《吳志·陸抗傳》注引《機雲別傳》曰：「時朝多故，機、雲並自結於成都王穎」云云，則約言之也。

太安元年（公元三〇二年），四十一歲

為成都王穎清河內史，轉大將軍左司馬，作《歲暮賦》《登臺賦》《與兄平原書》《贈汲郡太守》及《答大將軍祭酒顧令文》。

陸機任平原內史。

按，雲之為清河內史，當在機前。雲《歲暮賦》曰：「永寧二年春，忝寵被郡。其夏又轉大將軍司馬」云云。北郡即指清河內史也。永寧二年，十二月改元太安。則云拜內史，自有明文，而轉大將軍司馬，乃齊王冏既誅後任職。《晉書・陸雲傳》有「穎將討齊王冏以雲為前鋒都督」之記載。齊王冏之誅在十二月，則云自序以「其夏轉大將軍司馬」者，非省言，即有所迴避之言，當據史以補之。至機之為平原內史，以《謝表》考之，則在誅齊王後。何以言之？表云：「今月九日，魏郡太守遣兼丞張含，齎板詔印綬，假臣為平原內史」云云，則《謝表》不除「今月」之外，而成都王輔政，在誅齊王冏後，故文稱板詔（文選注，凡王封拜謂之板官。時成都王攝政，故稱板詔云云。按李說是也。）此其一。又文中稱被誣事云「……遭國顛沛，無節可紀，雖蒙曠蕩，臣獨何顏，俯首頓膝，憂愧若厲，而橫為故齊王冏所見枉陷，誣臣與眾人共作禪文，幽執囹圄，當為誅始」云云。稱齊王冏為「故」，則其人已死；曰「橫」，則其人在伏誅之後，且即為成都王穎所誅，不然，得不避間離骨肉之議！遭國顛沛四語，言未立功，語出忠悃，並無掩飾，則被命當在誅齊王後無疑，此其二。總此兩端，則機被命為平原，當在太安元年無疑。又雲入為大將軍司馬，亦在誅齊王後。則兄弟輔翼成都王穎，至見親呢。雲入而機出，故不容兄弟同在外任也。時運不濟，《歲暮賦》作於雲被害前夕，雲潛意識已有濃重悲情。

太安二年（公元三〇三年），四十二歲，被害

與兄陸機同時被成都王穎所殺。

作《愁霖賦》《喜霽賦》《南征賦》《講武賦》《與兄平原書》及《大將軍出祖土、羊二公於城南堂皇被命作此詩》，為使節大都督，前鋒將軍。

左思，《三都賦》成，避難冀州。

《三國志・吳志・陸抗傳》注引《機雲別傳》：「成都王穎與長沙王構隙，遂舉兵攻洛，以機行後將軍，督王粹、牽秀等諸軍二十萬，士龍著《南征賦》以美之」。《世說》：「陸平原河橋之敗，為盧志所讒被誅，臨刑歎曰：『欲聞華

亭鶴唳，可得聞乎！」《雲本傳》云：「雲弟耽為平東祭酒，亦有清譽，與雲同遇害。」機、雲兄弟共事穎，而其被讒，皆由盧志、孟玖。然機以河橋之敗，事出有因，故當時無人敢為理之者。而雲以氣類連坐，為尤可惜，故當時救之者不乏其人，茲略採入錄，亦以見其不容於姦邪之實。

按，陸雲抒情小賦極佳，感情真摯少模擬，顯感發生命之力，許是感知生命之終點，對天地萬物感受遂愈發之強，《愁霖賦》《喜霽賦》《南征賦》等，真情勃發，源發心端。對陸雲之稱賞，明代文人謝遷《再用前韻贈陸良弼太守》云：「文采風流羨陸雲，江東家世共知聞。喬松挺壑難為用，孤鶴凌空自不群。」

附錄二：「二陸」美文觀探究〔註1〕

一、引言

　　晉初文學，首推二陸。鍾嶸的《詩品・序》云：「太康中，三張、二陸、兩潘、一左，勃爾復興，踵武前王，風流未沫，亦文章之中興也。」清沈德潛在《古詩源》中評陸雲時云：「清河五言甚朗練，褷采鮮淨，與士衡亦復伯仲。」陸機、陸雲兄弟不僅是西晉時期著名的文學家，還是重要的文學批評家。郭紹虞的《中國文學批評史》談「陸機文賦」時說：「晉初文學首推二陸，即就文學批評言，二陸亦較為重要。」陸機、陸雲都傾向於情感與華采交融的詩文之美，由於個體的性情與喜好不同，這種傾向綜合反映到陸機的文學思想中，形成了「緣情綺靡」的審美要求；反映到陸雲的文學思想中，形成了主「清」的審美理想。誠如劉勰《文心雕龍・才略》篇云：「陸機才欲窺深，辭務索廣，故思能入巧，而不制繁。士龍朗練，以識檢亂，故能布采鮮淨，敏於短篇。」交流出智慧，「二陸」的文學成就與他們密切的文學交流息息相關。明張溥在《漢魏六朝百三家集題辭》之《陸清河集》中云：「士龍與兄書，稱論文章，頗貴『清省』」，清嚴可均《全晉文》第 102 卷輯《與兄平原書》35 劄，其中 31 劄基本為論述文學見解之作。可見，《與兄平原書》在反映陸雲文學觀念的同時，也體現出「二陸」文學觀念的相互影響。

　　劉勰是魏晉南北朝「美文」觀的集大成者。《文心雕龍・情采》篇云：「故立文之道，其理有三：一曰形文，五色是也；二曰聲文，五音是也；三曰情

〔註1〕原文發表於《安慶師範學院學報》（社科版），2009 年第 8 期，第 83～88 頁。
　　　　收錄在此，稍有修訂。附錄文章，都有改動，在此明瞭，後不贅述。

文，五性是也。五色雜而成黼黻，五音比而成韶夏，五性發而為辭章，神理之數也。」把文分為「形文」「聲文」「情文」。錢鍾書先生說：「詩者，藝之取資於文字者也。文字有聲，詩得之為調為律；文字有義，詩得之以侔色揣稱者，為象為藻，以寫心宣志者，為意為情。及夫調有弦外之遺音，語有言表之餘味，則神韻盎然出焉。」〔註2〕可以說，這是對劉勰理論的最佳注腳。「聲文」指「韻律」之文，「情文」指「緣情而發」之文，「形文」指「描摹物象」之文，如果這三者調配適當，就能形成有「弦外之音」「言外之味」的「神韻」之文。從純文學的角度來看，「情文」主要指文學的思想情感層面，「形文」重在強調文學的語言文采層面，「聲文」主要突出文學的音樂美感層面，「神韻」之文當指情、色、聲三者皆俱的「美文」了。劉勰在吸取前人理論的基礎上系統地概括了「美文」的特徵。這與「二陸」的「美文」觀對其影響分不開。

二、情文觀

在魏晉，人們對個體性情、儀容風度達到了空前的追求。劉邵在《人物志》中確立了一種「因性求才」的才性觀。魏晉才性觀倡導至情至性，性情相隨，人之本然。正是至情至性才性觀的倡導，魏晉文人才任情而發，在創作中逐漸追求情感的藝術化。

陸雲在批評《九愍》時提出了「情文」，《與兄平原書》曰：「此是情文，但本少情，而頗能作汎說耳」〔註3〕。《九愍》有模擬傾向，缺少真情實感，靠形式上的堆砌辭藻掩蓋內容的空虛浮泛，正如其「序」云：「昔屈原放逐，而《離騷》之辭興。自今及古，文雅之士，莫不以其情而玩其辭，而表意焉。遂側作者之末，而述《九愍》。」陸雲要求創作者情動於心而後下筆抒情，進而以情驅辭，文因情成，「先辭後情」在《與兄平原書》中明確提出，「往日論文，先辭而後情，尚勢而不取悅澤。嘗憶兄道張公父子論文，實自欲得。今日便欲宗其言。」陸雲過去論文主張「先辭後情」，因受張華父子影響幡然醒悟，開始重「情」，評《九歌》時云：「嘗聞湯仲歎《九歌》，昔讀楚辭，意不大愛之。頃日視之，實自清絕滔滔。故自是識者，古今來為如此種文，此為宗矣。」《九歌》原是楚國的民間祭歌，後經屈原改制流傳到今。屈原對它

〔註2〕錢鍾書著：《談藝錄》，第110頁。
〔註3〕【晉】陸雲著，劉運好校注：《陸士龍文集校注》，第1086頁。

的改動只是「修飾潤色」〔註4〕而已，所以它仍保留著民間歌詩以情動人的風貌。「情文」的特徵正是詩文表現出的以情動人的審美風貌。

　　陸雲的這種藝術觀念不僅要求「附情而言」，而且還要「抒情達意」。《與兄平原書》曰：「漁父相見以下盡篇為佳」，理由是：「與漁父相見時語，亦無他異，附情而言」。「附情而言」指作者在創作中要以傳情為準則，而在組織文辭時也要遵循抒情的需要，「語言隨著感情的起伏自然流出，情長則文長，情少則話少」〔註5〕。這種文學觀體現在其創作的《歲暮賦》《愁霖賦》《喜霽賦》等作品中，正如《歲暮賦》（並序）云：「感萬物之既改，瞻天地而傷懷，乃作賦以言情焉。」從萬物天地的角度來生發聯想，來作賦言情。《與兄平原書》曰：「文章既自可羨，且解愁忘憂，但作之不工，煩勞而棄力，故久絕意耳。在此悲思，視書不能解。」陸雲認為詩文創作關鍵要「抒情達意」，抒「情」能「解愁忘憂」；反之，則勞情費力，蹇滯文意。這與後來范曄的「以意為主，以文傳意」〔註6〕的觀點一致，都主張詩文內容的充實表達。陸雲也從審美鑒賞的角度以「味」論作品，認為有「深情遠旨」的作品是高文，可以讓人「耽味」。《與兄平原書》曰：「兄前表甚有深情遠旨，可耽味，高文也。」從情文的角度對「味」進行了界定。

　　陸機全面發展了陸雲的「情文」觀，在《文賦》中明確提出了「緣情」，對於「緣情」的釋義，歷來頗具爭議〔註7〕。從純粹的藝術視角來看，「緣情」反映了陸機重視自然景物對人情感的強大感發作用。無論是「感物吟志」的詩，還是「睹物興情」的賦，其創作都是要表達這種由客觀外物觸發而來的情感。陸雲在《與兄平原書》中評價陸機的《述思賦》「深情至言，實為清妙」，《述思賦》是陸機一篇情感真摯短小精練的賦作：

　　　　情易感於已攬，思難戢於未忘。嗟伊思之且爾，夫何往而弗臧。
　　駭中心於同氣，分戚貌於異方。寒鳥悲而饒音，哀林愁而寡色。嗟
　　余情之屢傷，負大悲之無力。苟彼塗之信險，恐此日之行暝。亮相
　　見之幾何，又離居而別域。觀尺景以傷悲，撫寸心而悽惻。

　　在這篇抒情小賦中，作者「情」發筆端，愁思婉轉，哀聲幽怨，把內心

〔註4〕姜亮夫校注：《屈原賦校注》，第144頁，北京：人民文學出版社1957年版。
〔註5〕肖華榮：《陸雲「清省」的美學觀》，第42頁，《文史哲》1982年1期。
〔註6〕郁沅，張明高編：《魏晉南北朝文論選》，第256頁。
〔註7〕張少康著：《文賦集釋》，第77～80頁。

的悽楚借「寒鳥」「衰林」等意象渲染得愁腸萬端、悲涼無限，「觀尺景以傷悲，撫寸心而悽惻」，於尺景寸心中把這種悲情推向極致。可見，「緣情」是《述思賦》「清妙」的藝術特徵，重在強調創作主體的情感投射。《文賦》還明確把「悲」作為藝術美的要求：「言寡情而鮮愛，辭浮漂而不歸。猶弦麼而徽急，故雖和而不悲。」陸機以樂喻文，強調文學創作要真切動人，要有「味」。因此，他反對「太羹之遺味」，批評詩文創作中情感的貧乏虛浮。與陸雲的「附情而言」相比，陸機的「緣情」不僅強調詩文以情動人的審美風貌，還更突出了創作主體與客體之間的情感互動。「二陸」雖然都以「味」強調作品的真情實感，卻沒有充分挖掘「味」的審美內涵。「味」作為一個審美範疇的真正確立，歸功於後來鍾嶸的《詩品》。

「二陸」的「情文」觀都包含了「思」「意」的文學觀念。《與兄平原書》曰：「《述思賦》倘自竭厲，然雲意皆已盡，不知本復何言？方當積思，思有利鈍，如兄所賦，恐不可須。」陸雲意為「雖然竭盡全力來寫《述思賦》，但是文思已盡，不知道該怎麼寫了。也知道醞釀文思的重要，但神思來時有遲緩之分，像兄那樣的賦作，恐怕寫不出來。」「意」即文思，「思」即神思，劉勰《文心雕龍·神思》篇有云：「古人云：形在江海之上，心存魏闕之下。神思之謂也。」「是以陶鈞文思，貴在虛靜，疏瀹五藏，澡雪精神，積學以儲寶，酌理以富才，研閱以窮照，馴致以懌辭」。不但神思難以把握，文思實現也非易事，要經過「虛靜」「積學」「酌理」「研閱」「馴致」，清和身心，積累素材，醞釀文思，才能發為文辭。陸雲在《與兄平原書》中曾感歎「用思困人」，劉勰在《文心雕龍·養氣》篇也提到「陸雲歎用思之困神，非虛談也」，「思」之難顯而易見。陸機在《文賦》中不但明確強調了「耽思」「凝思」的重要，而且重視「思」的特殊性，「若夫應感之會，通塞之紀，來不可遏，去不可止。藏若景滅，行猶響起。方天機之駿利，夫何紛而不理。思風發於胸臆，言泉流於唇齒。」當神妙思緒來臨時，如疾風發自胸臆，似清泉流於唇齒。這種藝術之「思」的特殊性在《文賦》中有多處表現：「思涉樂其必笑」言思的趣味情致；「思按之而愈深」「藻思綺合」論思的深沉精妙；「思乙乙其若抽」描繪思的呆滯枯澀。

對於「意」，陸機突出強調了「意巧」「意適」，主要指作品的「意」不僅要巧妙地統領全篇，也要恰切通達，要「意司契而為匠」，反對「意」的缺陷：「意徘徊而不能搞」，「率意而寡尤」。陸機還提出了著名的「意不稱物，文不

逮意」，「意稱物，文逮意」是他創作的理想追求。意物相稱，就是要使主觀的意符合客觀的象，描寫出來的形象，能貼切地表達作者的思想情感。因此在藝術創作中必須進行形象思維，使意與思、情、景緊密結合。《文賦》開篇云：「遵四時以歎逝，瞻萬物而思紛。悲落葉于勁秋，喜柔條於芳春。」當作者觸物興情時，情思與物象自然契合。然而，儘管陸機注意到了藝術思維的縝密玄妙，卻沒有明確「思、言、意」三者之間的關係，正如劉勰《文心雕龍・序志》篇所論「陸賦巧而碎亂」！可見，「二陸」都強調創作主體在藝術思維中的重要；都認為由「思」到「意」（「意稱物，文逮意」）的過程，是主體情感投射到客體進而成「文」的過程。「二陸」有關藝術構思的見解，為劉勰「神思」觀念的成熟奠定了基礎。

「情者，文之經」，中國文學緣情的藝術傳統源遠流長，老莊哲學本於自然之道的審美理想奠定了這種傳統的哲學基礎，《詩經》《楚辭》開創的文學抒情風貌決定了這種傳統的藝術格調。「二陸」的情文觀都繼承了這種優秀的文學傳統，並啟發了後來鍾嶸、劉勰的情文觀。

三、聲文觀

聲韻的運用，有助於情感的表現，意象的聯想和文章節奏的優美。「聲文」是劉勰在《文心雕龍・情采》篇中明確提出的概念，「情采」的要求就是要「文質相劑，情韻相兼」。文學藝術發展到魏晉，隨著人們審美意識的日漸成熟及佛典的翻譯傳誦，對詩文純粹聲韻美的追求就更為明顯。鍾嶸在《詩品・序》中云：「故三祖之詞，文或不工，而韻入歌唱。」劉勰在《文心雕龍・樂府》篇中云：「魏之三祖，氣爽才麗；宰割辭調，音靡節平」。可見，曹魏時期的文人已注意到詩文的聲韻。到了西晉，「二陸」在相互交流中更加關注詩文的聲韻問題。

宋葉夢得《石林詩話》云：「晉、魏間詩，尚未知聲律對偶，然陸雲相謔之詞，所謂『日下荀鳴鶴，雲間陸士龍』者，乃指為的對。至『四海習鑿齒，彌天釋道安』之類不一。乃知此體出於自然，不待沈約而後能也。」〔註8〕陸雲在評論詩賦時強調聲韻，是「情動於中」的必然結果。《與兄平原書》曰：「『於是』、『爾乃』，於轉句誠佳，然得不用之益快，有故不如無。又於文句中自可不用之，便少亦常。雲四言轉句，以四句為佳。往曾以兄《七羨》

〔註8〕【清】何文煥輯：《歷代詩話》，第 431 頁。

『囬煩手而沉哀』結上兩句為孤，今更視定，自有不應用時，期當爾，復以為不快」。陸雲注意到陸機創作中存在著聲韻問題，不主張陸機用「於是、爾乃」轉句，強調「四言轉句，以四句為佳」，建議《七羨》「囬煩手而沉哀」的上兩句省略。陸雲的抒情小賦創作反映了這種理論趨向，如《逸民賦》寫道：「傲物思寧，妙世自逸。靜芬響於永言，滅絕景於無質。相荒土而卜居，度山阿而考室。」「爾乃薄言容與，式宴盤桓。朝挹芳露，夕玩幽蘭。眇區外而放志兮，眷天路而怡顏。望靈嶽之清景兮，想佳人於雲端。悲滄浪之濁波兮，詠芳池之清瀾。鄙終南之辱節兮，韙伯陽之考槃。晞清霄以寄傲兮，泝凌風而頹歎。」這篇賦作不僅句內語辭相對、語句間整飭有致，而且文字精巧、音韻明亮。音韻的和諧流暢有助於彰顯詩文清新自然的審美風貌。此類作品，劉大杰先生在《魏晉思想論》中這樣評價：「在魏晉文學中是最上等最優秀的作品……在這些作品裏，脫離了現世的塵俗，表現一個合乎人情味的境界。這一個境界，不像仙界那麼神秘玄妙，是一個人人能走得到能體會到的自然境界。在那裡有美麗的畫意，有濃厚的詩情，一切都顯示著純潔，一切都表現著自然。」〔註9〕劉大杰先生的評價，反映了陸雲的文學成就和理論主張。

陸雲在《與兄平原書》中還提出了「小不韻」「上韻」的聲文觀念，「《九悲》多好語，可耽詠，但小不韻耳。皆已行天下，天下人歸高如此，亦可不復更耳。」「誨頌兄意乃以為佳，甚以自慰。今易上韻，不知差前不？不佳者，願兄小為損益。」這反映了西晉初年的詩賦作家已經認識到聲韻和諧是詩賦創作的重要條件。同時，陸雲警覺到陸機寫雅文用韻常常受吳方音的影響，特別提出了「音楚」「文故自楚」，如：「張公語云云：兄文故自楚」。陸雲也強調詩賦精妙的語調，如：「前後讀兄文，一再過，便上口語」。陸雲還講究詩文迴環跌宕的聲韻美，在《與兄平原書》中對陸機詩文倍加稱賞，原因之一就是陸機能為「新聲絕曲」，強調「音聲之迭代」。

陸機有著較為全面的「聲文」觀，《文賦》云：「詩緣情而綺靡」，對「綺靡」的注解，歷來褒貶不一。按照徐復觀先生的解釋〔註10〕，「綺靡」是形容語言藝術的形相，而構成形相性的主要因素是聲和色。聲即是宮商；色即是文采。從《文賦》中也可以看出，「文徽徽以溢目，音泠泠而盈耳」，「溢目」

〔註9〕劉大杰著：《魏晉思想論》，第149頁。
〔註10〕徐復觀：《中國文學論集》，第21～23頁，臺灣：臺灣學生書局1969年版。

的是形，「盈耳」的是聲。因此，陸機的「綺靡」包涵有詞采和聲韻兩個層面的含義。也就是說，要使詩歌具備動人心弦的藝術魅力必須做到感情真切濃烈，辭藻貼切美麗，音節自然上口。「暨音聲之迭代，若五色之相宣。雖逝止之無常，固崎錡之難便。苟達變而識次，猶開流以納泉。如失機而後會，恒操末以續顛。謬玄黃之秩序，故淟涊而不鮮。」李善注前兩句說：「言音聲迭代而成文章，若五色相宣而為繡也。」劉運好先生彙集各家之說，認為宮商合韻，遞相交錯，猶如五色文采，相互襯托而顯示其美〔註11〕。陸機強調「達變而識次」，重視詩文語音的自然規律，認為詩文語音有高低起伏的變化，有一定的次序安排，誦讀起來才和諧悅耳；如果音聲搭配不好，就會如玄黃失調，即使再鮮豔的顏色也會黯淡失鮮。陸機亦重「新聲」，重詩文清新絕俗的聲韻美，所以他反對「偶俗」，《文賦》云：「或奔放以諧合，務嘈囋而妖冶。徒悅目而偶俗，固高聲而曲下。寤《防露》與《桑間》，又雖悲而不雅。或清虛以婉約，每除煩而去濫。闕大羹之遺味，同朱絃之清氾。雖一唱而三歎，固既雅而不豔。」以《防露》《桑間》等俗曲雖有哀思卻不典雅，作比庸俗豔麗的詩文，突出中正典雅的聲韻。另外，陸機以音樂作比的「應、和、悲、雅、豔」的藝術標準，也是其重視詩文聲韻美的突出表現，只有「思風發於胸臆，言泉流於唇齒」的理想作品，才會有真正的聲韻之美。六朝時出現了一些韻書，如李登的《聲類》、呂靜的《韻集》、夏侯詠的《四聲韻略》，正是反映了當時詩文押韻標準不統一的情形。在此語境下，「二陸」重音韻的「聲文」觀念，更是有著十分重要的意義。

由此可見，「二陸」在詩文聲韻發展中的積極貢獻。「二陸」對聲韻的探討也體現了魏晉文人對聲韻的自覺追求及音樂理論在當時的發展，特別是音樂理論的發展重在倡導養心暢神，泄導性情，讓人們在身心愉悅的同時，刺激人們對美妙聲音的領悟。這種領悟反映到抒情文學上，就更加注重詩文的聲韻之美。「一種學說或學理的衍化，常是由模糊而清晰，由抽象而具體，由片斷而完整的。」〔註12〕在陸機、陸雲之後，顏延之、范曄、謝莊、鍾嶸、劉勰等也關注過聲韻問題，這都為沈約創造「四聲八病」說及律詩的形成準備了條件。

〔註11〕劉運好著：《陸士衡文集校注》，第27頁，南京：鳳凰出版社2007年版。
〔註12〕韓庭棕：《六朝文學上的聲律論》，《西北論衡》1937年第5卷2期，第57頁。

四、形文觀

　　根據謝巍先生編著的《中國畫學著作考錄》，魏晉的畫論著作主要有曹植的《畫贊》（五卷），傅玄的《古今畫贊》，夏侯湛的《東方朔畫贊》。這些繪畫理論的闡述不僅為顧愷之「傳神寫照」的提出奠定了基礎，也為六朝「形文」觀念的發展作了藝術理論的鋪墊。「形文」也是劉勰的《文心雕龍·情采》篇中明確提出的概念，旨在強調詩文的華采之美。這種對詩文純粹藝術美的追求有著傳統的淵源，漢代的《西京雜記》載司馬相如談作賦時就提出了「合纂組以成文，列錦繡以為質」〔註13〕，強調詩賦「麗」的特徵。進入魏晉，曹丕突破儒家「詩言志」的傳統理論框架，在《典論·論文》中提出了「詩賦欲麗」〔註14〕的理論主張，認為詩賦講究辭藻華麗，追求藝術形式之美，符合文學的藝術審美特徵。「詩賦欲麗」是一種標誌性的藝術理論主張。正如魯迅先生在《魏晉風度及文章與藥及酒之關係》一文中說：「漢文慢慢壯大起來，是時代使然，非專靠曹操父子之功的。但華麗好看，卻是曹丕提倡的功勞。」〔註15〕對詩賦「華采」之美的追求，由曹丕的明確提倡而日益成為一種審美風尚。

　　陸機主張詩文的「驚采絕豔」之美。「驚采絕豔」源自劉勰的《文心雕龍·辨騷》篇，形容文章華采並茂，有驚世駭俗之美。《文心雕龍·明詩》篇云：「晉世群才，稍入清綺」，《與兄平原書》曰：「《文賦》甚有辭，綺語頗多。文適多體，便欲不清。」劉勰、陸雲對這種綺美文風的批評未嘗不是一種褒揚，「綺」反映了精工雕琢的文辭所呈現的華采之美。陸機在創作中極力追求這種綺美的藝術理想，鍾嶸的《詩品》就評價陸機的五言詩「舉體華美」，認為其源出「詞采華茂」的曹植。《文賦》正是表達了這種藝術理想，「或藻思綺合，清麗千眠。炳若縟繡，淒若繁絃。必所擬之不殊，乃闇合乎曩篇。雖杼軸於予懷，怵佗人之我先。苟傷廉而愆義，亦雖愛而必捐。」陸機意為好文章要標新立異，不能與他人之作偶合，否則就有因襲之嫌，縱然喜愛也要捨棄。這暗示了陸機欣賞華采奇豔之作，文章不僅要有華采，又要有能驚人耳目不落俗套的「奇」語來表現這種華采，這種「奇」語也就是《文賦》所說的「立片言而居要，乃一篇之警策」中的「警策」，也同於陸雲所謂的「出

〔註13〕葛洪輯：《西京雜記》，第 12 頁，北京：中華書局 1985 年版。
〔註14〕郭紹虞，王文生編：《歷代文論選》，第 158 頁。
〔註15〕魯迅著：《魏晉風度及藥與酒的關係》，第 86 頁。

語」「出言」。《與兄平原書》曰：「《祠堂頌》已得省，兄文不復稍論常佳，然了不見出語，意謂非兄文之休者。前後讀兄文，一再過便上口，語省。此文雖未大精，然了無所識。然此文甚自難事，同又相似，益不古，皆新綺，用此已自為洋洋耳。」「《劉氏頌》極佳，但無出言耳。」「出語」「出言」即奇句、警句〔註16〕，這也與劉勰《文心雕龍·隱秀》篇所云的「秀世者，篇中之獨拔者也」的「秀詞」「秀句」意義相同，都講創作者精心構思的文辭對詩文的重要。「出語」「出言」像「石韞玉而山暉，水懷珠而川媚」一樣，有助於詩文呈現出華采之美。可見，「二陸」都重視詩文的「形文」之美。

陸雲的「形文」觀念更偏重於詩文清麗的藝術風貌。劉勰在《文心雕龍·才略》篇提到「士龍朗練，以識檢亂，故能布采鮮淨，敏於短篇」，陸雲欣賞詩文的「布采鮮淨」之美，稱其為「清工」「清約」，主要指由於詩賦清新凝練的文辭，作品整體呈現出簡約清麗的藝術特徵。如：「《祖德頌》無大諫語耳，然靡靡清工，用辭緯澤，亦未易。恐兄未熟視之耳。」《祖德頌》是陸機的作品，陸雲肯定了它「清工」的文辭。「清工」「清約」是對詩文語言的審美要求，創作主體能借助精工的語言使詩文兼具清麗之美。沈約曾用「縟旨星稠，繁文綺合」〔註17〕來評西晉文學形式上的繁縟化、技巧化。然而，陸雲「清新自然」的審美理想，與當時審美主潮已有所不同，其《登臺賦》《南征賦》，在反映真情實感的同時，也表現了清麗自然的審美特徵。這也從一個側面說明陸雲對當時文壇崇尚修辭、偏重形式的批評。這種審美理想，誠如羅宗強先生所言：「他的這種觀點，若從重技巧言，與其時之思潮一致；若從審美情趣言，則與其時之審美情趣主潮實存差別。」〔註18〕

「二陸」的「形文」觀都注意到語言精確的重要。《文賦》云：「或寄辭於瘁音，言徒靡而弗華。混妍蚩而成體，累良質而為瑕。象下管之偏疾，故雖應而不和。」陸機以音樂上的和之美，來比喻詩文的和之美。詩文中華美的言辭與用得不當的言辭混在一起美醜難辨，如同過於急促的管樂，雖有呼應卻不和諧。陸機同時提到了「體」與「質」，聯繫《文賦》中的「其為物也多姿，其為體也屢遷」「碑披文以相質」，這裡「體」引申指詩文的體貌風姿，「質」指表現出作者情感的詩文內容。《與兄平原書》曰：「《扇賦》腹中愈首

〔註16〕錢鍾書著：《管錐編》，第1916頁。
〔註17〕【南朝宋】沈約撰：《宋書》，第1778頁。
〔註18〕羅宗強著：《魏晉南北朝文學思想史》，第115～116頁。

尾,發頭一而不快。言『烏雲龍見』,如有不體。」指出陸機《扇賦》中「烏雲龍見」用得不當,與作品的整體風貌不符。所以「二陸」都強調詩文和諧的藝術特徵,重詩文精確的語言風貌。與陸機不同的是,陸雲亦重鍊字,《與兄平原書》曰:「『徹』與『察』皆不與『日』韻,思惟不可得,願賜此一字」。句工只在一字之間,鍊字有助於抑制文辭繁縟,如對陸機之文的評價:

> 兄文章之高遠絕異,不可復稱言。然猶皆欲微多,但清新相接,不以此為病耳。若復令小省,恐其妙欲不見,可復稱極,不審兄由以為爾不……雲今意視文,乃好清省,欲無以尚意之至此,乃出自然。(《與兄平原書》)

在陸雲看來,陸機文有「高遠絕異」與「清新相接」的優點,即文辭新穎華美,文情自然真摯。但陸機文也有「皆欲微多」的缺點,即綺語頗多、文辭繁蕪,不符合陸雲重鍊字的「布采鮮淨」的審美標準。陸雲正是注意到在創作中抒發情感與「布采鮮淨」並重之難,所以他對被「張公歎其大才」的兄長之文存矛盾之見。劉勰對此有著準確的判斷,《文心雕龍・鎔裁》篇云:「及雲之論機,亟恨其多;而稱『清新相接,不以為病』,蓋崇友于耳。」

「虎豹無文,則鞟同犬羊,犀兕有皮,而色資丹漆,質待文也。」劉勰在《文心雕龍・情采》篇中以虎豹犀兕作比,精妙地概述了詩文華采之美的重要性。「二陸」的「形文」觀都強調詩文的華采之美,不同的是陸機偏重「綺麗」,陸雲傾向「清省」。「二陸」的「形文」觀念都為南朝「辭綺句工」的文風奠定了基調。

五、結語:美文觀

魏晉六朝,在士人生活的各個領域(諸如琴、棋、書、畫、詩、文)流行著一種明顯審美化的批評風氣,反映在文學上就是批評形式的美化,即以具有審美價值的語言闡發批評者的觀點。如鍾嶸《詩品》云「謝詩如芙蓉出水,顏詩如錯彩鏤金」,劉勰《文心雕龍・時序》篇云「茂先搖筆而散珠,太沖動墨而橫錦」。這種批評語言追求美化的傾向,更有一股內在的驅力促使批評者對作品「美」化的要求。梁啟超先生的《中國之美文及其歷史》中,把詩、賦、詞、曲等韻文稱之為「美文」。陸雲在與陸機的書信往來中,言及最多的是詩賦,「二陸」的一系列詩賦的審美標準,也是他們的「美文」觀。

《文心雕龍・情采》篇云:「文采所以飾言,而辯麗本於情性」,認為情

性與文采並重的詩文才是美文。陸機的「詩緣情而綺靡」比之曹丕的「詩賦欲麗」更強調了詩歌的「美文」性特徵，並得到了後世許多文論家的響應，如劉勰《文心雕龍・辨騷》篇云：「《九歌》《九辨》，綺靡以傷情」，《文心雕龍・時序》篇云：「結藻清英，流韻綺靡」；梁蕭繹《金樓子・立言》云：「至如文者，惟須綺縠紛披，宮徵靡曼，唇吻遒會，情靈搖盪」〔註19〕。可見，陸機「緣情綺靡」的理論主張開啟了後世對「錯彩鏤金」之美的審美追求。《與兄平原書》中反覆出現了「清工」「清新」「清美」「清約」等以「清」為主的審美準則，表明陸雲已自覺地將清新自然作為一種審美風趣來倡導，以區別於當時華豔雕藻的文風。在我國傳統的重清新自然的審美源流中，陸雲主「清」的審美理想對「芙蓉出水」之美起了先導作用。宗白華先生說：「『芙蓉出水』與『錯彩鏤金』代表了中國美學史上兩種不同的美感或美的理想。」〔註20〕可見，「芙蓉出水」與「錯彩鏤金」在當時成為時代的審美趨向。

　　然而，「二陸」生活的年代畢竟是一個文學辨體意識不成熟的時代，劉勰在《文心雕龍・總術》篇中云：「昔陸氏《文賦》，號為曲盡，然泛論纖悉，而實體未該。故知九變之貫匪窮，知言之選難備矣。」可見，西晉的辨體意識雖然走向了自覺，但還不夠成熟圓融。辨體意識的侷限影響到了詩文的藝術審美，陸機的「詩緣情而綺靡」既是文筆差異的自覺反映，也是時代審美主潮的影響。在這樣的一個文學辨體意識不完善的時期，在創作上過於追求聲色流於形式實在是時代使然，劉勰在《文心雕龍・時序》篇中「魏晉淺而綺」的評價也確為切中肯綮之論。

　　總之，陸機對「豔」美的追求開啟了南朝「錯彩鏤金」的唯美文風，陸雲對「清」美的倡導，引導了後世對「芙蓉出水」之美的重視。「二陸」的審美理想都反映了那個任情任性時代的審美視角與審美追求，從中國古典美學的審美源流來看，「二陸」的美文觀念既相互獨立又相互補充。

〔註19〕郭紹虞，王文生編：《歷代文論選》，第 340 頁。
〔註20〕宗白華著：《美學散步》，第 34 頁。

附錄三：論陸雲文學思想對鍾嶸《詩品》的影響〔註1〕

　　鍾嶸（約 468～約 518）對陸雲有著較高的評價，《詩品·中》云：「清河之方平原，殆如陳思之匹白馬。於其哲昆，故稱『二陸』。」〔註2〕把「二陸」比之「曹植、曹彪」昆仲。雖然他把陸雲列入中品，但從另一個側面來看，未嘗不是對陸雲的褒揚，因為中品富有代表性的詩人大多是以感恨之氣與清麗之詞為其所賞〔註3〕，特別是鍾嶸強調的「自然英旨」的詩學理論與陸雲的以「清」為主的文學思想有著相通之處。本文擬從《與兄平原書》與《詩品》與文學思想的比較中，側重於從「情文」「美文」「聲文」來闡述陸雲文學思想對鍾嶸詩學思想的影響，同時也希望能從一個較為獨特的視角來透視整個魏晉南北朝的文藝批評。

一、情文觀

　　在魏晉，文學的藝術特質受到了高度的重視。曹丕突破儒家傳統的「詩言志」的理論傳統，在《典論·論文》中提出了「詩賦欲麗」〔註4〕的文學主張，開始自覺地強調詩賦的藝術之美，反映了時代藝術審美的漸變成熟。曹丕認為詩賦的華麗辭藻，符合文學藝術的審美特質。對詩賦「華采」之美的

〔註1〕原文發表於《文學前沿》15 期，第 79～93 頁，北京：學苑出版社 2009 年版。
〔註2〕【南朝梁】鍾嶸著，曹旭集注：《詩品集注》，第 302 頁。
〔註3〕參照曹旭：《〈詩品〉評陶詩發微》，《復旦學報》（社會科學版），第 61 頁，1988年第 5 期。
〔註4〕郭紹虞，王文生編：《歷代文論選》，第 158 頁。

追求，由曹丕的明確提倡而日益成為一種風尚。與此同時，人們對個體性情、儀容風度也達到了空前重視。劉邵在《人物志》中確立了一種因性求才的人物品評觀。魏晉才性觀倡導至情至性，阮逸撰《人物志序》云：「人性為之原，而情者性之流也。性發於內，情導於外，而形色隨之」〔註5〕。情為性之流，性情相隨，人之本然；任情而動，文之本原。正是由於文學審美的逐漸成熟與至情至性才性觀的倡導，才使得魏晉詩文任情而發，文風爽暢，在審美中追求情感的藝術化。

陸雲作為西晉時期重要的文學家在評論詩文時主「情」，要求創作者情動於心而後下筆抒情，進而以情驅辭，文因情成。「先辭後情」在《與兄平原書》中明確提出：「往日論文，先辭而後情，尚勢而不取悅澤。嘗憶兄道張公父子論文，實自欲得。今日便欲宗其言。」陸雲過去論文主張「先辭後情」，因受張華父子影響幡然醒悟，開始重「情」，並在評自己所作《九愍》時提出了「情文」：「此是情文，但本少情，而頗能作泛說耳」。《九愍》缺少真情實感，靠形式上的堆砌辭藻掩蓋內容的空虛浮泛，正如《九愍》（並序）云：「昔屈原放逐，而離騷之辭興，自今及古，文雅之士，莫不以其情而玩其辭，而表意焉，遂廁作者之末，而述九愍。」模擬的意圖與傾向昭然若揭。陸雲推崇自然流露真情的作品，評《九歌》時云：「嘗聞湯仲歎《九歌》。昔讀楚辭，意不大愛之。頃日視之，實自清絕滔滔，故自是識者，古今來為如此種文，此為宗矣。」《九歌》原是楚國的民間祭歌，後經屈原改制流傳到今。屈原對它的改動只是「修飾潤色」〔註6〕而已，所以它仍表現著民間歌詩以情動人的風貌。鍾嶸亦肯定了楚辭篇章的「情文」特徵，如評李陵詩時云：「其源出楚辭。文多悽愴，怨者之流。」李陵的詩歌正是繼承了楚辭篇章（如《九歌》）以「情」動人的審美理想，才表現出哀怨動人的審美特徵。可見，「情文」的特徵正是作品透出的以情動人的審美風貌。

陸雲的「情文」觀認為只有附情而言，才能表情達意。《與兄平原書》曰：「漁父相見以下盡篇為佳」，理由是：「與漁父相見時語，亦無他異，附情而言。」「附情而言」指作者在創作中要以傳情為準則，而在組織文辭時也要遵循抒情的需要，「語言隨著感情的起伏自然流出，情長則文長，情少則話少」

〔註5〕【魏】劉邵著，伏俊璉譯注：《人物志譯注》，第1頁，上海：上海古籍出版社2008年版。

〔註6〕姜亮夫校注：《屈原賦校注》，第144頁，北京：人民文學出版社1957年版。

〔註7〕。這種文學觀念體現在其創作的《歲暮賦》《愁霖賦》《喜霽賦》等作品中，正如《歲暮賦》（並序）所云：「感萬物之既改，瞻天地而傷懷，乃作賦以言情焉。」從萬物天地的角度來生發聯想，來作賦言情。《歲暮賦》作於永寧二年，故國之思、悼親之情、轉遷之感交織在一起，作品風貌憂傷悲涼，特別是賦中出現了主客意象完美融合的語句：「指晞露而怵心兮，衍死生於靡草。」「悲山林之杳藹兮，痛華構之丘荒。」把主觀情感滲透在自然物象中，不僅給人以蕭瑟衰敗之感，也反映了個體生命的短暫渺小。此外，陸雲的《愁霖賦》《喜霽賦》等也表達了對人生倏忽的哀歎！這類賦作語言清新簡練、感情抒發自如，既不同於陸機的繁縟，也不同於傅玄的華麗，構成了自己獨特的風格。對這一類作品，劉大杰先生在《魏晉思想論》這樣評價：「在魏晉文學中是最上等最優秀的作品，哲理詩過於枯淡，遊仙詩過於玄虛，只有這種文學看去似乎枯淡，卻又豐腴，看去似乎玄虛，卻又實在。在這些作品裏，脫離了現世的塵俗，表現一個合乎人情味的境界……在那裡有美麗的畫意，有濃厚的詩情，一切都顯示著純潔，一切都表現著自然。」〔註8〕劉先生的評價，不僅從一個側面反映了陸雲的文學成就，也體現了他的「情文」觀念。《與兄平原書》曰：「文章既自可羨，且解愁忘憂，但作之不工，煩勞而棄力，故久絕意耳，在此悲思，視書不能解。」陸雲認為詩文創作關鍵要抒情達意，抒「情」能「解愁忘憂」；反之，則勞情費力，塞滯文意。這與後來范曄的「以意為主，以文傳意」〔註9〕的觀點一致，都主張詩文內容的充實表達。

　　鐘嶸全面發展了陸雲的「情文」觀，認為詩歌是「搖盪性情」「感蕩心靈」的審美表現，好的詩歌在抒發詩人情感的同時，還有一種動人魂魄的力量，《詩品·序》云：

　　　　若乃春風春鳥，秋月秋蟬，夏雲暑雨，冬月祁寒，斯四候之感
　　　諸詩者也。嘉會寄詩以親，離群託詩以怨。至於楚臣去境，漢妾辭
　　　宮，或骨橫朔野，或魂逐飛蓬，或負戈外戍，殺氣雄邊；塞客衣單，
　　　孀閨淚盡；又士有解佩出朝，一去忘返；女有揚蛾入寵，再盼傾國。

　　鐘嶸認為詩歌既是對自然萬物的感發，亦是對人生各種際遇的感歎。他用「哀怨」「愀愴」「悲涼」等表現人情感的文辭來反映他的詩歌審美理想，

〔註7〕參照肖華榮：《陸雲「清省」的美學觀》，《文史哲》1982年第1期，第42頁。
〔註8〕劉大杰著：《魏晉思想論》，第149頁。
〔註9〕郁沅，張明高編：《魏晉南北朝文論選》，第256頁。

如：「文多悽愴，怨者之流」（漢都尉李陵詩）、「發愀愴之詞」（晉步兵阮籍詩）、「曹公古直，甚有悲涼之句」（魏武帝詩）等。「哀怨悲涼」在漸變為詩歌審美的格調同時，也體現了鍾嶸的重情的詩學思想。這裡要特別指出的是，鍾嶸的《詩品》雖重在評價五言古詩，但其《詩品》之「序」卻以駢賦寫成，託賦比興之寓，窮情寫物，高標四時風骨，不但與陸雲的「感萬物之既改，瞻天地而傷懷，乃作賦以言情」的創作傾向相符，也反映了其發乎自然的「情文」觀念。鍾嶸從情文觀念上對五言詩進行了肯定，將文體特點與人文意蘊聯繫在一起來理解詩歌。《詩品·序》云：「夫四言文約意廣，取效風、騷，便可多得。每苦文繁而意少，故世罕習焉。五言居文辭之要，是眾作之有滋味者也。故雲會於流俗。」鍾嶸順應時代的發展認為五言詩與四言詩不同，可以有「滋味」，即相對於「文約意廣」的四言詩更能自由地抒發情感，所以世人才相對容易地來寫，這也是它為什麼「會於流俗」的原因。如何解決五言詩的「會於流俗」呢？鍾嶸評阮籍詩時云：「其源出於《小雅》。無雕蟲之巧，而《詠懷》之作，可以陶性靈，發幽思，言在耳目之內，情寄八荒之表，洋洋乎會於風雅，使人忘其鄙近，自致遠大，頗多感慨之詞。」鍾嶸以阮籍《詠懷》詩為例，強調詩歌不但能陶冶高俗的性情，而且能引發高遠的情致，能「使人忘其鄙近」。因此，詩歌高遠的情致能遮蔽世俗鄙陋，也只有這樣的詩歌才能「味之者無極，聞之者動心」。

　　鍾嶸的這種文學思想與陸雲的文學創作傾向不謀而合。與重真情實感的抒情小賦的創作相比，陸雲在詩歌上的確沒有特別的成就，正如其在《與兄平原書》中所云：「四言五言，非所長，頗能作賦」。蕭統《文選》選錄了陸雲的詩歌，如《大將軍宴會被命作詩》《為顧彥先贈婦二首五言》《答兄機》《答張士然》等。「贊論之綜輯辭采，序述之錯比文華，事出於沉思，義歸乎翰藻」（《文選序》）是蕭統的選錄標準，這一標準顯然強調辭藻華美、聲律和諧、對偶工致、用事確切等藝術形式。陸雲正是意識到自己詩歌創作重於模擬雕琢，缺乏扣人心弦的動人情感，所以才評價自己不擅四言、五言詩的創作。對於鑑賞者和批評者而言，最忌諱的就是不能「自見」，而要「各執一隅之見，欲擬萬端之變」〔註10〕（《文心雕龍·知音》）。陸雲的「自見」不僅反映了他的理論識見，也體現了他的文學思想：四言、五言詩創作要意味深厚，感情真摯。鍾嶸評陸雲詩云：「清河之方平原，殆如陳思之匹白馬，於其哲昆，故

―――――――――
〔註10〕 【南朝梁】劉勰著，范文瀾注：《文心雕龍注》，第 714 頁。

稱二陸。」鐘嶸將陸雲列入「中品」，並與其陸機並提還是有一定深意的。陸雲文學思想契合了鐘嶸論述的五言詩的創作特點。因此，鐘嶸與陸雲一樣都重「情」，強調詩文思想情感的真摯表達。

「情文」這個批評概念的提出在文學批評史有著重要意義。劉勰在《文心雕龍·情采》篇中也明確以「情文」「為情造文」並舉，劉勰認為作者情思激蕩，在真情實感的驅使下創作詩歌，謂之「為情造文」。「為情造文」的反面是「為文造情」。「為情造文」說的提出，不但對糾正其時片面追求華豔的文風有積極意義，而且對以後貴情重意理論傳統的形成也產生了深遠影響。「情者，文之經」（《文心雕龍·情采》），中國文學緣情的藝術傳統源遠流長，老莊哲學本於自然之道的審美理想奠定了這種傳統的哲學基礎，而《詩經》《楚辭》所開創的文學抒情的風貌決定了這種傳統的藝術格調。鐘嶸與陸雲都承繼了這種文學抒情的傳統，在評論詩文時不但重真摯的情感，而且強調高遠的情致。鐘嶸在重詩歌情感的同時，亦強調其「文采」之美，如鐘嶸盛讚陸機所擬《古詩》「文溫以麗，意悲而遠」，「情感」與「丹采」並重，豐富發展了傳統的「美文」觀。

二、美文觀

魏晉六朝文壇有一種追求審美化的批評風氣，反映在文學上即以具有審美價值的語言闡發批評者的觀點。鐘嶸《詩品》云「謝詩如芙蓉出水，顏詩如錯彩鏤金」。劉勰《文心雕龍》云「茂先搖筆而散珠，太沖動墨而橫錦」。這種批評語言追求美化的傾向，更有一股內在的驅力驅使批評者對作品的「美」化要求。陸雲在論文的過程中，多次提到了「美」，對詩文純粹的藝術美的追求，是陸雲的文學傾向。《與兄平原書》曰：「兄二弔自美之。但其『呵二子小工』，正當以此言為高文耳。」「高文」即「美文」，是「文」在審美層次的展開。

以「清」為美是陸雲「美文」觀的主要思想，「清」主要有三個層面的含義：一是由於創作主體的眷眷真情，作品透出的以情動人的風貌，這樣的特徵被他譽為「清妙」「清絕」。如：「省《述思賦》，深情至言，實為清妙」，《述思賦》是陸機一篇情感真摯短小精練的賦作：

情易感於已攬，思難戰於未忘。嗟伊思之且爾，夫何往而弗臧。
駭中心於同氣，分戚貌於異方。寒鳥悲而饒音，哀林愁而寡色。嗟

余情之屢傷，負大悲之無力。苟彼塗之信險，恐此日之行戾。亮相

見之幾何，又離居而別域。觀尺景以傷悲，撫寸心而悽惻。〔註11〕

作者「情」發筆端，愁思婉轉，哀聲幽怨，把內心的悽楚借「寒鳥」「哀林」等意象渲染得愁腸萬端、悲涼無限，哀莫哀過生離別，特別是尾句的「觀尺景以傷悲，撫寸心而淒惻」，於尺景寸心中蘊大悲大淒。「附情而言」是《述思賦》「清妙」的藝術特徵。二是由於作品清新工致的言辭，作品整體呈現出要言不煩的特徵，這樣的特徵被他稱為「清工」「清約」「清利」「清美」。《與兄平原書》曰：「《祖德頌》無大諫語耳，然靡靡清工，用辭緯澤，亦未易。恐兄未熟視之耳。」《祖德頌》是陸機的作品，其「用辭緯澤」，符合陸雲「清工」的審美標準。這裡提及的「緯澤」與「悅澤」「勢」頗有聯繫。

《與兄平原書》曰：「往日論文，先辭而後情，尚勢而取不悅澤。」「悅澤」即「潤色」，如其云：「久不作文，多不悅澤，兄為小潤色之，可成佳物」；「勢」卻極具淵源。陸雲身為太康文壇的重要作家之一，完全有可能受「慷慨以任氣」（《文心雕龍‧明詩》）的建安文學的影響而追求「勢」。陸機曾寫《弔魏武帝文》，對魏武帝曹操之死，慨然歎息傷懷！陸雲在《與兄平原書》中不僅有「一日案行，並視曹公器物」之類提及曹操的話，而且還有「士憑勢而響駭，馬噓天而景淩」〔註12〕等氣勢激昂之句。盛唐的批評家殷璠在《丹陽集‧序》中有云：「建安末，氣骨彌高，太康中體調尤峻」〔註13〕，《文心雕龍‧明詩》篇說建安詩歌「造懷指事，不求纖密之巧；驅辭逐貌，唯取昭晰之能」。陸雲正是受到了建安文學的影響，才「不求纖密之巧」即「不取悅澤」，而追求一種「體調尤峻」的「勢」的藝術風貌。《與兄平原書》中對王粲的批評也反映了陸雲重「勢」的文學觀，「仲宣文，如兄言，實得張公力……兄詩多勝其《思親》耳。《登樓賦》無乃煩《感丘》。其《弔夷齊》，辭不為偉。」王粲詩文雖然得到了張華的好評，陸雲卻認為陸機的詩要比王粲的《思親詩》好得多。在鍾嶸看來，張華詩的特點是「風雲氣少」，即缺少剛健的藝術風貌；王粲詩的特點是「文秀而質羸」，即文采出眾而內容瑕

〔註11〕劉運好校注：《陸士衡文集校注》，第 176～177 頁。

〔註12〕此句《與兄平原書》中引。陸雲另有《南征賦》（並序），此賦有一段文字與書簡所引相同，但把此句「勢」改為「威」。劉運好校注：《陸士龍文集校注》，第 1104、164 頁。

〔註13〕傅璇琮、陳尚君、徐俊編：《唐人選唐詩新編》（增訂本），第 131 頁。

累〔註14〕。詩文實相表裏也，這些都說明了陸雲不尚過度潤飾的文風，崇尚詩文清峻剛健的藝術風貌，即重詩文之「勢」。所以他說王粲的《弔夷齊》「辭不為偉」，即《弔夷齊》因文辭的過分雕藻致使內容繁蕪，文風不夠清峻剛健，這與鍾嶸「文秀而質羸」的批評頗為相似。《詩品·序》有云：「太康中，三張、二陸、兩潘、一左，勃爾復興，踵武前王，風流未沫，亦文章之中興也。永嘉時，貴黃、老，稍尚虛談。於時篇什，理過其辭，淡乎寡味。爰及江表，微波尚傳，孫綽、許詢、桓、庾諸公，詩皆平典，似《道德論》，建安風力盡矣。」「風流未沫」反映了太康文壇的風貌；「風力盡矣」表現了東晉文壇的狀況，這說明太康時「風力」尤存。陸雲正是受建安文學的影響，才重「勢」，即鍾嶸所謂的「風力」，崇尚詩文清峻剛健的藝術風貌。

因此，陸雲後來論文「勢」「澤」並重，「緯澤」才被明確提出。「緯澤」正是在強調詩文華采美的同時，又重詩文的清峻剛健之美。既然《祖德頌》因其「用辭緯澤」，符合陸雲「清工」的審美標準，那麼「清工」的涵義就不僅僅指清新工致的言辭，還指作品整體呈現的一種富有清峻剛健美的藝術特徵。陸雲雖對具有「清工」美的這類作品有所讚賞，但比之「以情動人」具有「清妙」特徵的作品，這類作品顯然有著不足之處，誠如他所云：「兄《園葵詩》清工，然猶復非兄詩妙者。」因而，詩文創作即使不能「緣情動人」，也要「靡靡清工，用辭緯澤」，只有這樣才符合陸雲的審美標準。三是對於作品整體上呈現出的清新自然的風格，新穎別致的風貌，他稱之為「清省」「清新」。如對陸機之文的評價：

兄文章之高遠絕異，不可復稱言。然猶皆欲微多，但清新相接，不以此為病耳。若復令小省，恐其妙欲不見，可復稱極……雲今意視文，乃好清省，欲無以尚意之至此，乃出自然。（《與兄平原書》）

在陸雲看來，陸機文有「高遠絕異」與「清新相接」的優點，即文辭新穎華美，如《文賦》；文情自然真摯，如《述思賦》。但陸機文也有「皆欲微多」的缺點，即綺語頗多、文辭繁蕪，遠離了陸雲「清省」的審美標準。或許是陸雲深切地體會在創作中既要做到淋漓盡致地抒發情感，又要做到「文采鮮淨」之難，所以他對陸機之文存矛盾之見。《文心雕龍·熔裁》有云：「及雲之論機，亟恨其多；而稱『清新相接，不以為病』，蓋崇友于耳。」「清新

〔註14〕 王叔岷箋證：《鍾嶸詩品箋證稿》，第 161～163、227 頁，北京：中華書局 2007 年版。

相接」是陸雲文學觀念裏理想的審美境界，重在強調文風的「清」美。但對不符合「清」美的作品，他持批評態度，如「《文賦》甚有辭，綺語頗多。文適多體，便欲不清。不審兄呼爾不？」陸機《文賦》語言不乏新穎，也許正是過分地追求這種「新穎」，欲清卻不清，誠如劉勰所云：「陸賦巧而碎亂」。同時也提到了「綺語」問題，所謂的「綺語」指過分雕琢的言辭，《文心雕龍》有云：「晉世群才，稍入輕綺」，「魏晉淺而綺」，對這種過分的「綺」，劉勰也有所不滿。因而《文賦》是一種「綺」美，不符合陸雲「清」美的理想。陸機的「綺」從鍾嶸的批評中也可看出：

> 其源出於陳思。才高辭贍，舉體華美。氣少於公幹，文劣於仲宣。尚規矩，不貴綺錯〔註15〕，有傷直致之奇。然其咀嚼英華，厭飫膏澤，文章之淵泉也。張公歎其大才，信矣！（《詩品上·晉平原相陸機詩》）

鍾嶸認為陸機詩源出於曹植，詞藻富盛，文風華美。《詩品·序》稱陸機為「太康之英」，對其讚美之詞溢於言表，但對其「傷直致之奇」的華麗文風卻有所批評，因為這與鍾嶸強調的本於自然的「自然英旨」的詩學理論相悖。

因而，「清」是一切優秀作品的基本因素。也就是說，無論文意與文辭，都應當精而不蕪，約而不繁，透明澄澈，雅潔不俗，能整體上呈現出一種不見雕琢之痕，不落鉛粉之跡的天然風韻。〔註16〕「清妙」「清絕」「清工」「清約」「清利」「清美」「清省」「清新」在不同的語境中雖有所不同，但基本上也都有清新自然之意，以文情的自然真摯、文辭的清朗爽潔、文風的布采鮮淨為美。

鍾嶸與陸雲一樣重視詩文的「清」美，重「自然英旨」，不賞有傷「清」美的作品，這體現在鍾嶸對許多作家的品評中。如：「託諭清遠」（晉中散嵇康詩）、「風華清靡」（宋徵士陶潛詩）、「務其清淺」（宋豫章太守謝瞻詩）、「清便宛轉」（梁衛將軍范雲詩）、「清工之句」（晉徵士戴逵詩）、「氣候清雅」（宋光祿謝莊詩）、「嶄絕清巧」（齊鮑令暉詩）、「奇句清拔」（梁常侍虞羲詩）。鍾嶸明確把「清」上升到一種審美風貌，用「清」的「意象」論詩，如評謝靈運詩「如芙蓉出水」，不言「清」而有「清」味，「清水芙蓉」的意象如在耳

〔註15〕王叔岷認為「不」為「而」之誤。王叔岷箋證：《鍾嶸詩品箋證稿》，第175頁。

〔註16〕參照郁沅等編《魏晉南北朝文論選》觀點，第175頁。

目，賦予「清」一種意境美。鐘嶸的這種詩學思想與陸雲的文學思想相通，都強調文采鮮淨，激賞一種超拔脫俗的美。不同的是，鐘嶸明確認為只有「情感」「風力」「丹采」相結合才是理想的詩美。如對他特別推崇的詩人曹植的品評：

> 其源出於《國風》，骨氣奇高，詞彩華茂，情兼雅怨，體被文質。粲溢今古，卓爾不群。嗟乎！陳思之於文章也，譬人倫之有周、孔，鱗羽之有龍鳳，音樂之有琴笙，女工之有黼黻。（《詩品上·魏陳思王植詩》）

鐘嶸認為曹植的詩出於《國風》，骨氣奇拔高妙，詞采華麗富盛，情感兼《小雅》之怨，風貌具文質之美。沈約的《宋書·謝靈運傳論》也有云：「子建、仲宣，以氣質為體，並標能擅美，獨映當時，是以一世之士，各相慕習。源其飆流所始，莫不同祖風騷」〔註17〕，曹植正是因才氣高妙其詩歌兼有了《小雅》的怨悱與《離騷》的華豔，才兼具了「情感」「風力」「丹采」相結合的審美特徵。「風力」與「風骨」「骨氣」及陸雲重「勢」的「清工」的蘊涵大致相同，皆指作品整體呈現的一種富有清峻剛健美的藝術特徵；「丹采」指詩歌文辭的美麗，它是文辭精工修飾後所呈現的美，鐘嶸《詩品下·序》云：

> 陳思贈弟，仲宣《七哀》，公幹思友，阮籍《詠懷》，少卿「雙鳧」，叔夜「雙鸞」，茂先寒夕，平叔衣單，安仁倦暑，景陽苦雨，靈運《鄴中》，士衡《擬古》，越石感亂，景純詠仙，王微風月，謝客山泉，叔源離宴，鮑照戍邊，太沖《詠史》，顏延入洛，陶公《詠貧》之製，惠連《擣衣》之作：斯皆五言之警策者也。所謂篇章之珠澤，文彩之鄧林。

鐘嶸以曹植、王粲等魏晉以來眾名家的作品為例，以「珠澤」「鄧林」作喻來突出詩歌華采之美的風貌，強調「警策」之作的特徵。「警策」即「奇句」，重與「奇」的結合，如鐘嶸在《詩品·序》中用「詞不貴奇，競須新事」來批評任昉、王融，任昉、王融的詩歌正是因缺少「奇句」而文乏異彩。所以「丹采」與陸雲「出言」「出語」有相通的一面，如他說：「《劉氏頌》極佳，但無出言耳。」「出言」即奇句、警句〔註18〕。這與陸機《文賦》所云的：「立

〔註17〕郭紹虞，王文生編：《歷代文論選》，第215頁。
〔註18〕引證錢鍾書語以證之。錢鍾書著：《管錐編》，第1916頁。

片言而居要，乃一篇之警策」的「警策」，劉勰所意味的「秀世者，篇中之獨拔者也」〔註19〕的「秀詞」「秀句」是一致的，都講創作者精心錘鍊構思的文辭對詩文的重要。鍾嶸在陸雲的基礎上豐富了「美文」觀，「情感」「風力」「丹采」並重。《文心雕龍・情采》篇云：「文采所以飾言，而辯麗本於情性」，情性與文采並重，認為離開情性的文采是塗飾，正如離開風骨的文采，是「振采失鮮，負聲無力」。有了情性再加上文采，才是美，也只有這樣的文章，才稱得上是「美文」。

劉勰是魏晉南北朝「美文」觀的集大成者，《文心雕龍・情采》篇云：「故立文之道，其理有三：一曰形文，五色是也；二曰聲文，五音是也；三曰情文，五性是也。五色雜而成黼黻，五音比而成韶夏，五性發而為辭章，神理之數也。」把文分為「形文」「聲文」「情文」。錢鍾書先生在《談藝錄》中云：「詩者，藝之取資於文字者也。文字有聲，詩得之為調為律；文字有義，詩得之以侔色揣稱者，為象為藻，以寫心宣志者，為意為情。及夫調有弦外之遺音，語有言表之餘味，則神韻盎然出焉。」〔註20〕可以說，這是對劉勰理論的最佳注腳。「聲文」指「韻律」之文，「情文」指「緣情而發」之文，「形文」指「描摹物象」之文，如果這三者調配適當，就能形成有「弦外之音」「言外之味」的「神韻」之文。從純文學的角度來看，「情文」主要指「文學」的思想情感層面，而「形文」與「聲文」主要指「文學」的語言文采和音樂美感等層面，「神韻」之文當指情、色、聲三者皆俱的「美文」了〔註21〕。陸雲、鍾嶸、劉勰的「美文」觀一脈相承，共同豐富發展了六朝的「美文」觀念。

〔註19〕范文瀾《文心雕龍注・隱秀》篇曰：「重旨者，辭約而義富，含味無窮，陸士衡云『文外曲致』，此隱之謂也。獨拔者，即士衡所云『一篇之警策』也。陸士龍《與兄平原書》曰『《祠堂頌》已得省，然了不見出語』，意謂非兄文之休者。又云：『劉氏《頌》極佳，然了不見出語耳』。所謂出語，即秀句也。」

〔註20〕錢鍾書著：《談藝錄》之六「神韻」，第110頁。

〔註21〕陶禮天先生認為：「『情文』、『聲文』、『形文』可以分別指文學、書畫和音樂等藝術創作，但合而觀之，就『文學』而言，『情文』主要指『文學』思想情感的內容方面，而『形文』與『聲文』主要指『文學』的語言文采和聲律、音樂美感等形式方面。」陶禮天：《劉勰的經典視域與理論建構──〈文心雕龍〉之「文德」與「神理」諸範疇考釋》，載殷善培、周德良編：《叩問經典》，第245頁，臺灣：學生書局出版社2005年版。

三、聲文觀

　　聲韻的運用，有助於情感的表現，意象的聯想和文章節奏的優美〔註22〕。「聲文」是劉勰在《文心雕龍·情采》篇中明確提出的概念，「情采」的要求就是要「文質相劑，情韻相兼」。文學藝術發展到魏晉，隨著人們審美意識的日漸成熟及佛典的翻譯傳誦，對詩文純粹聲韻美的追求就更為明顯。據《顏氏家訓·音辭篇》記載，從漢末孫炎創反切以後，「至於魏世，此事大行」〔註23〕。北魏江式《求撰集古今文字表》講到晉代呂靜仿魏李登《聲類》，作《韻集》五卷，宮商角徵羽各為一篇。陸雲吸取了這些成果，注意到了詩文的聲韻問題。宋葉夢得《石林詩話》云：「晉、魏間詩，尚未知聲律對偶，然陸雲相謔之詞，所謂『日下荀鳴鶴，雲間陸士龍』者，乃指為的對。至『四海習鑿齒，彌天釋道安』之類不一。乃知此體出於自然，不待沈約而後能也。」〔註24〕情發於聲成文為音，注重自然抒發情感的陸雲在評論詩賦時強調聲韻，實乃情動於中的必然結果。

　　陸雲的「聲文」觀強調韻律的自然和諧，即他所謂的「上韻」：「誨頌兄意乃以為佳，甚以自慰。今易上韻，不知差前不？不佳者，願兄小為損益。」他也云：「《九悲》多好語，可耽詠，但小不韻耳。」《九悲》有許多優美的言辭，人們可拿來吟誦回味，不足的是，有個別不壓韻的地方。陸雲也注意到了要運用音韻上的抑揚頓挫來構成詩文語音和諧迴旋的音樂美，如其云：「『於是、爾乃』，於轉句誠佳。然得不用之，益快；有故不如無，又於文句中自可不用之，便少亦常。雲四言轉句，以四句為佳。往曾以兄《七羨》『回煩手而沈哀結』上兩句為孤，今更視定，自有不應用時期當爾，復以為不快。」正是為了句子的和諧流暢，具有抑揚頓挫的語音美，陸雲方主張不用「於是、爾乃」轉句，主張「四言轉句，以四句為佳」，說陸機的《七羨》「回煩手而沈哀結」上面的兩句顯得孤立，所以最好省略。此外，「耽味」概念的提出對「味」作為一個審美範疇的正式確立有者重要的意義。陸雲從審美鑒賞的角度以「味」論作品，認為有「深情遠旨」的作品是高文，可以讓人「耽味」。如：「兄前表甚有深情遠旨，可耽味高文也。」如果說「耽味」是從情文的角

〔註22〕柯慶明，曾永義編：《兩漢魏晉南北朝文學批評資料彙編》，第37頁，臺灣：成文出版社1978年版。

〔註23〕郁沅，張明高編：《魏晉南北朝文論選》，第441頁。

〔註24〕【清】何文煥輯：《歷代詩話》，第431頁。

度強調詩文的真情實感，那麼「耽詠」是從聲文的角度強調詩文語言和諧流暢，如：「《九悲》多好語，可耽詠，但小不韻耳。皆已行天下，天下人歸高如此，亦可不復更耳。」「耽味」與「耽詠」在藝術審美層面相通。

這裡要特別強調一下「味」，「味」是一個源遠流長的概念。在先秦《老子》中已有「味無味」之說，發展到魏晉南北朝，隨著審美意識的漸變成熟，「味」的內涵更加豐富，如嵇康直接以「味」喻樂，其《聲無哀樂論》云：「五味萬殊，而大同於美；曲變雖眾，亦大同於和。」〔註25〕著重從主體方面探索詩文的審美規律，從而強化了「味」的藝術意蘊；陸機在《文賦》中也以「太羹之遺味」論文學作品，喻指情感的貧乏虛浮；劉勰亦承繼前人之說在《文心雕龍》中廣泛運用「味」的概念。然而，「味」作為一個審美範疇的真正確立，歸功於鍾嶸《詩品》。因為劉勰論「味」的範疇較寬泛，具有多義性和不確定性，而鍾嶸則從純藝術審美的視角來觀照作品：

> 其源出於王粲。文體華淨，少病累。又巧構形似之言。雄於潘岳，靡於太沖。風流調達，實曠代之高才。詞彩蔥蒨，音韻鏗鏘。使人味之，亹亹不倦。(《詩品上·晉黃門郎張協詩》)

鍾嶸認為張協的詩歌「使人味之，亹亹不倦」，是有「味」的五言詩。這是因為文體華淨，形似之言，詞采蔥蒨，音韻鏗鏘是張協詩歌的審美特徵。可見，「華采」與「音韻」並存是張協詩歌的突出特點。鍾嶸曾云：「五言居文詞之要，是眾作之有滋味者也，故雲會於流俗。豈不以指事造形，窮情寫物最為詳切者耶！」「指事造形」與「窮情寫物」是五言詩的兩大品評標準，張協的詩歌正是借助「華采」與「音韻」符合了鍾嶸「指事造形」的審美理想，才被列為「上品」。綜合審視《詩品》之「上品」的十二位詩人：古詩之「意悲而遠」；李陵之「悽愴怨者」；班婕妤之「怨深文綺」；曹植之「情兼雅怨」；劉楨之「仗氣愛奇」；王粲之「愀愴之詞」；阮籍之「情寄八荒」；左思之「文典以怨」，「悲」「淒」「怨」「情」「氣」「愴」等莫不與「情」相關；而鍾嶸對陸機、潘岳更多地推崇其有大才文風有華豔之美；對張協、謝靈運卻更多地是偏重於華采與聲韻的讚美，如張協之「詞采蔥蒨，音韻鏗鏘」，謝靈運之「麗典新聲，絡繹奔會」。可見，五言詩即使不能「窮情寫物」，也要運用「詞采蔥蒨」「音韻鏗鏘」「麗典新聲」來「指事造形」，只有這樣才符合鍾

〔註25〕 【三國魏】嵇康著，戴明揚校注：《嵇康集校注》，第354頁。

嶸的審美標準。從鐘嶸「美文」觀的審美理想及對「上品」諸位詩人的評判標準來看，鐘嶸「詩味」論的主要美學內涵，指詩歌（五言詩）要語言華美，音韻調暢，寫景狀物真切自然，抒發感情真實感人，而且要有骨力，少用或不用典故，不要抽象的說理，從而令人讀後能夠「動情」，產生美的快感——這種美的快感，就是鐘嶸所說的「滋味」。〔註26〕因此，重音韻之美，是鐘嶸「詩味」論重要的評詩標準之一。

　　鐘嶸強調詩歌的真美，主張詩歌自然、和諧、流暢的音韻之美：「但令清濁通流，口吻調利，斯為足矣」。所以他對王融、沈約等人的聲律論持批評態度：

> 　　昔曹、劉殆文章之聖，陸、謝為體貳之才。銳精研思，千百年中，而不聞宮商之辨，四聲之論。或謂前達偶然不見，豈其然乎？嘗試言之，古曰詩頌，皆被之金竹，故非調五音，無以諧會。若「置酒高殿上」「明月照高樓」，為韻之首。故三祖之詞，文或不工，而韻入歌唱。此重音韻之義也，與世之言宮商異矣。今既不備於管絃，亦何取於聲律邪？……故使文多拘忌，傷其真美。余謂文製，本須諷讀，不可蹇礙。但令清濁通流，口吻調利，斯為足矣。至如平上去入，則余病未能。蜂腰、鶴膝，閭里已甚。（《詩品下·序》）

　　鐘嶸重音韻，他所謂的「音韻」與世人的言的宮商不同，他推崇曹植、劉楨、陸機、謝靈運這樣的大才，慧皎的《高僧傳·經師論》云：「始有魏陳思王曹植，深愛聲律，屬意經音，既通般遮之瑞響，又感漁山之神製。」〔註27〕沈約在評曹植的「函京之作」時也有云：「直舉胸情，非傍詩史。正以音律調韻，取高前式。」〔註28〕可見，鐘嶸重音韻的自然天成，認為詩歌重在「吟詠性情」，在創作時自然會神領心會地觀照到音韻之美。因而他更看重的是像曹氏三祖那樣富有音樂性的並適合誦唱的作品，所以他反對聲律，認為專事聲律，會「文多拘忌，傷其真美」。鐘嶸反對聲律與主張用韻並不矛盾，其音韻觀與陸雲的「上韻」是相通的，都重視詩文節奏韻律伴著情感自然抒發，有往復迴旋之美。這從前面所引的對范曄、謝莊的評價也可以看出。范曄是劉宋時期著名的史學家，他在《獄中與諸甥姪書》中云：

〔註26〕陶禮天著：《藝味說》，第155頁，南昌：百花洲文藝出版社2005年版。
〔註27〕郁沅，張明高編：《魏晉南北朝文論選》，第376頁。
〔註28〕郁沅，張明高編：《魏晉南北朝文論選》，第297頁。

此中情性旨趣，千條百品，屈曲有成理。自謂頗識其數，嘗為人言，多不能賞，意或異故也。性別宮商，識清濁，斯自然也。觀古今文人，多不全了此處；縱有會此者，不必從根本中來。言之皆有實證，非為空談。年少中謝莊最有其分，手筆差異，文不拘韻故也。〔註29〕

范曄認為詩文中音韻的運用，本於作家先天的才性，自然會「性別宮商，識清濁」，由此他讚揚謝莊「最有其分」「文不拘韻」而聲韻和諧。《南史・謝莊傳》對謝莊的善識音韻也有記載：「王玄謨問莊何者為雙聲，何者為疊韻。答曰：『玄護為雙聲，磝磽為疊韻』。其捷速若此。」〔註30〕陸雲、范曄、鍾嶸的聲韻觀一脈相承，都以「情」為基礎，音韻伴隨情感自然流露。

「文徽徽以溢目，音泠泠而盈耳」，要使詩歌具備動人心弦的藝術魅力必須做到感情真切濃烈，辭藻貼切美麗，音節自然上口。陸雲、鍾嶸對聲韻的探討也體現了魏晉對聲韻美的自覺追求及音樂理論在其時的發展，特別是音樂美學理論的發展重在倡導養心暢神，泄導性情，讓人們在身心愉悅的同時，也刺激了人們對聲音美妙的領悟。這種領悟反映到抒情文學上，就更加注重文字和諧流暢的聲韻美。陸雲與鍾嶸在不同程度上都發展了音韻學理論，為後來律詩的形成準備了條件。

綜上所論，「一種學說或學理的衍化，常是由模糊而清晰，由抽象而具體，由片斷而完整的。」〔註31〕當我們審視鍾嶸的文學思想時，不能不上溯到其前的前人的文學觀念，以顯示其文學思想發展的整個歷程。陸雲作為西晉時期一位重要的文學家和批評家，其不夠系統的文學觀念卻對鍾嶸系統的思想體系有著重要的影響。從審美意義上來說，「情文」「美文」「聲文」在概念內涵上是相互聯繫的，「情文」「聲文」從屬於「美文」，而「美文」需借助「情文」「聲文」來彰顯，它們在六朝的發展也與儒家的詩教傳統失去制度上的保證相關〔註32〕。正因為詩教傳統失去了制度上的保障，文士們失落了精神版

〔註29〕郁沅，張明高編：《魏晉南北朝文論選》，第 256 頁。

〔註30〕【唐】李延壽撰：《南史》，第 554 頁，北京：中華書局 1975 年版。

〔註31〕韓庭棕：《六朝文學上的聲律論》，《西北論衡》1937 年第 5 卷第 2 期，第 57 頁。

〔註32〕張健認為：「當詩歌從實際的政治架構中脫離出來以後，儒家詩學的政教傳統就失去了制度上的保證，只能作為一種精神傳統而存在。」張健著：《清代詩學研究》，北京：北京大學出版社 1999 年版，第 4 頁。

依，「只有在審美中，他們才可能把心頭鬱積的人生憂嗟宣洩出來，達到精神淨化，超軼現實」〔註 33〕，從而講「情」「色」「聲」的審美理想成了精神寄託。「干之以風力，潤之以丹采，使味之者無極，聞之者動心」，是鐘嶸論詩的審美理想，認為只有詩歌情感抒發的駿爽有力，詞藻潤飾的鮮淨華美，才能洞徹心扉，讓人愛之不倦。這與陸雲的「清」的審美理想，劉勰讚揚的「風清骨峻」都有融通的一面。鐘嶸正是承繼前人觀點，強調以「直尋」為準則呈現「自然英旨」之美。這個標準的後面是出於對自然對情的重視，與陸雲論文雖末異而本同。

〔註33〕袁濟喜著：《六朝美學》，第 13 頁，北京：北京大學出版社 1999 年版。

附錄四：劉勰《文心雕龍》對陸雲文學
思想的汲取[註1]

小引

　　每一種文學思想，不僅承傳或超越作為其淵源的前代文學思想，而且還為後來者開闢先河。陸雲不僅是西晉時期重要的文學家，亦是文學批評家。清沈德潛在《古詩源》中評陸雲時云：「清河五言甚朗練，襯采鮮淨，與士衡亦復伯仲。」[註2]明張溥在《漢魏六朝百三家集題辭》之《陸清河集》中云：「士龍與兄書，稱論文章，頗貴『清省』」[註3]，清嚴可均《全晉文》第102卷輯《與兄平原書》35劄，其中31劄基本為論述文學見解之作[註4]。可見，《與兄平原書》在一定程度上體現了陸雲的文學思想。劉勰在《文心雕龍》中不但八次明確提到陸雲，而且在《文心雕龍・序志》篇用「汎議文意，往往間出」來評價陸雲[註5]。值得注意的是，《文心雕龍》與《與兄平原書》的文學觀有不少

〔註1〕原文被收錄《〈文心雕龍〉與21世紀文論研究國際學術研討會論文集》，第383
　　～399頁，北京：學苑出版社2009年版。
〔註2〕【清】沈德潛：《古詩源》（卷7），第161頁，北京：中華書局1963年版。
〔註3〕【明】張溥著，殷孟倫注：《漢魏六朝百三家集題辭注》，第175頁。
〔註4〕【清】嚴可均輯：《全晉文》，第1074～1083頁，北京：商務印書館1999年版。
〔註5〕呂武志在《陸雲〈與兄平原書〉與〈文心雕龍〉》之「第一節：前言」中說：「《體
　　性》《風骨》《定勢》《情采》《鎔裁》《聲律》《章句》《隱秀》《養氣》《時序》
　　《才略》《序志》等篇，實大量明引或暗用陸雲的說法，或者評價其作品，正
　　式提到的次數，就多達九次，雖然不及陸機，但超過了魏晉一些有專著的文論
　　家，像寫《文質論》的應瑒、撰《文章流別論》的摯虞、作《翰林論》的李充；

相關的地方，如對「不朽」的見解，對屈原、王褒、蔡邕、王粲、成公綏等作家的品評等。無論從文學概念的演進，還是從文學思想的承遞規律而言，陸雲作為與劉勰相距不遠的文學家和批評家，其《與兄平原書》的文學觀都會對劉勰《文心雕龍》的文學思想構建起一定作用。

本文試圖把《與兄平原書》與《文心雕龍》的文學思想作一定程度的比較，以彰顯劉勰《文心雕龍》對陸雲文學思想的汲取，進而澄清當時的部分文學觀念。

一、情采論

在魏晉，文學的藝術特質受到了高度的重視。曹丕突破儒家「詩言志」的理論傳統，在《典論·論文》中提出了「詩賦欲麗」〔註6〕的文學主張，開始自覺地強調詩賦的藝術之美，反映了時代藝術審美的漸變成熟。曹丕認為詩賦的華麗辭藻，符合文學藝術的審美特質。對詩賦「華采」之美的追求，由曹丕的明確提倡而日益成為一種風尚。與此同時，人們對個體性情、儀容風度也達到了空前重視。劉邵在《人物志》中確立了一種「因性求才」〔註7〕的才性觀。魏晉才性觀倡導至情至性，阮逸撰《人物志序》云：「人性為之原，而情者性之流也。性發於內，情導於外，而形色隨之」〔註8〕。情為性之流，性情相隨，人之本然；任情而動，文之本原。正是由於文學審美的逐漸成熟與至情至性才性觀的倡導，才使得魏晉文章任情而動，文風爽暢，在審美中追求情感的藝術化。

「情」是文章的根本，有情才有好文章。陸雲作為西晉時期重要的文學

充分反映劉勰對陸雲持說的倚重。」（呂武志著：《魏晉文論與文心雕龍》，第232頁，臺灣：臺灣樂學書局有限公司1988年版。）本人對《文心雕龍》中明確提到陸雲的次數做了統計，發現《定勢》《章句》《養氣》《時序》《才略》《序志》等篇各提到一次，《鎔裁》篇提到二次，所以共計八次。

〔註6〕郭紹虞，王文生編：《歷代文論選》，第158頁。魯迅的觀點，可作為理解曹丕語的參考，其在《魏晉風度及文章與藥及酒之關係》一文中說：「漢文慢慢壯大起來，是時代使然，非專靠曹操父子之功的。但華麗好看，卻是曹丕提倡的功勞。」（魯迅撰：《魏晉風度及其他》，第189頁，上海：上海古籍出版社2000年版。）

〔註7〕湯用彤在《魏晉玄學論稿·讀人物志》中分析劉邵基本思想有八條，其二就是要「分別才性而詳其所宜」。（湯用彤著：《魏晉玄學論稿》，第18頁。）

〔註8〕【三國魏】劉邵著，伏俊璉譯注：《人物志譯注》，第1頁，上海古籍出版社2008年版。

家，在評論文章時主「情」，認為抒「情」能「解愁忘憂」，要求文學創作者情動於心而後下筆抒情，進而以情驅辭，文因情成。「先辭後情」在《與兄平原書》中明確提出：「往日論文，先辭而後情，尚勢而不取悅澤。嘗憶兄道張公父子論文，實自欲得。今日便欲宗其言。」〔註9〕陸雲過去論文主張「先辭後情」，因受張華父子影響現在幡然醒悟，開始重「情」，並在批評《九愍》時提出了「情文」：「此是情文，但本少情，而頗能作汎說耳」。可見，陸雲推崇自然流露真情的作品，「情文」的特徵正是作品能透出以情動人的風貌，論《歲暮賦》「情言深至」，言《述思賦》「深情至言，實為清妙」。

陸雲尚簡約文風，不僅要以情驅辭，還要文辭凝練，即「清約」，主要指文辭清新凝練。其云：「兄《丞相箴》小多，不如《女史》清約耳。」此處《女史》指張華的《女史箴》，《晉書・張華傳》載：「華懼後族之盛，做《女史箴》以為諷。」〔註10〕《女史箴》是諷諫之作，全篇寫得委婉含蓄，文辭簡練。《文心雕龍・才略》篇也有云：「士龍朗練，以識檢亂，故能布采鮮淨，敏於短篇。」「布采鮮淨」與「清約」如出一轍，雖然劉勰是據於陸雲的性格特徵而評，而「布采鮮淨」也精確地概括了陸雲尚簡約凝練的文學觀。以情驅辭與簡約凝練並不矛盾。陸雲同時代的摯虞在《文章流別論》中說：「古詩之賦，以情義為主，以事義為佐。今之賦，以事形為本，以義正為助。情義為主，則言省而文有例矣；事形為本，則言富而辭無常矣。文之繁省，辭之險易，蓋由於此。」〔註11〕文章簡潔清省表意清楚的原因，正是以情義為主，這與陸雲重「情」的思想一致。《與兄平原書》曰：「文章既自可羨，且解愁忘憂，但作之不工，煩勞而棄力，故久絕意耳，在此悲思，視書不能解。」文章以抒情達意為主，如果不能做到這一點，無過於白費力氣。這與後來范曄的「以意為主，以文傳意」〔註12〕的主張一致，都主張詩文內容的充實表達。

可見，文情的自然真摯・文采的鮮淨凝練，是陸雲的「情采」論的主要審美內涵。如對陸機之文的評價：

〔註9〕其中的「勢」字，宋版《陸士龍文集》作「絜」，《文心雕龍・定勢》篇引作「勢」，本書仍引作「勢」。
〔註10〕【唐】房玄齡等撰：《晉書》，第 1072 頁。
〔註11〕郭紹虞，王文生編：《歷代文論選》，第 191 頁。
〔註12〕郁沅，張明高編選：《魏晉南北朝文論選》，第 256 頁。

兄文章之高遠絕異，不可復稱言。然猶皆欲微多，但清新相接，不以此為病耳。若復令小省，恐其妙欲不見，可復稱極……雲今意視文，乃好清省，欲無以尚意之至此，乃出自然。(《與兄平原書》)

在陸雲看來，陸機文有「高遠絕異」與「清新相接」的優點，即文辭新穎華美，如《文賦》；文情自然真摯，如《述思賦》。但陸機文也有「皆欲微多」的缺點，即綺語頗多、文辭繁蕪，遠離了陸雲「清省」的審美標準。或許是陸雲深切地體會在創作中既要做到淋漓盡致地抒發情感，又要做到「文采鮮淨」之難，所以他對陸機之文存矛盾之見。《文心雕龍‧鎔裁》篇有云：「及雲之論機，亟恨其多，而稱清新相接，不以為病，蓋崇友于耳。」「清新相接」是陸雲文學觀念裏理想的審美境界，重在強調詩文抒情時的自然真摯。「情動於中而形於言」〔註13〕，作者在抒情時因其情感的激蕩迴腸，而要「立言」，如果是缺少了「文」（這裏的「文」指具有修飾作用的文采）的「言」，就可能會造成兩種後果：一是繁句過多，二是詞句短劣。然而，並不是強調了「文」，就能消除這兩種弊病。可見，兼顧「情」「采」之難，主張「志足而言文，情信而辭巧」(《文心雕龍‧徵聖》)來論文的劉勰在《文心雕龍》中把《情采》篇做專章論述，這也是汲取前人創見，應文學發展的需要。

劉勰把文分為「形文」「聲文」「情文」，《文心雕龍‧情采》篇云：「故立文之道，其理有三：一曰形文，五色是也；二曰聲文，五音是也；三曰情文，五性是也。五色雜而成黼黻，五音比而成韶夏，五性發而為辭章，神理之數也。」錢鍾書先生在《談藝錄》中云：「詩者，藝之取資於文字者也。文字有聲，詩得之為調為律；文字有義，詩得之以侔色揣稱者，為象為藻，以寫心宣志者，為意為情。及夫調有弦外之遺音，語有言表之餘味，則神韻盎然出焉。」〔註14〕可以說，這是對劉勰理論的最佳注腳。「聲文」指「韻律」之文，「情文」指「緣情而發」之文，「形文」指「描摹物象」之文，如果這三者調配適當，就能形成有「弦外之音」「言外之味」的「神韻」之文。從純文學的角度來看，「情文」主要指「文學」的思想情感層面，而「形文」與「聲文」主要指「文學」的語言文采和音樂美感等層面，「神韻」之文當指情、色、聲

〔註13〕郭紹虞，王文生編：《歷代文論選》，第63頁。
〔註14〕錢鍾書著：《談藝錄》之六「神韻」，第110頁。

三者皆俱的「美文」了〔註15〕。聯繫陸雲的「情」「采」觀，下面側重從「情文」「形文」「聲文」三方面探討劉勰關於「情采」〔註16〕的論述。

第一，情文觀。陸雲重情文、情言，不但明確提及「情文」，而且還提出了「附情而言」的觀點，認為：「漁父相見以卜盡篇為佳」，理由是：「與漁父相見時語，亦無他異，附情而言。」「附情而言」就是說作者在創作中要以傳情為準則，而在組織文辭時也要遵循抒情的需要，語言隨著感情的起伏自然流出，情長則文長，情少則話少〔註17〕，也就是「辭以情發」。陸雲亦強調了創作情感的「真」，要求「名」「實」相符：「夫名者實之賓也」〔註18〕，反對「溢美」而失真：「溢美有大惡之尤」。劉勰全面發展了陸雲的「情文」觀。《文心雕龍·情采》篇云：「風雅之興，志思蓄憤，而吟詠情性，以諷其上，此為情而造文也」。「為情而造文」是劉勰對當時文盛質衰的文風而發，情文並重，以「情」為主，認為作者須有充實的思想感情，才能發為文章，文采附於情感；反對過分文飾以致淹沒內容，更反對「為文而造情」，即一味追求麗采而情思寡少、內容空洞，以致「言與志反」。他認為《詩經》是為情造文的典範，而漢代辭賦為文造情的傾向逐漸滋長，後世之作更是「體情之制日疏，逐文之篇愈盛」。文附於情，文不能過，「為文者淫麗而煩濫」。情為主，情也不能過，「為情者要約而寫真」。

另外，陸雲「思」「意」的文學觀念也是其「情文」觀的體現。《與兄平原書》曰：「《述思賦》當自竭歷，然雲意皆已盡，不知本復何言。方當積思。思有利純，如兄所賦，恐不可須。」陸雲意為「雖然竭盡全力來寫《述思賦》，但

〔註15〕據湯用彤所論，劉勰所謂的「文」，指那種能表現天地自然的充足的媒介或語言。（湯用彤著：《魏晉玄學論稿》，第 39 頁。）本人認為「情文」源於中國文學緣情的藝術傳統，老莊哲學本於自然之道的審美理想奠定了這種傳統的哲學基礎，而《詩經》《楚辭》所開創的文學抒情的風貌決定了這種傳統的藝術格調。而「聲文」「形文」的發展，一方面與文學藝術日趨藝術化審美化相關，另一方面也與音樂理論與繪畫理論的發展相關，這不是本文重點論述的範圍，在此僅作簡要解釋。

〔註16〕據牟世金的「情采」論（牟世金著：《文心雕龍研究》，第 407 頁，北京：人民文學出版社 1995 年版。）對「情采」的理解，學界仍存在著較大的分歧，此處可將此爭議略以澄明。

〔註17〕部分參見肖華榮的觀點。肖華榮著：《陸雲「清省」的美學觀》，第 41 頁，《文史哲》1982 年第 1 期。

〔註18〕引自陸雲的《逸民箴序》，下文「溢美有大惡之尤」出處同引，郁沅，張明高編選：《魏晉南北朝文論選》，第 172 頁。

是文思已盡，不知道該怎麼寫了。也知道醞釀文思的重要，但神思來時有遲緩之分，像兄那樣的賦作，擔心自己寫不出來。」〔註19〕「意」即文思，「思」即神思，劉勰《文心雕龍・神思》篇有云：「古人云：形在江海之上，心存魏闕之下。神思之謂也。」「是以陶鈞文思，貴在虛靜，疏瀹五藏，澡雪精神，積學以儲寶，酌理以富才，研閱以窮照，馴致以懌辭」。可見，不但神思難以把握；而且文思實現也非易事，要經過「虛靜」「積學」「酌理」「研閱」「馴致」，清和身心，積累素材，醞釀文思，才能發為文辭。陸雲在《與兄平原書》中曾感歎「用思困人」，劉勰在《文心雕龍・養氣》篇也云「陸雲歎用思之困神，非虛談也」，「思」之難顯而易見。陸雲「思」「意」的文學觀念，強調了創作前藝術構思的積累及創作主體在藝術思維中的重要，由「思」到「意」（「意稱物，文逮意」）的過程，正是主體情感投射到客觀物象進而成「文」的過程。劉勰在《文心雕龍・神思》篇，對「思—意—言」的關係作了較明確的說明，提出了「意授於思，言授於意」，也就是從神思到意象到文辭，提出了三者的辯證聯繫。這與陸機《文賦》的「意不稱物，文不逮意」相通。雖然陸雲對「思」「意」的見解，沒有形成系統的觀念，卻反映了抒情文學的審美趨向，同時也為劉勰「神思」觀念的成熟奠定了基礎。因此，「積思」同陸機的「耽思」一樣，對劉勰很有啟發，「思有利純」與劉勰論說的「思緩」「思速」也頗為一致。文乃「情動於中」的至情之文，在由「思」達「意」而「言」的過程中，情的作用是至關重要的，一切都要為「情」而言，「情以物遷，辭以情發」（《文心雕龍・物色》）。

第二，形文觀。劉勰明確標舉「形文」，在重視詩文情感真摯的同時，強調華采之美的重要。劉勰和陸雲都主張「文采」服從「文情」。為了更好地在詩文中設情布采，劉勰專設《文心雕龍・鎔裁》篇探討「情」「采」運用適當的重要。他提出了「三準」原則，即「設情以位體」，就是依據表達情感的需要來確定主旨、安排結構，類似陸雲的「附情而言」；「酌事以取類」，是說文章必須選擇符合表現思想情感和中心主旨的題材與典故。陸雲亦重詩文內容的充實表達，以「能事」「似事」為基準，即描摹事物，運用典故既要充盈內容，又要暢達文意，如其云：「又思《三都》，世人已作是語，觸類長之，能事可見」；「撮辭以舉要」，是指思考運用精要的文學語言來樹立文骨，與陸雲「布采鮮淨」的審美理想相符。「三準既定，次討字句」，劉勰還強調了字句的削減在文章中的重要，「善刪者字去而留意，善敷者辭殊而意顯」。如其所

〔註19〕部分參考日本佐藤利行先生的譯文。佐藤利行著：《陸雲研究》，第 97 頁。

云：「文賦以為榛楛勿剪，庸音足曲，其識非不鑒，乃情苦芟繁也。」認為陸機的《文賦》因為過度地施加情感，才致篇章剪裁不當，故而發論「若情周而不繁，辭運而不濫，非夫鎔裁，何以行之乎！」講鎔裁對情約而真的重要。這與陸雲評價陸機的「《文賦》甚有辭，綺語頗多，文通多體，便欲不清，不審兄呼爾不？」頗有相通之處。「綺」在文學批評中著重強調文辭的華采之美，如曹丕《典論‧論文》的「詩賦欲麗」；陸機《文賦》的「詩緣情而綺靡」「藻思綺合」〔註20〕；《文心雕龍‧時序》的「流韻綺靡」；蕭繹《金樓子‧立言》的「文者，惟須綺縠紛披」〔註21〕等。陸機的《文賦》正是這種「綺」美，與陸雲尚鮮淨凝練的情采觀相違。「情理設位，文采行乎其中」，「三準」論的目的，是要使情、事、辭三者達到和諧統一，在一定程度上是對「為情者要約而寫真」的「情文」觀的補充完備。

第三，聲文觀。聲韻的運用，有助於情感的表現，意象的聯想和文章節奏的優美〔註22〕。「情采」的要求就是要「文質相劑，情韻相兼」。劉勰重「和」「韻」，不僅在《文心雕龍‧聲律》篇中有「異音相從」之謂「和」「同聲相應」之謂「韻」的見解，在《文心雕龍‧鍊字》篇中還有「諷誦則績在宮商」的聲文觀念。聯繫陸雲的聲韻觀〔註23〕，這裡主要討論一下用韻問題。陸雲在《與兄平原書》中云：「『徹』與『察』皆不與『日』韻，思惟不可得，願賜此一字。」「句工只在一字之間」〔註24〕，鍊字有助於抑制文辭繁縟，使音韻更加和諧流暢。關於用韻，他特別指出了以楚音為代表的方音。《與兄平原書》曰：「張公語云云：『兄文故自楚，須作文為思昔所識文。』」批評陸機文有楚音。《文心雕龍‧聲律》篇也明確提到：「又詩人綜韻，率多清切；楚辭辭楚，故訛韻實繁。及張華論韻，謂士衡多楚，文賦亦稱知楚不易，可謂銜靈均之聲餘，失黃鐘之正響也。」劉勰認為《詩經》三百篇用韻準確，大都清切，而《楚辭》用楚語，用韻不準確，並又提及陸機文有楚音。《與兄平原書》曰：「《九悲》多好語，可耽詠，但小不韻耳。」陸雲意為《九悲》有許多優美的文辭，人們可拿來吟誦回味，不足的是，有個別不壓韻的地方。此

〔註20〕郭紹虞，王文生編：《歷代文論選》，第171頁，第173頁。
〔註21〕郭紹虞，王文生編：《歷代文論選》，第340頁。
〔註22〕柯慶明，曾永義編：《兩漢魏晉南北朝文學批評資料彙編》，第37頁。
〔註23〕呂武志的《陸雲〈與兄平原書〉與〈文心雕龍〉》之「第六節：調諧聲律」對陸雲的聲韻觀有著精確的論述，此不再贅述。呂武志著：《魏晉文論與文心雕龍》，第250～254頁。
〔註24〕錢鍾書著：《管錐編》，第1917頁。

外，陸雲在《與兄平原書》中還提到了「上韻」「和韻」等理論術語。可見，劉勰與陸雲一樣都注意到了方音，都強調聲韻在詩文中的重要。此後「韻」作為一個審美概念影響深遠，誠如劉勰所論：「音以律文，其可忘哉！」此外，同時代的陸機、顏延之、范曄、謝莊、鍾嶸等也講過聲韻問題。這種理論不僅為齊梁文學「辭綺句工」的風貌奠定了基調，同時也為沈約創造「四聲八病」說及律詩的形成準備了條件。

從審美意義上來說，「情文」「形文」「聲文」在概念內涵上是相互聯繫的，「形文」「聲文」從屬於「情文」，而「情文」需借助「形文」「聲文」來彰顯，它們在六朝的發展也與儒家的詩教傳統失去制度上的保證相關〔註 25〕。正因為詩教傳統失去了制度上的保障，文士們失落了精神皈依，只有在審美中，他們才可能把心頭鬱積的人生憂嗟宣洩出來，達到精神淨化，超軼現實，從而講「情」「色」「聲」的審美理想成了精神寄託〔註 26〕。從「性之本原」而論，這也是人性使然，誠如劉勰在《文心雕龍‧情采》篇所云：「文采所以飾言，而辨麗本於情性」。

可見，劉勰的「情采」論不但適當地汲取了陸雲關於「情」「采」的論述，而且更加豐盈了這種理論。這還比較全面地體現在他的「六義」說中，《文心雕龍‧宗經》篇云：「故文能宗經，體有六義：一則情深而不詭，二則風清而不雜，三則事信而不誕，四則義直而不回，五則體約而不蕪，六則文麗而不淫」。他認為宗經有六種好處：情深，風清，事信，義直，體約，文麗。這六義也與《文心雕龍‧附會》篇的「必以情志為神明，事義為骨髓，辭采為肌膚」相應。「情深」「風清」要求作品的思想感情能夠發揮教化感染的作用，即「以情志為神明」。「事信」「義直」，即「事義為骨髓」，指作品中用事用典確鑿。「體約」「文麗」，即「辭采為肌膚」，強調文采鮮淨。劉勰的論述遠比陸雲的書簡論文更加全面系統。

〔註 25〕張健認為：「當詩歌從實際的政治架構中脫離出來以後，儒家詩學的政教傳統就失去了制度上的保證，只能作為一種精神傳統而存在。」（張健著：《清代詩學研究》，第 4 頁，北京：北京大學出版社 1999 年版。）本文參照了張健先生意見，認為當儒家詩學的政教傳統失去了制度上的保證後，在特定的時代背景下作為一種精神傳統而存在的可能性也被弱化（如魏晉南北朝時期），從而講「情」「色」「聲」的審美理想在一定程度上也就成了精神寄託。

〔註 26〕本句的理解部分參照了袁濟喜先生的觀點，袁先生認為：「六朝文人認為，只有在審美中，人們才可能把心頭鬱積的人生憂嗟宣洩出來，達到精神淨化，超佚現實。」袁濟喜著：《六朝美學》，第 13 頁，北京大學出版社 1999 年版。

　　「五情發而為辭章」，劉勰與陸雲一樣由重「情」而重「采」，講情感真切、文辭精工、聲韻優美等，但無論對「情」「采」如何限定，最終都是為了達神妙的「自然之美」：「人稟七情，應物斯感，感物吟志，莫非自然。」（《文心雕龍・明詩》）「雲霞雕色，有逾畫工之妙；草木賁華，無待錦匠之奇；夫豈外飾？蓋自然耳。」（《文心雕龍・原道》）自然美是「情采」論的最高標準。「夫水性虛而淪漪結，木體實而花萼振，文附質也。虎豹無文，則鞹同犬羊，犀兕有皮，而色姿丹漆，質代文也。」（《文心雕龍・情采》）劉勰以水木與虎豹犀兕作比，精妙地概述了詩文情采之美的重要。在創作中，「采」不可少，是「綜述性靈，敷寫器象」（《文心雕龍・情采》）的必要，這一切都要歸於「情」的需要。情采的形成，離不開情與辭的和諧統一，在情辭的統一中，因對情辭不同的審美要求，最終會形成不同的審美風貌。「風骨」就是情辭在統一過程中所形成的一種剛健清新駿爽的審美風貌。

二、風骨論

　　魏晉士人有將文品與人品融貫一體的審美觀念。「風骨」是魏晉南北朝一個十分重要的文學批評標準，源於對人物的評議品鑒。《世說新語・輕詆》云：「韓康伯：將肘無風骨」〔註27〕。「風骨」還被運用在藝術領域，成為重要的審美標準。《魏書・祖瑩傳》云：「文章須自出機杼，成一家風骨。」〔註28〕南朝齊謝赫《古畫品錄・曹不興》云：「觀其風骨，名起豈虛成」〔註29〕。從文學批評的角度看，為劉勰在《文心雕龍・風骨》篇中明確提出。自此，「風骨」成為中國文論的重要範疇，但對它的蘊意卻眾說紛紜。劉勰「風骨」論的提出，固然與漢魏以來文學藝術的發展及時代的審美風尚有關，但也與和他相距不遠的陸雲的「清省」〔註30〕等一系列與「清」相關的文學批評概念有某種聯繫。

〔註27〕　【南朝宋】劉義慶著，余嘉錫撰：《世說新語箋疏》，第 846 頁，北京：中華書局 1983 年版。

〔註28〕　【北齊】魏收撰：《魏書》，第 1800 頁，北京：中華書局 1974 年版。

〔註29〕　【南齊】謝赫、【唐】姚最撰，王伯敏標點注譯：《古畫品錄・續畫品錄》，第 7 頁，北京：人民美術出版社 1959 年版。

〔註30〕　姜劍雲認為陸雲「文貴清省」的創作思想接受了王弼倡說的玄學的「言不盡意」的影響。參見姜劍雲《論陸雲「文貴清省」的創作思想》，《上海師範大學學報》（社會科學版），2002 年 7 月，第 31 卷第 4 期。筆者贊同並認為陸雲一系列關於「清」的審美理想正是接受了玄學思潮的影響，這不是本文重點論及的範圍，在此僅做注釋說明。

以「清」為美是陸雲論文的主要思想,「清」主要有三個層面的含義:

一是由於創作主體的眷眷真情,作品透出的以情動人的風貌,這樣的特徵被他譽為「清妙」「清絕」。他說:「省《述思賦》,深情至言,實為清妙」,《述思賦》是陸機一篇情感真摯短小精練的賦作:

> 情易感於已攬,思難戢於未忘。嗟伊思之且爾,夫何往而弗臧。駭中心於同氣,分戚貌於異方。寒鳥悲而饒音,衰林愁而寡色。嗟余情之屢傷,負大悲之無力。苟彼塗之信險,恐此日之行戾。亮相見之幾何,又離居而別域。觀尺景以傷悲,撫寸心而悽惻。〔註31〕

作者「情」發筆端,愁思婉轉,哀聲幽怨,把內心的悽楚借「寒鳥」「衰林」等意象渲染得愁腸萬端、悲涼無限,哀莫哀過生離別,特別是尾句的「觀尺景以傷悲,撫寸心而悽惻」,於尺景寸心中蘊大悲大悽。「附情而言」(上文已有論述)是《述思賦》「清妙」的藝術特徵。

二是由於作品清新工致的言辭,作品整體呈現出要言不煩的特徵,這樣的特徵被他稱為「清工」「清約」「清利」「清美」。《與兄平原書》曰:「《祖德頌》無大諫語耳,然靡靡清工,用辭緯澤,亦未易。恐兄未熟視之耳。」〔註32〕《祖德頌》是陸機的作品,其「用辭緯澤」,符合陸雲「清工」的審美標準。這裡提及的「緯澤」與「悅澤」「勢」頗有聯繫。

《與兄平原書》曰:「往日論文,先辭而後情,尚勢而取不悅澤。」「悅澤」即「潤色」,如書簡曰:「久不作文,多不悅澤,兄為小潤色之,可成佳物」;「勢」卻極具淵源。陸雲身為太康文壇的重要作家之一,完全有可能受「慷慨以任氣」(《文心雕龍‧明詩》)的建安文學的影響而追求「勢」。陸機曾寫《弔魏武帝文》,對魏武帝曹操之死,慨然歎息傷懷!陸雲在《與兄平原書》中不僅有「一日案行,並視曹公器物」之類提及曹操的話,而且還有「士憑勢而響駭,馬噓天而景凌」〔註33〕等氣勢激昂之句。盛唐的批評家殷璠在《丹陽集‧序》中有云:「建安末,氣骨彌高,太康中體調尤峻」〔註34〕,《文

〔註31〕【晉】陸機著,劉運好校注:《陸士衡文集校注》,第176～177頁。
〔註32〕佐藤利行把「緯澤」譯為「文章之風趣」,本文引在此,供參考。《陸雲研究》,第116頁。
〔註33〕此句《與兄平原書》中引。陸雲另有《南征賦》(並序),此賦有一段文字與書簡所引相同,但把此句「勢」改為「威」。劉運好校注:《陸士龍文集校注》,第1104、164頁。
〔註34〕傅璇琮、陳尚君、徐俊編:《唐人選唐詩新編》(增訂本),第131頁。

心雕龍‧明詩》篇說建安詩歌「造懷指事，不求纖密之巧；驅辭逐貌，唯取昭晰之能」。陸雲正是受到了建安文學的影響，才「不求纖密之巧」即「不取悅澤」，而追求一種「體調尤峻」的「勢」的藝術風貌。《與兄平原書》中對王粲的批評也反映了陸雲重「勢」的文學觀，「仲宣文，如兄言，實得張公力……兄詩多勝其《思親》耳。《登樓賦》無乃煩《感丘》。其《弔夷齊》，辭不為偉。」王粲詩文雖然得到了張華的好評，陸雲卻認為陸機的詩要比王粲的《思親詩》好得多。在鍾嶸看來，張華詩的特點是「風雲氣少」，即缺少剛健的藝術風貌；王粲詩的特點是「文秀而質羸」，即文采出眾而內容瑕累〔註35〕。詩文實相表裏也，這些都說明了陸雲不尚過度潤飾的文風，崇尚詩文清峻剛健的藝術風貌，即重詩文之「勢」。所以他說王粲的《弔夷齊》「辭不為偉」，即《弔夷齊》因文辭的過分雕藻致使內容繁蕪，文風不夠清峻剛健，這與鍾嶸「文秀而質羸」的批評頗為相似。鍾嶸在《詩品‧序》也有云：「太康中，三張、二陸、兩潘、一左，勃爾復興，踵武前王，風流未沫，亦文章之中興也。」陸雲正是受建安文學的影響，才重「勢」，即崇尚詩文清峻剛健的藝術風貌。

劉勰專設《文心雕龍‧定勢》篇來探討「勢」，其「勢」歷來頗受關注，各家說法不一〔註36〕。《文心雕龍‧定勢》篇云：「然文之任勢，勢有剛柔，不必壯言慷慨，乃稱勢也。」劉勰認為具有剛性美的風格是「勢」，具有柔性美的風格也是「勢」。黃侃先生曾云：「彼標其篇曰《定勢》，而篇中所言，則皆言勢之無定也。」〔註37〕黃侃先生的闡釋與劉勰本意契合，即文之「勢」是變化的，按照不同的體制確定不同的風格，這就是定勢。《文心雕龍‧定勢》篇亦有云：「陸雲自稱往日論義，先辭而後情，尚勢而不取悅澤，及張公論文，則欲宗其言。夫情固先辭，勢實須澤，可謂先迷後能從善矣。」從劉勰評價陸雲的「布采鮮淨」及陸雲的文學觀念來看，「勢實須澤」之「勢」當偏重於詩文清峻剛健的藝術層面。因此，陸雲後來論文「勢」「澤」並重，「緯澤」才被明確提出。「緯澤」正是在強調詩文華采美的同時，又重詩文的清峻剛健之美。既然《祖德頌》因其「用辭緯澤」，符合陸雲「清工」的審美標準，那

〔註35〕 參考王叔岷的《鍾嶸詩品箋證稿》，第 161～163 頁，第 227 頁，北京：中華書局 2007 年版。
〔註36〕 目前，學界對「定勢」的解釋有分歧。參見郁沅《〈文心雕龍‧定勢〉諸家研究之評議》，第 226～240 頁，載《論劉勰及其〈文心雕龍〉》，北京：學苑出版社 2000 年版。
〔註37〕 黃侃著：《文心雕龍箚記》，第 109 頁。

麼「清工」的涵義就不僅僅指清新工致的言辭，還指作品整體呈現的一種富有清峻剛健美的藝術特徵。陸雲雖對具有「清工」美的這類作品有所讚賞，但比之「以情動人」具有「清妙」特徵的作品，這類作品顯然有著不足之處，誠如他所云：「兄《園蔡詩》清工，然猶復非兄詩妙者。」因而，詩文創作即使不能「緣情動人」，也要「靡靡清工，用辭緯澤」，只有這樣才符合陸雲的審美標準。

三是對於作品整體上呈現出的清新自然的風格，新穎別致的風貌，他稱之為「清省」「清新」。如：「雲今意視文，乃好清省，欲無以尚意之至此，乃出自然。」「兄文章之高遠絕異，不可復稱言。然猶皆欲微多，但清新相接，不以此為病耳。」但對不符合「清」美的作品，他持批評態度，如「《文賦》甚有辭，綺語頗多。文適多體，便欲不清。不審兄呼爾不？」陸機的《文賦》言辭不乏新穎，也許正是過分地追求這種「新穎」，欲清卻不清，誠如劉勰所云：「陸賦巧而碎亂」。同時也提到了「綺語」問題，上文對「綺」已有論及，所謂的「綺語」指過分雕琢的言辭，劉勰有云：「晉世群才，稍入輕綺」（《文心雕龍‧明詩》）、「魏晉淺而綺」（《文心雕龍‧通變》），對這種過分的「綺」，劉勰也有所不滿。所以《文賦》是一種「綺」美，不符合陸雲「清」美的理想，誠如張溥所云：「士龍與兄書，稱論文章，頗貴『清省』，妙若文賦，尚嫌『綺語』未盡。」〔註38〕

因而，「清」是一切優秀作品的基本因素。也就是說，無論文意與文辭，都應當精而不蕪，約而不繁，透明澄澈，雅潔不俗，能整體上呈現出一種不見雕琢之痕，不落鉛粉之跡的天然風韻。〔註39〕「清妙」「清絕」「清工」「清約」「清利」「清美」「清省」「清新」在不同的語境中雖有所不同，但基本上都有清新自然之意，以文情的自然真摯、文辭的清朗爽潔、文風的布采鮮淨為美。

劉勰將「風骨」的定義引入文學理論，並在《文心雕龍》中列《風骨》篇專門論之：「是以怊悵述情，必始乎風，沉吟鋪辭，莫先於骨。故辭之待骨，如體之樹骸，情之含風，猶形之包氣。結言端直，則文骨成焉；意氣駿爽，則文風清焉。若豐藻克贍，風骨不飛，則振采失鮮，負聲無力。是以綴慮裁篇，務盈守氣，剛健既實，輝光乃新」。文風的「清」源於作者的真情實感引發的意氣駿爽：「是以怊悵述情，必始乎風」表明「風」含「情」；「情之含風，

〔註38〕【明】張溥著，殷孟倫注：《漢魏六朝百三家集題辭注》，第175頁。
〔註39〕部分參照郁沅，張明高編選《魏晉南北朝文論選》的觀點，第175頁。

猶形之包氣」體現「情」含「風」；「意氣駿爽，則文風清焉」，情「高爽」，意氣「駿爽」，文風就自然「清」焉！文骨的形成離不開充盈作者真情實感的文辭：「沉吟鋪辭，莫先於骨」，「骨」是「鋪辭」即寫文章的前提；「辭之待骨，如體之樹骸」，「骨」對「辭」有支配作用；「結言端直，則文骨成焉」，文辭「端直」有助於「文骨」形成。可見，「風」與「骨」的寓意，都強調作者的真情實感，這是構成「風骨」審美內涵的基本要素。「若豐藻克贍，風骨不飛，則振采失鮮，負聲無力。」旨在表明繁蕪的文辭會淹沒「風骨」之美，精工的文辭能呈現「風骨」之美。「綴慮裁篇，務盈守氣」，風骨的形成，亦離不開「守氣」。黃侃先生在《文心雕龍劄記》之《體性》篇釋「風趣剛柔，寧或改其氣」時，有一段頗值得品味的話：

> 風趣即風氣，或稱風氣，或稱風力，或稱體氣，或稱風辭，或稱意氣，皆同一義。氣有清濁，亦有剛柔，誠不可力強而致，為文者欲練其氣，亦惟於用意裁篇致力而已。《風骨》篇云：深乎風者，述情必顯。又云：思不環周，索莫乏氣，無風之驗。可知情顯為風深之符，思周乃氣足之證，彼捨情思而空言文氣者，蕩蕩如係風捕景，烏可得哉？〔註40〕

黃侃先生意在闡釋「氣」，但他把「風氣」與「風力」等同，並使「情」「風」「氣」相關。可見，「風」「氣」「力」「情」之間有著內在的邏輯聯繫，表明劉勰既重文氣、力度、情感，又不忽視文采。《文心雕龍·風骨》篇云：「故魏文稱文以氣為主，氣之清濁有體，不可力強而致……鷹隼乏采，而翰飛戾天，骨勁而氣猛也；文章才力，有似於此。若風骨乏采，則鷙集翰林，采乏風骨，則雉竄文囿：唯藻耀而高翔，固文筆之鳴鳳也。」劉勰用鷹隼、雉、鳴鳳作喻，認為只有情感、氣勢、文采兼備，才是文章中的鳳凰，才符合「風骨」的審美要求。《文心雕龍·風骨》篇亦云：「若瘠義肥辭，繁雜失統，則無骨之徵也。」「瘠義肥辭」，指文意貧弱，文辭繁縟；「繁雜失統」，指文意頭緒不清，文辭繁蕪混亂，這是無骨的現象，失去了文辭的「力」美與「采」美。因而，「氣」「力」必須借助與之相適應的文辭才能完美地表現出來。

在劉勰看來，文辭要有力度，要凝練，要與文風的「奇」「采」相配合，文章才有「風清骨峻」之美：「若夫鎔鑄經典之範，翔集子史之術，洞曉情變，曲昭文體，然後能孚甲新意，雕畫奇辭。昭體故意新而不亂，曉變故辭奇而不黷。

〔註40〕黃侃著：《文心雕龍劄記》，第97頁。

若骨采未圓，風辭未練，而跨略舊軌，馳騖新作，雖獲巧意，危敗亦多，豈空結奇字，紕繆而成經矣……若能確乎正式，使文明以健，則風清骨峻，篇體光華。能研諸慮，何遠之有哉？」（《文心雕龍‧風骨》）在這段話中，劉勰三次提及「奇」：「奇辭」「辭奇」「奇字」，「奇」相對於平庸而言，於俗濁平庸中見奇。劉勰在《文心雕龍‧麗辭》篇云：「若氣無奇類，文乏異彩，碌碌麗辭，則昏睡耳目。」「奇」如果在文中運用得當，會使文章煥發異彩，如在《文心雕龍‧辨騷》篇中高度評價以屈原為代表的楚辭是「奇」文。所以高昂爽朗的情感，精約工致的文辭，新穎奇特的文采是劉勰「風骨」論的審美標準。

劉勰的「風骨」論與陸雲重「清」的審美理想頗有相通之處：第一，文情都重創作主體的真情實感，如劉勰的「怊悵述情」，陸雲的「附情而言」。不同是，劉勰的「情」主要與「氣」相關，劉勰的「氣」指作品中表現作者情感的「駿爽」之「氣」，如「意氣駿爽，則文風清焉」，「意氣」是由「情」表現出來的，即文情「高爽」，文風「清」焉！第二，文辭都要精工修飾，都傾向於通過凝練的文辭獲得清麗剛健的文風。如陸雲強調文辭的「清工」，重詩文清峻剛健的藝術特徵；劉勰強調文辭的「力」美與「采」美，重文章「風清骨峻」藝術風貌。不同的是，劉勰要求的文風還要有一股感染人的力量，而且還要通過華麗的文辭來呈現這種力量，即「辭」與「氣」相連，「氣」又與「風」「采」相關。第三，文采都要新穎奇特。二者對「奇」的解釋卻有所不同。劉勰的「奇」，是基於「洞曉情變，曲昭文體」之上的，重與「采」的結合，是一種「意在言外」的美，「奇」有助於「峻」，即有助於呈現詩文的「風骨」美。這與陸雲「出言」「出語」的「奇」有相通的一面，如他說：「《劉氏頌》極佳，但無出言耳。」「出言」即奇句、警句〔註41〕。這與陸機《文賦》所云的：「立片言而居要，乃一篇之警策」的「警策」，劉勰所意味的「秀世者，篇中之獨拔者也」〔註42〕的「秀詞」「秀句」是一致的，都講作者精心錘

〔註41〕引錢鍾書語以證之。錢鍾書著：《管錐編》，第 1916 頁。

〔註42〕【清】黃叔琳《文心雕龍輯注》（卷8）釋「秀」曰：「陸平原云，一篇之警策，其秀之謂乎？」（《文心雕龍輯注》，北京：中華書局 1957 年版。）黃侃《文心雕龍箚記》窺測劉勰之意旨，釋「秀」曰：「辭以得當為先，故片言可以居要。」范文瀾《文心雕龍注‧隱秀》篇曰：「重旨者，辭約而義富，含味無窮，陸士衡云『文外曲致』，此隱之謂也。獨拔者，即士衡所云『一篇之警策』也。陸士龍《與兄平原書》曰『《祠堂頌》已得省，然了不見出語』，意謂非兄文之休者。又云：『劉氏《頌》極佳，然了不見出語耳』所謂出語，即秀句也。」（《文心雕龍箚記》，上海：上海古籍出版社 2000 年版。）

鍊構思的文辭對詩文的重要。但陸雲卻沒有把「奇」上升到「峻」的高度，他更重的是不落入前人俗套的「出語」「出言」。這也從一個側面反映了陸雲思維的侷限，他與劉勰一樣重「奇」、重「勢」，卻沒有把二者完美地結合起來，誠如劉勰所論「士龍思劣，而雅好清省」（《文心雕龍・鎔裁》）。

可見，劉勰重情感、氣勢、文采兼備的「風骨」美；而陸雲側重由鮮淨凝練的文辭所呈現的文風的「清」美。所以，「風骨」與陸雲的「清」的涵義雖有一致之處，然而在深層的審美寓意上，「清省」等文學批評術語卻與「風骨」的內蘊有所不同。「風骨」比「清省」等用語更為精到，在語意上也更符合時代的審美特徵。這既是文學批評發展的必然結果，也是時代的審美思潮在文學上的突出反映。

總之，「風骨」作為文學批評的術語到劉勰的《文心雕龍》之所以能明確提出並具有成熟意義的審美風貌，從文學批評史的角度來看，與劉勰相距不遠的陸雲一系列主「清」的文學概念的提出有一定關係。可以說，陸雲的「清」論對「風骨」論的成熟起了一定程度的承轉作用。

三、餘論

「一種學說或學理的衍化，常是由模糊而清晰，由抽象而具體，由片斷而完整。」〔註43〕當我們審視劉勰的文學思想時，不能不上溯到其前的前人的文學觀念，以顯示其文學思想發展的整個歷程。陸雲作為西晉時期一位重要的文學家和批評家，其不夠系統的文學觀念卻對劉勰精深的思想體系有著重要的啟發作用。

為了「閱文情」，劉勰在《文心雕龍・知音》篇還提出了文學批評的六項標準，即「六觀」。劉勰「六觀」的批評標準，在一定層面上可視為是陸雲文學思想在其後的全面發展。「一觀位體」，就是觀察「設情以位體」是否到位，是不是根據思想情感來安排詩文的結構，這無疑是發展了陸雲「附情而言」的觀點。「二觀置辭」，觀察文辭的運用是否準確，這與陸雲重「潤色」的觀念有一致之處。「三觀通變」，觀察在對文學傳統進行反思時，是不是能夠推陳出新。陸雲在《與兄平原書》中，曾多次評價前人的作品，其本意無怪乎要分辨前人作品的優劣，以求能被已用。「四觀奇正」，觀察「新奇」與「雅

〔註43〕韓庭棕：《六朝文學上的聲律論》，《西北論衡》1937 年第 5 卷第 2 期，第 57 頁。

正」的關係是否協調，是不是能夠「執正以馭奇」，不致「逐奇而失正」(《文心雕龍‧定勢》)。陸雲雖沒有擺明「奇」「正」的分別，但他重「出語」「出言」之「奇」對劉勰的「秀詞」「秀句」頗有啟示。「五觀事義」，觀察能不能「據事以類義，援古以證今」(《文心雕龍‧事類》)，就是能否舉出與論點一致的例子作論據，亦或運用典故來立論。在前文「情采論」中對陸雲重「事」已有論及。「六觀宮商」，觀察聲韻在詩賦等韻文裏調配是否得當。前已論述陸雲也重聲韻的和諧流暢。

文學批評的持久魅力常常在於其頗具精神理性的啟發性，正如德國哲學家伽達默爾所說「對精神科學中屬真理事物的思考，一定不能離開它承認其制約性的傳統而進行反思。」〔註44〕陸雲正是劉勰在對文學傳統的反思中注意到的一個頗具識見的批評者。劉勰在《文心雕龍‧序志》篇云：「按轡文雅之場，環絡藻繪之府，亦幾乎備矣。但言不盡意，聖人所難，識在瓶管，何能矩矱。茫茫往代，既沈予聞；眇眇來世，倘塵彼觀也。」文學傳統充滿了多樣性與迷惑性，劉勰站在時代理論的顛峰，在言不盡意中發出了知識無涯的慨歎！「泛議文意，往往間出，並未能振葉以尋根，觀瀾而索源」〔註45〕，劉勰本於一個批評者的視角來看待陸雲等人的文學觀，一方面肯定了其高出流俗的文學見解，另一方面又批評其文學思想不夠系統全面，這從一個側面也反映了劉勰作為批評者的理論遠見。

〔註44〕【德】伽達默爾著，洪漢鼎譯：《真理與方法》，第 6 頁，北京：商務印書館 2007 年版。

〔註45〕劉勰在《文心雕龍‧序志》篇有云「又君山公幹之徒，吉甫士龍之筆，泛議文意，往往間出，並未能振葉以尋根，觀瀾而索源。」雖然不是專門為評陸雲而發，但也從一個側面也反映了劉勰對陸雲的倚重及劉勰的理論遠見。(【南朝梁】劉勰著，范文瀾注：《文心雕龍注》，第 726 頁。)

附錄五：西晉思想對話與文學批評探析[註1]

西晉（265～316）一朝，玄學盛行。特別是以向秀、郭象為代表的玄學，主張「齊一儒道，任自然而不廢名教」[註2]，強調從根本上調合儒道的衝突，取消「自然」與「名教」的對立，深刻地影響了一代文人的精神世界，促使他們對文學藝術做進一步形而上的思考。思想對話在這種思辨色彩濃鬱的氛圍中得以展開。

西晉作家彬彬日照，就蕭統《文選》所錄，西晉短短的五十一年，被選錄的作家就有三十四人，作品近一百六十篇，這反映了西晉文學在魏晉南北朝文學史上的重要地位。文學批評發展與文學繁盛互動，劉勰《文心雕龍・序志》篇云：「陸賦巧而碎亂，流別精而少巧……吉甫士龍之輩，汎議文意，往往間出」[註3]，不僅劉勰提到的陸機、摯虞、應貞、陸雲是西晉重要的文學批評家，傅玄、張華、潘岳、左思等人的文學見解在當時也有一定影響。文學思想的多樣性更有助於文學批評的展開。西晉時期的思想對話，以文學創作和文學批評的顯在形態來呈現，這種形態的彰顯不僅是當時社會思潮與哲學思潮的反映，也體現了西晉文人飽含個性的審美意識。從思想對話的角度去分析西晉的文學創作和文學批評很有必要。

〔註1〕收入袁濟喜先生著《魏晉南北朝思想對話與文藝批評》之第五章，第241～270頁，北京：中國人民大學出版社2011年版。同時部分內容被摘出，曾發表在《中國文化研究》（2010年春之卷），第95～101頁。

〔註2〕湯用彤著：《魏晉玄學論稿》，第118頁。

〔註3〕【南朝梁】劉勰著，范文瀾注：《文心雕龍注》，第726頁。

一、思想對話與文學對話

在中國文學史上，一種文風的驟變往往使人驚詫。西晉的綺美文風歷來被諸家議論，這正說明文學藝術發展到西晉，在審美層面產生了不同尋常的變化。劉勰在《文心雕龍》中用「輕綺」「淺而綺」來評價西晉文風〔註4〕。在劉勰的經典視域中，文學的新變離不開對經典的汲取與對文風的錘鍊，「若夫鎔鑄經典之範，翔集子史之術，洞曉情變，曲昭文體，然後能孚甲新意，雕畫奇辭。」（《文心雕龍・風骨》）西晉時期的文人在實際的創作中卻逐漸淡化了對經典範式的繼承，從而「逐文之篇愈盛」。這與西晉文學對話的繁盛有重要聯繫，特別是文人交遊〔註5〕之風的盛行，淡化了經典的成份，極大地促進了詩歌「輕綺」的文學風貌，而思想對話在文學層面的展開更是促進了「淺而綺」的文學審美。

（一）文人交遊與文學對話

西晉文學對話具備鮮明的三國歸晉後的特定症候。劉勰《文心雕龍・時序》篇對此分析：

> 逮晉宣始基，景文克構，並跡沈儒雅，而務深方術。至武帝惟新，承平受命，而膠序篇章，弗簡皇慮。降及懷愍，綴旒而已。然晉雖不文，人才實盛：茂先搖筆而散珠，太沖動墨而橫錦，岳湛曜聯璧之華，機雲標二俊之采，應傅三張之徒，孫摯成公之屬，並結藻清英，流韻綺靡，前史以為運涉季世，人未盡才，誠哉斯談，可為歎息！

〔註4〕《文心雕龍・通變》篇云：「魏晉淺而綺」，雖然並非專為西晉文風而發，但也從一個側面反映了劉勰對西晉文學審美的認識。（【南朝梁】劉勰著，范文瀾注：《文心雕龍注》，第 520 頁。）

〔註5〕關於西晉的文人交遊歷來眾所紛紜，俞士玲認為，石崇的「金谷之會」與賈謐的「二十四友」都沒有真正對晉代文學風貌產生影響，真正對晉一代文學風貌產生影響的文人團體和聚會，主要有：晉武帝的華林園之會、以張華為中心的同好之會和以陸機、陸雲為中心的同鄉之會，見俞士玲著：《西晉文學考論》，南京：南京大學出版社 2008 年版，第 214 頁；日本學者佐藤利行認為，文學集團是以時代政治的主導者為中心集結文人們從事的文學活動，西晉文壇的存在是在幾個文學集團的活動中產生的，並重點強調了以陸機、陸雲為首的南方文人集團對南北文學相互影響所產生的重要作用，見佐藤利行著：《西晉文學研究》，周延良譯，第 22、275 頁，北京：中國社會科學出版社 2004 年版。

　　劉勰言簡意賅地概述了西晉的政治思潮與文化風尚。三國歸晉，南北融合，世俗享樂之風盛行。晉武帝司馬炎繼位後，雖然出於整頓綱紀的需要宣稱：「舉清遠有禮之臣者，此尤今之要也」〔註6〕，並出現了史家所稱道的「太康之治」（280～289），但在文化傳承上並未有實質的建樹。作為頗具識鑒的文學批評家，劉勰對西晉的統治者持批判態度。相比之下，劉勰在《文心雕龍・時序》篇中娓娓稱道的是戰國時期「開莊衢之第」的齊宣王與「廣蘭臺之宮」的楚襄王。所以，劉勰所謂的「晉雖不文」包含有兩個層面的含義，一是指西晉的統治者並沒有真正倡導文化學術，二是指西晉沒有形成像稷下學宮與蘭臺學宮那樣美好的文化氛圍。在這樣的社會環境中，西晉文壇仍能光耀後世，自然得益於像張華、左思、潘岳、夏侯湛、陸機、陸雲、應貞、傅玄、傅咸、張載、張協、張亢、孫楚、摯虞、成公綏這樣的有才之士。正是這些高才文人，推動了西晉文學藝術的發展，讓後人審視西晉時能在動亂的政治環境中觸摸到一抹藝術的光亮。然而，這些文人大都有著悲劇的人生。永康元年（300），張華、潘岳遇害；太安二年（303），陸機、陸雲被殺；永嘉元年（307），張協棄官歸鄉；永嘉二年（308），張載稱疾告歸；永嘉五年（311），摯虞餓死〔註7〕。正如劉勰的慨歎：「前史以為運涉季世，人未盡才，誠哉斯談，可為歎息！」

　　這些文人的悲劇與當時的門閥制度息息相關。在士族的支持下奪取政權的司馬氏，自然以保護士族的利益為政治前提。對於西晉，司馬光曾有議論：「創業之初而政本不立，將以垂統後世，不亦難乎！」〔註8〕西晉初年的政本不立引起了皇權的衰落下移，促進了門閥士族勢力的凸顯膨脹。士族為了鞏固自己的特權，不但與寒族保持著嚴格的界限，士族之間的爭鬥也非常激烈。《晉書・段灼傳》載：「今臺閣選舉，塗塞耳目，九品訪人，唯問中正。故據上品者，非公侯之子孫，則當塗之昆弟也。二者苟然，則華門蓬戶之俊，安得不有陸沉者哉！」這是當時門第觀念的生動寫照；《晉書・任愷傳》載：「（買）充既為帝所遇，欲專名勢，而庾純、張華、溫顒、向秀、和嶠之徒皆與愷善，楊珧、王恂、華廙等充所親敬，於是朋黨紛然。」這是當時士族爭鬥的直接表現。這樣的社會境遇，對當時的文人不能不說是一種劫難。

〔註6〕【唐】房玄齡等撰：《晉書》，第 1318 頁。

〔註7〕陸侃如著：《中古文學系年》，北京：人民文學出版社 1985 年版。

〔註8〕【北宋】司馬光撰：《資治通鑒》，第 2503 頁，北京：中華書局 1956 年版。

　　根據《晉書》，張華、左思、潘岳、夏侯湛、陸機、陸雲、應貞、傅玄、傅咸、張載、張協、張亢、孫楚、摯虞、成公綏等人，或出身於寒門，或出身於沒落的望族。西晉時期，雖然玄學盛行，社會風氣奢靡浮誇，但對普通的文人來說，儒學仍然是他們安身立命的基本保障，特別是晉武帝司馬炎下令：「諸郡中正以六條舉淹滯：一曰忠恪匪躬，二曰孝敬盡禮，三曰友于兄弟，四曰潔身勞謙，五曰信義可復，六曰學以為己。」（《晉書‧武帝紀》）以儒家的道德標準確立諸郡中正薦舉賢才的六項準則，這讓出身寒門的文人看到了仕進的希望。如摯虞有《孔子贊》《顏子贊》來稱道儒家的禮儀；傅咸有《孝經詩》（二章）、《論語詩》（二章）來宣揚儒家的仁孝；陸雲也曾上書吳王司馬晏提倡儒家的「仁儉」。儒家的傳統價值觀念依舊深入人心，特別是「學而優則仕」的仕進傳統更是促使文人們熱心事功，如張華《壯士篇》云：「年時俯仰過，功名宜速崇。」左思《詠史》云：「鉛刀貴一割，夢想騁良圖。」陸機也曾寫《弔魏武帝文》，對魏武帝曹操之死慨然歎息傷懷！希望像曹操那樣成就雄圖大業，是當時大部分文人的追求。在這種熱衷的驅使下向士族權貴與文人權貴靠攏是他們的必然選擇，這就促使了文人交遊之風的盛行，同時也促成了文學對話氛圍的形成。

　　西晉的文學對話在文人交遊的氛圍中展開。文人交遊是以權貴為主導的文人聚集，以士族權貴為代表的文人交遊主要有晉武帝「華林園之會」、石崇「金谷之會」、賈謐「二十四友」；以文人權貴為代表的文人交遊主要有以張華為中心的文人交遊及以陸機、陸雲兄弟為中心的文人交遊。

　　其一，晉武帝「華林園之會」。依據逯欽立輯的《先秦漢魏晉南北朝詩》，晉武帝華林園之會留存的華林園詩歌在晉詩卷中佔有一定的比重。主要有荀勖的《從武帝華林園宴詩》《三月三日從華林園詩》，王濟的《平吳後三月三日華林園詩》，應貞的《晉武帝華林園集詩》（六臣本《文選》注云，五臣注無園字），張華的《太康六年三月三日後園會詩》。這些詩歌都是典型的侍宴詩，不僅內容側重於歌功頌德，而且辭藻華美典雅。應貞的《晉武帝華林園集詩》云：

　　　　悠悠太上，民之厥初。皇極肇建，彝倫攸敘。五德更運，應籙受符。陶唐既謝，天曆在虞。於時上帝，乃顧惟眷。光我晉祚，應期納禪。位以龍飛，文以虎變。玄澤滂流，仁風潛扇。區內宅心，方隅回面。天垂其象，地耀其文。鳳鳴朝陽，龍翔景雲。嘉禾重穎，

蕶茦載芬。率土咸序，人胥悅欣。恢恢皇度，穆穆聖容。言思其順，
貌思其恭。在視斯明，在聽斯聰。登庸以德，明試以功。其恭惟何？
昧旦丕顯。無理不經，無義不踐。行捨其華，言去其辯。遊心至虛，
同規易簡。六府孔修，九有斯靖。澤靡不被，化罔不加。聲教南暨，
西漸流沙。幽人肆險，遠國忘邈。越裳重譯，充我皇家。峨峨列辟，
赫赫虎臣。內和五品，外咸四賓。修時貢職，入覲天人。備言錫命，
羽蓋朱輪。貽宴好會，不常厥數。神心所受，不言而喻。於是肆射，
弓矢斯御。發彼五的，有酒斯飲。文武之道，厥猷未墜。在昔先王，
射御茲器。示武懼荒，過亦為失。凡厥羣后，無懈于位。

這首詩包含有四層意義：第一層歌頌西晉是天賦皇權；第二層讚美晉武
帝乃仁義之君；第三層褒美西晉內外和睦，四海歸一；第四層談宴會情景。
詩人歌功頌德之心溢於言表，這是公讌詩的典型特徵。詩中還隨處可見用典，
如「位以龍飛」源於《周易》之「乾卦」的「飛龍在天」〔註9〕；「鳳鳴朝陽」
源於《詩經・大雅》的「鳳凰鳴矣，于彼高岡；梧桐生矣，于彼朝陽」；「遊
心至虛」源於《莊子・應帝王》的「汝遊心於淡，合氣於漠」〔註10〕。鍾嶸
的《詩品・序》有云：「夫四言，文約意廣，取效《風》《騷》，便可多得。每
苦文繁而意少，故世罕習焉。」〔註11〕語言模擬嚴重，「文繁意少」正是這首
詩歌的突出特點。《文選》之「公宴」類收錄西晉詩三首：陸機的《皇太子宴
玄圃宣猷堂有令賦詩》、陸雲的《大將軍宴會被命作詩》和應貞的這首詩。辭
藻典雅華美是這三首詩歌的共同風格，符合蕭統《文選》「義歸乎翰藻」的選
錄標準。《晉書・文苑傳》說此詩「極形言之美，華林群藻罕或疇之」，實非
虛談。

其二，石崇「金谷之會」。「金谷之會」在當時影響很大，特別是元康六
年（296）的金谷雅集更是名噪一世。「金谷雅集主要是一次文學活動，它是
西晉一代文學繁盛的象徵」〔註12〕，石崇將這次文人的創作彙編為《金谷詩
集》，並作《金谷詩序》。可惜《金谷詩集》已佚失不存，現存的晉詩與金谷
宴遊相關的主要有潘岳的《金谷集作詩》《金谷會詩》（殘句，見《文選》卷

〔註9〕高亨注：《周易大傳今注》，第58頁，濟南：齊魯書社1998年版。
〔註10〕【清】郭慶藩撰：《莊子集釋》，第294頁。
〔註11〕王叔岷箋證：《鍾嶸詩品箋證稿》，第69頁，北京：中華書局2007年版。
〔註12〕徐公持著：《魏晉文學史》，第330頁，北京：人民文學出版社1999年版。

五十九，沈約的《齊故安陸昭王碑文》注）、杜育的《金谷詩》（殘句，見《文選》卷三十，謝靈運《南樓中望所遲客詩》注）。從現存的這些詩句來看，金谷會詩在藝術上要高於普通的公讌詩。潘岳的《金谷集作詩》云：

> 王生和鼎實，石子鎮海沂。親友各言邁，中心悵有違。何以敘離思？攜手遊郊畿。朝發晉京陽，夕次金谷湄。迴谿縈曲阻，峻阪路威夷。綠池泛淡淡，青柳何依依。濫泉龍鱗瀾，激波連珠揮。前庭樹沙棠，後園植烏椑。靈囿繁石榴，茂林列芳梨。飲至臨華沼，遷坐登隆坁。玄醴染朱顏，但愬杯行遲。揚桴撫靈鼓，簫管清且悲。春榮誰不慕？歲寒良獨希。投分寄石友，白首同所歸。

根據《全晉文》所載的石崇的《金谷詩序》記述，這次金谷宴遊的目的是為征西大將軍祭酒王詡送行，所以潘岳的這首五言詩也是一首送別詩。詩人不但記述了金谷澗中的美景，而且借清泉茂林抒發離別之情，黯然銷魂者，惟別而已矣！這種「睹物興情」的思維方式具有審美意義，「春榮誰不慕？歲寒良獨希。投分寄石友，白首同所歸。」情感委婉真摯，語言一如古詩般自然清麗，把這種離別之情推向極致。這種文人置身自然宴游雅集的風尚，最易被崇雅的士大夫們傚仿，後來王羲之等人的蘭亭之會，就是追慕金谷之會的文人雅集。雖然參與金谷宴遊的文人已無從全部知曉，但潘岳在這首詩中表現的清雅詩風在西晉文壇上卻有著重要的意義，正如劉勰在《文心雕龍‧明詩》篇所言：「五言流調，則清麗居宗」。

其三，賈謐「二十四友」。根據《晉書‧賈充傳附賈謐傳》，歐陽建、潘岳、陸機、陸雲、摯虞、杜育、左思等西晉富有創見的文人都是以權貴賈謐為中心的「二十四友」的主要成員，「金谷之會」正是二十四友相互交往的明證，除此之外，有關他們交往的記載很少。從文學史的角度來看，贈答唱和詩是「二十四友」成員交遊的主要方式。比較有影響的唱和詩有：潘岳的《為賈謐作贈陸機詩》（十一章），陸機的《答賈謐詩》（十一章）、《贈潘岳詩》《贈弟士龍詩》（嚴格來說陸氏兄弟之間的贈答詩不可與其他「二十四友」成員的贈答作品同日而語），陸雲的《答兄平原詩》，摯虞的《答杜育詩》，杜育的《贈摯虞詩》。從這些詩歌的內容來看，或相互誇讚，或借贈答為名追述先祖偉業，或以交流為名寄託情感；從藝術形式來看，大都有刻章雕句的嫌疑。特別是潘岳、陸機、左思等西晉文壇的代表性文人，雖然同列在「二十四友」，彼此間的情感卻遠非朋友間惺惺相惜的真情，而是相互的攀比附和，《續談助》記

載：「士衡在座，安仁來，陸便起去。潘曰：『清風至，塵飛揚。』陸應聲答曰：『眾鳥集，鳳皇翔。』」〔註13〕《晉書・左思傳》也有記載：「陸機入洛，欲為此賦，聞思作之，撫掌而笑，與弟雲書曰：『此間有傖父，欲作《三都賦》，須其成，當以覆酒甕耳。』及思賦出，機絕歎伏，以為不能加也，遂輟筆焉。」可見，陸機欲與潘岳、左思一較高下的心理。陸機的這種心態，是當時文人的普遍心理。在這種心態的驅使下，當時「二十四友」間的交遊應該是為謀求政治利益的交好，贈答唱和詩體現了這種狀況。依據逯欽立的《先秦漢魏晉南北朝詩》（晉詩卷），贈答唱和詩在西晉文壇比比皆是，相比之下，「二十四友」之間的贈答唱和詩顯得單薄無力。

其四，以「張華」為中心的文人交遊。張華是西晉文人中的政治領袖，《新唐書・列傳》載：「張華不死，晉不及亂」，足見其在當時的權勢與影響。張華身邊聚集了許多重要的文人，並形成了以他為中心的文人交遊。《晉書・張華傳》稱其「少孤貧」，少時孤苦的張華能在「上品無寒門，下品無世族」的士風中躋身於權貴行列，這與其善於舉薦籠絡文人密不可分：

　　至太康末，與弟雲俱入洛，造太常張華。華素重其名，如舊相識，曰：「伐吳之役，利獲二俊。」（《晉書・陸機傳》）

　　張華雅重綏，每見其文，歎伏以為絕倫，薦之太常，徵為博士。歷秘書郎，轉丞，遷中書郎。每與華受詔並為詩賦，又與賈充等參定法律。（《晉書・文苑傳》）

　　左太沖作《三都賦》初成，時人互有譏訾，思意不愜。後示張公。張曰：「此二京可三。然君文未重於世，宜以經高名之士。」思乃詢求於皇甫謐。謐見之嗟歎，遂為作《敘》。於是先相非貳者，莫不斂衽讚述焉〔註14〕。（《世說新語・文學》）

張華直接或間接地薦舉了像陸機、陸雲、成公綏、左思等稟賦大才的文人，這些文人都與張華有著密切的交往。不僅如此，張華還與部分文人應答唱和，如何劭有《贈張華詩》、張華有《答何劭詩三首》《贈摯仲洽詩》等。張華的《答何劭詩三首》云：

　　吏道何其迫，窘然坐自拘。纓緌為徽纆，文憲焉可踰。恬曠苦不足，煩促每有餘。良朋貽新詩，示我以遊娛。穆如灑清風，煥若

〔註13〕 魯迅著：《古小說鉤沉》，第12頁，濟南：齊魯書社1997年版。
〔註14〕 【南朝宋】劉義慶著，余嘉錫箋疏：《世說新語箋疏》，第246～247頁。

春華數。自昔同寮寀，於今比園廬。衰疾近辱殆，庶幾並懸輿。散髮重陰下，抱杖臨清渠。屬耳聽鶯鳴，流目翫儵魚。從容養餘日，取樂於桑榆。（其一）

　　洪鈞陶萬類，大塊禀羣生。明闇信異姿，靜躁亦殊形。自予及有識，志不在功名。虛恬竊所好，文學少所經。忝荷既過任，白日已西傾。道長苦智短，責重困才輕。周任有遺規，其言明且清。負乘為我戒，夕惕坐自驚。是用感嘉貺，寫心出中誠。發篇雖溫麗，無乃違其情。（其二）

　　駕言歸外庭，放志永棲遲。相伴步園疇，春草鬱鬱滋。榮觀雖盈目，親友莫與偕。悟物增隆思，結戀慕同儕。援翰屬新詩，永歎有餘懷。（其三）

　　鍾嶸在《詩品》中對張華五言詩的評價是「巧用文字，務為妍冶」。文字精巧清麗，情感平淡雅致，是這三首詩歌的典型特徵。「散髮重陰下，抱杖臨清渠。屬耳聽鶯鳴，流目翫儵魚。從容養餘日，取樂於桑榆。」借「散髮」「抱杖」「鶯鳴」「儵魚」「桑榆」等意象，不僅表現出一種無拘無束的高逸情懷，字裏行間還傳達出一種「穆如清風」的藝術風貌。劉勰在《文心雕龍·明詩》篇中稱讚道：「茂先凝其清」，可謂深味張華詩作之趣。遺憾的是，根據現存的史料，我們無法窺見張華與西晉文人交遊的全貌。但值得肯定的是，張華與眾多文人的頻繁交流在一定程度上推動了西晉文學的發展，甚至影響了西晉文壇的文學批評。如作為西晉文學批評的重要文獻資料之一——陸雲的《與兄平原書》〔註15〕，就多處可見張華的文學觀點：

　　往日論文，先辭而後情，尚勢而不取悅澤。嘗憶兄道張公父子論文，實自欲得。今日便欲宗其言。

　　張公昔亦云；兄新聲多之，不同也。

　　張公父子亦語云，兄文過子安。子安諸賦，兄復不皆過，其便可，可不與供論。

　　顯然，無論張華出於何種目的交遊文士，其經常與諸人探討的文學問題都在當時產生過一定影響，後來劉勰在《文心雕龍·聲律》篇中有云：「又詩人綜韻，率多清切；楚辭辭楚，故訛韻實繁。及張華論韻，謂士衡多楚，文

────────────────

〔註15〕【西晉】陸雲著，黃葵點校：《陸雲集》，第134～147頁，北京：中華書局1988年版。

賦亦稱知楚不易，可謂衛靈均之聲餘，失黃鐘之正響也。」張華明確指出了陸機文有楚音，充分展現了張華與當時文人在文學上的密切交往。

其五，以「二陸」為中心的文人交遊。陸機、陸雲兄弟在當時遠播才名，以致張華感歎「伐吳之役，利獲二俊」。他們雖與張華友善，與賈謐交好，但他們作為由吳入洛的南人，為了避免尷尬的社會境遇，團結部分文人，形成以他們為核心的文人交遊也有著政治與文化的雙重意義。西晉時，北人對南人有著嚴重的偏見。根據《世說新語》和《晉書》的記載，三國以來，北方人就罵吳人為貉子，就連孫權也蒙此稱，更別說一般的士人了。例如孟超僅為統領萬人的小都督，就敢公然斥罵作為河北大都督全軍統帥的陸機為貉奴。陸雲在《答張士然詩》中有「感念桑梓域，彷彿眼中人」之句，可見其入洛後的自卑情緒與桑梓之感。周一良先生在《魏晉南北朝史劄記》中論「君子小人」時說：「溫氏太原望族，故目寒族出身之陶侃為小人。顧榮雖是吳中高門，然在洛陽則地位未必高於來自南方之陶士行（陶侃）也。」〔註16〕作為吳中高門望族之後的陸氏兄弟，其入洛後的境遇由此而知。「與賈謐親善」並赫然在賈謐門下「二十四友」之列的陸氏兄弟，似乎並非專為趨時唱和，實在也有不得已的苦衷。因此，作為由吳入洛的文人，陸氏兄弟能在北方立足，這與他們與北方文人的交好，並善於團結自己的同鄉文人有著很大的關係，這反映到他們的文學創作中。不僅陸機有《薦賀循郭訥表》《薦張暢表》《贈顧令文為宜春令》（五章）、《贈武昌太守夏少明詩》（六章）、《答潘尼》《贈馮文羆》《贈尚書郎顧彥先二首》《答張士然詩》等與他人相互友善的詩文，陸雲也有《與張光祿書》（三首）、《與嚴宛陵書》《與戴季甫書》（七首）、《與楊彥明書》（七首）、《答車茂安書》《贈鄱陽府君張仲膺》（五章）、《贈顧彥先》（五章）、《答顧秀才》（五章）、《答張士然一首》《贈鄭曼季往返八首》等與他人互通友好的創作。在二陸的這些詩文中，不乏表達朋友間真摯情感的佳作，如陸機的《答張士然詩》；陸雲的《答張士然一首》《與楊彥明書》（七首）。即使這類詩作，也多處可見「嘉穀垂重穎，芳樹發華顛」（陸機《答張士然詩》）之類頌德溢美的句子，特別是《贈顧令文為宜春令》（五章）云：

> 藹藹芳林，有集惟嶽。靈靈明哲，在彼鴻族。淪心渾無，遊精
> 大樸。播我徽猷，□（缺字）彼振玉。彼玉之振，光於厥潛。大明
> 貞觀，重泉匪深。我有好爵，相爾在陰。翻飛名都，宰物於南。禮

〔註16〕周一良著：《魏晉南北朝史雜記》，第 68 頁，北京：中華書局 1983 年版。

弊則偽，樸散在華。人之秉夷，則是惠和。變風興教，非德伊何。

我友敬矣，俾人作歌。交道雖博，好亦勤止。比志同契，惟予與子。

三川既曠，江亦永矣。悠悠我思，託邁千里。吉甫之役，清風既沈。

非子之鑒，詩誰云尋。我來自東，貽其好音。豈有桃李，恧子瓊琛。

將子無翔，屬之翰林。變彼靜女，此惟我心。〔註17〕

在這首詩中「芳林」「明哲」「鴻族」「振玉」「貞觀」等詞語字字珠璣，鮮明華美，極盡鋪張之能事，特別是「我有好爵」一句，更是體現了陸機急於與他人交好的情感。「我有好爵」出自《周易・中孚卦》，其卦辭云：「鳴鶴在陰，其子和之，我有好爵，吾與爾靡之。」高亨先生注解「我有好爵」為：「我有美酒在杯中，與爾共飲之。」〔註18〕陸機的這類作品與他用以薦舉他人的「表」作一樣，多溢美之詞，並呈現出「清文以馳其麗」（《文心雕龍・章表》）的藝術風貌，無太多深層內涵。陸雲與其他文人相互贈答的詩作，也大都是敷衍應酬之辭，無真情實感，其在《與兄平原書》中自云「四言、五言非所長」非自謙之語。

由上述對晉武帝的「華林園之會」、石崇的「金谷之會」、賈謐的「二十四友」及以張華為中心的文人交遊與以陸機、陸雲為中心的文人交遊的詩文探討可以看出，他們的作品大都為謀求政治利益而作的唱答詩，這種詩作多模擬傾向，在語言表達上多以四言、五言為主，在藝術風貌上也以華美清麗為特徵。因此，這些文人交遊的產生是文人與權貴對話的產物，文學在很大程度上充當了他們對話的工具。在這種語境下產生的文學，難免會帶上雕琢之跡，正如《文心雕龍・明詩》篇云：「晉世群才，稍入輕綺，張潘左陸，比肩詩衢，采縟於正始，力柔於建安，或析文以為妙，或流靡以自妍，此其大略也。」「文變染乎世情」，西晉的「輕綺」詩風，正是當時社會思潮在文學上的突出反映。

（二）思想對話與文學審美

西晉政局的變化，豪門望族的掌權，文人交遊的盛行，都對文學思想與文學審美產生了影響。當然，也和玄學的發展有關。玄學在西晉更為興盛，特別是向秀、郭象《莊子注》追求「獨化」的闡釋智慧頗具影響，它改變魏

〔註17〕劉運好著：《陸士衡文集校注》，第 1167～1173 頁。

〔註18〕高亨著：《周易大傳今注》，第 480 頁，濟南：齊魯書社 1979 年版。

正始年間王弼、何晏的貴無論，由追求永恆轉為關注當下人生，隨而世俗，所謂「獨化者，物各自然，無使之然也」，「老莊之得勢，則是由經世致用至此轉為個人之逍遙抱一」。〔註 19〕「獨化」與「逍遙」是同一層面的哲理概念。〔註 20〕《晉書‧郭象傳》云：「少有才理，好《老》《莊》，能清言。」「清」言正是現實中追求逍遙之境的生命體驗。「清」是魏晉藝術鑒賞的審美概念，它融合了老莊精神與玄學義理，帶有一種清虛玄遠之美。陳寅恪先生指出：「魏末西晉即清談之前期」〔註 21〕。《世說新語‧排調》有記載：「荀鳴鶴、陸士龍二人未相識，俱會張茂先坐。張令共語。以其並有大才，可勿作常語。陸舉手曰：『雲間陸士龍。』荀答曰：日下荀鳴鶴。』陸曰：『既開青雲，睹白雉：何不張爾弓，布爾矢？』荀答曰：『本謂雲龍騤騤，定是山鹿野麋，獸弱弓強，是以發遲。』張乃撫掌大笑。」在這種重才性、清談的社會氛圍中，特別是當文人之間的交流蛻變成貧乏無味的相互褒揚時，能滌除煩惱，追求逍遙之境的玄學就成了他們的思想皈依。於是玄理滲透到文學創作中，使「思想對話能夠成為審美趣味而不是認識的手段」〔註 22〕，使文學在與玄學的對話中上升到審美之境。「遊仙」詩與「隱逸」詩文正體現了文學的這種審美化。

「遊仙詩」在蕭統《文選》中被列為文學體裁，它在西晉的文化思潮中有著別樣意義。張華的《遊仙詩》（四首）云：

> 雲霓垂藻旒，羽袿揚輕裾。飄登清雲間，論道神皇廬。簫史登鳳音，王后吹鳴竽。守精味玄妙，逍遙無為墟。

> 玉佩連浮星，輕冠結朝霞。列坐王母堂，豔體湌瑤華。湘妃詠涉江，漢女奏陽阿。

> 乘雲去中夏，隨風濟江湘。矗矗陟高陵，遂升玉巒陽。雲娥薦瓊石，神妃侍衣裳。

> 遊仙迫西極，弱水隔流沙。雲榜鼓霧枻，飄忽陵飛波。

這四首遊仙詩除第一首外，其他三首都有殘缺，但還是能從中尋出張華「遊仙詩」的主要特徵。「雲霓垂藻旒，羽袿揚輕裾。飄登清雲間，論道神皇

〔註 19〕湯用彤著：《魏晉玄學論稿》，第 48、196 頁。
〔註 20〕袁濟喜著：《中國古代文論精神》，第 204～216 頁，太原：山西教育出版社 2005 年版。
〔註 21〕陳寅恪著：《金明館叢稿初編》，第 180 頁，上海：上海古籍出版社 1980 年版。
〔註 22〕袁濟喜著：《從〈世說新語〉看思想對話與文學批評》，第 28 頁，《中國文化研究》，2007 年夏之卷。

廬。」張華首先展示了一個虛無飄渺仙境，如此美妙的仙境，需要「守精味玄妙，逍遙無為壚」的心靈修養才能把握。「守精」「玄妙」「逍遙」「無為」雖然都源於老莊著作的語言，但其追求獨化逍遙的審美體驗卻來自向秀、郭象《莊子注》的玄理，「小大雖差，各任其性，苟當其分，逍遙一也」。〔註23〕這種玄妙的逍遙之境，只有真正的得「道」之人才能體悟，「若夫乘天地之正，而御六氣之辯，以遊無窮者，彼且惡乎待哉！故曰，至人無己，神人無功，聖人無名。」（《莊子·逍遙遊》）這首詩中描述的「王后」「王母」「湘妃」「漢女」「神妃」等仙人意象，無疑就是《莊子·逍遙遊》中得「道」的「神人、至人、真人」的化身，也是向秀、郭象《莊子注》所謂的「無待之人」。「神人」與萬物齊一，與道冥合。張華在詩歌中建構如此美妙的靈境，希望通過與仙人對話來獲得一種精神的滿足與心靈的釋放。這時的遊仙詩與正始年代何晏、阮籍、嵇康遊仙詩的虛無飄渺相比，更多了一層親近人類的意味。

雖然同為「遊仙」題材的創作，張協、成公綏、何劭的「遊仙詩」在藝術表達上卻不如張華揮灑自如，如張協的《遊仙詩》云：「崢嶸玄圃深，嵯峨天嶺峭。亭館籠雲構，修梁流三曜。蘭葩蓋嶺披，清風綠隙嘯。」僅僅是通過逼真細膩的景物描摹在想像中營造了一個「清麗」之境，體現了張協「巧構形似之言」的藝術風格。而成公綏、何劭的「遊仙詩」也只是停留在慕仙的層面，如何劭的《遊仙詩》云：「長懷慕仙類，眇然心綿邈」，成公綏的《遊仙詩》云：「盛年無幾時，奄忽行欲老。那得赤松子，從學度世道。西入華陰山，求得神芝草。」運用淺顯直白的語言，表達了一種對神仙的渴慕之情。在這些作品中，都體現出了詩人希冀在與玄學的對話中獲得本於自然的逍遙之境。

「隱逸」詩文也體現了這種文學與玄學對話的審美趨向。蕭統的《昭明文選》之「招隱詩」類收錄詩歌二題三首，即左思的兩首《招隱詩》與陸機一首《招隱詩》；歐陽詢在《藝文類聚》的「人部」也將「隱逸」作為單獨的一類，共收晉代招隱詩十一首。其中張華二首，張載一首，張協一首，左思二首，陸機二首，閭丘沖一首，王康琚一首，辛曠一首〔註24〕。兩者的收錄有所不同，《文選》僅限於有明確的題名，《藝文類聚》則是按照與隱逸相關的主題加以收錄，而隱逸的主題也是西晉文人與玄學對話的內容：

　　　張華招隱詩曰：隱士託山林，遁世以保真，連惠亮未遇，雄才

〔註23〕 【清】郭慶藩撰：《莊子集釋》，第 1 頁。
〔註24〕 【唐】歐陽詢撰：《宋本藝文類聚》，上海：上海古籍出版社 2013 年版。

屈不申。又詩曰：棲遲四野外，陸沉背當時，循名奄不著，藏器待無期，羲和策六龍，弭節越崦嵫，盛年俛仰過，忽若振輕絲。

張載招隱詩曰：出處雖殊塗，居然有輕易，山林有悔吝，人間實多累，鷦鷯翔穹宑，蒲且不能視，鸛鷺遵皋渚，數為繒所繫，隱顯雖在心，彼我共一地，不見巫山火，芝艾豈相離，去來捐時俗，超然辭世偽，得意在丘中，安事愚與智。

張協詩曰：結宇窮嵐曲，耦耕幽藪陰，荒庭寂以閑，山岫峭且深，淒風起東谷，有弇興南岑，雖無箕畢期，膚寸自成霖，澤雉登壟雊，寒猿擁條吟，溪壑無人迹，荒楚鬱蕭森，投耒脩岸垂，時聞樵採音，重棋可擬志，回淵可比心，養真尚無為，道勝貴陸沉，遊思竹素園，寄辭翰墨林。

左思招隱詩曰：杖策招隱士，荒塗橫古今，岩穴無結構，丘中有鳴琴，白雪傍陰岡，丹葩曜陽林，石泉漱瓊瑤，纖鱗或浮沉，非必絲與竹，山水有清音，何事待嘯歌，灌木自悲吟。又招隱詩曰：經始東山廬，果下自成榛，前有寒泉井，聊可瑩心神。〔註25〕

陸機招隱詩曰：駕言尋飛遁，山路鬱盤桓，芳蘭振蕙葉，玉泉涌微瀾，嘉卉獻時服，靈術進朝餐，朝採南澗藻，夕息西山足，輕條象雲構，密葉成翠屋，結風佇蘭林，回芳薄秀木。又詩曰：尋山求逸民，穹谷幽且遐，清泉盪玉渚，文魚躍中波。

（歐陽詢《宋本藝文類聚》卷三十六）

雖然這些隱逸詩作有的已難窺其全貌，但還是能從這些留存之作中品味到詩人遺世獨立的精神面貌。如張華的「隱士託山林，遁世以保真」；張載的「去來捐時俗，超然辭世偽」；張協的「養真尚無為，道勝貴陸沉」；左思的「非必絲與竹，山水有清音」；陸機的「清泉盪玉渚，文魚躍中波」，在特定的語境中都體現出詩人希望超然物外、淡然無為的隱逸情懷。這些清麗淡雅的語言背後是對玄理的思索探求，「郭象認為，莊子的道理，就是要人像他在《莊子序》中所說的『返冥極』，其方法就是『無心』『無為』，也就是嵇康所說的『無措』。」〔註26〕《藝文類聚》（卷三十六）的「人部‧隱逸」篇也選

〔註25〕「石泉漱瓊瑤，纖鱗或浮沉」此句《宋本藝文類聚》無，此處據逯欽立輯《先秦漢魏晉南北朝詩》補之。

〔註26〕馮友蘭著：《中國哲學史新編》（第四冊），第 165 頁，北京：人民出版社 1986年版。

錄了嵇康《高士傳》的一段話：「至道之精，窈窈冥冥，無視無聽，抱神以靜……
入無窮之門，遊無極之野，與日月參光，與天地為常。」嵇康與郭象的玄學
有著內在的聯繫，按照馮友蘭先生的解釋，郭象的「獨化」論為嵇康「越名
教而任自然」的主張提供了哲學上的根據〔註27〕。嵇康的這段話直接源於《莊
子・在宥》篇的「至道之精，窈窈冥冥；至道之極，昏昏默默……必靜必清，
無勞汝形，無勞汝精，乃可以長生。」所以，《藝文類聚》的「隱逸」主題從
一個側面表現了西晉「隱逸」詩文受玄學影響追求「玄冥」的思想。

「遊仙」詩與「隱逸」詩文在西晉的流行，不可否認如劉大杰先生所說
「把老莊的無為遁世，道教的神仙，佛教的厭世，各種思想一齊揉雜起來，
再借著古代許多神話傳說為材料，描出各種各樣的玄虛世界」〔註28〕是各種
思想雜糅的結果，但玄學的影響仍佔據了重要的因素。宗白華先生說：「晉人
以虛靈的胸襟、玄學的意味體會自然，乃能表裏澄澈，一片空明，建立最高
的晶瑩的美的意境。」〔註29〕對清靜之境的追求，既是西晉文人的文學思想，
也是他們的人生理想。

通過對「遊仙」詩與「隱逸」詩文的分析，語言清美，思想單一是其主
要特徵。對玄言詩，劉勰《文心雕龍・明詩》篇指其「何晏之徒，率多浮淺」
「詩必柱下之旨歸，賦乃漆園之義疏」；鍾嶸《詩品》斥之「理過其辭，淡乎
寡味」「孫綽、許詢、桓、庾諸公詩，皆平典似《道德論》，建安風力盡矣」。
劉勰、鍾嶸對玄言詩的評價也從一個側面反映出了「遊仙」詩與「隱逸」詩
文受玄學影響表現出的理過其辭，淡乎寡味的藝術風貌。劉勰在《文心雕龍・
通變》篇中云：

> 攡而論之，則黃唐淳而質，虞夏質而辨，商周麗而雅，楚漢侈
> 而豔，魏晉淺而綺，宋初訛而新。從質及訛，彌近彌淡。何則？競
> 今疏古，風味氣衰也。

「理過其辭，淡乎寡味」可以看作是「魏晉淺而綺」之「淺」的最佳注
解。從藝術形式發展的層面來看，「質、辨、雅、豔、綺、新」的演變，完全
符合藝術發展趨於審美化的規律，也與劉勰所謂的「通變無方，數必酌於新
聲」一致；然而，從文學發展的本質來看，由「淳、質、麗」到「侈、淺、

〔註27〕馮友蘭著：《中國哲學史新編》（第四冊），第 142 頁。
〔註28〕劉大杰著：《魏晉思想論》，第 146 頁。
〔註29〕宗白華著：《藝境》，第 128 頁，北京：北京大學出版社 1987 年版。

訛」的變化，明顯背離了文學演變的正常規律，也不符合劉勰所謂的「名理有常，體必資於故實」的徵聖、宗經觀。由西晉諸位文人在創作中的思想追求可以看出，他們希望現實的荒涼能在文學的審美中獲得救贖，他們的文學世界是虛構的、夢幻的。「淺而綺」與「輕綺」是同一層面的審美概念，劉勰不僅批評了西晉文學綺美雕琢的文風，也批評了西晉文學玄虛平淡的思想。

總之，西晉文人交遊的盛行提供了文學對話的氛圍，影響了「輕綺」詩風的形成；而玄學的發展演化更是直接引發了思想對話在文學層面的展開，推動了「淺而綺」的文學風貌。

二、文學對話與文學批評

通過從思想對話的角度對西晉文學進行了分析，我們得出結論：劉勰本於他作為一代批評家的經典視域，批評了西晉「輕綺」「淺而綺」的文學風貌。那麼在西晉文人的視域中，西晉文學在當下呈現出怎樣的特徵呢？這需要作進一步的論析。

西晉一朝，奢華之風盛行，特別是石崇、王濟等人窮奢極欲的感官享受作為「汰侈」的極端意象永遠地定格在歷史中。翻開《世說新語》，「汰侈」一類的軼事幾乎被西晉囊括。雖然西晉士人在《世說新語》中，也不乏張翰等人的「使我有身後名，不如即時一杯酒」的磊落灑脫，但與曹魏與東晉的文士相比，西晉文士在個性與風流的背後總帶著那麼一絲絲的陰鬱偏執。《世說新語・汰侈》記載：（石崇廁所之中）「常有十餘婢侍列，皆麗服藻飾，置甲煎粉、沉香汁之屬，無不畢備。又與新衣著令出。客多羞不能如廁」，（王濟）「以人乳飲独」。這種追求浮華生活的極端風氣，還表現在對人物的品鑒上，《世說新語・容止》記載：「潘安仁、夏侯湛並有美容，喜同行，時人謂之『連璧』」，「裴令公（裴楷）有俊容儀，脫冠冕，粗服亂頭皆好。時人以為『玉人』。見者曰：『見裴叔則，如玉山上行，光映照人』」。這種對文士形貌的品賞，與其說是對其姿貌神態的讚美，倒不如說是對當時社會追逐聲色的觀照。

這種追求極端審美的社會風氣與當時流行的玄學思潮及文學本身的發展規律交互碰撞，不知不覺地侵染了一代士人的審美理想，並綜合反映到了文學創作與文學批評中。陸機、陸雲是西晉重要的文學家與文學批評家，郭紹虞先生在《中國文學批評史》中說：「晉初文學首推二陸，即就文學批評言，

二陸亦較為重要。」〔註30〕劉勰《文心雕龍・才略》篇云：「陸機才欲窺深，
辭務索廣，故思能入巧，而不制繁；士龍朗練，以識檢亂，故能布采鮮淨，
敏於短篇。」陸機、陸雲都重視詩文的審美風貌，由於個體的才性不同，這
種傾向反映到陸機的文學思想中，形成了「緣情綺靡」的審美要求；反映到
陸雲的文學思想中，形成了主「清」的審美理想。明張溥在《漢魏六朝百三家
集題辭》之《陸清河集》中云：「士龍與兄書，稱論文章，頗貴『清省』」〔註31〕，
清嚴可均《全晉文》輯《與兄平原書》〔註32〕35 劄，其中 31 劄基本為論述文
學見解之作。交流出智慧，《與兄平原書》作為對文學思考與探討的書信，是
反映陸機、陸雲兄弟文學思想的重要文獻，在彰顯「二陸」才思文心的同時，
也反映了他們的文學對話與文學批評。

　　下文通過對陸雲《與兄平原書》與陸機《文賦》的詳細剖析，同時結合
傅玄、成公綏、張華、潘岳等人的文學創作，側重從情文、聲文、形文的角
度來綜論西晉的美文思潮。當然，「情文」「形文」「聲文」等批評術語本身就
有極強的概念內涵，分別來闡釋它們，並不是要對立它們，而是從審美的角
度來更好地把握西晉的文學對話與文學批評，希望能進一步彰顯這種美文思
潮的時代意義。

（一）「情文」對話與文學批評

　　魏晉文人對個體性情、儀容風度的追求達到了空前的高度。三國魏劉邵
在《人物志》中提出了「蓋人物之本，出乎情性」，突出強調個體情感的鮮明
特徵，而魏文帝曹丕「文氣」說的提出，更是直接影響了當時文人在創作中
追求情感的藝術化。西晉文人往往在對自然的感發中情動於心，特別是一些
抒情小賦〔註33〕創作：

　　　　百川咽而不流兮，冰凍合於四海，扶木憔悴於暘谷，若華零落
　　　於蒙汜。（傅玄《大寒賦》）

　　　　感冬索而春敷兮，嗟夏茂而秋落。雖末士之榮悴兮，伊人情之

〔註30〕郭紹虞著：《中國文學批評史》，第 77 頁，天津：天津百花文藝出版社 1999
　　　年版。
〔註31〕張溥著，殷孟倫注：《漢魏六朝百三家集題辭注》，第 175 頁。
〔註32〕【西晉】陸雲著，黃葵點校：《與兄平原書》，第 134～147 頁，北京：中華書
　　　局 1988 年版。
〔註33〕除特別標注外，西晉諸文人賦作均見嚴可均：《全晉文》，北京：商務印書館
　　　1999 年版。

美惡。（潘岳《秋興賦》（並序））

　　始蒙瀎而徐墜，終滂霈而難禁。悲列宿之匿景，悼太陽之幽沉。
（潘尼《苦雨賦》）

　　歷四時以迭感，悲此歲之已寒。撫傷懷以嗚咽，望永路而汍瀾。
（陸機《感時賦》）

　　這些賦作都體現出自然對人情感的強大感發作用，是緣情而發的「情文」。
陸雲在評《九愍》時提出了「情文」：「此是情文，但本少情，而頗能作泛說
耳」。《九愍》有模擬傾向，缺少真情實感，靠形式上的堆砌辭藻掩蓋內容的
空虛浮泛。正如其「序」云：「昔屈原放逐，而離騷之辭興。自今及古，文
雅之士，莫不以其情而玩其辭，而表意焉。遂側作者之末，而述九愍。」陸
雲主張以情驅辭，文因情成，在《與兄平原書》中明確反對「先辭後情」，「往
日論文，先辭而後情，尚勢而不取悅澤。（『勢』字，宋版《陸士龍文集》作
『絜』，《文心雕龍·定勢》篇引作『勢』）嘗憶兄道張公父子論文，實自欲
得。今日便欲宗其言。」陸雲過去論文主張「先辭後情」，因受張華父子影
響幡然醒悟，開始重「情」。《與兄平原書》曰：「嘗聞湯仲歎《九歌》，昔讀
楚辭，意不大愛之。頃日視之，實自清絕滔滔。故自是識者，古今來為如此
種文，此為宗矣。」《九歌》原是楚國的民間祭歌，後經屈原改制流傳到今，
屈原對它的改動只是「修飾潤色」〔註34〕而已，它仍表現著民間歌詩以情動
人的風貌。潘岳的悼亡賦與哀誄文都比較鮮明地體現了「情文」的特徵，如
《寡婦賦》《悼亡賦》《懷舊賦》；《楊荊州誄》《夏侯常侍誄》《楊仲武誄》《馬
汧督誄》等。這些作品，情感深切，真摯動人，劉師培有言「夫誄主述哀，
貴乎情文相生。」〔註35〕「情文」的特徵正是詩文表現出的以情動人的審美
風貌。

　　這種藝術特徵不僅要求「附情而言」，而且還要「抒情達意」。《與兄平原
書》曰：「與漁父相見時語，亦無他異，附情而言。」「附情而言」指作者在
創作中要以傳情為準則，而在組織文辭時也要遵循抒情的需要，「語言隨著感
情的起伏自然流出，情長則文長，情少則話少」〔註36〕。陸雲的《歲暮賦》（並
序）云：

〔註34〕姜亮夫著：《屈原賦校注》，第144頁，北京：人民文學出版社1957年版。
〔註35〕詹鍈著：《文心雕龍義證》，第436頁，上海：上海古籍出版社1989年版。
〔註36〕肖華榮著：《陸雲「清省」的美學觀》，第41頁，《文史哲》1982年第1期。

　　余祗役京邑，載離永久。永寧二年春，忝寵北郡；其夏又轉大
將軍右司馬於鄴都。自去故鄉，荏苒六年，惟姑與姊，仍見背棄。
銜痛萬里，哀思傷毒，而日月逝速，歲聿云暮。感萬物之既改，瞻
天地而傷懷，乃作賦以言情焉。

　　「感萬物之既改，瞻天地而傷懷，乃作賦以言情焉。」從萬物天地的角
度來生發聯想，來作賦言情。《歲暮賦》作於永寧二年，故國之思、悼親之情、
轉遷之感交織在一起，作品風貌憂傷悲涼。特別是賦中出現了主客意象完美
融合的語句：「指晞露而忧心兮，衍死生於靡草」，「悲山林之杳藹兮，痛華構
之丘荒」，把主觀情感滲透在自然物象中，不僅給人以蕭瑟衰敗之感，也反映
了個體生命的短暫渺小。此外，陸雲的《愁霖賦》《喜霽賦》等也表達了對人
生倏忽的哀歎！這類賦作語言清新簡練、感情抒發自如，構成了自己獨特的
風格。《與兄平原書》曰：「文章既自可羨，且解愁忘憂，但作之不工，煩勞
而棄力，故久絕意耳。在此悲思，視書不能解。」陸雲認為詩文創作關鍵要
抒情達意，抒「情」能「解愁忘憂」；反之，則勞情費力，蹇滯文意。這與後
來范曄的「以意為主，以文傳意」〔註37〕的觀點一致，都主張詩文內容的充
實表達。陸雲也從審美鑒賞的角度以「味」論作品，認為有「深情遠旨」的
作品是高文，可以讓人「耽味」。《與兄平原書》曰：「兄前表甚有深情遠旨，
可耽味高文也。」從情文的角度對「味」進行了界定。

　　陸機全面發展了「情文」觀，在《文賦》中明確提出了「緣情」。對於「緣
情」的釋義，歷來頗具爭議〔註38〕。從純粹的藝術角度來看，「緣情」反映了
陸機重視自然景物對人情感的強大感發作用。無論是「感物吟志」的詩，或
「睹物興情」的賦，其創作都是要表達這種由客觀外物觸發而來的情感。陸
雲在《與兄平原書》中評價陸機的《述思賦》：「深情至言，實為清妙。」《述
思賦》是陸機一篇情感真摯短小精練的賦作：

　　　情易感於已攬，思難戢於未忘。嗟伊思之且爾，夫何往而弗臧。
駭中心於同氣，分戚貌於異方。寒鳥悲而饒音，衰林愁而寡色。嗟
余情之屢傷，負大悲之無力。苟彼塗之信險，恐此日之行晨。亮相
見之幾何，又離居而別域。觀尺景以傷悲，撫寸心而悽惻。

　　在這篇抒情小賦中，作者「情」發筆端，愁思婉轉，哀聲幽怨，把內心

〔註37〕郁沅，張明高編：《魏晉南北朝文論選》，第256頁。
〔註38〕張少康著：《文賦集釋》，第77～80頁。

的悽楚借「寒鳥」「衰林」等意象渲染得愁腸萬端、悲涼無限，「觀尺景以傷悲，撫寸心而悽惻」，於尺景寸心中把這種悲情推向極致。「緣情」是《述思賦》「清妙」的藝術特徵，重在強調創作主體的情感投射。《文賦》還明確把「悲」作為藝術美的要求：「言寡情而鮮愛，辭浮漂而不歸。猶絃么而徽急，故雖和而不悲。」陸機以樂喻文，強調文學創作要真切動人，要有「味」。陸機所崇尚作品的美「味」，就是既要「應」「和」「悲」「雅」，還要綺「豔」而華飾〔註39〕。因此，他反對「大羹之遺味」，批評詩文創作中情感的貧乏虛浮。與陸雲的「附情而言」相比，陸機的「緣情」不僅強調詩文以情動人的審美風貌，還更突出了創作主體與客體之間的情感互動。後來劉勰《文心雕龍‧神思》篇提出的「情往似贈，興來如答」，明顯受到了陸機的直接影響。「二陸」雖然都以「味」強調作品的真情實感，卻沒有充分挖掘「味」的審美內涵。「味」作為一個審美範疇的真正確立，歸功於後來鍾嶸的《詩品》。

抒情小賦在西晉的深入發展，影響了審美意識的漸變。成公綏認為賦的特點在於「分賦物理，敷演無方」〔註40〕在拓展辭賦的空間上取得了巨大成就，他的《鳥賦》《嘯賦》《螳螂賦》等都是較新的題材。《晉書‧成公綏傳》記載：「張華雅重綏，每見其文，歎伏以為絕倫」，反映了成公綏賦作的成就。陸雲對成公綏的努力進行了肯定，《與兄平原書》曰：「近日視子安賦，亦對之歎息絕工矣」，「張公父子亦語云，兄文過子安。子安諸賦，兄復不皆過，其便可，可不與供論」。陸雲有感於成公綏賦作之美，而將其與陸機的創作相比，這在一定層面上體現了成公綏的影響和陸雲對抒情小賦的重視。辭賦空間的拓展更好地發揮了賦本有的興寄功能。創造意象，使情趣與物象契合，是西晉抒情小賦在藝術上的自覺追求，如張華作《鷦鷯賦》，傅咸作《燭賦》等。辭賦審美意識的發展使以自然為審美對象的感物意識趨於成熟，更加突出「情」與「物」的交互作用，這反映了「思」「意」的「情文」觀念。

「思」與「意」的文學理論，反映了抒情文學的審美趨向。《與兄平原書》曰：「《述思賦》倘自竭厲，然雲意皆已盡，不知本復何言？方當積思，思有利鈍，如兄所賦，恐不可須。」陸雲意為「雖然竭盡全力來寫《述思賦》，但是文思已盡，不知道該怎麼寫了。也知道醞釀文思的重要，但神思來時有遲緩之分，像兄那樣的賦作，恐怕寫不出來。」「意」即文思，「思」即神思，

〔註39〕陶禮天著：《藝味說》，第 114 頁，南昌：百花洲文藝出版社 2005 年版。
〔註40〕嚴可均輯：《全晉文》，第 611 頁，北京：商務印書館 1999 年版。

劉勰《文心雕龍‧神思》篇有云：「古人云：形在江海之上，心存魏闕之下。神思之謂也」，「是以陶鈞文思，貴在虛靜，疏瀹五藏，澡雪精神，積學以儲寶，酌理以富才，研閱以窮照，馴致以懌辭」。不但神思難以把握，文思實現也非易事，要經過「虛靜」「積學」「酌理」「研閱」「馴致」，清和身心，積累素材，醞釀文思，才能發為文辭。陸雲在《與兄平原書》中曾感歎「用思困人」，劉勰在《文心雕龍‧養氣》篇也提到「陸雲歎用思之困神，非虛談也」，「思」之難顯而易見。

陸機在《文賦》中不但明確強調了「耽思」「凝思」的重要，而且重視「思」的特殊性，「若夫應感之會，通塞之紀，來不可遏，去不可止。藏若景滅，行猶響起。方天機之駿利，夫何紛而不理。思風發於胸臆，言泉流於唇齒。」當神妙思緒來臨時，如疾風發自胸臆，似清泉流於唇齒。這種藝術之「思」的特殊性在《文賦》中有多處表現：「思涉樂其必笑」言思的趣味情致；「思按之而愈深」「藻思綺合」論思的深沉精妙；「思乙乙其若抽」描繪思的呆滯枯澀。對於「意」，陸機突出強調了「意巧」「意適」，主要指作品的「意」不僅要巧妙地統領全篇，也要恰切通達，要「意司契而為匠」，反對「意」的缺陷：「意徘徊而不能揥」，「率意而寡尤」。陸機還提出了著名的「意不稱物，文不逮意」，「意稱物，文逮意」是他創作的理想追求。意物相稱，就是要使主觀的意符合客觀的象，描寫出來的形象，能貼切地表達作者的思想情感。因此在藝術創作中必須進行形象思維，使意與思、情、景緊密結合。《文賦》開篇云：「遵四時以歎逝，瞻萬物而思紛。悲落葉于勁秋，喜柔條於芳春。」當作者觸物興情時，情思與物象自然契合。然而，陸機雖然注意到了藝術思維的縝密玄妙，卻沒有明確「思、言、意」之間的關係，正如劉勰《文心雕龍‧序志》篇所論「陸賦巧而碎亂」！

「二陸」都強調創作主體在藝術思維中的重要，都認為由「思」到「意」（「意稱物，文逮意」）的過程，是主體情感投射到客體進而成「文」的過程。劉勰在《文心雕龍‧神思》篇，對「思—意—言」的關係作了較明確的說明，提出了「意授於思，言授於意」，也就是從神思到意象到文辭，提出了三者的辯證聯繫。這與陸機《文賦》的「意不稱物，文不逮意」相通。「二陸」對「思」「意」的見解，為劉勰「神思」觀念的成熟奠定了基礎。文乃「情動於中」的至情之文，在由「思」達「意」而「言」的過程中，情的作用是至關重要的，一切都要為「情」而言，「情以物遷，辭以情發」（《文心雕龍‧物色》）。

「思」與「意」是「情文」觀念在藝術層面的展開。

「情者，文之經」，中國文學緣情的藝術傳統源遠流長，老莊哲學本於自然之道的審美理想奠定了這種傳統的哲學基礎，而《詩經》《楚辭》所開創的文學抒情的風貌決定了這種傳統的藝術格調。「二陸」都繼承了這種優秀的文學傳統，在文學對話中重情感的真摯表達。「二陸」的情文觀念及有關藝術構思的見解對以後的鍾嶸、劉勰都有啟發。

（二）「聲文」對話與文學批評

聲韻的運用，有助於情感的表現，意象的聯想和文章節奏的優美。「聲文」是劉勰在《文心雕龍・情采》篇中明確提出的概念，「情采」的要求就是要「文質相劑，情韻相兼」。文學藝術發展到魏晉，隨著人們審美意識的日漸成熟及佛典的翻譯傳誦，對詩文純粹聲韻美的追求就更為明顯。鍾嶸在《詩品・序》中云：「故三祖之詞，文或不工，而韻入歌唱。」劉勰在《文心雕龍・樂府》篇中云：「魏之三祖，氣爽才麗；宰割辭調，音靡節平」。曹魏時期的文人在創作中已注意到詩文聲韻的審美化。在西晉初年的詩文創作中，音樂理論的發展更是加深了這種藝術化的傾向。不僅傅玄有《琴賦》《琵琶賦》《箏賦》《笳賦》《節賦》，成公綏也有《嘯賦》《琴賦》《琵琶賦》，特別是成公綏的《嘯賦》堪稱魏晉音樂之作的典範：

> 於時曜靈俄景，流光蒙汜，逍遙攜手，踟躕步趾，發妙聲於丹脣，激哀音於皓齒，響抑揚而潛轉，氣衝鬱而飄起。協黃宮於清角，雜商羽於流徵。飄遊雲於泰清，集長風乎萬里。曲既終而響絕，遺餘玩而未已，良自然之至音，非絲竹之所擬。是故聲不假器，用不借物，近取諸身，役心御氣。動脣有曲，發口成音，觸類感物，因歌隨吟。大而不洿，細而不沈，清激切於笙竽，優潤和於瑟琴，玄妙足以通神悟靈，精微足以窮幽測深，收激楚之哀荒，節北里之奢淫，濟洪災於炎旱，反亢陽於重陰。唱引萬變，曲用無方，和樂怡懌，悲傷摧藏。時幽散而將絕，中矯厲而慷慨，徐婉約而優游，紛繁騖而激揚。情既思而能反，心雖哀而不傷。總八音之至和，固極樂而無荒。

這段文字重在表現人嘯合一的藝術至境，嘯聲「玄妙足以通神悟靈，精微足以窮幽測深」。這與陸機《文賦》論文的「譬猶舞者赴節以投袂，歌者應弦而遣聲。是蓋輪扁所不得言，故亦非華說之所能精」一樣，傳達出一種藝

術上無以言說的美感。《晉書‧成公綏傳》載成公綏「雅好音律，嘗當暑承風而嘯，泠然成曲」〔註41〕，吹嘯是魏晉文人用以雅化生活的一種方式。音樂理論的發展倡導養心暢神，泄導性情，讓人們在身心愉悅的同時，刺激人們對美妙聲音的領悟。這種領悟反映到抒情文學上，就更加強調詩文的聲韻之美。

　　宋葉夢得《石林詩話》云：「晉、魏間詩，尚未知聲律對偶，然陸雲相謔之詞，所謂『日下荀鳴鶴，雲間陸士龍』者，乃指為的對。至『四海習鑿齒，彌天釋道安』之類不一。乃知此體出於自然，不待沈約而後能也。」〔註42〕陸雲在評論詩賦時強調聲韻，《與兄平原書》曰：「『於是』、『爾乃』，於轉句誠佳，然得不用之益快，有故不如無。又於文句中自可不用之，便少亦常。雲四言轉句，以四句為佳。往曾以兄《七羨》『囬煩手而沉哀』結上兩句為孤，今更視定，自有不應用時，期當爾，復以為不快」。陸雲注意到陸機創作中存在著聲韻問題，不主張陸機用「於是、爾乃」轉句，強調「四言轉句，以四句為佳」，建議《七羨》「囬煩手而沉哀」的上兩句省略。文意流暢很大程度上與句子的基調相關。陸雲在《與兄平原書》中稱讚王粲的《登樓賦》：「《登樓》名高，恐未可越爾」。下面以《登樓賦》為例來分析陸雲的聲韻觀：

　　　　登茲樓以四望兮，聊暇日以銷憂。覽斯宇之所處兮，實顯敞而寡仇。挾清漳之通浦兮，倚曲沮之長洲。背墳衍之廣陸兮，臨皋隰之沃流。北彌陶牧，西接昭丘。華實蔽野，黍稷盈疇。雖信美而非吾土兮，曾何足以少留。遭紛濁而遷逝兮，漫踰紀以迄今。情眷眷而懷歸兮，孰憂思之可任。憑軒檻以遙望兮，向北風而開襟。平原遠而極目兮，蔽荊山之高岑。路逶迤而脩迴兮，川既漾而濟深。悲舊鄉之壅隔兮，涕橫墜而弗禁。昔尼父之在陳兮，有歸歟之歎音。鍾儀幽而楚奏兮，莊舄顯而越吟。人情同於懷土兮，豈窮達而異心？惟日月之逾邁兮，俟河清其未極。冀王道之一平兮，假高衢而騁力。懼匏瓜之徒懸兮，畏井渫之莫食。步棲遲以徙倚兮，白日忽其將匿。風蕭瑟而並興兮，天慘慘而無色。獸狂顧以求群兮，鳥相鳴而舉翼。原野闃其無人兮，征夫行而未息。心悽愴以感發兮，意忉怛而憯惻。循階除而下降

〔註41〕　【唐】房玄齡等撰：《晉書》，第 2732 頁。
〔註42〕　【清】何文煥輯：《歷代詩話》，第 431 頁。

分，氣交憤於胸臆。夜參半而不寐兮，悵盤桓以反側。〔註43〕

《登樓賦》以六字句為基調，中間雖然小用四字句變化，句子總體的變化並不明顯，也沒有賦體一般使用的句端詞「乃爾」「是故」等，《登樓賦》雖名為「賦」，幾乎每句都有「兮」字，明顯是具有《楚辭》形式的詩歌。所以其音韻和諧便於吟誦，符合陸雲「耽詠」的審美理想。《與兄平原書》曰：「《九悲》多好語，可耽詠，但小不韻耳；皆已行天下，天下人歸高如此，亦可不復更耳」，「誨頌兄意乃以為佳，甚以自慰。今易上韻，不知差前不？不佳者，願兄小為損益。」「耽詠」「上韻」都關注音韻和諧。後來鍾嶸在《詩品》中強調詩歌的真美，主張詩歌自然、和諧、流暢的音韻之美，「但令清濁通流，口吻調利，斯為足矣」，認為詩歌重在「吟詠性情」，在創作時自然會神領心會地觀照到音韻之美。這種音韻觀與陸雲的聲韻觀相通，都重視詩文節奏韻律伴著情感自然抒發，有往復迴旋之美。

西晉作家已經認識到聲韻和諧是詩文創作的重要條件，張協的詩歌也表現了這種傾向，如其創作的《雜詩》等篇。鍾嶸在《詩品》中認為張協的詩歌「詞采蔥蒨，音韻鏗鏘」「使人味之，亹亹不倦」。這是因為文體華淨，形似之言，詞采蔥蒨，音韻鏗鏘是張協詩歌的審美特徵。張協的詩歌正是借助「華采」與「音韻」符合了鍾嶸「指事造形」的審美理想，才被列為「上品」。《與兄平原書》也有云：「張公語云：兄文故自楚。」張華指出了陸機詩歌不合韻之處，陸雲警覺到陸機語音的不標準，寫雅文用韻常受吳方音的影響，因此特別提出「音楚」「文故自楚」。陸雲也強調詩賦語調的精妙，有所謂的「前後讀兄文，一再過，便上口語」，注意到詩文朗朗上口的聲韻美。陸雲還講究詩文音節的迴環跌宕，其在《與兄平原書》中對陸機之文大都持稱賞態度，其中原因之一就是陸機能為「新聲絕曲」，強調「音聲之迭代」。

陸機有著較為全面的「聲文」觀，《文賦》云：「詩緣情而綺靡」，對「綺靡」的注解，歷來褒貶不一。按照徐復觀先生的解釋〔註44〕，「綺靡」是形容語言藝術的形相，而構成形相性的主要因素是聲和色。聲即是宮商；色即是文采。從《文賦》中也可以看出，「文徽徽以溢目，音泠泠而盈耳」，「溢目」的是形，「盈耳」的是聲。陸機的「綺靡」包含有詞采和聲韻兩個層面的含義。也就是說，要使詩歌具備動人心弦的藝術魅力必須做到感情真切濃

〔註43〕嚴可均輯：《全晉文》，第 910 頁，北京：商務印書館 1999 年版。
〔註44〕徐復觀著：《中國文學論集》，第 21～23 頁，臺灣：臺灣學生書局 1969 年版。

烈，辭藻貼切美麗，音節自然上口。「暨音聲之迭代，若五色之相宣。雖逝止之無常，固崎錡而難便。苟達變而識次，猶開流以納泉。如失機而後會，恒操末以續顛。謬玄黃之秩序，故淟涊而不鮮。」李善注前兩句說：「言音聲迭代而成文章，若五色相宣而為繡也。」劉運好先生彙集各家之說，認為宮商合韻，遞相交錯，猶如五色文采，相互襯托而顯示其美〔註45〕。陸機強調「達變而識次」，重視詩文語音的自然規律，認為詩文語音有高低起伏的變化，有一定的次序安排，誦讀起來才悅耳和諧；如果音聲搭配不好，就會如玄黃失調，即使再鮮豔的顏色也會黯淡失鮮。陸機也重「新聲」，重詩文清新絕俗的聲韻美，所以他反對「偶俗」：「或奔放以諧合，務嘈囋而妖冶。徒悅目而偶俗，固高聲而曲下。寤防露與桑間，又雖悲而不雅。或清虛以婉約，每除煩而去濫。闕大羹之遺味，同朱弦之清。雖一唱而三歎，固既雅而不豔。」陸機以《防露》《桑間》等俗曲雖有哀思卻不典雅，作比庸俗豔麗的詩文，突出聲韻的中正典雅。另外，陸機以音樂作比的「應、和、悲、雅、豔」的藝術標準，也是其重視詩文聲韻美的表現，只有「思風發於胸意，言泉流於唇齒」之作，才有真正的聲韻之美。儘管陸雲的聲文觀沒有陸機的論文之言形象生動，但他們都強調詩文和諧流暢的聲韻美。魏晉時出現了一些韻書，如李登的《聲類》、呂靜的《韻集》、夏侯詠的《四聲韻略》，正是反映了當時不能統一押韻標準的狀況。在此語境下，「二陸」重音韻和諧的觀念，更是有著十分重大的意義。

「一種學說或學理的衍化，常是由模糊而清晰，由抽象而具體，由片斷而完整的。」〔註46〕在陸機、陸雲之後，顏延之、范曄、謝莊、鍾嶸、劉勰等也關注過聲韻問題，這都為沈約創造「四聲八病」說及律詩的形成準備了條件。

（三）「形文」對話與文學批評

從藝術思維層面而言，古人觀物取象的直覺思維模式奠定了古典藝術的感性審美。「藝術的感性事物只涉及視、聽兩個認識性的感覺」〔註47〕，對詩賦的視覺審美有著傳統的淵源，漢代司馬相如在談作賦時說的「合纂組以成

〔註45〕劉運好著：《陸士衡文集校注》，第 27 頁。

〔註46〕韓庭棕：《六朝文學上的聲律論》，《西北論衡》1937 年版第 5 卷 2 期，第 57 頁。

〔註47〕【德】黑格爾著：《美學》，朱光潛譯，第 48 頁，北京：商務印書館 1984 年版。

文，列錦繡以為質」〔註48〕。進入魏晉，曹丕明確提出了「詩賦欲麗」，準確把握了詩賦直覺性的審美特徵。據謝巍先生編著的《中國畫學著作考錄》，魏晉的畫論著作主要有曹植的《畫贊》（五卷），傅玄有《古今畫贊》、夏侯湛有《東方朔畫贊》等。這些文學理論與繪畫理論的闡述都為六朝「形文」觀念的發展作了藝術理論的鋪墊。「形文」在劉勰的《文心雕龍·情采》篇中明確提出，強調詩賦華采之美的重要，西晉的一些詠物賦作表現了這種審美趨向：

> 次落莫之密葉兮，交透迤之修莖。敷碧綠之純采，金華炳其朗明。（傅玄《瓜賦》）
> 顧青翠之茂葉，繁旖旎之弱條。諒抗節而矯時，獨滋茂而不雕。成公綏（《木蘭賦》）
> 舒綠葉，挺纖柯。結綠房，列紅葩。（潘岳《蓮花賦》）
> 內揚璟裸，外襲紫霞。紅蕊發而菡萏，金翹援而含葩。（陸機《白雲賦》）

這些賦作鋪錦列繡，極盡描摹之能事，正如劉勰《文心雕龍·詮賦》篇所論：「寫物圖貌，蔚似雕畫」。這種似工筆劃描摹的寫作方法極大地影響了當時的文學批評。鍾嶸在《詩品》中評張華詩作「其體華豔，興託不奇，巧用文字，務為妍冶」，評張協詩歌「文體華淨，少病累，又巧構形似之言……辭采蔥蒨，音韻鏗鏘」；傅玄不僅在《演連珠·敘》中說：「其文體，辭麗而言約……欲使歷歷如貫珠，易觀而可悅，故謂之連珠也。班固喻美辭壯，文章弘麗，最得其體」，還明確提出：「夫文采之在人，猶榮華之在草」。這些都反映了西晉文人重華采之美的藝術觀念。

陸機主張詩文的「驚采絕豔」之美。「驚采絕豔」源自劉勰的《文心雕龍·辨騷》，形容《離騷》華采並茂，有驚世駭俗之美。《文心雕龍·明詩》篇云：「晉世群才，稍入輕綺」，《與兄平原書》曰：「《文賦》甚有辭，綺語頗多。文適多體，便欲不清。」「綺」反映了精工雕琢的文辭所呈現的華采之美。陸機在創作中極力追求這種綺美的藝術理想，鍾嶸的《詩品》評價陸機的五言詩「舉體華美」，認為其源出「詞采華茂」的曹植。沈約《宋書·謝靈運傳論》云：「子建、仲宣，以氣質為體，並標能擅美，獨映當時，是以一世之士，各相慕習。源其飆流所始，莫不同祖風騷」〔註49〕，曹植的詩歌正是汲取了《離

〔註48〕 【晉】葛洪輯：《西京雜記》，第 12 頁，北京：中華書局 1985 年版。
〔註49〕 【南朝梁】沈約撰：《宋書》，第 1778 頁。

騷》的「驚采絕豔」之妙，才表現出詞采華茂的藝術風貌。陸機繼續繼承了
這種藝術理想，《文賦》云：「或藻思綺合，清麗千眠。炳若縟繡，淒若繁絃。
必所擬之不殊，乃闇合乎曩篇。雖杼軸於予懷，怵佗人之我先。苟傷廉而愆
義，亦雖愛而必捐。」陸機意為好文章要標新立異，不能與他人之作偶合，
否則就有因襲之嫌，縱然喜愛也要捨棄。這暗示了陸機欣賞華采奇豔之作，
文章不僅要有華采，又要有能驚人耳目不落俗套的「奇」語來表現這種華采。
劉勰在《文心雕龍·麗辭》篇云：「若氣無奇類，文乏異彩，碌碌麗辭，則昏
睡耳目。」「奇」語如果在文中運用得當，會使文章煥發異彩。這種「奇」語
也就是《文賦》所說的「立片言而居要，乃一篇之警策」中的「警策」，也同
於陸雲所謂的「出語」「出言」。《與兄平原書》曰：「《祠堂頌》已得省，兄文
不復稍論常佳，然了不見出語，意謂非兄文之休者。前後讀兄文，一再過便
上口，語省。此文雖未大精，然了無所識。然此文甚自難事，同又相似，益
不古，皆新綺，用此已自為洋洋耳。」「《劉氏頌》極佳，但無出言耳。」「出
語」「出言」即奇句、警句〔註 50〕。這也與劉勰《文心雕龍·隱秀》篇所云的
「秀世者，篇中之獨拔者也」的「秀詞」「秀句」意義相同，都講創作者精心
構思的文辭對詩文的重要。「出語」「出言」像「石韞玉而山暉，水懷珠而川
媚」一樣，有助於詩文呈現出華采之美。

　　陸雲的「形文」觀念更偏重於詩文清麗的藝術風貌。劉勰在《文心雕龍·
才略》篇提到「士龍朗練，以識檢亂，故能布采鮮淨，敏於短篇」，陸雲欣賞
詩文的「布采鮮淨」之美，稱其為「清工」「清約」。《與兄平原書》曰：「兄
《丞相箴》小多，不如《女史》清約耳。」《女史》指張華的《女史箴》，《晉
書·張華傳》載：「華懼后族之盛，做《女史箴》以為諷。」〔註 51〕《女史箴》
是諷諫之作，全篇寫得委婉含蓄，文辭簡練。「清約」主要指由於詩賦清新凝
練的文辭，作品整體呈現出簡約清麗的藝術風貌。《與兄平原書》曰：「《祖德
頌》無大諫語耳，然靡靡清工，用辭緯澤，亦未易。恐兄未熟視之耳。」《祖
德頌》是陸機的作品，陸雲肯定了它「清工」的文辭。沈約曾用「縟旨星稠，
繁文綺合」〔註 52〕來評西晉文學形式上的繁縟化、技巧化。然而，陸雲「清
新自然」的審美理想，與當時審美主潮已有所不同，其《登臺賦》《南征賦》，

〔註 50〕錢鍾書著：《管錐編》，第 1916 頁。
〔註 51〕【唐】房玄齡等撰：《晉書》，第 1072 頁。
〔註 52〕【南朝梁】沈約撰：《宋書》，第 1778 頁。

在反映真情實感的同時，也表現了清麗自然的審美特徵。這也表明了陸雲對當時文壇崇尚修飾、偏重形式的批評。這種審美理想，誠如羅宗強先生所言：「他的這種觀點，若從重技巧言，與其時之思潮一致；若從審美情趣言，則與其時之審美情趣主潮實存差別。」〔註53〕

「二陸」的「形文」觀都注意到語言精確的重要。《文賦》云：「或寄辭於瘁音，言徒靡而弗華。混妍蚩而成體，累良質而為瑕。象下管之偏疾，故雖應而不和。」陸機以音樂上的和之美，來比喻詩文的和之美。詩文中華美的言辭與用得不當的言辭混在一起美醜難辨，如同過於急促的管樂，雖有呼應卻不和諧。陸機同時提到了「體」與「質」，聯繫《文賦》中的「其為物也多姿，其為體也屢遷」「碑披文以相質」，這裡「體」引申指詩文的體貌風姿，「質」指表現出作者情感的詩文內容。《與兄平原書》曰：「《扇賦》腹中愈首尾，發頭一而不快。言『烏雲龍見』，如有不體。」指出陸機《扇賦》中「烏雲龍見」用得不當，與作品的整體風貌不符。「二陸」都強調詩文和諧的藝術特徵，重詩文精確的語言風貌。與陸機不同的是，陸雲亦重鍊字，《與兄平原書》曰：「『徹』與『察』皆不與『日』韻，思惟不可得，願賜此一字」。句工只在一字之間，鍊字有助於抑制文辭繁縟，如對陸機之文的評價：

> 兄文章之高遠絕異，不可復稱言。然猶皆欲微多，但清新相接，不以此為病耳。若復令小省，恐其妙欲不見，可復稱極，不審兄猶以為爾不……雲今意視文，乃好清省，欲無以尚意之至此，乃出自然。（《與兄平原書》）

在陸雲看來，陸機文有「高遠絕異」與「清新相接」的優點，文辭新穎華美，文情自然真摯。但陸機文也有「皆欲微多」的缺點，綺語頗多、文辭繁蕪，不符合陸雲重鍊字的「布采鮮淨」的審美標準。陸雲正是注意到在創作中抒發情感與「布采鮮淨」並重之難，所以他對被「張公歎其大才」的兄長之文存矛盾之見。劉勰對此有著準確的判斷，《文心雕龍·熔裁》篇云：「及雲之論機，亟恨其多；而稱『清新相接，不以為病』，蓋崇友于耳。」「清新相接」是陸雲文學觀念裏理想的審美境界，重在強調詩文的清麗之美。陸雲雖對陸機的作品有所讚賞，但比之「以情動人」的作品，這類作品顯然有著明顯的不足，誠如其所云：「兄《園葵詩》清工，然猶復非兄詩妙者。」

〔註53〕羅宗強著：《魏晉南北朝文學思想史》，第115～116頁。

　　張溥有云：「士龍與兄書，稱論文章，頗貴『清省』，妙若文賦，尚嫌『綺語』未盡。」〔註54〕在「二陸」的文學對話中，陸機追求文辭繁富，陸雲崇尚文風「清省」，兩人表現了各具特色的「形文」觀念。《文心雕龍・情采》篇云：「虎豹無文，則鞟同犬羊，犀兕有皮，而色資丹漆，質待文也。」劉勰以虎豹犀兕作比，精妙地概述了詩賦華采之美的重要。陸機對「綺」美的理想觀照應有「文徽徽以溢目」之妙，「驚采絕豔」之效。陸雲雖沒有著重強調「綺」美，但他偏重詩文的「清麗」之美也有這種傾向。「二陸」的「形文」觀念都為南朝「辭綺句工」的文風奠定了基調。

（四）「得意忘言」與「美文」觀念

　　玄學的發展，給文學批評以哲學方法論的指導。湯用彤先生說：「魏晉南北朝文學理論之重要問題實以『得意忘言』為基礎」，「而『得意』（宇宙之本體，造化之自然）須忘言忘象，以求『弦外之言』、『言外之意』，故忘象而得意也。」〔註55〕王弼援引《莊子・外物篇》筌蹄之言，作《周易略例・明象》曰：

> 夫象者，出意者也。言者，明象者也。盡意莫若象，盡象莫若言。言生與象，故可尋以觀象；象生於意，故可尋象以觀意。意以象盡，象以言著。故言者所以明象，得象而忘言；象者，所以存意，得意而忘象。猶蹄者所以在兔，得兔而忘蹄；筌者所以在魚，得魚而忘筌也。然則，言者，象之蹄也；象者，意之筌也。是故，存言者，非得象者也；存象者，非得意者也。象生於意而存象焉，則所存者乃非象者也；言生於象而存言焉，則所存者乃非其言也。然則，忘象者，乃得意者也；忘言者，乃得象者也。得意在忘象，得象在忘言。故立象以盡意，而象可忘也；重畫以盡情，而畫可忘也。

　　王弼引入「象」，認為「象」與「言」一樣都是世情外物，所以要「忘言」「忘象」，確立「得意忘言」的審美哲學。由王弼的闡釋解說，晉人形成了得意忘言的思辯智慧。王弼的闡釋智慧影響了郭象的哲學思想，「郭象給老莊所說之『無』以新意義，亦用『得意忘言』。」〔註56〕「得意忘言」作為哲學方法論的準則，啟發創作者不能拘泥於有限的語言，要以有限寓無限來傳達詩

〔註54〕【明】張溥著，殷孟倫注：《漢魏六朝百三家集題辭注》，第 175 頁。
〔註55〕湯用彤著：《魏晉玄學論稿》，第 209 頁。
〔註56〕湯用彤著：《魏晉玄學論稿》，第 185 頁。

文的言外之意。

《文賦》指出了文學創作中的「得意忘言」現象，「若夫豐約之裁，俯仰之形，因宜適變，曲有微情……譬猶舞者赴節以投袂，歌者應弦而遣聲。是蓋輪扁所不得言，故亦非華說之所能精。」陸機認為在創作時要學會適宜地處理一些情況，此中的種種微妙情景象「舞者赴節以投袂，歌者應弦而遣聲」一樣難以「言」傳，只有為至文者才能體無得道，真正得「言外之意」「弦外之音」。陸機探討了「意不稱物，文不逮意」的問題，這直接受到了「得意忘言」的影響。陸雲在《與兄平原書》中把「清」作為文學批評的標準之一，不僅與當時玄學薰染形成的鑒賞人物的社會風氣有關，也與「得意忘言」的闡釋方法相關。由對「二陸」文學對話的分析可知，陸機的「緣情綺靡」與陸雲關於「清」的審美準則，都推崇情、聲、色兼備的文學之作。在「得意忘言」的哲理層面，陸機的「緣情綺靡」與陸雲以「清」為主的審美準則，真正的內蘊應該是通過具象的聲、色描繪來完美地傳達抽象的情感。「二陸」情、聲、色並重的文學思想，也是他們的「美文」理想。

魏晉六朝，在士人生活的各個領域（諸如琴、棋、書、畫、詩、文）流行著一種明顯審美化的批評風氣，反映在文學上就是批評形式的美化，即以具有審美價值的語言闡發批評者的觀點。如鍾嶸《詩品》云：「謝詩如芙蓉出水，顏詩如錯彩鏤金」，劉勰《文心雕龍·時序》篇云：「茂先搖筆而散珠，太沖動墨而橫錦」。這種批評語言追求美化的傾向，更有一股內在的驅力促使批評者對作品「美」化的要求。梁啟超先生的《中國之美文及其歷史》中，把詩、賦、詞、曲等韻文稱之為「美文」。陸雲在與陸機的書信往來中，言及最多的是詩賦，「二陸」的一系列詩賦的審美標準，也是他們的「美文」觀。

劉勰是魏晉南北朝「美文」觀的集大成者，《文心雕龍·情采》篇云：

> 聖賢書辭，總稱文章，非采而何？夫水性虛而淪漪結，木體實而花萼振，文附質也。虎豹無文，則鞟同犬羊，犀兕有皮，而色資丹漆，質待文也。若乃綜述性靈，敷寫器象，鏤心鳥跡之中，織辭魚網之上，其為彪炳，縟采名矣。故立文之道，其理有三：一曰形文，五色是也；二曰聲文，五音是也；三曰情文，五性是也。五色雜而成黼黻，五音比而成韶夏，五性發而為辭章，神理之數也。

劉勰把文分為「形文」「聲文」「情文」。錢鍾書先生在《談藝錄》中說：「詩者，藝之取資於文字者也。文字有聲，詩得之為調為律；文字有義，詩

得之以侔色揣稱者，為象為藻，以寫心宣志者，為意為情。及夫調有弦外之遺音，語有言表之餘味，則神韻盎然出焉。」〔註57〕可以說，這是對劉勰理論的最佳注腳。「聲文」指「韻律」之文，「情文」指「緣情而發」之文，「形文」指「描摹物象」之文，如果這三者調配適當，就能形成有「弦外之音」「言外之味」的「神韻」之文。從純文學的角度來看，「情文」主要指文學的思想情感層面，「形文」重在強調文學的語言文采層面，「聲文」主要突出文學的音樂美感層面〔註58〕，「神韻」之文當指情、色、聲三者皆俱的「美文」了。從審美意義上來說，「情文」「形文」「聲文」在概念內涵上相互聯繫，「形文」「聲文」從屬於「情文」，而「情文」需借助「形文」「聲文」來彰顯。劉勰在吸取前人理論的基礎上系統地概述了「美文」的特徵，這與西晉以「二陸」為首的諸位文人的「美文」觀念息息相關。

《文心雕龍・情采》篇云：「文采所以飾言，而辯麗本於情性」，認為情性與文采並重的詩文才是美文。陸機的「詩緣情而綺靡」比之曹丕的「詩賦欲麗」更強調了詩歌的「美文」性特徵，並得到了後世文論家的響應，如劉勰《文心雕龍・辨騷》篇云：「《九歌》《九辨》，綺靡以傷情。」梁蕭繹《金樓子・立言》云：「至如文者，惟須綺縠紛披，宮徵靡曼，唇吻遒會，情靈搖盪。」〔註59〕陸機的「緣情綺靡」開啟了後世對「錯彩鏤金」之美的審美追求。《與兄平原書》中反覆出現了「清工」「清新」「清美」「清約」等以「清」為主的審美準則，表明陸雲已自覺地將清新自然作為一種審美風趣來倡導，以區別於當時華豔雕藻的文風。在我國傳統的重清新自然的審美源流中，陸雲主「清」的審美理想對「芙蓉出水」之美起了先導作用。宗白華先生說，「芙蓉出水」與「錯彩鏤金」代表了中國美學史上兩種不同的美感或美的理想〔註60〕。

然而，西晉文人由於時代的侷限，在創作上漸漸踏上了清綺靡麗之路。雖然陸機、陸雲在文學對話中情、聲、色並重，具體到實際的文學創作中卻不能完全「憑情以會通，負氣以適變」（《文心雕龍・通變》），這是文學批評與文學創作對話後還不能會通的結果。通觀《全晉文》《全晉詩》，其中不乏

〔註57〕錢鍾書著：《談藝錄》，第 110 頁。
〔註58〕陶禮天：《劉勰的經典視域與理論建構——〈文心雕龍〉之「文德」與「神理」諸範疇考釋》，載殷善培，周德良主編：《叩問經典》，第 245 頁，臺灣：學生書局出版社 2005 年版。
〔註59〕郭紹虞，王文生編：《歷代文論選》，第 340 頁。
〔註60〕宗白華著：《美學散步》，第 34 頁。

陸機《述思賦》那樣感情抒發自如的名篇，但與描摹刻畫物色的詩文相比，這類作品的確顯得單薄。與「二陸」同時代的批評家摯虞在《文章流別論》中云：「今之賦，以事形為本，以義正為助。情義為主，則言省而文有例矣；事形為本，則言當而辭無常矣。文之煩省，辭之險易，蓋由於此。」〔註61〕對西晉的描摹雕琢的文風進行了尖銳的批評。辨體意識的侷限也影響到了詩文的藝術審美，西晉的辨體意識雖然走向了自覺，還不夠成熟圓融。劉勰在《文心雕龍·總術》篇云：「昔陸氏《文賦》，號為曲盡，然泛論纖悉，而實體未該。故知九變之貫匪窮，知言之選難備矣。」陸機的「詩緣情而綺靡」既是時代審美主潮的影響，也是文筆差異的自覺反映。形式在一定程度上更容易被模仿，「緣情綺靡」在後世演化成偏重聲色的批評觀念，除了西晉文學本身的原因外，也是藝術審美漸變的結果。總之，「二陸」的文學對話與文學批評都反映了那個任情任性時代新的審美視角與審美追求，從中國古典美學的審美源流來看，「二陸」的美文觀念既相互獨立又相互補充。

文學的繁盛正得益於思想對話的展開與文學批評的發展。文人交流之風的盛行提供了思想對話的氛圍，而思想對話在文學層面的展開更是促進了「輕綺」「淺而綺」的文學風貌。陸機、陸雲在美文層面對情文、聲文、形文的探討，在反映西晉哲學思潮與文學思潮的同時，共同豐富發展了古典文學的「美文」觀念，這在中國文學批評發展史上意義深遠。

〔註61〕嚴可均輯：《全晉文》，第 819 頁，北京：商務印書館 1999 年版。

附錄六：鍾嶸《詩品》「顏延論文，精而難曉」考釋[註1]

顏延之（384～456）是晉宋時期的著名文士，文學創作備受時人推崇，不僅與謝靈運並稱「顏、謝」[註2]，詩歌風格也被評為「源出於陸機」[註3]。劉勰在《文心雕龍》中兩次明確提到顏延之，鍾嶸在《詩品》中不僅提及顏延之達九次之多，在《詩品‧序》還述評其「顏延論文，精而難曉」[註4]。鍾嶸作為古典詩學批評的大家，對顏延之的文學觀，何以如此感慨？這與顏延之的文學觀念與詩歌創作密切相關。

一

根據現存的《顏延之集》，顏延之明確評議詩文的語言，只散見於其留存的《庭誥》中。《隋書‧經籍志》著錄，「宋特進《顏延之集》二十五卷，梁三十卷。又有《顏延之逸集》一卷，亡」[註5]。這是現存書目中對《顏延之集》的最早記述。在對《顏延之集》的研究中，有研究者考證，「顏延之別集（《顏延之集》三十卷、《顏延之逸集》一卷）結集於梁武帝時期，殘毀於侯景兵火和梁元帝的縱焚」[註6]。「侯景兵火和梁元帝的縱焚」都發生在鍾嶸

〔註1〕原文發《中國文化研究》，2013 年春之卷，第 168～172 頁。

〔註2〕【梁】沈約撰：《宋書》，第 1778 頁。

〔註3〕【梁】鍾嶸著，曹旭集注：《詩品集注》，第 351 頁。

〔註4〕【梁】鍾嶸著，曹旭集注：《詩品集注》，第 236 頁。

〔註5〕【唐】魏徵等撰：《隋書》，第 1073 頁，中華書局 1973 年版。

〔註6〕楊曉斌：《古本〈顏延之集〉結集與流傳稽考》，第 109 頁，《圖書情報工作》2008 年 3 月。

（約 468～518）逝世之後。與其差不多同時代的劉勰（約 465～520），在《文心雕龍》中也明確引用了顏延之的論文之語：「顏延年以為筆之為體，言之文也；經典則言而非筆，傳記則筆而非言。」〔註7〕劉勰的引用一般認為是顏延之的「《庭誥》軼文」〔註8〕。由此，我們可以肯定的是劉勰與鍾嶸都見到了《顏延之集》的全貌，而得以在論文時拿來品評。鍾嶸應該是在閱讀了《顏延之集》後，而發出「顏延論文，精而難曉」之歎。

對「精而難曉」之「精」字作何解，有研究者認為作「精練」〔註9〕，有的據顏延之現存的軼文，持並非「精而難曉」的觀點〔註10〕。本文認為，「精」的內涵應為「精密」，在鍾嶸的詩學視野下顏延之的文學觀確實是「精而難曉」。鍾嶸《詩品》兩處提及「精密」，一為《詩品・序》曰：「於是士流景慕，務為精密。襞績細微，專相凌架。」一為《詩品・下》評宋孝武帝詩時曰：「孝武詩，雕文織采，過為精密，為二藩希慕，見稱輕巧矣。」這兩處都間接與鍾嶸對顏延之的評價有關係。前者鍾嶸是在批評顏延之講究「律呂音調」的基礎上，進而引出了對王融、謝朓、沈約講究詩歌聲律的批評，更對後來者仰慕學習聲律，作詩務求精密繁瑣的觀念進行了譴責；後者鍾嶸認為宋孝武帝詩歌的特點是「雕文織采」，追求辭藻的雕琢，以致於詩風「過為精密」。此處的「精密」為「精緻密麗」〔註11〕，意為過於追求聲律和辭藻而致使文風華美不自然，所以宋孝武帝被鍾嶸置於「下品」。在鍾嶸的詩學視野內，顏延之的詩歌風格同樣是過於人工雕琢不符合其自然美的主張，被置於「中品」，評之曰：

> 其源出於陸機。故尚巧似。體裁綺密。然情喻淵深，動無虛發；一句一字，皆致意焉。又喜用古事，彌見拘束。雖乖秀逸，固是經綸文雅，才減若人，則陷於困躓矣。湯惠休曰：「謝詩如芙蓉出水，顏詩如錯彩鏤金。」顏終身病之。

顏延之詩歌一個很大的特徵是「體裁綺密」〔註12〕。這種創作風格強調

〔註7〕【梁】劉勰著，范文瀾注：《文心雕龍注》，第655頁，北京：人民文學出版社1958年版。

〔註8〕【梁】劉勰著，范文瀾注：《文心雕龍注》，第658頁。

〔註9〕李宗長：《論顏延之的思想》，第62頁，《江蘇社會科學》，1996年第6期。

〔註10〕諶東飆著：《顏延之研究》，第117～118頁，長沙：湖南人民出版社2008年版。

〔註11〕【梁】鍾嶸著，曹旭集注：《詩品集注》，第541頁。

〔註12〕對「體裁綺密」之「密」，有研究者指出有兩重意思：一指詩中意象安排比較繁密，一指顏延之詩歌用典繁多。白崇：《同源異象——顏延之、謝靈運詩風異同論》，《江西師範大學學報》（哲學社科版），2007年第4期，第44頁。

顏詩屬於人工多於天工、學問式的作品，多用「古事」，以用事、用典的學問彌補「直尋」的不足。這種對繁密風格的追求，在具體創作中自然強調辭藻的精工、精巧之美。所以鐘嶸借用湯惠休的話用「錯彩鏤金」來評價顏延之的詩風。從語言學角度看，「錯彩鏤金」與「雕文織采」都強調辭藻之美，但後者卻不及前者更能傳達出「雕琢」的內涵，這其中軒輊全在一個「金」字。「金」在六朝多與金石絲竹之類的樂器相關，《詩品·序》云：「古曰詩頌，皆被之金竹，故非調五音，無以諧會。」鐘嶸之所以用「錯彩鏤金」而不是「雕文織采」來比喻顏延之的詩歌，其中還包涵有對其詩歌講究聲韻的品評。顏延之尚「巧似」的語言風格正是離不開這種「雕琢」的麗辭工句。在鐘嶸的詩學體系中，不推崇聲律的繁瑣與辭采的雕琢，以為這樣的詩歌太過「精密」，失去了自然美感。鐘嶸這種見解可在其詩論中得到內證，《詩品中·序》曰：

> 若乃經國文符，應資博古；撰德駁奏，宜窮往烈。至乎吟詠情性，亦何貴於用事？……顏延、謝莊，尤為繁密，於時化之。故大明、泰始中，文章始同書抄。近任昉、王元長等，詞不貴奇，競須新事。爾來作者，寖以成俗。遂乃句無虛語，語無虛字，拘攣補納，蠹文已甚。但自然英旨，罕值其人。詞既失高，則宜加事義。雖謝天才，且表學問，亦一理乎！

鐘嶸雖為建構主體「吟詠情性」「直尋」的詩學思想而發，卻一語中的，抓住了顏延之「經國文符，應資博古」的思想，批評顏延之、謝莊等人詩歌創作因「用事」「用典」而導致的文風「繁密」。錢鐘書先生在《談藝錄》中評論鐘嶸之語時說：「學人之詩，作俑始此。」〔註13〕《宋書·謝靈運傳論》評顏、謝詩歌的差異云「延年之體裁明密」〔註14〕，也指出了顏詩的繁密特徵。顏延之五言詩有繁雜之弊，才致繁密。黃侃先生《文心雕龍劄記》談到「鎔裁」時曾分析：「枯者，不能求達；繁者，徒逐浮蕪。枯竭之弊，宜救之以博覽；繁雜之弊，宜納之於鎔裁。」〔註15〕顏延之不乏「博覽」之才，不存在「枯竭之痹」，其「繁雜之弊」正是因其「博覽」之才性。

〔註13〕錢鐘書著：《談藝錄》，第 462 頁。
〔註14〕【梁】沈約撰：《宋書》，第 1778～1779 頁。
〔註15〕黃侃撰：《文心雕龍劄記》，第 114 頁。

　　因此，根據鍾嶸《詩品》的評價，顏延之的「文學觀」〔註16〕主要體現在三個層面：內容的用事、用典；辭藻的精工、精巧；聲律的運用，而這些文學觀念又建立在創作主體「且表學問」之「應資博古」的博學學識上。在此語境下，這也是鍾嶸評價「顏延論文，精而難曉」之「精」為「精密」的具體內蘊。鍾嶸究竟是把對顏延之詩歌的批評誤用在了對顏延之文學觀的品鑒上，還是顏延之確實有這三個層面的文學觀念？這需要進一步考釋。

二

　　顏延之有「宗經」思想〔註17〕。「宗經」是劉勰《文心雕龍·宗經》篇中明確提出的理論術語，旨在尊奉儒家經典為文學之宗。《文心雕龍·宗經》篇曰：「建言修辭，鮮克宗經」，「宗經」是為了確立一個行文範式與批評標準，要經營語辭，成一家之言，須取資於經典。顏延之《庭誥》云：「況樹德立義，收族長家，而不思經遠乎。」〔註18〕顏延之為建構主體的道德修養而明確提出了「思經遠」，這種以經典為宗的觀念建立在主體的博學才性上。《庭誥》曰：

　　　　觀書貴要，觀要貴博，博而知要，萬流可一。

　　　　凡有知能，預有文論，若不練之庶士，校之羣言，通才所歸，

　　前流所與，焉得以成名乎。

　　這種強調主體「博而知要」「知能」的才性觀念，奠定了顏延之「且表學問」的博學才性。顏延之在其《皇太子釋奠會作詩（九章）》提到「家崇儒門」；「稟道毓德，講藝立言」〔註19〕，表明其既繼承了儒家雅正的文學傳統，又主張文學創作以《詩經》《春秋》《周易》等儒家經典為宗。如其《庭誥》曰：

　　　　詠歌之書，取其連類合章，比物集句，采風謠以達民志；《詩》

　　為之祖，褒貶之書，取其正言晦義，轉制衰王，微辭豐旨，貽意盛

〔註16〕對顏延之文學觀的研究，近年來研究頗盛：李佳的《顏延之作品新探》，認為顏延之在作品中熟練地使用典故，從形式與技巧上進行了有意義的探索。（李佳：《顏延之作品新探》，《北京大學研究生學誌》2008 年第 2 期，第 55～65 頁。）劉濤的《顏延之駢文論略》認為顏文注重雕琢、用典，代表了南朝駢文的最高成就。（劉濤：《顏延之駢文論略》，《韓山師範學院學報》2008 年第 2 期，第 18～23 頁。）

〔註17〕諶東飆著的《顏延之研究》，不僅對顏延之的儒家思想分析甚詳，還對顏詩的用典與劉宋詩壇的復古作了論述。諶東飆：《顏延之研究》，長沙：湖南人民出版社 2008 年版。

〔註18〕【清】嚴可均輯：《全宋文》，第 353 頁，北京：商務印書館 1999 年版。

〔註19〕逯欽立輯：《先秦漢魏晉南北朝詩》，第 1226 頁，北京：中華書局 1983 年版。

聖；《春秋》為上。《易》首體備，能事之淵。馬陸得其象數，而失
其成理；荀王舉其正宗，而略其數象。四家之見，雖各為所志，總
而論之，精理出於微明，氣數生於形分。

顏延之的「宗經」思想與「事類」的文學觀念相互影響，明確提出了「連
類合章，比物集句」。「類」在晉宋之前的典籍中，一般有兩個層面的意義，一
是種類，如《莊子‧漁父》云：「同類相從，同聲相應，固天之理也。」〔註20〕
一是事例，如《史記‧屈原賈生列傳》云「舉類邇而見義遠」〔註21〕。「連類」
之「類」綜合了這兩重涵義。顏延之推崇《周易》，認為後者最能體現出「能
事之淵」的特點。《易‧繫辭上》云：「引而伸之，觸類而長之，天下之能事
畢矣。」〔註22〕《文心雕龍‧事類》篇曰：「事類者，蓋文章之外，據事以類
義，援古以證今者也。」「事」與「類」的相互轉化中，既要求文學作品內容
的用事、用典，又要求「比物」的藝術手法，正如黃侃先生的《文心雕龍劄
記》說「取古事以託喻，興之屬也。」〔註23〕所以顏延之總結了《詩經》的
藝術表達手法，強調其「連類」「比物」的特點。

「連類」「比物」的觀念還包涵了對「形似」的藝術追求。在顏延之看
來，《詩經》「比興」的主要內涵是借物象作形象性的譬喻；《春秋》筆法的
主要特徵是用象徵的婉轉手法來小中見大；《周易》的特點則兼及二者，馬
融、陸績得其象數，荀爽、王弼得其義理。顏延之強調「精理出於微明，氣
數生於形分」，主張象數、義理並用，以微見形，以小見大。劉勰《文心雕
龍‧物色》篇云：「自近代以來，文貴形似，窺情風景之上，鑽貌草木之中。」
晉宋之際，「神」「形」問題論辯激烈，出現了「道教的『神』『形』同質論、
佛教的『神』『形』二本論」〔註24〕，這些都深刻地影響了當時「文貴形似」
的文藝思潮。

顏延之同時接受了時代思潮的影響，其「形似」的藝術追求外化為「連
類」「比物」的文學觀念。顏延之在《與王微書》中云「圖畫非止藝，行成
當與《易》象同體」，羅立乾先生說「《易》『象』通於《詩》之『比興』的

〔註20〕【清】郭慶藩撰：《莊子集釋》，第 274 頁。
〔註21〕【漢】司馬遷撰：《史記》，第 2482 頁，北京：中華書局 1959 年版。
〔註22〕高亨著：《周易大傳今注》，第 429 頁，濟南：齊魯書社 1998 年版。
〔註23〕黃侃著：《文心雕龍箚記》，第 187 頁。
〔註24〕《佛道關於生死、形神問題的爭論》，載湯一介著：《佛教與中國文化》，第 135
　　　～161 頁，北京：宗教文化出版社 1999 年版。

根本之處，乃是《易》的卦畫『象』和爻辭的『象』都借物象作形象性的譬喻」〔註25〕。顏延之認為繪畫要像八卦的象一樣，以寓意的方式傳達出無窮的言外之意。劉勰《文心雕龍‧比興》篇的「附理者切類以指事，起情者依微以擬議」可作為「精理出於微明，氣數生於形分」的注解。在魏晉六朝，「理」「氣」「情」是會通儒釋道經義同一層面的審美概念，「精理出於微明，氣數生於形分」與「附理者切類以指事，起情者依微以擬議」一樣，旨在表明具體的形象能反映出言象之外的無窮妙理。

這種觀念反映在具體的文學創作中，多體物工巧，語言力求形似。顏延之留存的詩文，典型地體現了這種文藝觀念。如《祭屈原文》曰：

> 蘭薰而摧，玉縝則折。物忌堅芳，人諱明潔。曰若先生，逢辰之缺。溫風迨時，飛霜急節。贏、芊遘紛，昭、懷不端。謀折儀、尚，貞蔑椒、蘭。身絕郢闕，跡遍湘干。比物荃蓀，連類龍鸞。聲溢金石，志華日月。如彼樹芳，實穎實發。望汨心欷，瞻羅思越。藉用可塵，昭忠難闕。

以「蘭」「玉」比擬屈原的高潔；以香草、龍鳳比擬屈原的才學；以「金石」「日月」比擬屈原的聲譽。這種「連類」「比物」的藝術表達手法通過描摹刻畫物象，使自然之物有了人的精神內蘊。顏延之在《白鸚鵡賦（並序）》《寒蟬賦》《赤槿頌》《碧芙蓉頌》《蜀葵贊》中，也以描摹刻畫白鸚鵡、寒蟬、赤槿、碧芙蓉、蜀葵等物象來比擬高潔的人物形象及不同於俗流的心境。《文心雕龍‧物色》篇云：「寫氣圖貌，既隨物以宛轉；屬采附聲，亦與心而徘徊。」顏延之正是由於主體學問式的才性決定了其在創作中不能完全「隨物以宛轉」「與心而徘徊」，這直接影響了其追求精工、精巧的語言觀，正是鍾嶸評價的「尚巧似」。

這種追求巧似、形似的語言觀建立在創作主體「宗經」、博學的才性上，往往使詩文容易流於鋪陳綿密，使詩文風格顯得拘謹局促。《南史‧顏延之傳》記載：「延之嘗問鮑照已與靈運優劣，照曰：『謝五言如初發芙蓉，自然可愛。君詩若鋪錦列繡，亦雕繢滿眼。』」〔註26〕「鋪錦列繡」「雕繢滿眼」，借鮑照之言鮮明地表現了這種精工、精巧的語言觀。顏延之的這種語言觀念，重視詩文的外在形式，《庭誥》曰：

〔註25〕羅立乾著：《白沙集》，第226頁，香港：天馬出版有限公司2004年版。
〔註26〕【唐】李延壽撰：《南史》，第881頁，北京：中華書局1975年版。

　　荀爽云：「詩者，古之歌章。」然則，《雅》《頌》之樂篇全矣。
以是後之□詩者，率以歌為名。及秦勒望岱，漢祀郊宮，辭著前史
者，文變之高制也。雖雅聲未至，弘麗難追矣。逮李陵眾作，總雜
不類；元是假託，非盡陵制。至其善寫，有足悲者。摯虞文論，足
稱優洽。柏梁以來，繼作非一，所纂至七言而已。九言不見者，將
由聲度闡誕，不協金石。至於五言流靡，則劉楨張華；四言側密，
則張衡王粲。若夫陳思王，可謂兼之矣。

　　「流靡」即「流俗」「流調」。按，鐘嶸在《詩品·序》云：「五言居文詞
之要，是眾作之有滋味者也，故雲會於流俗。」《文心雕龍·明詩》云：「五
言流調，則清麗居宗」「茂先凝其清」「偏美則太沖公幹」。顏延之旨在強調五
言詩的語言與音韻都富有美感。「側密」旨在表明作為雅音的四言詩語言凝
練，寄意深微。按，《文心雕龍·明詩》云：「四言正體，則雅潤為本」「平子
得其雅」「兼善則子建仲宣」。摯虞《文章流別論》云：「雅音之韻，四言為正」。
鐘嶸《詩品》云：「夫四言，文約意廣，取效《風》《騷》，便可多得。」李白
論詩曰：「興寄深微，五言不如四言」〔註27〕。顏延之強調《詩經》能歌的藝
術特徵，並認為九言詩作傳世不多，因其不協聲律，難以歌唱，這是對摯虞
《文章流別論》所云的「古詩之九言者」為「不入歌謠之章，故世希為之」
〔註28〕觀點的發展。顏延之傳達了辭藻與聲律並重的文學觀念。

　　顏延之這段論文之語以藝術發展的視角，述及四言、五言、七言及九言
詩作，分別列舉上古詩歌、《詩經》、漢代的應制之作、李陵詩歌、柏梁詩作
及劉楨、張華、張衡、王粲、曹植等人的創作特點，概述了詩歌從上古到魏
晉漸變的藝術歷程，極具文學史視野。這種通過大量的事例反覆論證其文學
理念的方法，也正體現了鐘嶸所謂的「且表學問」之「應資博古」的思想。這
種掉書袋式的詩歌品評，顯然與鐘嶸追求的「周旋於閭里，均之於談笑」〔註29〕
的通俗易懂的批評觀相悖，所以其才會有「顏延論文，精而難曉」之歎。鐘
嶸意在表明顏延之的文學觀不容易被理解，並非說其不能被理解。再根據鐘
嶸《詩品》對顏延之五言詩歌的評價，顏延之也正是把自己的文學觀念運用

〔註27〕【唐】孟棨等撰，李學穎標點：《本事詩 續本事詩 本事詞》，第 17 頁，上海：
　　　　上海古籍出版社 1991 年版。
〔註28〕郭紹虞，王文生編：《歷代文論選》，第 191 頁。
〔註29〕曹旭認為這是鐘嶸的「自謙之詞」。【南朝梁】鐘嶸著，曹旭集注：《詩品集注》，
　　　　第 88 頁。

到了詩歌創作中，不符合鍾嶸「自然英旨」的詩學觀。

　　總之，以上考釋說明，顏延之以「宗經」「連類」「比物」為基點的文學觀念，決定了其文學觀包涵有內容的用事、用典；語言的精工、精巧；富有雅言的音韻等層面的意義。這正與鍾嶸提出「顏延論文，精而難曉」的「精」之內涵一致，也是鍾嶸認為顏延之文學觀「精而難曉」的原因。

附錄七：論顏延之的風雅才性與文士精神〔註1〕

　　中華古典文化一直有經史子集相互滲透的學術傳統，西晉的著名文士陸機、陸雲就承續了這種傳統，通過著書立說來表現主體的人格精神與人生境界。到了晉宋之際，顏延之繼續發展了這種經典傳統，他從 31 歲踏入仕途，「在宦海中沉浮 43 年」〔註2〕，其文采出眾，與謝靈運並稱「顏、謝」〔註3〕；性情疏誕，與陶淵明「情款」〔註4〕；立言著書，為《論語》作注。錢穆先生說：「中國一部二十五史，主要在列傳。」〔註5〕《宋書》《南史》都把顏延之直接歸為「列傳」卷目下，《南齊書》《隋書》對其都有述評，顏延之有著豐富的人格層次與文化底蘊。

　　到目前為止，學界對「顏延之」的相關研究已有了一定的積累，特別是近年來對顏延之在晉宋時期文壇、政治地位的研究，頗引人注目，主要論文有孫明君的《顏延之與劉宋宮廷文學》，認為顏延之是劉宋時代宮廷文學的巨匠，是「劉宋時代的廟堂大手筆」〔註6〕；王永平、孫豔慶的《論東晉南朝琅邪顏氏代表人物的政治行跡及其門風特徵》〔註7〕指出，在晉宋之際，琅邪顏

〔註1〕本文為河北省社會科學基金項目《王通經典視域下顏延之的風雅精神研究》
　　　　（HB18WX014）階段性成果。
〔註2〕諶東飆著：《顏延之研究》，第 24 頁，長沙：湖南人民出版社 2008 年版。
〔註3〕【梁】沈約撰：《宋書》，第 1778～1779 頁。
〔註4〕【梁】沈約撰：《宋書》，第 2288 頁。
〔註5〕錢穆著：《中國史學發微》，第 104 頁，北京：三聯書店 2009 年版。
〔註6〕孫明君：《顏延之與劉宋宮體文學》，《文學遺產》，2012 年第 2 期，第 58～66 頁。
〔註7〕王永平、孫豔慶：《論東晉南朝琅邪顏氏代表人物的政治行跡及其門風特徵》，
　　　　《黑龍江社會科學》，2010 年第 5 期，第 109～115 頁。

氏的代表人物顏延之一度在政治上積極進取，體現了皇權政治恢復時士族的社會政治訴求。莫礪鋒的《顏延之〈陶徵士誄並序〉在陶淵明接受史上的地位》〔註 8〕一文指出，若不是文名震世的顏延之及時撰寫《陶徵士誄並序》，陶淵明有可能湮滅於世。可見，作為琅琊顏氏的表率，顏延之既熱衷於詩文創作，又積極地參與政治活動，儼然是其時文士的典範。結合已有的研究成果，本文側重把顏延之放在「歷史視域」〔註 9〕中，特別是沈約《宋書》的歷史視域中考察，希望既能以一種動態的歷史意識考察史家的文化使命，又能在歷史語境中呈現其風雅才性與文士精神，從而探析傳統文士的歷史擔當等相關問題。

一、冠絕當時：歷史視域中顏延之的風雅文采

在歷史視域中，顏延之的文采之美符合史家對文士精神的審美識鑒。沈約（441～513）是南朝頗有盛名的文士，其歷仕宋、齊、梁三朝，齊永明五年（487），任太子家令兼著作郎時，開始奉詔撰《宋書》。沈約在《宋書‧顏延之傳》中褒美了顏延之的文采風流，認為顏延之的詩文成就與謝靈運齊名，世人並稱「顏、謝」，褒贊其「文章之美，冠絕當時」〔註 10〕。南朝著名詩論家鍾嶸在《詩品》中也從純文學角度對顏延之作出評價：

> 其源出於陸機。故尚巧似。體裁綺密。然情喻淵深，動無虛發；⋯⋯才減若人，則陷於困躓矣。湯惠休曰：「謝詩如芙蓉出水，顏詩如錯彩鏤金。」顏終身病之。〔註 11〕

〔註 8〕 莫礪鋒：《顏延之〈陶徵士誄並序〉在陶淵明接受史上的地位》，《學術月刊》 2012 年 1 月，第 109～117 頁。

〔註 9〕 近年來，在人文社科研究領域，因視域具有融合歷史與當下的特性，很容易為交叉學科研究提供方法論，從而使源自闡釋學概念的「視域」成為一個熱詞。洪漢鼎在《哲學闡釋學的基本特徵》中說：「視域融合不僅是歷時性的，而且也是共時性的，在視域融合中，歷史與現在，客體與主體，自我與他者，陌生性與熟悉性構成了一個無限的統一整體。」（洪漢鼎：《哲學闡釋學的基本特徵》，載洪漢鼎、傅永軍主編《中國闡釋學》，第 39 頁，濟南：山東人民出版社 2009 年版。）這種視域融合包涵有過去、過去的當下、當下三種語境，此種語境既有普遍性，又有特殊性，是傳統與當下的融合。因此本文的「歷史視域」，指不拘於時空限制，是在時空運行中形成的帶有特定規律性的認知結構系統。

〔註 10〕 【梁】沈約撰：《宋書》，第 1904 頁。

〔註 11〕 【梁】鍾嶸著，曹旭集注：《詩品集注》，第 351 頁。

　　鍾嶸以詩學家的視角對顏延之褒揚、批評並重，認為其詩風承繼西晉知名文士陸機，贊其經綸文雅的才性、繁麗雅正的文風，但批評其詩歌「錯彩鏤金」的雕琢之美不及謝靈運的「芙蓉出水」的自然之美。同作為詩文批評的巨典，劉勰《文心雕龍·時序》篇云「顏謝重葉以鳳采」〔註12〕，劉勰對顏延之的文采之美也給以了肯定。值得深思的是，《文心雕龍》分別在《總術》《時序》篇中明確提到顏延之，而「時序」篇則反映了劉勰的文學史視野。《顏延之文集》如今大部已軼，劉勰作為那個時代能見到顏延之全部詩文的批評家，不僅在述及文學史時提到顏延之，還專列「史傳」篇評品左丘明、司馬遷、班固、陳壽等史家；專列「通變」篇概述古今文質、雅俗之變，這都說明了作為文學批評家的劉勰具有強烈的歷史意識。重視語言的藻飾之美，是自《尚書》以來先秦史傳的歷史傳統。被儒家視為五經之一的《尚書》，本為虞、夏、商、周之史，劉勰《文心雕龍·史傳》篇一句「言經則《尚書》」，表明了其在語言發展史上的地位。《尚書》中的麗辭偶句有種天工之美：

　　　　《虞書·皋陶謨》：「天敘有典，敕我五典五惇哉！天秩有禮，自我五禮有庸哉！同寅協恭和衷哉！天命有德，五服五章哉！」

　　　　《夏書·甘誓》：「用命，賞于祖；弗用命，戮于社，予則孥戮汝。」

　　　　《商書·微子》：「商今其有災，我興受其敗；商其淪喪，我罔為臣僕。詔王子出迪，我舊云刻子。王子弗出，我乃顛隮。自靖，人自獻于先王，我不顧行遯。」

　　　　《周書·冏命》：「僕臣正，厥后克正；僕臣諛，厥后自聖。后德惟臣，不德惟臣。」〔註13〕

　　這些引文句法自然錯落，排比工整有致，麗辭偶句成對出現，正是《尚書》的語言特色。劉勰在《文心雕龍·麗辭》篇中曾引《尚書·大禹謨》之句並贊其：「豈營麗辭，率然對爾。」〔註14〕《尚書》中極具工致之美的言辭，少雕琢之工。《尚書》由此開啟了中國史家重視語言之美的傳統，班固《漢書·藝文志》也云「言為尚書」〔註15〕。《左傳》秉承了這種傳統，劉勰《文心雕

〔註12〕　【梁】劉勰著，范文瀾注：《文心雕龍注》，第675頁。
〔註13〕　《尚書正義》，十三經注疏本，第138～247頁，上海：上海古籍出版社1997年版。
〔註14〕　【梁】劉勰著，范文瀾注：《文心雕龍注》，第588頁。
〔註15〕　【漢】班固撰：《漢書》，第1715頁，北京：中華書局1962年版。

龍‧史傳》篇美其：「辭宗邱明，直歸南董。」劉勰認為《左傳》的語言是辭藻之宗。《左傳》記錄了春秋兩百四十餘年的史事，是「聖文之羽翮，記籍之冠冕」〔註16〕之作，通過富有魅力的辭藻負載了那個時代的人物形象與時代風貌，如：

> 狐突歎曰：「時，事之徵也；衣，身之章也；佩，衷之旗也。故敬其事則命以始，服其身則衣之純，用期衷則佩之度。今命以時卒，閟其事也；衣之尨服，遠其躬也；佩以金玦，棄其衷也。（《左傳‧閔公二年》）

> 浞行媚于內而施賂於外，愚弄其民而虞羿于田，樹之詐慝以取其國家，外內咸服。羿猶不悛，將歸自田，家眾殺而亨之，以食其子。（《左傳‧襄公四年》）〔註17〕

《史通》說《左傳》「其文典而美，其語博而奧」〔註18〕，肯定其文辭繁富之工。《左傳》是繼《尚書》《春秋》之後重要的文化典籍，並影響了其後的《史記》《漢書》。清代皮錫瑞在《經學通論‧春秋》云：「左氏敘事之工，文采之富，即以史論，亦當在司馬遷、班固之上，不必依傍聖經，可以獨有千古。」〔註19〕《尚書》《左傳》這種關注言語修飾，注重文采的藝術表現手法，從而成為中國歷代史家的審美傳統。這種審美傳統，雖歷經《史記》《漢書》後漸漸式微，卻永遠作為了一種文化精神傳承而存在。

沈約繼承史家的這種精神傳統，不僅編撰了《宋書》，還著有《晉書》一百一十卷、《齊紀》二十卷、《高祖紀》十四卷等。其在《宋書‧自序傳》中云：「臣遠愧南、董，近謝遷、固，以閭閻小才，述一代盛典」〔註20〕。沈約明確提到了春秋時代的史官南史氏、有著「古之良史」美譽的董狐、司馬遷及班固等人，這些史家都對沈約有著潛移默化的影響，雖然其自謙為「閭閻小才」，但其「述一代盛典」「鞠躬踢蹐，覥汗亡厝」的振聾發聵之辭，卻淋漓盡致地表現了其作為史家的責任與道義。沈約《宋書》在文采富麗上雖不

〔註16〕【梁】劉勰著，范文瀾注：《文心雕龍注》，第 284 頁。
〔註17〕《春秋左傳正義》，十三經注疏本，第 1788、1933 頁，上海：上海古籍出版社 1997 年版。
〔註18〕【唐】劉知幾撰，黃壽成校點：《史通》，第 121 頁，瀋陽：遼寧教育出版社 1997 年版。
〔註19〕【清】皮錫瑞撰：《經學通論》，第 49 頁，北京：中華書局 1954 年版。
〔註20〕【梁】沈約撰：《宋書》，第 2468 頁。

能與《尚書》《左傳》《史記》等經典史籍比肩，但其稱道「顏、謝」以「詞采齊名」，說明在其史學視域內，顏延之的文學創作契合了史家對言語藝術的要求：

> 《南齊書·文學傳論》云：「顏、謝並起，乃各擅奇」〔註21〕。
>
> 《南史·顏延之傳》云：「江右稱潘陸，江左稱顏、謝焉」。〔註22〕
>
> 《隋書·經籍志》云：「靈運高致之奇，延年錯綜之美」。〔註23〕

《南齊書》由南朝梁蕭子顯撰寫，《南史》《隋書》都由唐人編撰，而沈約《宋書》撰於齊梁時期。這四部史書對顏延之作品的辭藻都給予了褒美讚譽。這說明在南朝齊梁到唐代這一歷史時期內，顏延之作品典麗雅正的文采之美在史家的視域中倍受肯定。反觀《南史·顏延之傳》的評價，比之鍾嶸《詩品》，同樣是引用湯惠休語，卻是為了更好地誇讚「顏、謝」的文學風采。以此來觀劉勰《文心雕龍》，其不述評陶淵明的謎團也被解開，劉勰正是受史家影響有著重詩文文采之美的經典視域，決定了其不欣賞「平淡」風格的陶淵明詩文，而沈約《宋書》及房玄齡編撰的《晉書》，雖都為陶淵明立傳，也只歸為「隱逸傳」。這更加說明在歷史視域內，詩文富有文采的典麗之美是文士精神的表徵，這種史家視域決定了個體的風雅才性及文學創作的藝術傳統。

二、好酒疏誕：歷史視域中顏延之的風雅性情

在歷史視域中，顏延之的性情之傲符合史家對文士精神的才性識鑒。顏延之性情風雅狂傲，時人送之綽號「顏虎」〔註24〕，沈約《宋書》評之「好酒疏誕」。縱觀古今歷史，此種性情的文士往往與耿直、曠達等異於俗流的品格相契，如《晉書》載阮籍「傲然獨得，任性不羈」「嗜酒能嘯」〔註25〕；與顏延之同時代的劉義慶著有《世說新語》，其中的「任誕」「簡傲」篇以大量的事例也生動地呈現了這種士人風雅精神。《宋書·顏延之傳》載：

> 延之好酒疎誕，不能斟酌當世，見劉湛、殷景仁專當要任，意有不平，常云：「天下之務，當與天下共之，豈一人之智所能獨了！」

〔註21〕 【梁】蕭子顯撰：《南齊書》，第908頁，北京：中華書局1972年版。

〔註22〕 【唐】李延壽撰：《南史》，第881頁，北京：中華書局1975年版。

〔註23〕 【唐】魏徵等撰：《隋書》，第1090頁，北京：中華書局1973年版。

〔註24〕 顏延之為「顏虎」，非「顏彪」。據楊曉斌考證，唐人是為避唐景帝李虎諱字。楊曉斌：《「顏虎」抑或「顏彪」》，《文學遺產》2008年第2期，第94頁。

〔註25〕 【唐】房玄齡等撰：《晉書》，第1359頁。

辭甚激揚，每犯權要。謂湛曰：「吾名器不升，當由作卿家吏。」湛
深恨焉，言於彭城王義康，出為永嘉太守。〔註26〕

「天下之務，當與天下共之，豈一人之智所能獨了！」這句頗有現代民
主意識的言辭，充分表現了顏延之的狂傲、耿直及超越時代的識見。頗具意
味的是，顏延之出仕即在劉湛父親劉柳的軍中任行參軍〔註27〕，接著又做過
劉柳的主簿、世子中軍行參軍等職務。劉柳可以說對顏延之有知遇之恩，即
使這樣，面對劉湛的行徑，顏延之不僅出言相撞，而且把自己的官位不升，
怪罪於做過劉湛家的家吏。《宋書》《南史》都記載了顏延之面對兒子顏竣權傾
一時的表現，特別是其對顏竣說的一句「平生不喜見要人，今不幸見汝」〔註28〕，
更是鮮明地體現了其疏誕的風雅性情。世人綽號其「顏虎」，誠不虛也！《晉
書・嵇康傳》有載「山濤將去選官，舉康自代。康乃與濤書告絕」〔註29〕，
嵇康對為自己薦官的朋友山濤，寫下了青史盛名的《與山巨源絕交書》，這種
風雅狂傲的性情與顏延之如出一轍。沈約認為顏延之的《五君詠》是疏泄怨
憤之作，《宋書・顏延之傳》載：

> 延之甚怨憤，乃作《五君詠》以述竹林七賢，……蓋自序也。
> 湛及義康以其辭旨不遜，大怒。時延之已拜，欲黜為遠郡，太祖與
> 義康詔曰：「降延之為小邦不政，有謂其在都邑，豈動物情，罪過彰
> 著，亦士庶共悉，直欲選代，令思愆里閭。猶復不悛，當驅往東土。
> 乃志難恕，自可隨事錄治。殷、劉意咸無異也。」乃以光祿勳車仲
> 遠代之。〔註30〕

《五君詠》歌詠了竹林七賢之阮籍、嵇康、阮咸、劉伶、向秀，儼然是
顏延之的自我寫照。沈約認為顏延之忽視山濤與王戎，因「山濤、王戎以貴
顯被黜」。劉湛和劉義康因為顏延之的言語冒犯，便想辦法將其貶至遠郡，宋
文帝卻下詔將顏延之徹底罷官。宋文帝不愧為英明之主，他既照顧到了世族
劉湛、劉義康等人的顏面，又保全了顏延之之才。不得不說，顏延之如此耿
直激烈的性情在那個時代能得以全身，與宋文帝對他的賞識有直接關係。《南

〔註26〕 【梁】沈約撰：《宋書》，第1893頁。
〔註27〕 據諶東飆先生考證分析，顏延之在義熙十年（414）出仕，即31歲時任劉柳
　　　　行參軍。《顏延之研究》，第9頁。
〔註28〕 【梁】沈約撰：《宋書》，第1904頁；【唐】李延壽撰：《南史》，第881頁。
〔註29〕 【唐】房玄齡等撰：《晉書》，第1370頁。
〔註30〕 【梁】沈約撰：《宋書》，第1893頁。

史‧顏延之傳》載：

> 文帝嘗召延之，傳詔頻不見，常日但酒店裸袒輓歌，了不應對，他日醉醒乃見。帝嘗問以諸子才能，延之曰：「竣得臣筆，測得臣文，㚟得臣義，躍得臣酒。」何尚之嘲曰：「誰得卿狂？」答曰：「其狂不可及。」尚之為侍中在直，延之以醉詣焉。尚之望見便陽眠，延之發簾熟視曰：「朽木難雕。」尚之謂左右曰：「此人醉甚可畏。」閒居無事，為《庭誥》之文以訓子弟。〔註31〕

顏延之的風雅性情可見一斑，其對何尚之「誰得卿狂」的嘲諷，竟然坦然地以「狂不可及」作答，把其性情之「狂」的風雅推向極致。顏延之敢於犯上，激直狂傲的性格也與其風雅才性密不可分。其不僅在多次與權貴何尚之的言語交鋒中佔據上風，對身為一代帝王宋文帝的召見，也屢屢拒絕。顏延之與宋文帝的這種君臣關係，值得玩味。顏延之「疏誕」的風雅性情正得益於這種社會境遇。「好酒疏誕」成了顏延之性情之狂的風雅表現。這種側重述評文士異於俗流的品格受史家傳統的影響。《史記‧屈原賈生列傳》載：

> 其文約，其辭微，其志潔，其行廉……推此志也，雖與日月爭光可也。〔註32〕

司馬遷讚賞了屈原不被時流所重、高潔脫俗的行徑。在司馬遷歷史視域內，屈原寧葬身江魚也不願被世俗污垢，這種超邁品格被史家高揚。顏延之著有《祭屈原文》，其曰：

> 蘭薰而摧，玉貞則折。物忌堅芳，人諱明潔。曰若先生，逢辰之缺。溫風迫時，飛霜急節。嬴、芊遘紛，昭、懷不端。謀折儀、尚，貞蔑椒、蘭。身絕郢闕，跡遍湘干。比物荃蓀，連類龍鸞。聲溢金石，志華日月。如彼樹芳，實穎實發。望汨心欷，瞻羅思越。藉用可塵，昭忠難闕。〔註33〕

延之以「蘭」「玉」比擬屈原的高潔；以香草、龍鳳比擬屈原的才學；以「金石」「日月」比擬屈原的聲譽。這篇祭文被沈約選入《宋書‧顏延之傳》，表明沈約有著史家的識鑒，從而肯定顏延之敬祭屈原高於俗流的風範。班固的《漢書》也有同樣的史家認知，《漢書‧揚雄傳》載：

〔註31〕【唐】李延壽撰：《南史》，第879頁，北京：中華書局1975年版。
〔註32〕【漢】司馬遷撰：《史記》，第2482、2486頁，北京：中華書局1959年版。
〔註33〕【梁】沈約撰：《宋書》，第1892頁。

　　家素貧，嗜酒，人希至其門。時有好事者載酒肴從遊學，⋯⋯
受其《太玄》、《法言》焉。劉歆亦嘗觀之，謂雄曰：「空自苦！今學
者有祿利，然向不能明《易》，又如《玄》何？吾恐後人用覆醬瓿也。」
雄笑而不應。〔註34〕

　　在班固的歷史視域內，揚雄才性斐然，有著耿直不為時利所趨的性情。
揚雄在家貧的狀況下，仍然堅持講述已著《太玄經》，即使面對劉歆對其作品
不被後世所重的詰問，仍固守著學術理想，這種文士精神在史家這裡受到了
肯定。才學與性情並重的史家傳統，被一代代的史家承繼，唐代房玄齡等編
撰的《晉書·阮籍傳》載：

　　兵家女有才色，未嫁而死。籍不識其父兄，徑往哭之，盡哀而
還。其外坦蕩而內淳至，皆此類也。〔註35〕

　　《晉書》同樣肯定了阮籍光明磊落、坦蕩耿直的性情。頗具意味的是，《晉
書》把山濤、王戎置於一組，把阮籍、阮咸、嵇康、劉伶、向秀歸入一組，
這種褒貶人品性情的史家觀念，與《史記》《漢書》《宋書》的史學意識一脈
相承。《南史·顏延之傳》云：「文人不護細行，古今之所同焉。」「觀夫顏、
謝之於宋朝，非不名高一代，靈運既以取斃，延之亦躓當年，向之所謂貴身，
翻成害己者矣。」〔註36〕對於形骸放浪的文士來說，亦如謝靈運、顏延之等，
他們的功名成也才性、敗也才性。這樣再反觀顏延之的文學創作，他之所以
憑弔屈原，寫《祭屈原文》；與陶潛情款，作《陶徵士誄》；追慕五君，吟《五
君詠》，是在當時社會背景下疏誕風雅的性情使然。然而，《宋書》《南史》的
「顏延之傳」，都提及顏延之的《祭屈原文》《五君詠》，卻沒有提到其弔唁陶
潛的《陶徵士誄》。

　　正如劉勰所云「見異唯知音耳」〔註37〕，顏延之之所以撰《陶徵士誄》，
正是其「疏誕好酒」的曠達性情決定了其異於時流的識見。《宋書·隱逸傳》
載：「在尋陽，與潛情款。⋯⋯每往必酣飲至醉。臨去，留二萬錢與潛，潛悉
送酒家，稍就取酒。」〔註38〕「酒」是顏延之與陶淵明志趣相投的見證，也
是他們性情形於外的表現。陶淵明在其時獲得的聲譽遠遠低於後世，不僅劉

〔註34〕　【漢】班固撰：《漢書》，第3575、3585頁，北京：中華書局1962年版。
〔註35〕　【唐】房玄齡等撰：《晉書》，第1361頁。
〔註36〕　【唐】李延壽撰：《南史》，第902頁，北京：中華書局1975年版。
〔註37〕　【梁】劉勰著，范文瀾注：《文心雕龍注》，第715頁。
〔註38〕　【梁】沈約撰：《宋書》，第2288頁。

龤的《文心雕龍》沒有述評，鍾嶸《詩品》也列之為「中品」，而史家把之歸為「隱逸傳」。這說明在歷史視域內，文士除了保持不媚於時流的品格，正如顏延之的好酒疏誕、與陶潛情款，還要有俗世建立功勳的社會擔當，而「不能為五斗米折腰」〔註39〕的陶淵明顯然有違這個標準。

三、立言不朽：歷史視域中顏延之的精神歸屬

在歷史視域中，顏延之追尋「立言」的文士精神，是承繼了史家重文脈相承的文化意識的體現。中國史家一向有「立言不朽」的精神文化傳統。《左傳・襄公二十四年》明確魯國大夫叔孫豹所說的「立德」「立功」「立言」為「三不朽」，從此確立了「立言」以求「不朽」之名的文士傳統，《史通》對其評價：「斯蓋當時發言，形於翰墨；立名不朽，播於他邦」〔註40〕。春秋戰國時期，受儒家政教傳統的影響，「立言」從屬於「立德」「立功」，「立言」在一定層面上就是「立德」「立功」。班固《漢書・藝文志》載：

> 古者諸侯卿大夫交接鄰國，以微言相感，當揖讓之時，必稱《詩》以諭其志，蓋以別賢不肖而觀盛衰焉。〔註41〕

在外交中徵引詩歌，是春秋戰國時期的文士們為了「微言相感」「以諭其志」。用這種含蓄典雅的方式達到政治目的，是那個時代士人建功立業的一種方式。這個時期，「立言」是當時士人追求世俗聲名的表現，如《論語・衛靈公》中載孔子所言「君子疾沒世而名不稱焉」〔註42〕；屈原《離騷》所云：「老冉冉其將至兮，恐修名之不立。」〔註43〕「修名」即「美好的名聲」，也就是德名。錢穆先生說：

> 中國古人言立德、立功、立言為三不朽，又其賢而有德者亦多必有言。故中國之士主在立德，次之在立言，而其立功不僅在己，又賴於外在之機會，惟其立德立言之功，則可長垂於歷史，永傳於後世。〔註44〕

正如錢穆先生所言立功賴於外在機會，而立德作為內在修為形於外時，

〔註39〕 【梁】沈約撰：《宋書》，第 2287 頁。
〔註40〕 【唐】劉知幾撰，黃壽成校點：《史通》，第 120 頁。
〔註41〕 【漢】班固撰：《漢書》，第 1755～1756 頁。
〔註42〕 程樹德撰，程俊英、蔣見元點校：《論語集釋》，第 1102 頁。
〔註43〕 【楚】屈原著，詹安泰箋疏：《離騷箋疏》，第 24 頁。
〔註44〕 錢穆著：《中國史學發微》，第 95 頁。

又何嘗不是賴於外在之社會境遇？對文士來說，只有「立言」才能提供給個體自由表現的機會。所以隨著時代的發展，「立言」逐漸成了古代士人「立德」「立功」形於外的表現，成了其永恆的精神寄託。

在「立德」「立功」趨向「立言」的歷史語境轉換中，司馬遷是關鍵人物，其在《報任少卿書》中云：「僕誠以著此書，藏諸名山，傳之其人，通邑大都，則僕償前辱之責，雖萬被戮，豈有悔哉！」〔註45〕「藏諸名山，傳之其人」，不僅表明司馬遷希望通過著書立說贏得身後不朽之名，也彰顯著學術薪火代代相傳的人文精神。彪炳史冊的《史記》讓後人看到了司馬遷這種執著的精神旨歸。「立言」能「究天人之際，成一家之言」「標心於萬古之上，而送懷於千載之下」，通過「立言」，能青史留「名」，永垂不朽。從孔子的「言之無文，行而不遠」開始，「言」這個語詞的內涵與外延不斷豐富發展，「立言」以獲「不朽」逐漸成為古代士人提升個體生命內蘊的主要途徑。

在歷史視域內，史家的「列傳」可視為「文士」傳，司馬遷《史記·太史公自序》云：「立功名於天下，作七十列傳。」〔註46〕司馬遷的《史記》傳達了把「立功」與「立言」等列的士人理想，其撰寫《史記》，就是為了「成一家之言」〔註47〕。漢代以後，特別是魏晉南北朝，社會長期處於動盪之中，這樣的社會境遇對多數文士來說，「立德」「立功」無疑是鏡花水月。連身為一代帝王的曹丕都感歎：「寄身於翰墨，見意於篇籍，不假良史之辭，不託飛馳之勢，而聲名自傳於後」〔註48〕。在頻繁的朝代更迭中，只有「立言」，把主體才思根植於典籍中才能如日月、天地般亘古長存，留下「不朽」之名，也誠如劉勰《文心雕龍·史傳》篇所云：「使一代之制，共日月而長存；王霸之跡，並天地而久大。」作為一代文士，顏延之自然有著「立言」的精神訴求，沈約《宋書·顏延之傳》節錄了顏延之的《庭誥》之文，其云：

> 尋尺之身，而以天地為心；數紀之壽，常以金石為量。觀夫古先垂戒，長老餘論，雖用細制，每以不朽見銘；繕築末迹，咸以可久承志。況樹德立義，收族長家，而不思經遠乎。〔註49〕

顏延之這段話以儒家的心性學為基礎，告誡子嗣只有把有形的身體放在

〔註45〕【清】嚴可均輯：《全漢文》，第269頁，北京：商務印書館1999年版。
〔註46〕【漢】司馬遷撰：《史記》，第3319頁。
〔註47〕【漢】司馬遷撰：《史記》，第3319頁。
〔註48〕郭紹虞，王文生編：《中國歷代文論選》，第159頁。
〔註49〕【梁】沈約撰：《宋書》，第1894頁。

無形的天地中，通過「樹德立義」，研習經典，才能使有限的人生獲得金石般厚重，從而贏得「不朽」之名。李延壽編撰的《北史》也有云：「託身與金石俱固，立名與天壤相弊」〔註 50〕。錢穆先生在《中國史學之精神》中說孔子「由於研究古史之經緯，而集成一家之學問」〔註 51〕，因此把孔子作為史家來看待。受史家的影響，「立言」逐漸成了古代士人的一種精神歸屬。

沈約之所以對顏延之的《庭誥》之文如此重視，正與其作為史家的歷史視域相關。班固在《漢書‧揚雄傳》中評價揚雄時云「傳莫大於《論語》，作《發言》」〔註 52〕，認為揚雄作《發言》是為了仿傚《論語》，「意欲求文章成名於後世」〔註 53〕。儒家學說的經典性根植於古代士人心中，特別是「立言」的傳統促使他們一次又一次地關注經典。沈約看到了顏延之思想以儒學為基點的經典性。對魏晉士人來說，身逢飄蓬之亂世，以儒家經典為文本表達主體思想的方法也是「立德」「立功」形於外的「立言」的一種表現。如何晏的《論語集解》、郭象的《論語體略》、《論語隱》都有這種趨向。顏延之撰有《逆降義》〔註 54〕《論語顏氏注》等儒學著作。特別是顏延之的《論語顏氏注》，在經典文本上「立言」，如其云：

> 顏延之云：動容則人敬其儀，故暴慢息也。正色則人達其誠，信者立也。出辭則人樂其義，故鄙倍絕也。〔註 55〕（注解《論語‧泰伯第八》）

> 顏延之云：「狐貉、縕袍誠不足以策恥，然自非勇於見義者，或以心戰不能素泰也。」顏延之云：「懼其伐善也。」〔註 56〕（注解《論語‧子罕第九》）

給經典作注，不僅承繼了史家的「立言」傳統，也反映出個體的主觀性及超越經典的創造性。《論語》是儒家哲學的基礎典籍，顏延之對《論語》之言加以闡釋，進一步凸顯出個體的心性化。在顏延之這裡，「立言」與「立德」「立功」同在又同一。顏延之的這種思想得到了六朝人的推重，梁皇侃的《論

〔註 50〕【唐】李延壽撰：《北史》，第 1561 頁，北京：中華書局 1974 年版。

〔註 51〕錢穆著：《中國史學發微》，第 28 頁。

〔註 52〕【漢】班固撰：《漢書》，第 3583 頁。

〔註 53〕【漢】班固撰：《漢書》，第 3583 頁。

〔註 54〕據諶東飆先生疏正，《逆降義》是一部關於禮學的書。見《顏延之研究》，第 31 頁。

〔註 55〕程樹德撰，程俊英、蔣見元點校：《論語集釋》，第 521～522 頁。

〔註 56〕程樹德撰，程俊英、蔣見元點校：《論語集釋》，第 620 頁。

語義疏》就引用了顏延之對《論語》的闡釋之言。劉勰也明確強調了「是以君子處世，樹德建言」〔註57〕，「立言不朽」是如顏延之般有君子氣韻的文士的精神旨歸。史家傳統由「立言」以獲「不朽」之名延伸出的薪火相傳的人文精神，深刻地影響著一代代文士，成為其精神歸屬，這種學術傳統影響了包括顏延之在內的魏晉六朝文士。從歷史視域來看，「立言不朽」體現了傳統士人對社會所承擔的責任與道義，這正是中國傳統文化中一以貫之的士人精神。

四、文士精神傳承的當下性

「歷史視域」作為一種史家的歷史意識與人文精神，反映了中華古典文明的承續性。《春秋》《尚書》《左傳》《史記》《漢書》等古典文化經典直接促成了這種「歷史視域」的經典性與傳承性，而「歷史視域」中的「文士精神」從而成為中華文化持續發展的一部分。《宋書》《南史》《南齊書》《隋書》等史書對顏延之風雅才性與文士精神的構建，是眾史家本著文明傳承的使命對傳統士人的文化期待。在歷史視域中，如顏延之這般的文士除了有典麗雅正的文采之美、保持不媚於俗流的風雅性情，還要有在主體層面追尋立言不朽的士人精神。中國古代文士，名家迭出，顏延之是這些名家中比較有特點的一位，他能夠在顛沛之世全身而退並能以 73 歲高壽而終，值得深思。在歷史視域下對傳統士人的風雅精神進行重新認識，希望對當下知識分子的使命有所啟示。

〔註57〕 【梁】劉勰著，范文瀾注：《文心雕龍注》，第 725 頁。

附錄八：論「清」的審美理想在唐代詩論中的發展〔註1〕

一、引言：「清」的審美理想

　　「清」，從六朝開始逐漸成為中國古典詩文評的核心審美範疇，即由一般的文藝批評概念演化為基本概念，其主要審美內涵在於追求一種合乎自然造化的審美理想。雖在不同的文藝論著中，或側重從語言特色，或側重從審美風貌，或側重從境界品格，來闡述「清」的審美內涵，但追根究源均發端於老莊道家哲學重「自然之道」的本體論哲學思想。

　　六朝時期，「清」在詩文評中成為一個基本的審美概念。活躍於西晉太康文壇有「二陸」之稱的陸機、陸雲就多次把「清」作為論文品詩的重要審美概念，如陸機《文賦》論文體之別則曰「箴頓挫而清壯」，論文辭之采則曰「藻思綺合，清麗千眠」，論文辭之韻則曰「清虛以婉約」。陸雲在《與兄平原書》中更是提出了一系列與「清」相關的概念來評價他所讚賞的作品。其後南朝著名文論家劉勰、鍾嶸，更是把「清」作為構建其理論批評體系的一個重要範疇，如《文心雕龍》論「風骨」有所謂「風清骨峻」之說，這裡的「風清」主要指由於作者的「意氣駿爽」，為文時自然形成的清新剛健的文風。可以說，在六朝這一文藝理論批評的高峰時期，「清」已形成為純粹的審美概念，在詩文、音樂、書法乃至繪畫等不同藝術門類的批評論著中都有鮮明體現。特別

〔註1〕原文被收錄《國學的傳承與創新──馮其庸先生從事教學與科研六十週年慶賀學術文集》，第512～522頁，上海：上海古籍出版社2013年版。

是作為詩學典範的鍾嶸《詩品》，有十七次提到「清」，有「清巧」「清潤」「清拔」等審美批評概念，鍾嶸所言的「清」側重於指詩歌自然清新的辭采風貌。可見，「清」這一崇尚「自然」之最高品格的審美範疇，在六朝時期不同文藝論著中已顯現出許多具體而豐富的含義。

到了唐代，「清」更是成為文學藝術特別是詩歌創作的審美理想。明代高棅《唐詩品彙・五言古詩敘目》云「襄陽之清雅」「錢考功之清贍」〔註2〕，意為孟浩然的詩清新淡雅，錢起的詩清淡含蓄。「清」的審美理想，在唐代成了一種詩歌創作上普遍的藝術追求。李白稱讚謝朓云「中間小謝又清發」〔註3〕；又激賞江淹、鮑照的詩，崇尚「清水出芙蓉，天然去雕飾」（《贈江夏韋太守良宰》）的審美理想。李白還在《古風之一》中比較集中地評述了他以前詩歌發展的歷史，指出「自從建安來，綺麗不足珍，聖代復元古，垂衣貴清真」；杜甫也說「詩清立意新」〔註4〕「不薄今人愛古人，清詞麗句必為鄰」。劉勰《文心雕龍・明詩》篇中也有云「五言流調，則清麗居宗」。古詩十九首，一向被認為是五言詩的真正開端，都是清新自然的作品，這裡的「清麗」亦是其意。杜甫《春日憶李白》稱讚李白云：「白也詩無敵，飄然思不群。清新庾開府，俊逸鮑參軍。」李白詩的特點就是「清新飄逸」。這兩位整體創作風格迥異的偉大詩人，都不約而同地推崇「清真」「清麗」，可見當時社會的審美理想趨於清新自然的「清」美。晚唐司空圖《二十四詩品》特別列有「清奇」一品〔註5〕，對具有「清奇」的詩歌藝術品格和審美體驗作了生動形象的描繪，

〔註2〕【明】高棅編：《唐詩品彙》，第8～9頁，上海：上海古籍出版社1993年版。

〔註3〕【清】王琦注：《李太白全集》卷之18，第861頁，北京：中華書局1977年版。

〔註4〕【清】仇兆鰲注：《杜詩詳注》卷之11，第893頁，北京：中華書局1979年版。

〔註5〕自1994年秋以來，關於《二十四詩品》的作者問題，學術界展開了討論。陳尚君、汪湧豪合撰《司空圖〈二十四詩品〉辨偽（節要）》（1994年秋中國唐代文學研究會第七界年會上），提出《二十四詩品》的作者是明代嘉禾人懷悅。張健撰《〈詩家一指〉的產生時代與作者》（《北京大學學報》1995年第5期）斷定，懷悅「其實只是出資刻之而已」。祖保泉、陶禮天合撰《〈詩家一指〉與〈二十四詩品〉作者問題》（《安徽師大學報》1996年第1期），指出：「懷悅，只是《詩家一指》的刊行者。」祖保泉先生以詳盡的考查和分析認為，《二十四詩品》的作者是司空圖。（祖保泉：《司空圖詩文研究》，第89～104頁，合肥：安徽教育出版社1998年版。）本文依祖保泉先生說，仍視《二十四詩品》為司空圖所作。下引司空圖詩文均據【唐】司空圖著，祖保泉、陶禮天箋校：《司空表聖詩文集箋校》，合肥：安徽大學出版社2002年版。

王漁洋在《帶經堂詩話》中云：「昔司空表聖作《詩品》，凡二十四，有『沖淡』者，曰『遇之匪深，即之愈稀。』有謂『自然』者，曰：『俯拾即是，不取諸鄰。』有謂『清奇』者，曰『神出古異，淡不可收。』是品之最上者。」〔註6〕王漁洋把「清奇」與「沖淡」「自然」放在一起，並稱為《二十四詩品》中的「品之最上」，可見「清奇」在傳統詩論中的地位。

本文主要以唐代頗具代表性的詩論著作《河嶽英靈集》《中興間氣集》《詩式》《二十四詩品》為例，闡釋「清」的審美理想在唐代詩論中的發展，旨在從唐人所崇尚《詩式》所謂「未見作用」「尚於作用」的自然之美，《二十四詩品》所集中描繪的「清奇」的意境品格，把「清」作為一種審美風格進行透視品評，來進一步挖掘「清」作為詩歌批評的審美範疇在唐代詩論中的具體內涵，並通過殷璠、皎然、高仲武、司空圖等詩論家們對「清」的認識和標榜，以及這種審美內涵在不同層面的擴展，綜合探析他們對詩歌審美理想的純粹藝術追尋。

二、「清」：「未見作用」「尚於作用」的自然之美

殷璠的詩歌理論，主要集中體現《河嶽英靈集》為每個入選詩人所作的評介中，他在總結盛唐詩歌藝術經驗的同時，著重探討詩歌藝術的審美特徵，特別強調詩歌藝術的審美意象創造。如果說「興象」〔註7〕是他在《河嶽英靈集》中首先提出的重要詩歌美學概念，並以有無「興象」作為詩歌藝術境界的標準，那麼「清」就是其用來表述他所崇尚的詩歌「興象」之一種最高鵠的。

「興象」與殷璠《河嶽英靈集・敍》提出的「文有神來、氣來、情來」一致，從整體上講，指詩歌創作重在傳神寫照，不但要寄予詩人充沛強烈的情感，使作品自然真實，還要給人幽遠深厚、蘊味無窮的美感。《河嶽英靈集・敍》云：「曹劉詩多直語，少切對，或五字並側，或十字俱平，而逸駕終存。」正是以「興象高妙」為準則來評價魏晉時期的代表詩人曹植、劉楨，這種「興象」所體現的藝術境界只能靠讀者自己去領悟。例如，他所選的常建的詩：

> 松峰引天影，石瀨清霞文。（《夢太白西峰》）
>
> 江上調玉琴，一絃清一心。（《江上琴興》）

〔註6〕【清】王士禎：《帶經堂詩話》，第72頁，北京：人民文學出版社1963年版。
〔註7〕傅璇琮、陳尚君、徐俊編：《唐人選唐詩新編》（增訂本），第156頁。

齊沐清病容，心魂畏靈室。（《閒齊臥疾行藥至山館稍次湖亭二
首》）

我們透過這三句詩所描述的具體意象都能得到一種言外之意的詩境，
「清」字在這三句詩中，也都有「去偽從真」，煥然一新之意。這在一定程度
上也對盛唐詩人「清」的藝術追求進行了肯定。再如他評劉眘虛的詩「情幽
興遠，思苦語奇。忽有所得，便驚眾聽」，評儲光羲的詩「格高調逸，趣遠情
深」。「幽」「逸」都是立於「清」而言的，不「清」卻有「清」味。追求「興
象」的過程也同時肯定了「清」的審美理想。說「曹、劉詩多直語」，顯然是
對曹植與劉楨在詩歌藝術表達上感情自然真摯的讚賞。他認為詩歌藝術的最
高的審美境界是人工與自然的天然融合，他稱「氣因律而生，節假律而明，
才得律而清」「詞有剛柔，調有高下，但令詞與調合，首末相稱，中間不敗，
便是知音」。評李頎時曰：

> 頎詩發調既清，修辭亦秀，雜歌咸善，玄理最長。至如《送暨
> 道士》云：「大道本無我，青春長與君。」又《聽彈胡笳聲》云：「幽
> 音變調忽飄灑，長風吹林雨墮瓦。迸泉颯颯飛木末，野鹿呦呦走堂
> 下。」足可歔欷，震蕩心神。惜其偉才，只到黃綬，故其論家，往
> 往高於眾作。

李頎詩作不乏歌詠邊塞、描繪音樂、寄贈友人之作，邢昉在《唐風定》
中曾云：「音調鏗鏘，風情澹冶，皆真骨獨存，以質勝文，所以高步盛唐，為
千秋絕藝。」〔註8〕這正是對李頎詩歌「發調既清，修辭亦秀」的特色的很好
的詮釋。李頎的詩風，明顯屬於殷璠在《河嶽英靈集‧敘》中所謂的「雅體」，
所謂「發調既清」，主要是指音調清雅富有真情實感，只有這樣的詩才能讓人
「歔欷」「震盪心神」。由此可見，殷璠對「清」的審美理想的肯定，他的這
種努力對中唐的高仲武、皎然等人的詩論都產生了影響。

高仲武在《中興間氣集序》中云「體狀風雅，理致清新」，明確提出了他
選詩的準則，風格要傚仿《詩經》中的「國風」與「大小雅」，這樣抒發出的
情感才真實感人清新自然。諸如，他評錢起：

> 員外詩，體格新奇，理致清贍。越從登第，挺冠詞林。文宗右
> 丞，許以高格，右丞沒後，員外為雄。救宋齊之浮游，削梁陳之靡
> 嫚，迥然獨立，莫之與群。

〔註8〕【明】邢昉輯：《唐風定》，貴陽邢氏思適齋本 1934 年版。

　　高仲武認為錢起的詩歌不但風格新奇，而且感情表達清淡，既承襲了王維的文風，又自有高格，可稱是繼王維後的詩壇英豪，不但挽救了宋齊浮遊的不良文風，又削弱了梁陳文風的靡嫚，迥然獨立，沒有人能與之相比。高仲武的評論無疑是對王維、孟浩然清雅範式的傳承。他評朱灣時云：「詩體清遠」；評張繼時云：「詩體清迴」，這裡的「體」指詩歌的「體格風貌」，他已把「清」逐漸上升到風格的角度。特別是評于良史時云：「詩體清雅，工於形似」，他所倡導的「清」有在人工潤飾的基礎上又讓人感到自然無痕的傾向。

　　到了皎然的《詩式》，這一傾向則更為明顯。他把「不用事」〔註9〕作為「詩有五格」中的「第一格」，「不用事」即不靠詩人用意構思事典，詩的風格天然自成，也就是「發言自高，未有作用」。關於皎然《詩式》所說的「作用」的具體內涵。郭紹虞主編的《中國歷代文論選》簡明扼要以「藝術構思」四字來解釋「作用」〔註10〕；李壯鷹先生解釋說：「作用，釋家語，本指用意思惟所造成的意念活動……，皎然所說的『作用』，意指文學的創作思惟（按：思惟，通作「思維」）。」〔註11〕這一解釋似比「藝術構思」所包涵的意思要寬泛一些；徐復觀先生極不滿意「藝術構思」之解，曾專門撰有《皎然〈詩式〉「明作用」試釋》一文，以宋人詩話中所謂「體用」方法來解釋之，認為「作用」也就是要在作詩時「言用勿言體」（是說應言某事某物所發生的意味、情態、精神、效能，而不要直接說出某事某物的自身，如「弄日鵝黃嫋嫋垂」以寫春柳的情態等），「若用畫法相比擬，『言體』約略同於畫法中『形似』，而『言用』則約略同於畫法中的『傳神』。」〔註12〕皎然所謂「作用」，就是其後司空圖《與王駕評詩書》中說的「思與境諧」的藝術思維工夫，類似於嚴羽用「妙悟」之釋家語來比喻詩人的那種藝術思維工夫一樣，具有藝術直覺的涵義。皎然說的「未見作用」、嚴羽說的「未假悟」，非是說這種詩沒有「作用」沒有「妙悟」，而是化而不見人工痕跡，所謂「尚於作用」就是要人工勝於天工，具有自然的美。皎然在論述「取境」時，有一段精闢的描述：

〔註9〕【唐】釋皎然著，李壯鷹校注：《詩式校注》，第23頁，濟南：齊魯書社1986年版。
〔註10〕郭紹虞主編：《中國歷代文論》，第132頁，上海：上海古籍出版社1979年版。
〔註11〕《詩式校注》，第4頁。
〔註12〕徐復觀：《中國文學精神》，第273頁，上海：上海書店出版社2004年版。

　　　　詩不假修飾，任其醜樸，但風韻正、天真全，即名上等。予曰：
不然。無鹽闕容而有德，曷若文王太姒有容而有德乎？又云，不要
苦思，苦思則喪自然之質。此亦不然。夫不入虎穴，焉得虎子？取
境之時，須至難至險，始見奇句。成篇之後，觀其氣貌，有似等閒
不思而得，此高手也。有時意靜神王，佳句縱橫，若不可遏，宛若
神助。不然。蓋由先積精思，因神王而得乎！

　　皎然極力提倡自然，但這種自然是藝術化了的自然，是來自詩人精心的
構思與錘鍊。他還論述到，這種「取境」時「至難至險」的作品，寫成以後
最好要不露斧鑿痕跡：「成篇之後，觀其氣貌，有似等閒，不思而得。」皎然
最理想的詩歌審美境界，就是創造一個清新秀麗、真思杳冥的詩歌藝術境界。
這在他所寫的《答俞校書冬夜》一詩中有很清楚的表述：

　　　　夜閒禪用精，空界亦清迴。子真仙曹吏，好我如宗炳。一宿睹
幽勝，形清煩慮屏。新聲殊激楚，麗句同歌郢。遺此感予懷，沈吟
忘夕永。月彩散瑤碧，示君禪中意。真思在杳冥，浮念寄形影。遙
得四明心，何須蹈岑嶺。詩情聊作用，空性惟寂靜。若許林下期，
看君辭薄領。〔註13〕

　　「清」新幽勝之境使人形神俊爽，摒卻一切世俗煩惱。詩情既殊激楚，
麗詞實同郢歌，夜月當空，蘭天澄碧，空性寂靜，思緒杳冥。此既為詩境，
亦為禪境，正是皎然最欣賞的詩歌審美境界。〔註14〕要達到這種理想的審美
境界，需「取境之時」經過苦思有「奇句」出現，諸如此詩的「月彩散瑤碧」
句。而這種經過詩人苦思雕琢的「奇句」，又要不露「斧痕」，即「天真秀拔
之句，與造化爭衡」。他極力推崇謝靈運，正是因為謝詩「為文真於性情，尚
於作用，不顧詞采而風流自然。」這與他在「詩有六至」中所謂的「至麗而
自然」吻合。

　　可見，這三位詩論家都講詩文得「自然之趣」是最高的審美理想，即「尚
於作用」後復歸於「自然」，達到「清」的理想境界。到了晚唐，這種追求在
精心構思與錘鍊基礎上妙造自然的詩歌藝術審美發展到了成熟，司空圖所作
的《二十四詩品》向我們全面展示了詩歌的審美風貌。特別是其「清奇」一

<hr>

〔註13〕《詩式校注》，第274頁。
〔註14〕張少康著：《中國文學理論批評發展史》，第341頁，北京：北京大學出版社
　　　　1995年版。

品，可以說是對「清」的品評用形象化的語言作了生動闡釋。

三、「清」：與「奇」結合的一種審美意境

詩是語言的精華，是文學體裁中最難把握的一種，它所達到的藝術境界有一種超然而非實在的特點。《二十四詩品》正是用了生動形象的語言表述了這種特點。《四庫全書總目提要‧詩文評類》提到《二十四詩品》時云：「各以韻語十二句體貌之。所列諸體畢備，不主一格。」〔註15〕「清奇」是《二十四詩品》中的一品，是表述詩歌藝術風貌的一種境界：

> 娟娟群松，下有漪流，晴雪滿汀，隔溪漁舟。可人如玉，步屢尋幽，載瞻載止，空碧悠悠。神出古異，淡不可收，如月之曙，如氣之秋。

這是兩個美的境界，頭一個境界：「娟娟群松，下有漪流」，這是清秀的景象；「晴雪滿汀，隔溪漁舟」，這是在清幽境地中出現的清麗景象。這一境界有種極度幽靜的空間感。第二境界：「可人如玉，步屢尋幽，載行載止，空碧悠悠。」把清奇形象化；「神出古異，淡不可收，如月之曙，如氣之秋。」傳達出了清奇的神韻。此一境界有種淡泊清爽、飄渺含蓄之感。「群松、漪流、雪、汀、溪、漁舟」等景物都是實景，「可人」無疑為一「虛景」，「虛實相生」構築了一完整的「清奇」意境。

「清」明顯具有「清新自然」的意蘊，「奇」有種一般詩歌所不能及的美感。《河嶽英靈集》評李白詩曰：「至如《蜀道難》等篇，可謂奇之又奇。」評王季友詩曰：「季友詩，愛奇務險，遠出常情之外。」評岑參詩曰：「岑詩語奇體峻，意亦奇造。」《中興間氣集》在評郎士元時云：「員外河嶽英奇，人倫秀異」。可見，「奇」不是「詭怪」，而是表示一種超越常規的美。在《詩式》中，皎然對此有比較明確的認識，在論述「詩有六迷」時曾批判「以詭怪而為新奇」為作詩的邪途之一；在論述「詩有六至」時，把「至奇而不差」即詩語貴奇而又不要陷於詭怪，作為品詩的重要準則。另外，殷璠在《河嶽英靈集》中還特別欣賞詩人們所創造的具有言外之意的詩境。如評王維詩云：「在泉為殊，著壁成繪，一字一句，皆出常境。」評常建詩云：「其旨遠，其興僻，佳句輒來，唯論意表。」所謂「出常境」「意表」，就是「奇」，指詩歌

〔註15〕 【清】紀昀總纂：《四庫全書總目提要‧詩文評類》卷 195，石家莊：河北人民出版社 2000 年版。

「興象」所體現出的文字和形象之外的審美境界。

所以，「奇」與「清」一樣，不但自身蘊涵著強烈的美感，而且還代表著一種審美意境。「奇」與「清」相結合而成「清奇」這一獨特的詩歌審美風貌，既是古典詩歌藝術純粹審美理想的發展，也是意境論的發展。

「清奇」這個抽象的概念被化為了具體可感的「意象」，引人在審美體驗中領悟其中的旨趣。作者通過描述一個美的「意象」，傳神地描繪了「清奇」的審美風格。這種風格必須有虛實相生的景物、情景交融的詩意及清爽奇妙的「意象」。

通過構築「意象」來表現詩歌的風貌，是自鍾嶸以來詩歌批評的傳統。諸如，他認為范雲的詩歌風格是：「清便宛轉，如流風回雪。」「流風回雪」是一個意象，用以描述「清便宛轉」的風貌。用「點綴映媚，似落花依草」來評丘遲。「落花依草」是一個「意象」，能引起人們體驗到一種境界的美，用以描述「點綴映媚」的風貌。可見這種批評方法，到了《二十四詩品》已經運用成熟，它通過「可人」這一虛的「意象」與「群松、漪流、雪、汀、溪、漁舟」等貌似實的「意象」共同組成了一個純粹的理想審美境界。所謂「清奇」就是一種詩意新穎、詩語清秀，讀來使人感到有新鮮奇異情味的藝術「境界」。這種詩境所表達出的恬淡清幽、物我兩忘、天性與自然融為一體的思想方式，顯然受到以老莊為代表的道家思想的影響。諸如《實境》所云「性情所至，妙不自尋。遇之自天，泠然希音」，企圖幻化超脫自然時空的束縛；《高古》云「虛佇神素，脫然畦封。黃唐在獨，落落元宗」，把自己的精神寄託給神素般的田畦仙境；《典雅》云「落花無言，人淡如菊。書之歲華，其曰可讀」，味自然之韻達天人合一之境。

「清」是被道家，特別是莊子異常喜好的一個術語。在老莊哲學裏，「清靜無為」是「道」的本質，「清」是描繪天道得「一」的哲學概念，是天道符合自然時本然呈現的狀態：

> 天得一以清。(《老子‧三十九章》)
>
> 一清一濁，陰陽調和。(《莊子‧天運》)
>
> 天無為以之清，地無為以之寧。(《莊子‧至樂》)
>
> 水之性，不雜則清，莫動則平；鬱閉而不流，亦不能清；天德之象也。(《莊子‧刻意》)

從崇尚自然的宇宙觀出發，道家以「真」為美，以「清」為美。「清」在

某種意義上已成為與「自然」同義的抽象概念，如《二十四詩品・沖淡》云：

> 素處以默、妙機其微，飲之太和，獨鶴與飛。猶之惠風，荏苒
> 在衣，閱音修篁，美曰載歸。遇之匪深，即之愈稀，脫有形似，握
> 手已違。

這種「沖淡」的風格把詩人淡泊恬靜的心胸，超然塵外的閒適意趣表現得淋漓盡致，顯然有種「清」的意境。《二十四詩品》還有意將詩歌上升到一個「神奇」的境界中去玩味，道出了一些玄妙的創作體驗，有種妙造自然之感：如《自然》的「俱道適往，著手成春」；《含蓄》的「不著一字，盡得風流」；《精神》的「妙造自然，伊誰與裁」「是有真蹟，如不可知」；《縝密》的「意象欲生，造化已奇」；《實境》的「情性所至，妙不自尋」；《流動》的「夫豈可道，假體遺愚」。這些妙不自勝的創作體驗已自然地上升到一種神奇之境。

「清」逐漸與「奇」結合被升化到一種詩歌的藝術境界，與意境論的成熟及文士們對理想人格的審美追求也有著千絲萬縷的聯繫。

四、「清」：從藝術風格角度的審美透視

黑格爾從「絕對理念」這一哲學命題出發，認為「美是理念的感性顯現」〔註16〕而古典詩學則從自己對作者及藝術作品的感受分析、審美鑒賞中來概括藝術美的基本特徵，由感性出發上升到理性高度並在理性探索中貫穿著形象性的描述與分析，這也正是唐朝以殷璠、高仲武、皎然、司空圖等詩論家們論詩的顯著特色。

《河嶽英靈集》批評齊梁詩風「理則不足，言常有餘，都無興象，但貴輕豔」；讚賞陶翰「詩筆雙美」「即多興象，復備風骨」；褒揚劉若虛、孟浩然諸人的詩作，都標舉「興」「興象」。所謂「興象」，即能喚起「物情之外」「常情之外」的物象，所謂的「物情之外」「常情之外」也就是劉勰《文心雕龍・隱秀》篇所謂的「情在詞外」，與後來司空圖所謂「韻外之致」〔註17〕相似，即旨趣深遠，有言外之致。殷璠在評述常建時云：「建詩初發通壯，卻尋野徑，百里之外，方歸大道。所以其旨遠，其興僻，佳句輒來，唯論意表。」常建的詩旨趣縱深，有言外之意，殷璠把他列為他所品評的第一個詩人，可謂別

〔註16〕【德】黑格爾著，朱光潛譯：《美學》，第142頁，北京：商務印書館1997年版。

〔註17〕【唐】司空圖著，祖保泉、陶禮天箋校：《司空表聖詩文集箋校》，第194頁。

有深意。高仲武在《中興間氣集》中強調「吟之未終，皎然在目」，這與司空圖所強調的「近而不浮，遠而不盡」類同，有種「思與境偕」之感，都指詩歌深遠的意境能調動讀者的想像，使自己的思想情感與所描繪的客觀景物、環境融合，成為主客觀和諧的統一體。皎然的《詩式》論詩則側重於藝術表現，標舉「高」「逸」「意中之靜」「意中之遠」，這與司空圖的「象外之象」「景外之景」已頗為相近。

集眾說為一體，晚唐司空圖在《與李生論詩書》中云：

> 文之難，而詩之尤難。……然直致所得，以格自奇。前輩編集，亦不專工於此，矧其下者耶！王右丞、韋蘇州，澄澹精緻；格在其中，豈妨於道舉哉？賈浪仙誠有警句，視其全篇，意思殊餒，大抵附於蹇澀，方可致才，亦為體之不備也，矧其下者哉！噫，近而不浮、遠而不盡，然後可以言韻外之致耳。……絕句之作，本於詣極，此外千變萬狀，不知所以神而自神也，豈容易哉？今足下之詩，時輩固有難色，倘復以全美為工，即知味外之旨矣。

司空圖把淡遠的韻味和澄淡精緻的風格強調為詩歌首要的藝術特徵，認為王維、韋應物的詩「澄澹精緻」「趣味澄敻」，最符合他的標準，並把詩的含蓄蘊藉之美概括為「味外之旨」。詩有蘊藉之美，這就不能不要求在意境上下工夫，於是他在《與極浦書》中又提出了「象外之象，景外之景」的藝術要求：

> 戴容州云：「詩家之景，如藍田日暖，良玉生煙，可望而不可置於眉睫之前也。」象外之象，景外之景，豈容易可談哉！

「象外之象」「景外之景」明確告訴我們，詩必須有讓人吟味的具體形象，才能通過這具體形象所描繪的有限的「眼前景」，傳達出超越藝術形象本身的無限意義。也就是要情景交融，把詩人胸中之情借助於景物抒發出來從而再創一個蘊有詩人情感的物象，進而達到物我俱忘的藝術境界，也即司空圖在《釋怨》裏所謂的「至人達觀，物我俱遺」。

司空圖這種在藝術上追求本真、物我兩忘的思想追求，直接源於皎然。皎然在《詩式》的「語似用事、義非用事」中云「天真」；在《取境》中云「有似等閒不思而得」；在《重意詩例》中云「但見性情，不睹文字」；在《不用事第一格》中評李陵、蘇武時云：「二子天予真性，發言自高，未有作用。」都在追求一種自然之境。

　　黑格爾說：「在藝術裏，感性的東西是經過心靈化了的，而心靈化的東西也借感性化而顯現出來。」〔註18〕正是在詩歌藝術追求上的求本求真積澱在詩人心中成了一種心靈化的寄託，而這種心靈化的寄託又借助於詩歌這種形象而又感性的藝術形式表現了出來。殷璠在《河嶽英靈集》評李白時云：「白性嗜酒，志不拘檢，常林棲十數載，故其為文章，率皆縱逸。」認為李白放任自由的心性成就了其詩文「縱逸」的風格，在詩論中引入了「文如其人」的文化命題，具有深刻意義。司空圖在《李翰林寫真贊》中云：「水渾而冰，其中莫瑩。氣澄而幽，萬象一鏡。擢然訒然，傲睨浮雲。仰公之格，稱公之文。」借助於李白的畫像把李白仰視浮雲的高潔情懷表露無遺。追求嘯傲山林的自然狀態，著力刻畫澄澈清幽的自然美與高潔超俗的人格美，在人格與藝術的交彙中自然有一種「清」的氣象，「清」是人格至高的品位，是精神生命所達到的至境。

　　這種藝術追求上的旨趣淡遠、含蓄蘊藉與人格上追求的本真高潔交融在詩論中，使藝術追求與人格信仰完美地融合在一起，自然就要求一種渾然無跡的藝術境界來表述這種審美理想與情感寄託。這種境界中不但要物象俱全藝術意味濃厚，還要富有哲理感有一種淡然高潔的心跡，能留給人無窮的想像空間。《二十四詩品》中的各種境界的品格應時出現是必然的。

　　《二十四詩品》帶有濃鬱藝術意味的物象受到以老莊為首的道家思想的影響，在整體風格上都蘊有一種自然的「清」味。如《雄渾》中的「返虛」，《莊子·人間世》曾云：「惟道集虛。」這裡說「返虛」，即返歸於道的意思。《高古》中的「畸人乘真」，《莊子·大宗師》曾云：「畸人者，畸於人而侔於天。」《莊子·漁父篇》說：「真者所以受於天也，自然不可易也。故聖人法天貴真，不拘於俗。」《二十四詩品·洗煉》中云：「體素儲潔，乘月返真」，《莊子·刻意篇》曾云：「素也者，謂其無所與雜也；純也者，謂其不虧其神也。能體純素，謂之真人。」成玄英《疏》曰：「體，悟解也。妙契純素之理，則所在皆真道也，故可謂之得真道之人也。」〔註19〕這句顯然表述為「高度地修身養性，保全天性以存其真純。」「素」乃體道的境界，與「道」冥合。

　　「清」是道家審美追求的最高境界。「天無為以之清，地無為以之寧。」

〔註18〕　【德】黑格爾著，朱光潛譯：《美學》，第 49 頁。
〔註19〕　【清】郭慶藩撰：《莊子集釋》，第 547 頁。

〔註20〕在莊子看來，至人深處宇宙之道，映現自然之美，「至道之精，窈窈冥冥；至道之極，昏昏默默。無視無聽，抱神以靜，形將自正。必靜必清，無勞汝形，無勞汝精，乃可以長生。」〔註21〕清，是立於宇宙根源而生發的人生至境，在藝術上是一種至高的審美追求。受老莊思想的影響，再加上當時詩論家在藝術上一直追求的「清」境，「清」逐漸演化為一種藝術風格也是文學藝術發展的必然趨勢。

正是由於意境論的發展成熟與文人們對理想審美人格的追求，「清」才發展成熟為表述藝術審美境界的一種風格。雖然以構築意象、描繪境界論詩是繼鍾嶸後古典詩論的傳統，但如果沒有意境論在晚唐的成熟及文士們對自然心性的完美追求，「清奇」不可能專門作為一種詩歌審美風貌出現在《二十四詩品》中。

五、結語：「清」作為審美理想的一種純粹藝術象徵

「清」把個體內在的心性借感性化顯現出來，在審美層面昇華到理性角度，在理性層面又通過形象化的語言呈現出來。「清」的審美品格與審美理想在唐代詩論中的不斷豐富發展，不僅反映了對詩歌純粹藝術審美特性的追求，而且也從一個側面表現了意境論的發展成熟，使「清」這一審美範疇，逐漸成為對詩歌純粹藝術精神的一種凝練概括。經過唐代詩論家對「清」這一審美範疇的在不同層面的拓展，對「清」作為審美理想的進一步張揚，使「清」在一定程度上成了古典詩文審美理想的一種純粹藝術精神象徵。

宋人張孝祥的《念奴嬌・過洞庭》有云：「素月分輝，明河共影，表裏俱澄澈。」〔註22〕「表裏俱澄澈」五字，真是天人一體同清，天人一體同明，把「清」所象徵的藝術境界酣暢表達。元代方回有云：「天無雲謂之清，水無泥謂之清，風涼謂之清，月皎謂之清。一日之氣夜清，四時之氣秋清。空山大澤，鶴唳龍吟為清，長松茂竹，雪積露凝為清。荒迥之野笛清，寂靜之室琴清。」〔註23〕方回由自然清明之象入手，把「清」的千般姿態表述得淋漓盡

〔註20〕【清】郭慶藩撰：《莊子集釋》，第612頁。
〔註21〕【清】郭慶藩撰：《莊子集釋》，第381頁。
〔註22〕王雙啟著：《宋詞精賞》，第200頁，天津：百花文藝出版社1987年版。
〔註23〕【元】方回《桐江集》卷1《馮伯田詩集序》，上海：商務印書館影鈔本1935年版。

致。明代計成在《園冶‧園說》中曾云「清氣覺來几席，凡塵頓遠襟懷」〔註24〕，這種「清氣」，體現了園林建造要追求仿自然之形、得自然之趣的「天人合一」的圓融審美之境。清代劉熙載在《藝概‧詞曲概》中評「黃魯直跋東坡《卜算子》『缺月掛疏桐』一闋云：『語意高妙，似非吃煙火食人語，非胸中有萬卷書，筆下無一點塵俗氣，疏能至此！』」曾云：「詞之大要，不外厚而清？」「清，空諸所有也。」〔註25〕立足「清」論詞，在人與自然深沉的契合中妙造出藝術之境。

　　清，是天地自然的美質，是對自然萬物純粹的藝術審美，它成為一種源於自然又高於自然的審美理想，不僅反映了中國哲學注重自然的生命傾向，也是古人以心靈的洪爐冶煉自然的審美追求。

〔註24〕　【明】計成著，陳植注釋：《園冶注釋》，第 44 頁，北京：中國建築工業出版社 1981 年版。
〔註25〕　【清】劉熙載著，王氣中箋注：《藝概箋注》，第 354 頁，貴陽：貴州人民出版社 1980 年版。

附錄九：陸雲詩歌劄記

　　陸雲存詩共一百三十四首（章）〔註1〕。從藝術上論，其五言詩承《古詩十九首》之韻，情感真摯動人；四言詩承《詩經》之格，詩風凝練典雅。然其應制詩雖文辭凝重，卻顯世俗阿諛之氣，乃微瑕處。《為顧彥先贈婦往返詩四首》，其辭之工，句之雅，意之味，都可謂五言詩之典範，體現為文之用心。陸雲詩文，明代文人張溥贊曰「大文雖少，而江漢同名」〔註2〕。

一

　　《答兄平原詩》云：「神往同逝感，形留悲參商。」

　　「神往」「形留」，用語極佳，有「神」「形」分離之悲。三國魏隱士郭遐叔《贈嵇康》詩之二云：「馳情運想，神往形留。」

　　「參商」：參星、商星，參星在西，商星在東，此出彼沒，喻親友隔絕，不能相見。三國魏曹植《與吳季重書》云：「面有逸景之速，別有參商之闊。」陸機《為顧彥先贈婦》詩之二云：「形影參商乖，音息曠不達。」

二

　　《答張士然詩》云：「感念桑梓域，髣髴眼中人。」

　　「桑梓」，《詩‧小雅‧小弁》云：「維桑與梓，必恭敬止。」朱熹集傳：「桑、梓二木。古者五畝之宅，樹之牆下，以遺子孫給蠶食、具器用者也……

〔註1〕據劉運好統計，陸雲存詩22題（包括「失題」），共134首（章），另有斷簡2首，殘句1首。【晉】陸雲著，劉運好校注：《陸士龍文集校注》，第19頁。
〔註2〕【明】張溥著，殷孟倫注：《漢魏六朝百三家集題辭注》，第175頁。

桑梓父母所植。」東漢以來一直以「桑梓」借指故鄉或鄉親父老。漢‧蔡琰《胡笳十八拍》云:「生仍冀得兮歸桑梓,死當埋骨兮長已矣。」

「眼中人」,情感之切,溢於言表。南朝梁何遜《霖雨不晴懷郡中游聚》云:「不見眼中人,空想南山寺。」唐錢起《登聖果寺南樓雨中望嚴協律》云:「更喜眼中人,清光漸咫尺。」

三

《為顧彥先贈婦往返詩四首》其一云:「我在三川陽,子居五湖陰。山海一何曠,譬彼飛與沉。目想清惠姿,耳存淑媚音。獨寐多遠念,寤言撫空衿。彼美同懷子,非爾誰為心。」

「三川陽」「五湖陰」,指「三江之北,太湖之南」。《國語‧越語上》韋昭注以吳江、錢塘江、浦陽江為三江。《水經注‧沔水》引郭璞說以岷江、松江、浙江為三江。《書‧禹貢》陸德明釋文引《吳地記》以松江、婁江、東江為三江。《漢書‧地理志上》顏師古注以北江、中江、南江為三江。「五湖」指「太湖」。《國語‧越語下》:「果興師而伐吳,戰於五湖。」韋昭注:「五湖,今太湖。」《文選‧郭璞〈江賦〉》:「注五湖以漫漭,灌三江而漰沛。」李善注引張勃《吳錄》:「五湖者,太湖之別名也。」

此詩縱橫捭闔,時空交錯,人入景中,借兩地之景示相距之闊,盡展情詩之風骨,乃上品佳作。後世類似佳作,如宋呂本中《效古樂府三首》其一云:「君住長江邊,妾上長江去。長江日夜流,相思不相顧。」宋李之儀《卜算子》云:「我住長江頭,君住長江尾。日日思君不見君,共飲長江水。」

四

《為顧彥先贈婦往返詩四首》其二云:「雅步擢纖腰,巧笑發皓齒。」

以工筆寫美女,「雅步」語辭,《漢語大詞典》條目首引此句,陸雲有發微之功。

「巧笑」「皓齒」,乃寫美女慣常之法。晉傅玄《有女篇》云:「丹唇醫皓齒,秀色若圭璋。巧笑露權靨,眾媚不可詳。」南朝梁王臺卿《陌上桑四首》(其三)云:「鬱鬱陌上桑,皎皎雲間月。非無巧笑姿,皓齒為誰發。」

五

《為顧彥先贈婦往返詩四首》其三云:「翩翩飛蓬徵,鬱鬱寒木榮。遊止

固殊性，浮沉豈一情。隆愛結在昔，信誓貫三靈。秉心金石固，豈從時俗傾。美目逝不顧，纖腰徒盈盈。何用結中款，仰指北辰星。」

「寒木」，多指松柏類耐寒不凋之木，喻堅貞之品格。「寒木榮」劉運好校注為「寒水榮」〔註3〕，謬也。《玉臺新詠》卷三作「寒木榮」。《文選·陸機〈演連珠〉之五十》云：「是以迅風陵雨，不謬晨禽之察；勁陰殺節，不凋寒木之心。」劉孝標注：「夫冒霜雪而松柏不凋，此由是堅實之性也。」陸雲《答孫顯世詩》（其九）也有云：「遺情春臺，託蔭寒木。」況「寒木榮」之修飾語「鬱鬱」，多形容草木繁盛之貌。

「中款」，內心的真摯情意，《漢語大詞典》條目首引此句。李白《與賈少公書》：「以足下深知，具申中款。」

此詩情感磊落，顯高華之情，儼然愛情之超俗宣言，渲染情愛堅貞亦能如日月星般永恆。

六

《為顧彥先贈婦往返詩四首》其四云：「浮海難為水，遊林難為觀。容色貴及時，朝華忌日晏。皎皎彼姝子，灼灼懷春粲。西城善雅舞，總章饒清彈。鳴簧發丹脣，朱弦繞素腕。輕裾猶電揮，雙袂如霞散。華容溢藻幄，哀響入雲漢。知音世所希，非君誰能贊。棄置北辰星，問此玄龍煥。時暮復何言，華落理必賤。」

「哀響」，悲涼之樂聲。四部叢刊本《陸士龍文集》作「哀音」，《玉臺新詠》卷三等版本作「哀響」。作「哀音」，謬也。蔡琰《胡笳十八拍》云：「十有一拍兮因茲起，哀響纏綿兮徹心髓。」陸機《擬東城一何高詩》云：「長歌赴促節，哀響逐高徽。」「哀響」亦更契後句之「知音」。

此詩格調雅致，雖是借女子口吻傷心地控訴男子喜新厭舊，卻用「北辰星」「玄龍煥」之意象隱喻地表露心跡。描寫美人之姿，筆法纏綣細膩，上承魏晉曹植之《美女篇》，下啟晉宋陶潛之《閑情賦》，此類作品呈文士入微之心，乃繼《離騷》「香草美人」之佳作，蕭統所云淵明「白璧微瑕」，非也。

七

《大將軍宴會被命作詩》（六章）《征東大將軍京陵王公會射堂皇太子見

〔註3〕 【晉】陸雲著，劉運好校注：《陸士龍文集校注》，第611頁。

命作此詩》（六章）《太尉王公以九錫命大將軍讓公將還京邑祖餞贈此詩》（六章）《太安二年夏四月大將軍出祖王、羊二公於城南堂皇被命作此詩》（六章）《從事中郎張彥明為中護軍》（六章），全為四言，用辭博雅，盡讚譽之辭，堪為應制詩作之典範。

八

《贈汲郡太守詩》（八章）並序，詩云：

於穆皇晉，豪彥實蕃。天罔振維，有聖貞觀。鳴鳥在林，良駿即閑。萃彼俊乂，時亮庶官。（其一）

抑抑奚生，天篤其淳。芳穎蘭揮，瓊光玉振。沉機照物，妙思考神。思我善問，觀德古人。（其二）

善問伊何，惠音孔韶。肇允衡門，翻飛宰朝。肅雍芳林，芬響凌霄。穆矣和風，育爾清休。（其三）

亦既有試，出宰邦家。之子於行，民固謳歌。風澄俗儉，化靜世波。芒芒既庶，且樂于和。（其四）

我有好爵，既成爾服。入贊崇華，遂登帷幄。時文聖宰，天祚方穀。朔風徽止，鴻漸雲嶽。（其五）

悠悠斯民，三代直道。我求明德，惟奚攸考。緝熙暉章，天祿來保。惠心無竟，豐化有造。（其六）

樂只君子，茂德攸綏。嗟我懷人，式是言歸。聿言來集，如翼斯揮。日予不惠，照爾清暉。（其七）

職思既殊，亦各有司。念我同僚，悲爾異事。之子之遠，悠悠我思。雖無贈之，歌以言志。（其八）

此組詩雖有應制詩之風，然語辭明亮，含金玉之質，有劉勰《文心雕龍‧時序》篇評張華、左思所言「搖筆而散珠」「動墨而橫錦」之美感。「鳴鳥」，鳳凰。《文選‧任昉〈天監三年策秀才文〉》：「鳴鳥薆聞，《子衿》不作。」呂延濟注：「鳴鳥，鳳也。」「肅雍」，亦作「肅邕」，形容祭祀時的氣氛和樂聲。《詩‧周頌‧清廟》：「於穆清廟，肅雍顯相。」毛傳「肅，敬；雍，和。」

九

《贈顧彥先（五章）》（其四）云：「邂逅相遇，良願乃從。不逢知己，誰

濟予躬。莫攀莫附，愧我高風。」

　　名為贈友之詩，實表超俗之心。「邂逅」，不期而遇。《詩·鄭風·野有蔓草》：「邂逅相遇，適我願兮。」毛傳：「邂逅，不期而會。」「良願」，猶宿願，《漢語大詞典》條目首引。

十

　　《答兄平原》云：「莢莢僕夫，悠悠遄徵。經彼喬木，有鳥嚶鳴。微物識儕，矧伊有情。樂茲棠棣，實歡友生。既至既觀，滯思曠年。曠年殊域，觀未浹辰。恨其永懷，憂心孔艱。天地永久，命也難長。」

　　自我比作「僕夫」，喻仕途多舛。此詩追慕先祖功業，哀歎昆仲命運多舛，滿溢悲涼，「天地永久，命也難長」，可謂一語成讖，似乎預示河橋之敗，兄弟皆日暮窮途。「僕夫」，駕馭車馬之人。《詩·小雅·出車》：「召彼僕夫，謂之載矣。」毛傳：「僕夫，御夫也。」《文選·張衡〈思玄賦〉》：「僕夫儼其正策兮，八乘騰而超驤。」

　　箚記總論：士龍詩得典雅之格，滿篇珠玉之辭，盡顯其高標卓邁，盡展其磊落之懷，瑕疵難掩其清雅高華，深契唐太宗《陸機傳論》之評：「風鑒澄爽，神情俊邁。」

參考文獻

一、著作

1. 【西晉】陸雲撰:《陸士龍文集》(全五冊),宋慶元六年華亭縣學刻本,中華再造善本,北京:北京圖書館出版社 2004 年版。

2. 【西晉】陸雲著,黃葵點校:《陸雲集》,北京:中華書局 1988 年版。

3. 【西晉】陸機著,金濤聲點校:《陸機集》,北京:中華書局 1982 年版。

4. 【西晉】陸雲著,劉運好校注,《陸士龍文集校注》,南京:鳳凰出版社 2010 年版。

5. 【西晉】陸機著,劉運好校注:《陸士衡文集校注》,南京:鳳凰出版社 2007 年版。

6. 【西晉】陸機著,張少康集釋:《文賦集釋》,北京:人民文學出版社 2002 年版。

7. 【南朝梁】蕭統編,【唐】李善等注:《六臣注文選》,北京:中華書局 2012 年版。

8. 【南朝梁】劉勰著,范文瀾注:《文心雕龍注》,北京:人民文學出版社 1958 年版。

9. 【南朝梁】鍾嶸著,王叔岷箋證:《鍾嶸詩品箋證稿》,北京‧中華書局 2007 年版。

10. 【南朝梁】鍾嶸著,曹旭集注:《詩品集注》,上海:上海古籍出版社 2011 年版。

11. 【東晉】葛洪著,金毅校注:《抱朴子內外篇校注》,上海:上海古籍出版社 2018 年版。

12. 【東晉】葛洪輯:《西京雜記》,北京:中華書局 1985 年版。

13. 【南朝宋】劉義慶著，【南朝梁】劉孝標注，余嘉錫箋疏：《世說新語箋疏》，北京：中華書局 1983 年版。

14. 【清】郭慶藩撰：《莊子集釋》，北京：中華書局 1961 年版。

15. 【清】孫希旦撰，沈嘯寰、王星賢點校：《禮記集解》，北京：中華書局 1989 年版。

16. 【南宋】朱熹撰，黃靈庚點校：《楚辭集注》，第 41 頁，上海：上海古籍出版社 2015 年版。

17. 【楚】屈原著，詹安泰箋疏：《離騷箋疏》，武漢：湖北人民出版社 1981 年版。

18. 【楚】屈原著，姜亮夫校注：《屈原賦校注》，北京：人民文學出版社 1957 年版。

19. 【三國魏】王弼著，樓宇烈校釋：《王弼集校釋》，北京：中華書局 1980 年版。

20. 【三國魏】嵇康著，戴明揚校注：《嵇康集校注》，北京：中華書局 2014 年版。

21. 【三國魏】阮籍著，陳伯君校注：《阮籍集校注》，北京：中華書局 2015 年版。

22. 【三國魏】劉邵著，伏俊璉譯注：《人物志譯注》，上海：上海古籍出版社 2008 年版。

23. 【清】嚴可均輯：《全上古三代秦漢三國六朝文》，北京：中華書局 1965 年版。

24. 【清】嚴可均輯：《全晉文》，北京：商務印書館 1999 年版。

25. 【清】浦銑著，何新文、路成文校證：《歷代賦話校證》，上海：上海古籍出版社 2007 年版。

26. 【清】沈德潛著：《古詩源》，北京：中華書局 1963 年版。

27. 【明】張溥著，殷孟倫注：《漢魏六朝百三家集題辭注》，北京：中華書局 2007 年版。

28. 【唐】孟棨等撰，李學穎標點：《本事詩 續本事詩 本事詞》，上海：上海古籍出版社 1991 年版。

29. 【南朝梁】釋慧皎撰，湯用彤校注：《高僧傳》，北京：中華書局 1992 年版。

30. 【唐】虞世南編纂：《北堂書鈔》，北京：中國書店 1996 年版。

31. 【南齊】謝赫、【唐】姚最撰，王伯敏標點注譯：《古畫品錄·續畫品錄》，北京：人民美術出版社 1959 年版。

32. 【唐】歐陽詢撰:《宋本藝文類聚》,上海:上海古籍出版社 2013 年版。

33. 【唐】李白著,【清】王琦注:《李太白全集》,北京:中華書局 2015 年版。

34. 【明】高棅編:《唐詩品彙》,上海:上海古籍出版社 1993 年版。

35. 【清】仇兆鰲注:《杜詩詳注》,北京:中華書局 1979 年版。

36. 【明】胡應麟著,《詩藪》,上海:上海古籍出版社 1979 年版。

37. 【清】何文煥輯:《歷代詩話》,北京:中華書局 1981 年版。

38. 【唐】張彥遠著:《歷代名畫記》,北京:北京人民美術出版社 1963 年版。

39. 【清】黃叔琳注:《文心雕龍輯注》,北京:中華書局 1957 年版。

40. 【清】王士禛撰:《帶經堂詩話》,第 72 頁,北京:人民文學出版社 1963 年版。

41. 【唐】釋皎然著,李壯鷹校注:《詩式校注》,濟南:齊魯書社 1986 年版。

42. 【明】計成著,陳植注釋:《園冶注釋》,北京:中國建築工業出版社 1981 年版。

43. 【清】劉熙載著,王氣中箋注:《藝概箋注》,貴陽:貴州人民出版社 1980 年版。

44. 【西漢】司馬遷撰:《史記》,北京:中華書局 1959 年版。

45. 【東漢】班固撰:《漢書》,北京:中華書局 1962 年版。

46. 【西晉】陳壽撰,【宋】裴松之注:《三國志》,北京:中華書局 2011 年版。

47. 【唐】房玄齡等撰:《晉書》,北京:中華書局 1974 年版。

48. 【南朝梁】沈約撰:《宋書》,北京:中華書局 1974 年版。

49. 【南朝梁】蕭子顯撰:《南齊書》,北京:中華書局 1972 年版。

50. 【唐】李延壽撰:《南史》,北京:中華書局 1975 年版。

51. 【北齊】魏收撰:《魏書》,北京:中華書局 1974 年版。

52. 【唐】魏徵等撰:《隋書》,中華書局 1973 年版。

53. 【唐】劉知幾撰,黃壽成校點:《史通》,瀋陽:遼寧教育出版社 1997 年版。

54. 【唐】司空圖著,祖保泉、陶禮天箋校:《司空表聖詩文集箋校》,合肥:安徽大學出版社 2002 年版。

55. 【北宋】歐陽修,宋祁撰:《新唐書》,北京:中華書局 1975 年版。

56. 【北宋】司馬光著:《資治通鑒》,北京:中華書局 1956 年版。

57. 【清】皮錫瑞撰:《經學通論》,北京:中華書局 1954 年版。

58. 陸侃如著:《中古文學系年》,北京:人民文學出版社 1985 年版。

59. 姜亮夫著:《陸平原年譜》,北京:北京古典文學出版社 1957 年版。

60. 王永順主編:松江文獻系列叢書・文集專輯:《陸機文集・陸雲文集》(《陸機文集》,魏同賢點校;《陸雲文集》,黃葵),上海:上海社會科學院出版社 2000 年。

61. 郁沅,張明高編:《魏晉南北朝文論選》,北京:人民文學出版社 1996 年版。

62. 穆克宏,郭丹編:《魏晉南北朝文論全編》,南京:江蘇教育出版社 1996 年版。

63. 逯欽立輯:《先秦漢魏晉南北朝詩》,北京:中華書局 1983 年版。

64. 郭紹虞,王文生編:《歷代文論選》,上海古籍出版社 2001 年版。

65. 高亨注:《周易大傳今注》,濟南:齊魯書社 1998 年版。

66. 程樹德撰,程俊英、蔣見元點校:《論語集釋》,北京:中華書局 1990 年版。

67. 《春秋左傳正義》,《十三經注疏》本,上海:上海古籍出版社 1997 年版。

68. 丁福保輯:《歷代詩話續編》,北京:中華書局 1983 年版。

69. 傅璇琮、陳尚君、徐俊編:《唐人選唐詩新編》(增訂本),北京:中華書局 2014 年版。

70. 柯慶明,曾永義編:《兩漢魏晉南北朝文學批評資料彙編》,臺灣:成文出版社 1978 年版。

71. 陳寅恪撰:《金明館叢稿初編》,上海:上海古籍出版社 1980 年版。

72. 黃侃著:《文心雕龍箚記》,上海:上海古籍出版社 2000 年版。

73. 詹鍈著:《〈文心雕龍〉的風格學》,北京:人民文學出版社 1982 年版。

74. 朱東潤著:《中國文學批評史大綱》,上海:上海古籍出版社 2001 年版。

75. 劉師培著:《中國中古文學史講義》,上海:上海古籍出版社 2000 年 12 月版。

76. 郭紹虞著:《中國文學批評史》,天津:天津百花文藝出版社 1999 年版。

77. 湯用彤著:《魏晉玄學論稿》,上海:上海古籍出版社 2001 年版。

78. 徐公持著:《魏晉文學史》,北京:人民文學出版社 1999 年版。

79. 周一良著:《魏晉南北朝史箚記》,北京:中華書局 1983 年版。

80. 錢穆著:《中國史學發微》,北京:三聯書店 2009 年版。

81. 劉大杰著:《魏晉思想論》,上海:上海古籍出版社 1998 年版。

82. 王運熙,楊明著:《魏晉南北朝文學批評史》,上海:上海古籍出版社 1989 年版。

83. 羅宗強著：《魏晉南北朝文學思想史》，北京：中華書局 1996 年版。

84. 呂武志著：《魏晉文論與文心雕龍》，臺灣：臺灣樂學書局有限公司 1988 年版。

85. 徐公持著：《魏晉文學史》，北京：人民文學出版社 1999 年版。

86. 管雄著：《魏晉南北朝文學史論》，南京：南京大學出版社 1998 年版。

87. 程章燦著：《魏晉南北朝賦史》，南京：江蘇古籍出版社 1992 年版。

88. 牟世金著：《文心雕龍研究》，北京：人民文學出版社 1995 年版。

89. 林芬芳著：《陸雲及其作品研究》，臺灣：文津出版社 1997 年版。

90. 姜劍雲著：《太康文學研究》，北京：中華書局 2003 年版。

91. 俞士玲著：《陸機、陸雲年譜》，北京：人民文學出版社 2008 年版。

92. 俞士玲著：《西晉文學考論》，南京：南京大學出版社 2008 年版。

93. 曹道衡著：《魏晉文學》，合肥：安徽教育出版社 2001 年版。

94. 曹道衡，劉躍進：《南北朝文學編年史》，北京：人民文學出版社 2000 年版。

95. 錢鍾書著：《管錐編》，北京：三聯書店 2019 年版。

96. 錢鍾書著：《談藝錄》，北京：三聯書店 2007 年版。

97. 宗白華著：《美學散步》，上海：上海人民出版社 1981 年版。

98. 宗白華著：《藝境》，北京：北京大學出版社 1987 年版。

99. 李澤厚著：《美學三書》，天津：天津社會科學院出版社 2003 年。

100. 梁啟超著：《中國之美文及其歷史》，北京：東方出版社 2012 年版。

101. 魯迅著：《魏晉風度及其他》，上海：上海古籍出版社 2000 年版。

102. 魯迅著：《古小說鉤沉》，濟南：齊魯書社 1997 年版。

103. 徐復觀著：《中國文學論集》，臺灣：臺灣學生書局 1969 年版。

104. 徐復觀著：《中國文學精神》，上海：上海書店出版社 2004 年版。

105. 徐復觀著：《兩漢思想史》（全三卷），上海：華東師範大學出版社 2004 年版。

106. 徐復觀著：《中國人性論史》，上海：華東師範大學出版社 2005 年版。

107. 余英時著：《士與中國文化》，上海：上海人民出版社 2003 年版。

108. 張少康著：《夕秀集》，北京：華文出版社 1999 年版。

109. 馮友蘭著：《中國哲學史新編》，北京：人民出版社 1986 年版。

110. 肖華榮著：《中國詩學思想史》，上海：華東師範大學出版社 1996 年版。

111. 劉明今著：《中國古代文學理論體系：方法論》，上海：復旦大學出版社 2000 年版。

112. 羅立乾著：《白沙集》，香港：天馬出版有限公司 2004 年版。

113. 羅宗強著：《玄學與魏晉士人心態》，天津：天津教育出版社 2005 年版。

114. 袁濟喜著：《六朝美學》，北京：北京大學出版社 1999 年版。

115. 袁濟喜著：《魏晉南北朝思想對話與文藝批評》，北京：中國人民大學出版社 2011 年版。

116. 袁行霈、孟二冬、丁放著：《中國詩學通論》，合肥：安徽教育出版社 1994 年版。

117. 陶禮天著：《藝味說》，南昌：百花洲文藝出版社 2005 年版。

118. 張健著：《清代詩學研究》，北京：北京大學出版社 1999 年版。

119. 諶東飆著：《顏延之研究》，長沙：湖南人民出版社 2008 年版。

120. 【日】佐藤利行著：《陸雲研究》，重慶：西南師範大學出版社 1995 年版。

121. 【日】佐藤利行著，周延良譯：《西晉文學研究》，北京：中國社會科學出版社 2004 年版。

122. 【德】黑格爾著，朱光潛譯：《美學》，北京：商務印書館 1984 年版。

123. 【美】雷·韋勒克、奧·沃倫著，劉象愚等譯：《文學理論》，北京：三聯書店 1984 年版。

124. 【法】丹納著，傅雷譯：《藝術哲學》，天津：天津社會科學院出版社 2004 年版。

125. 【德】伽達默爾著，洪漢鼎譯：《真理與方法》，北京：商務印書館 2007 年版。

二、論文

1. 王耀昌：《魏晉文藝批評之趨勢》，《國學叢刊》，1926 年第 3 卷第 1 期。

2. 韓庭棕：《六朝文學上的聲律論》，《西北論衡》，1937 年第 2 期。

3. 楊印墨：《太康時期之文藝批評》，《真知學報》，1942 年第 2 卷第 2 期。

4. 魯迅：《魏晉風度及藥與酒的關係》，《而已集》，北京：人民文學出版社 1973 年版。

5. 張少康：《談談關於文賦的研究》，《文獻》，1980 年第 2 期。

6. 張少康：《應、和、悲、雅、豔——陸機〈文賦〉美學思想瑣議》，《文藝理論研究》，1984 年第 1 期。

7. 俞士玲：《陸機兄弟享盛譽於中古文壇的文化觀照》，國家圖書館博士論文庫，2008 年。

8. 梅運生：《士族、古文經學與中古詩論》，《安徽師大學報》（哲社版），1996 年第 3 期。

9. 郁沅:《〈文心雕龍·定勢〉諸家研究之評議》,《論劉勰及其〈文心雕龍〉》,北京:學苑出版社 2000 年版。

10. 王毅:《略論魏晉文學中的「感物」說》,《古代文學理論研究》,第 19 輯,上海:華東師範大學出版社 2001 年版。

11. 蔣寅:《感物:由言志轉向緣情的契機》,《古代文學理論研究》,第 19 輯,上海:華東師範大學出版社 2001 年版。

12. 肖華榮:《陸雲「清省」的美學觀》,《文史哲》,1982 年第 1 期。

13. 傅剛:《「文貴清省」說的時代意義——略談陸雲〈與兄平原書〉》,《文藝理論研究》,1984 年第 2 期。

14. 胡大雷:《略論陸雲的文學主張》,《廣西民族學院學報》,1992 年第 3 期。

15. 蔣寅:《古典詩學中「清」的概念》,《社會科學》,2000 年第 1 期。

16. 姜劍雲:《論陸雲的「文貴清省」的創作思想》,《上海師範大學學報》,2002 年 7 月第 4 期。

17. 周昌梅:《文學情感論:附情而言——陸雲文學思想述評之一》,《孝感學院學報》,2000 年第 3 期。

18. 朱曉海:《陸雲〈與兄平原書〉臆次褊說》,侯仁之、周一良編:《燕京學報》,第 9 期,北京:北京大學出版社 2000 年 11 月。

19. 龔斌:《陸雲「雅好清省」的文學審美觀》,徐中玉、郭豫適編:《古代文學理論研究》,第二十一輯,上海:華東師範大學出版社 2003 年 12 月。

20. 尚永亮,劉磊:《蟬意象的生命體驗》,《江海學刊》,2000 年第 6 期。

21. 鄔國平:《劉勰與鍾嶸文學觀「對立說」商榷》,曹旭編:《中日韓詩品論文選評》,上海:上海古籍出版社 2002 年版。

22. 郁沅:《〈文心雕龍〉「風骨」諸家說辯證》,《文藝理論研究》,1998 年 6 期。

23. 袁濟喜:《從〈世說新語〉看思想對話與文學批評》,《中國文化研究》,2007 年夏之卷。

24. 曹旭:《〈詩品〉評陶詩發微》,《復旦學報》(社會科學版),1988 年第 5 期。

25. 陶禮天:《劉勰的經典視域與理論建構——〈文心雕龍〉之「文德」與「神理」諸範疇考釋》,載殷善培、周德良編:《叩問經典》,臺灣:學生書局出版社 2005 年版。

26. 楊曉斌:《古本〈顏延之集〉結集與流傳稽考》,《圖書情報工作》,2008 年 3 月。

27. 李宗長:《論顏延之的思想》,《江蘇社會科學》,1996 年第 6 期。

28. 白崇:《同源異象——顏延之、謝靈運詩風異同論》,《江西師範大學學

報》（哲學社科版），2007 年第 4 期。

29. 李佳：《顏延之作品新探》，《北京大學研究生學誌》，2008 年第 2 期。

30. 劉濤：《顏延之駢文論略》，《韓山師範學院學報》，2008 年第 2 期。

31. 祖保泉，陶禮天：《〈詩家一指〉與〈二十四詩品〉作者問題》，《安徽師大學報》，1996 年第 1 期。

32. 孫明君：《顏延之與劉宋宮體文學》，《文學遺產》，2012 年第 2 期。

33. 王永平，孫豔慶：《論東晉南朝琅邪顏氏代表人物的政治行跡及其門風特徵》，《黑龍江社會科學》，2010 年第 5 期。

34. 莫礪鋒：《顏延之〈陶徵士誄並序〉在陶淵明接受史上的地位》，《學術月刊》2012 年 1 月。

35. 楊曉斌：《「顏虎」抑或「顏彪」》，《文學遺產》，2008 年第 2 期。

36. 彭鴻程：《陸雲研究綜述》，《長春工業大學學報》（社科版），2011 年第 4 期。

37. 許雪峰：《陸雲考論》，首都師範大學碩士學位論文，2006 年。

38. 陳家紅：《六朝吳郡陸氏文化與文學研究》，上海師範大學博士學位論文，2013 年。

後　記

　　我喜歡詩意的東西，並常常希望在靜讀與沉思中觸摸到真實的詩意：詩意不是虛浮的浪漫，而是生命本質的光華。

　　以生命的共感去看待文學及文學現象。用心靈去體驗研究對象的心靈，用審美的眼光發掘引人深思的細節內涵，以此為突破口，從而綜觀社會風尚、審美思潮。吸引我走向陸雲，開始想對陸氏兄弟及西晉審美思潮有所研究的，一方面是導師的啟發，另一方面是陸機臨終前「華亭鶴唳，可復得乎」的悲歎！在我看來，陸氏兄弟臨終前的悔悟，未嘗不是一種詩意的悲劇象徵。陸機貌似平常的一句話，鋒透出了一種精神貴族似的感傷與憂鬱。在對陸氏兄弟相關研究材料的梳理中，我更是越來越惜歎於他們的人生歷程與詩賦吟唱，同時也越來越迷戀於一種感覺：把自己的心性滲透於古人的文字中，獲得一種超拔的人生體悟。

　　研究古典詩學亦如人生哲學一樣，要學會透過世俗所昭示的表象去發現一種別樣的美。論文的寫作過程，亦是與導師陶禮天先生交流的過程。陶師對我的啟發，遠非庸俗的文字所能傳達，我只能遠望無聲的朗月，送上誠摯謝意！

　　論文寫作時，曾先後得到了梅運生先生的指導，臺灣朱曉海先生提供的資料，在此向兩位先生一一致謝。

　　論文寫作時，得到過日本佐藤利行先生其大作《陸雲研究》，並推薦發表論文，當時本已達成意向東渡追隨先生讀博，遺憾的是，最終未能成行。在此，向先生表達真摯感謝！

　　至今仍清晰記得碩士論文答辯時，答辯主席張健先生說本文「文字具可

讀性」的評價，藉此也向張健先生表示真摯謝意！

　　一併感謝我的博導袁濟喜先生，本書修訂收錄的「西晉思想對話與文學批評探析」，正是讀博期間源自袁師的提點，並被收錄其大著《魏晉南北朝思想對話與文藝批評》。

　　自窺學術堂奧，得遇名師，有太多機緣敦促自己向前，慚愧的是，自己努力不夠，有愧於恩師的知遇之恩！

　　最後感謝陪我一路走來的家人、朋友，受太多關愛，不一而足！

廉水杰於花園村學生寓所西窗下

乙酉年三月十二日初稿

庚子年春

續錄

出版後記

感謝花木蘭文化事業有限公司高誼，使本書得以付梓。

遙想 2005 年碩士論文完成時，自己還不滿二十五歲，須臾之間，竟屆中年。當年論文寫作時，曾把對學術的感悟作《知音續貂》，現貼於此，以寄文思：

> 知音其遠哉！文人相宜，知音罕聞，遠逢知音，相見恨晚；朝夕相對，鄙俗生厭，美亦距離，千載懷遠。昔陶潛初發，知音寥寥；迨逢近世，枝葉峻茂。零落天涯之人，常有風霜凜凜之觀；身處廟堂之士，時有繁華寂寞之歎，人之至性，寄言典浩，豈知音之遠哉？
>
> 夫劉氏之文心，論古今文士，騰褒裁貶，文質比肩，激賞自然之道；又鍾氏之詩品，賦比興之意，指事造形，窮情寫物，褒賞風力之妙。蓋文之知音，若桃李之顏；馨香盈袖，洞徹心田，以詩意高遠之鑒，作文章錦繡之選。古詩有云：「不惜歌者苦，但傷知音稀。願為雙鴻鵠，奮翅起高飛。」以生命之音，發千古之悲！歲月倏忽，美人遲暮；奮起高飛，玉容難顧。夫明月與清風同在，高逸與閒情共徊；月落雲花開，日出雲影來。道蘊以才女風骨，高耀史壇；易安以詞人逸句，風雲文苑。雖才性異同，我輩中人，當揣歌者淒苦之貌，感雅人磊落之懷，內外圓融：此情、此境，靈犀相通，蓋知音耳！昔蘇東坡之「缺月掛疏桐」，黃魯直有云：「語意高妙，似非吃煙火食人語，非胸中有萬卷書，筆下無一點塵俗氣，孰能至此！」唯博覽群言，虛靜身心，情合其境，得知音焉！
>
> 凡智慧出卓見，格高以文傳。故文之知音，當具文字音韻之學，

訓詁義理之工，勿為世情所綖，心之動矣，一任自然。是以論見將至，先標四情：一曰閒情，二曰激情，三曰高情，四曰逸情。斯情備俱，則知音不遠矣！昔王羲之有言「遊目騁懷」，宗炳有言「澄懷味象」，豈非逸情降至，蓋知山水清音乎？唯大雅君子，碧海青天，香象渡河，知音至焉！

　　贊曰：良書盈篋，吉喆難評；辭藻繁盛，旦旦不明。見異識微，琳琅雕龍；袖手神思，羽翮彩鳳。

書稿修訂完成時，逢「冠狀病毒」肆虐；當年論文始撰寫時，北京亦遭「非典」恣虐，今夕復昨夕，風雨瀟瀟竟相似！面對渺渺來世，感己身同星河物候，歌曰：

　　病毒惶惶肆虐中，江城萬里老秋風。九州同鎖長河冷，萬姓閉關飛雪融。白鴿哨起心戚戚，微言祭奠淚濛濛。晨曦恍惚靈魂走，憐我此身文字窮。

賦《庚子雜吟》一首，既為蒼生，並慰文心。

廉水杰

庚子年春於北京茗畫水郡